suhrkamp taschenbuch 4777

Madrid im Sommer 2012: Krass zeigen sich in der Hauptstadt die Auswirkungen der jüngsten Wirtschaftskrise. Die junge Ana María, genannt Anita, gehört zur »verlorenen Generation«, der jede Möglichkeit einer selbstbestimmten Existenz genommen wurde. Ihr Bruder, ein promovierter Germanist, hat sich bereits nach Berlin abgesetzt, um auf dem Bau sein Geld zu verdienen. Anita ist aus Not in ihr altes Kinderzimmer zurückgezogen. Halt geben ihr neben der Familie nur ihre Freunde, die das Schicksal der Dauerarbeitslosigkeit mit ihr teilen, und die regelmäßigen Demonstrationen auf der Puerta del Sol im Herzen der überhitzten Metropole. Doch alles Schlimme lässt sich noch steigern: Eines Tages liegen ihr Vater Oscar und ihre Mutter Blanca tot in der gemeinsamen Wohnung. Unversehens rutscht Anita in das Leben der Mutter hinein. Sie muss nur eines ihrer Kleider überstreifen, schon halten sie alle für Blanca. Und deren Alltag ist viel aufregender, als Anita sich hätte träumen lassen. Am Ende scheinen fast alle Fäden bei einem geheimnisumwitterten Schriftsteller zusammenzulaufen, dem man nachsagt, über Leichen zu gehen. Doch vielleicht ist auch das eine Täuschung …

Anna Katharina Hahn, geboren 1970, lebt in Stuttgart. 2009 erschien ihr Longseller *Kürzere Tage* (st 4792, st 4158), der auch ins Englische und Finnische übersetzt wurde. Ihr Roman *Am Schwarzen Berg* (st 4422) stand 2012 auf der Shortlist für den Preis der Leipziger Buchmesse und auf Platz 1 der SWR-Bestenliste. Anna Katharina Hahn gilt als eine der wichtigsten Erzählerinnen ihrer Generation und wurde für ihre Romane u. a. mit dem Heimito von Doderer-Literaturpreis und dem Wolfgang-Koeppen-Literaturpreis ausgezeichnet.

Anna Katharina Hahn

Das Kleid meiner Mutter

Roman

Suhrkamp

Für Carmen, mein kleines Spanien,
und für Jan.

2. Auflage 2020

Erste Auflage 2017
suhrkamp taschenbuch 4777

Umschlagabbildung: Felice Casorati, *Junges Mädchen auf rotem Teppich*, 1912, Museum voor Schone Kunsten, Gent, VG Bild-Kunst, Bonn 2020, Foto: Bridgeman Images
Umschlaggestaltung: nach einem Entwurf von Lisa Neuhalfen
Druck und Bindung: CPI – Ebner & Spiegel, Ulm
Printed in Germany
ISBN 978-3-518-46777-0

Das Kleid meiner Mutter

Samstag

An einem Samstagmorgen im August machten meine Eltern einen Spaziergang durch den Jardín Botánico. Als sie nach Hause zurückkehrten, legten sie sich krank ins Bett. Meine Mutter bat mich, für Papa einen Lindenblütentee zu kochen. Sie selbst wollte nur ein Glas Wasser, außerdem sollte ich die Klappläden im Schlafzimmer einen Spalt weit öffnen, damit wenigstens ein Lufthauch hineinkam, selbst wenn er heiß und staubig war. Draußen herrschten knapp vierzig Grad. Viele Städter waren in die Berge geflohen, wo es etwas kühler war. Auch meine Eltern besaßen ein Ferienhaus in V. V., unsere Familienabkürzung für das Dorf Viejo Verde in der Sierra de Guadarrama, etwa eine Autostunde von Madrid. Der Peñalara überragt das Kaff mit seinem schneebedeckten Gipfel.

Eigentlich wollten wir alle an diesem Vormittag aufbrechen, um den Rest des Wochenendes in V. V. zu verbringen. Im Nachhinein erscheint es mir geschmacklos und grausam, aber ich war wirklich froh über ihre Unpässlichkeit, weil sie verhinderte, dass ich Madrid verlassen musste, um in dem winzigen, mit Büchern und Schallplatten vollgestopften Haus auf einer Klappcouch zu schlafen, ohne Fernseher, ohne WiFi, umtost von Knisterklängen aus dem Plattenspieler meines Vaters.

Er hörte in V. V. immer seine todtraurige deutsche Musik, am liebsten ›Die Winterreise‹. Die Platte hatte ihm eine gewisse Carmen geschenkt, sie habe Deutsch gekonnt »wie Goethe«

und sei später Übersetzerin geworden. Meiner Mutter schien das egal zu sein. Auch sie mochte das depressive Gesinge und summte oft mit, während draußen im Garten die Luft vom elektrischen Schaben der Zikaden vibrierte.

Meine Eltern liebten alles an V. V.: die mageren Bäume, sinnlos in alle vier Ecken des Grundstücks gepflanzt, die Grasfläche in der Mitte, die auf diese Weise keinen Schatten bekam und im Laufe der Jahre so rissig und trocken geworden war wie ein Stück Land in der Sahelzone. In den Stühlen auf der Terrasse hatten sie mit ihren Freunden gesessen, über Politik gejammert, sich betrunken und peinliche Schlager gesungen: ›Rocío, ay mi Rocío‹ oder ›Piel canela‹. Im Ginstergebüsch an der Westseite des Hauses war das Versteck, in dem mein Bruder und ich tote Vögel begruben, Schlammklößchen formten, Magdalenas aßen und uns unterhielten, bis es Zeit war, wieder zurück in die Stadt zu fahren. Der Durchschlupf ins Innere des Gestrüpps war so schmal, dass kein Erwachsener dort eindringen konnte, um uns herauszuholen. Wir nutzten das aus, um uns vor Gartenarbeit und einmal sogar vor der Heimfahrt zu drücken. Meine Mutter konnte nicht auf den Ginster blicken, ohne mit dieser Geschichte anzufangen.

Das Häuschen in V. V. war, um meinen Vater zu zitieren, »ein Begeisterungskauf aus eurer Kleinkinderzeit, als Spanien das Land in Europa war, in dem man am schnellsten zu Geld kommen und es ebenso schnell wieder ausgeben konnte«. Mein Bruder und ich sollten »wenigstens an den Wochenenden und in den Ferien in frischer Luft und ohne den Gestank dieser verrückten Stadt aufwachsen, unter dem majestätischen Angesicht der Berge, frei wie die Greifvögel«.

Genauigkeit ist nicht gerade meine Stärke. Das meinten schon die Lehrer in der Schule und später an der Uni. Aber während ich die Sätze hier schreibe, denke ich, dass ich besonders meinem Papa, einem extrem peniblen Menschen, schuldig bin, diese Geschichte nicht schlampig zu erzählen. Es ist gut, seine Gedanken zu ordnen. Das tue ich für mich selbst, denn im Augenblick bin ich nicht nur der einsamste Mensch in Madrid, sondern auch der verwirrteste.

Vielleicht schreibe ich dies alles aber auch für meinen Bruder Ángel auf, der bald nach Spanien zurückkommen wird. Auch für meine Freunde schreibe ich, meine Clique, La Plaga, damit sie sich an mich erinnern, an Ana María Martínez Madrugada, genannt Anita. An uns alle, wie wir gelebt haben. Keine Ahnung, ob ich es gut mache, aber versuchen will ich es.

Jedenfalls gehört hier hinein, dass meine Eltern spät geheiratet haben, aus dem einfachen Grund, dass sie sich erst begegnet sind, als mein Vater schon nicht mehr der Jüngste war, meine Mutter hingegen ›forever 35‹. Keiner von ihnen hatte Geld. Mein Vater, weil er ein Herumtreiber war und die Honorare für seine Artikel sofort für Seidenschlipse ausgab; er wohnte zur Untermiete bei einem alten Marqués an der Plaza de Cibeles. Meine Mutter hatte es viel schlechter getroffen. Sie war eine Vollwaise – wie im Märchen. Ihre beiden unverheirateten Tanten zogen sie auf. Sie erlaubten ihr nie, auch nur einen Schritt allein vor die Tür zu setzen. Erst als beide so tattrig waren, dass sie nicht mehr kontrollieren konnten, was meine Mutter trieb, machte sie sich auf Arbeitssuche. »Ich fürchtete mich tatsächlich vor dem Verhungern, denn ich hatte nichts gelernt, außer Kochen, Putzen, Beten und alten Weibern den Hintern abzuwischen. Aber ich wusste, ohne die Rente der Tanten würde ich ganz schnell auf der Straße landen, wenn sie mal zur Hölle fuhren, und das konnte jeden Tag passieren.«

Sie fand mit mehr Glück als Verstand eine Stelle als Garderobiere am Teatro Español, und das auch nur, weil sie schön war, schön wie Claríns ›Präsidentin‹. Und auch, weil die Tanten drei Freikarten für ›Das Leben ein Traum‹ geschenkt bekamen. Als meine Mutter die Mäntel abgab, kam sie mit einer gutmütigen Person hinter dem Garderobentresen ins Gespräch. Ein Wort gab das andere. Zwei Tage später stellte sie sich vor und bekam den Job. Das waren noch Zeiten! Die Tanten lagen abends ohnehin im Cognac-Koma vor dem Fernseher und merkten nicht, wie sich ihr Mündel davonschlich. Wenig später besuchte Papa das Theater, ließ sich von Mama den Trenchcoat abnehmen, kam am nächsten Tag wieder, machte ihr den Hof, wie es sich gehörte, mit Blumen, Konfekt und einem offiziellen Antrag. Die Tanten konnten das Glück meiner Eltern noch absegnen, bevor sie auf dem Rückweg von der Messe in ein Taxi hineinliefen, das die Gran Vía entlangschoss. Beide Damen hatten, weil sie sich aufeinander stützten, in der Morgendämmerung wie eine einzige Person gewirkt. Das behauptete zumindest der verstörte Taxifahrer. Bei der Testamentseröffnung kam heraus, dass die katholische Kirche als Haupterbin eingesetzt worden war. Meine Mutter erhielt außer dem mageren Pflichtteil nur eine Schatulle mit wertlosem Schmuck und ein Bild vom blutenden Herzen Jesu.

Ich kochte den Tee, brachte das Glas Wasser, öffnete den Fensterladen und fragte meine Eltern, ob sie noch etwas brauchten. Aber sie waren bereits eingeschlafen, jeder auf seiner Seite des Bettes. Ich konnte ihre Gesichter nicht sehen, denn sie hatten die Laken darübergezogen, als ertrügen sie selbst das graue Dämmerlicht nicht. Die beiden waren nur am Geruch zu unterscheiden – am Jasminparfüm meiner Mutter und dem Zimtduft jenes altmodischen Aftershaves, das mein Vater benutzte. Ihre Atemzüge drangen unter dem Leintuch hervor, ein erstaunlich lautes Geräusch, das mir nicht gefiel.

Um es nicht mehr hören zu müssen, ging ich in mein Zimmer, stellte mich ans Fenster und rauchte. Ich starrte auf die weißen Lichtritzen im Holz des Klappladens und überlegte, was ich mit dem geschenkten Wochenende anfangen sollte. Dann fischte ich das Smartphone aus den Shorts und schrieb an La Plaga:

V. V. fällt aus, bin zu Hause, was habt ihr vor?

Die Antworten ploppten nur so herein, und sie waren derart enttäuschend, dass ich am liebsten geheult hätte.

La Plaga, das sind Laura, die beiden Marías, María Carmen und María Pilar, die wir aber die kleine und die große María nennen. Die Jungs heißen David, Jorge und Juan Carlos. Meine Freunde waren schon vor einer Stunde ohne mich nach Los Molinos, ein anderes Bergdorf, aufgebrochen. Dort gab es ein Ferienhaus zu streichen und einen Pool zu putzen – jede Menge Arbeit mitten im Sommer, dafür aber einen vollen Kühlschrank, Alkohol und ein paar Euro bar auf die Hand. Das Sommerhaus gehörte einem fetten Typen namens Javier, dem Cousin eines Exfreundes der großen María. Er arbeitet bei einer städtischen Behörde, genau wie sein Vater und sein Onkel, und wollte alles piekfein haben, um da draußen seinen Geburtstag zu feiern. Weil alle davon ausgingen, dass ich auf dem Weg nach V. V. bin, waren sie ohne mich losgefahren. Lauras letzter Satz leuchtete mir auf dem Display entgegen: »Ich liebe diese Kurven! Noch zehn Minuten!« Ich wusste, dass sie schon viel zu weit weg waren, um noch umzukehren und mich zu holen. Jetzt heulte ich wirklich und tippte mit feuchten Fingern eine Nachricht an alle: »Bin doch hiergeblieben«. Ohne weiteren Kommentar, auf Erklärungen hatte ich keine Lust.

Ein ganzes Wochenende ohne La Plaga! Sie sind meine besten Freunde, mein Heimathafen. Den Namen hatte uns ein alter Kellner in einem Café neben unserer Schule gegeben. Jedes Mal, wenn wir das Lokal betraten, hatte er ihn geseufzt, weil wir ihn mit unserem Lärm, herumfliegenden Zuckertütchen und albernen Bestellungen zur Weißglut brachten. Das gefiel uns, und das Schimpfwort verwandelte sich in einen Ehrentitel. Immerhin waren wir noch nach der Schulzeit eine Clique geblieben, obwohl wir ganz unterschiedliche Pläne hatten.

Die kleine María studierte Psychologie, die große Volkswirtschaft. Laura, die einen Sommer lang mit meinem Bruder Ángel zusammen war, hat wie er einen Doktor; sie in spanischer, er in deutscher Literatur. Juan Carlos, mein ehemaliger Lover, ist Grafikdesigner. Die beiden anderen Jungs, David und Jorge, flüchteten schon im ersten Semester aus dem Jura-Hörsaal, um schnelles Geld auf dem Bau zu machen. Sie leisteten sich gemeinsam einen Alfa Romeo. Wie oft sind wir damit unterwegs gewesen, bis sie ihn an einen Zuhälter aus Toledo verkaufen mussten.

Jetzt führen wir alle exakt das gleiche Leben. Früher hätte das niemand für möglich gehalten. Ein Leben, das jeden Morgen mit der Frage beginnt, ob sich das Aufstehen lohnt. Keiner von uns bekommt die Arbeit, für die er ausgebildet wurde oder hat überhaupt einen Job, geschweige denn eine eigene Wohnung. Wir leben bei unseren Eltern, in unseren alten Kinderzimmern. Wenn wir einmal ein bisschen Geld verdienen, dann mit Gelegenheitsjobs und nie länger als ein paar Wochen. Laura haben ihre Bücher genauso wenig genützt wie Ángel, der jetzt in Deutschland lebt. Sie arbeitet in einer Tapas-Bar, die einem Bekannten ihres Vaters gehört. Das Einzige, was sie jetzt zu lesen bekommt, ist die Speisekarte.

Juan Carlos, der eine Menge von Kunst und Bildern versteht, hat sich neulich im Prado beworben. Als Saalwächter. Grundgehalt 900 Euro. Er bekam nie eine Antwort, aber ein paar Wochen später hieß es überall in den Nachrichten, dass 18 000 Bewerbungen eingegangen seien. Jetzt hilft er in einer Absteige als Nachtportier aus.

Laura hat mir erzählt, dass sie neulich auf dem Weg zur Plaza Mayor von einem Mann angesprochen worden sei. Kein Tourist, er sprach reines Kastilisch und war auch nicht betrunken. Ein spießiger Anzugträger, älter als ihr Vater. »Er hat mich gefragt, ob ich mit ihm in ein Hotel gehen würde, ganz in der Nähe, sehr sauber, er sei schon ein paar Mal dort gewesen.« Laura dachte erst, er wolle sich einen Scherz erlauben, und lachte ihn aus. Aber es war ihm völlig ernst mit seinem Angebot. Er nannte sogar eine Summe. Sie wollte nicht sagen, wie viel. Es muss beleidigend wenig gewesen sein.

Als sie ihn dann anbrüllte, wie er auf die Idee komme, sie anzuquatschen, sei er ausgerastet und habe ihr hinterhergeschrien: Welche Möglichkeiten sie denn sonst habe, dass sie es sich leisten könne, seine Großzügigkeit auszuschlagen? Es wisse doch inzwischen jeder, solche jungen Schlampen wie sie könnten ihre Brötchen nicht anders verdienen als horizontal, weil niemand in diesem Land sie brauche. Er bezahle, und er käme jeden Tag um diese Uhrzeit vorbei. Sie würde ihn noch auf Knien um diesen Job bitten. Laura hat ihn einfach stehengelassen, aber seine Worte haben sie härter getroffen als eine Ohrfeige. Obwohl er ein Arsch war, es stimmte: Die Alten brauchen uns nicht, aber wir brauchen sie.

Meine Eltern und all die Großeltern und Onkel der Freunde, bei denen ich zum Essen mit am Tisch gesessen habe und die mir sogar manchmal etwas Geld zustecken für einen lustigen Abend – sie seufzen doch und verziehen das Gesicht, weil wir nicht zufrieden sind mit dem, was sie uns bieten können, weil wir nicht dankbar genug sind, weil wir laut sind, verzweifelt und nicht so richtig wissen, was wir tun sollen, um aus der ganzen Scheiße rauszukommen. Wer wirklich Arbeit finden will, der bekommt auch eine: Das ist ein Mythos, an den sie noch glauben. Niemals sagt jemand ein böses Wort. Es sind nur die Blicke, die sie sich zuwerfen, das Kopfschütteln, wenn sie uns anschauen und uns das Gefühl geben, wir wären besser gar nicht da.

Ich fummelte ein Papiertaschentuch heraus und putzte mir die Nase. Eigentlich sollte ich mir nicht die Laune verderben lassen. Immerhin war Wochenende. Ich beschloss, einen Spaziergang zu machen, und zog die Wohnungstür leise hinter mir zu.

Eigentlich bin ich Lehrerin. Für die ganz Kleinen, drei bis sechs Jahre. Weil es mir gefällt, ihnen etwas beizubringen und gleichzeitig Schutz und Geborgenheit zu geben. Ich mag ihre Verrücktheit, dieses Ungesteuerte, Verspielte. Wahrscheinlich, weil ich selbst ziemlich verspielt bin. Anita Nanita nennt mich mein Bruder, nach dem alten Kinderlied: A la nanita nana. Ich kann stundenlang auf dem Fußboden sitzen, Puppen an- und ausziehen oder Lego bauen. Dabei verliere ich nie die Geduld.

In meinem Beruf habe ich noch nie gearbeitet, denn es gibt keine Stellen. Manchmal engagieren mich junge Familien aus der Nachbarschaft als Babysitterin, aber sie können mich nicht richtig bezahlen, weil sie auch arbeitslos sind. Sie revanchieren sich dann mit Naturalien – ich bekomme Zigaretten oder ein abgelegtes T-Shirt. Das ist besser als nichts, und weil fast alle, die ich kenne, so leben, ist es nichts Ungewöhnliches.

Am schlimmsten ist das schlechte Gewissen meinen Eltern gegenüber. Ich bin oft wütend auf sie, weil sie mich eben nerven, so wie alle Eltern nerven, wenn man sein eigenes Leben führen möchte. Aber ich darf nicht wütend sein, weil sie mich durchfüttern und dabei selbst auf vieles verzichten müssen. Ende des Monats steht Papa mit Hut und Sonnenbrille bei der Lebensmittelausgabe der Cáritas. Ich weiß das von Juan Carlos, weil seine Mutter dort auch hingeht und ihm von Papa erzählt hat. Ein bisschen Niedertracht war auch dabei, denn sie war nie begeistert von mir und meiner Familie, als Juan Carlos und ich noch ein Paar waren. Die Sache dauerte nicht lange, aber sie fand, der Sohn einer Reinigungskraft im Hospital Universitario de Madrid solle sich »vom Großbürgertum fernhalten«.

Dass der Großbürger Oscar Martínez Gómez vor ihr in der Schlange stand, um seine gespendeten Dosentomaten, Reis und Makkaroni abzuholen, weil auch er knapp bei Kasse war, hatte ihren Tag gerettet. So wie damals Papas Tag gerettet war, weil man ihn als Großbürger bezeichnete. Juan Carlos mag meine Eltern. Mama fand er scharf und war auch noch so frech, ihr das in meiner Gegenwart ins Gesicht zu sagen. Mit Papa konnte er stundenlang reden. Wenn es sich ergab, hockte er heute noch manchmal bei uns in der Küche, und die beiden quatschten miteinander.

Jedenfalls sähe ich alt aus ohne meine Eltern; ich habe nicht einmal genügend Geld, um meine Handy-Flatrate zu bezahlen. Die einzige Person in meinem näheren Bekanntenkreis, die wirklich unabhängig lebt, ist Marisol, die Freundin meines Bruders Ángel. Marisol wollte Ángel heiraten, mit ihm zusammenziehen. In ihrer Wohnung. Die sie sich leisten kann, weil sie als Angestellte bei einer Airline ein ganz ordentliches Gehalt bekommt. Ángel war dagegen, und als sie nicht lockerließ, ist er nach Deutschland gegangen, auch unseretwegen, um Geld zu verdienen, aber im Grunde ist er vor Marisol geflohen. Ich wünsche mir manchmal, ich wäre genauso mutig. Aber ich spreche diese gurgelnde Sprache nicht und bin außerdem feige. Anita Nanita eben. Seit er weggegangen ist, sind wir nur noch zu dritt.

Mein Vater war Literaturredakteur bei einer großen Tageszeitung, und obwohl er ganz ordentlich verdiente, bezeichnet er seine Rente als Lachnummer; das ist sie auch, weil er davon nicht nur drei Leute ernähren, sondern auch die Kredite für V. V. und unsere Wohnung in der Calle de San Pedro abstottern muss. Das geht seit einiger Zeit nicht mehr so einfach, weil die Bank unsere monatlichen Raten seit der Krise erhöht hat. Tatsächlich sitzen wir nur deshalb nicht auf der Straße wie viele andere, weil mein Bruder uns regelmäßig Geld schickt. Er ist nach Berlin ›ausgewandert‹, arbeitet dort an der Uni, gibt Seminare über eine längst verstorbene deutsche Schriftstellerin. Er hat ihre Gedichte ins Spanische übersetzt und kann stundenlang von ihr erzählen. Das werde ich jetzt nicht tun. Ihr Name ist mir ohnehin entfallen. Ich weiß nur noch die Eselsbrücke, die Ángel mir gebaut hat: Wie eine Stadt im Elsass. Was weiß ich vom Elsass! Die Schlauköpfe bei uns in der Familie sind die anderen drei. Ich bin Anita Nanita, die Kleine. Aber dass Ángel an der deutschen Uni kein Gehalt bekommt, sondern nur ›Lehrerfahrung‹, dass er seine Kohle als Arbeiter auf dem Bau verdient, wissen meine Eltern nicht. Das ist unser Geschwistergeheimnis, eine andere Geschichte, die ich mir für später aufhebe.

Meine Mutter stockt seit einiger Zeit unser Haushaltsgeld auf. Wie sie das macht, weiß ich nicht. Vielleicht gab es unter dem Schmuck der Tanten doch etwas Wertvolles, das sie zum ›Compro Oro‹ oder zur Pfandleihe tragen konnte. Sie tut wahnsinnig geheimnisvoll, es scheint ihr sogar Spaß zu machen. Mein Vater und ich fragen nicht nach, freuen uns aber über die Scheine, die sie ab und zu in die verbeulte Keksdose steckt. Ihr vertrauen wir alle unseren Anteil an wie einem Opferstock. Alles wird gerecht geteilt.

Wir sind von einer Familie zu einer WG geworden. Es gibt natürlich Regeln, die sich nicht geändert haben. Meine Mutter fragt immer, ob ich mir die Zähne geputzt habe, und gibt mir einen Gutenachtkuss. Mein Vater hilft nie im Haushalt, liegt nach dem Essen auf dem Sofa, mäkelt an meiner Kleidung herum, schimpft über mein Smartphone. Ich rufe meine Eltern an, wenn ich weiß, wo ich den Abend verbringe, damit sie sich keine Sorgen machen, und freue mich, wenn es beim Heimkommen nach Mandelgebäck riecht, und jedes Mal ärgere ich mich wieder, wenn meine Mutter sagt, sie habe keine Lust, jeden Sonntag eine Paella zu machen oder Madrider Eintopf mit Kichererbsen, nur weil Anita das so gewohnt sei. Gemeinsam versuchen alle beide immer noch, mich zum Lesen zu verführen. Meine Dauerarbeitslosigkeit scheint in den Augen meiner Eltern nicht so schlimm wie die Tatsache, dass ich nicht gerne lese. Höchstens mal eine Zeitschrift. Bücher machen mich irgendwie fertig.

Trotzdem bin ich nicht vollständig ungebildet. Das liegt daran, dass mein Vater Ángel und mir als Kindern pausenlos vorgelesen hat: während der Siesta, abends vor dem Zubettgehen, wenn wir krank waren oder einfach zwischendurch. Nicht nur läppische Babygeschichten, sondern richtige Literatur, die Klassiker: den Lazarillo de Tormes oder Don Quijote, die Theaterstücke des Siglo de Oro, dazu Gedichte von Quevedo bis García Lorca.

Richtig gerne mochte ich Bécquers unheimliche Legenden, auch Grimms Märchen, Mamas Ressort. Selbst beim Kochen hatte sie ein Buch vor der Nase. Aber während Ángel alles wie ein Schwamm aufsog, hatte ich bald eine Technik entwickelt, mich geistig wegzubeamen und an Interessanteres zu denken. Ich spielte lieber mit meinen Freundinnen Gummitwist, als im Zimmer zu hocken und den ganzen Tag zu lesen. Und meine Eltern übertreiben es wirklich.

Im Wohnzimmer stehen Bilder ihrer Lieblingsschriftsteller in silbernen Rähmchen, so wie bei anderen Leuten die Familienfotos: das grobe bauernschlaue Gesicht der Emilia Pardo Bazán, neben ihr der schöne junge Bécquer, außerdem Benito Pérez Galdós, Emilias Liebhaber mit Schnauzbart und traurigem Blick, dahinter ganz cool mit Zigarette Carmen Laforet. Über allen thront Leopoldo Alas, genannt Clarín, ihr Abgott. Lauter Tote. Der Einzige, der noch lebt und wohl sogar in Spanien, ist ein Deutscher, ein großer hagerer Typ mit blondem Haar, bei dessen Anblick ich jedes Mal eine Gänsehaut bekomme. Ich habe das Gefühl, ihn schon einmal gesehen zu haben. Papa behauptet, er sei einer der größten Schriftsteller, die er je gelesen habe, und einer der geheimnisvollsten dazu, weil er sich vor aller Welt verstecke und es nur dieses Foto von ihm gäbe.

Ich bummelte langsam die Calle de San Pedro hinunter, versteckt hinter der Sonnenbrille, den Rucksack über der Schulter, als hätte ich ein bestimmtes Ziel. Ein hohles Gefühl machte sich in mir breit: Ärger über meine Eltern, die durch ihre blöde Unternehmung dafür gesorgt hatten, dass meine Clique ohne mich unterwegs war und dass ich wegen dieser blöden Übelkeit jetzt nicht einmal die vertraute Langeweile von V. V. um mich hatte, sondern meiner Stadt ausgesetzt war. Madrid wirkte nicht so quirlig wie zu anderen Jahreszeiten, aber immer noch wuselten genügend Leute herum, die einkauften, Geld ausgaben, einen Plan hatten. Zumindest die älteren. Bei den jungen wusste ich ja Bescheid. Ich zähle sie oft durch, wenn ich an ihnen vorbeigehe, an den Mädchen in ihren bunten Sommerfummeln, den Jungs mit ihren Basecaps: Du hast, du nicht, du hast, du nicht. Oder: winner, loser, winner, loser. Geldverdiener, Hungerleider, Geldverdiener, Hungerleider. Jeder zweite von uns ist arbeitslos. Sie nennen uns ›Generación Cero‹. Die einzigen, die sich um uns kümmern, sind unsere Familien.

Als ich auf der Calle de Atocha angekommen war, wusste ich, wohin ich wollte: zu der kleinen Zoohandlung, um die Welpen im Schaufenster anzusehen. Sie waren erst seit ein paar Tagen dort ausgestellt. Seitdem bin ich ein paar Mal hingegangen, um zu beobachten, wie sie sich auf dem dick mit Sägemehl bestreuten Boden herumwälzten, miteinander balgten und sich spielerisch bissen. Ihr Fell schimmerte in Schoko- und Karamelltönen, sie hatten unförmige Pratzen mit rosigen Ballen, weiche schlaffe Ohren und feuchte leberfarbige Nasen. Die Augen waren teilweise noch stark verklebt, ein Zeichen dafür, dass man sie viel zu früh von der Mutter weggenommen hatte. Nach einer gewissen Zeit fielen sie in erschöpften Tiefschlaf, niemals ohne sich vorher unter Schnüffeln und Jaulen in sinnlosen Kreisen durch ihr Gefängnis zu bewegen, auf der Suche nach der für immer abwesenden Hündin und ihrem zitzengesäumten Leib, dessen Herzschlag und Geruch das Einzige war, das ihnen vertraut war. Diesen Moment ertrug ich nie lange. Hastig wandte ich mich ab und streifte noch eine Weile die stark befahrene Straße entlang, um wieder zur Ruhe zu kommen.

An der Metrostation Antón Martín holte ich mein Handy heraus, das schon vor dem Schaufenster immer wieder in meiner Tasche vibriert hatte. Auf einmal fühlte ich mich einsam, mitten im Gewühl. Massenweise Nachrichten von La Plaga.

Unverdrossen schrieben sie über das Haus des fetten Javier:

Total irre, der Typ muss krank sein, das Haus braucht keinen Anstrich, sieht aus wie neu! Gasgrill und Pool!

Das machte mich noch ärgerlicher, ich schickte ein vergrämtes Emoji zurück. Sie konnten sich doch denken, dass ich nichts von ihren Party-Vorbereitungen hören wollte. Nicht einmal die kleine María, sonst die Kümmerer-Mutti, hatte mehr als ein schnödes »Arme Anita, ich denk an dich!« für mich übrig.

Ohne es zu merken, war ich bis zum Ciné Doré geschlendert. Gegenüber gab es ein Café, unter dessen Markise ich mich kurz in den Schatten stellte, um in Ruhe weiterzulesen. Inzwischen war es brütend heiß geworden. Kellner trugen beschlagene Gläser herum, in denen Eiswürfel klirrten. Ich wischte mir den Schweiß aus dem Ausschnitt, schob die Brille ins Haar. Mein Kopf schmerzte, das Handy zuckte in meiner Hand. Mit jeder Meldung gab es ein Geräusch wie bei einer platzenden Blase.

Laura: Wir sind sooo fleißig, die erste Wand ist fertig!

Juan Carlos: Die Farbe stinkt, und der Anstrich sieht insgesamt schwul aus.

David: Der ganze Kühlschrank ist voller San Miguel, wir trinken auf dich!

Dieses sinnlose Blabla nervte mich derartig, dass ich gar nicht mehr antwortete. Ich schaltete mein Handy ganz aus und ging weiter Richtung Bahnhof. Passanten wichen mir aus, weil ich wohl ziemlich grimmig schaute. Prompt rempelte ich einen britischen Touristen an, der begeistert in die Gegend glotzte.

Ich hörte, wie ein älterer Mann hinter mir zu seinem Kumpel sagte: »Sieh dir die Kleine an, José! Als hätte sie Essig getrunken!« Die beiden verschwanden lachend im nächsten Hauseingang, bevor ich etwas erwidern konnte.

Plötzlich stand ich erneut vor dem Zoogeschäft. Die Welpen schliefen und bildeten eine Art Haufen, Pfoten und Stummelschwänze zuckten, samtige Ohren zitterten. Sanft bewegte sich der pelzige Berg auf und ab, durch Herzschläge und Atemzüge. Kein Geräusch drang durch die Scheibe, aber ich konnte mir vorstellen, wie die Tiere schnauften und fiepten.

»Was macht es aus, wenn Sie ihn zurücknehmen? Er ist kerngesund! Wer soll sich um ihn kümmern?« Der Vorhang aus bunten Plastikstreifen am Ladeneingang wurde beiseitegeschleudert, ein Typ in meinem Alter stürmte schimpfend heraus. Vor der Brust trug er einen durchlöcherten Schuhkarton. Der alte Händler folgte dem Wütenden auf die Straße, drohte ihm mit der Faust: »Hau ab, du Penner! Sonst rufe ich die Polizei!« Der andere sah ziemlich gut aus, Dreitagebart und blitzende Augen. Er knurrte etwas Unflätiges, verzog sich dann aber in Richtung Bahnhof. Einige Passanten waren stehen geblieben. »Was war denn mit dem los?«, fragte eine Frau mit überquellender Einkaufstasche. »Ach, eine Frechheit, diese jungen Leute ...« Ich schlug die gleiche Richtung ein wie der Typ, zum Bahnhof runter. Bloß nicht so schnell nach Hause, in meinen Käfig, möglicherweise noch mehr Tee kochen oder den Eimer leeren. Nein, das war gemein! Wenn ich krank war, pflegte mich Mama immer hingebungsvoll, mit warmer Fleischbrühe, kalten Wickeln, ohne ein böses Wort.

Trotzdem wollte ich meine Freiheit noch ein bisschen länger behalten. Im Palmengarten der alten Halle herumspazieren. In die flirrenden Scheiben des Deckengewölbes schauen, das

Gehetze und Gerenne ringsum spüren, den leichten Wind der Eile, den die Vorbeihastenden erzeugten. Eine Frau mit einer teuren Reisetasche aus Leder drängte sich an mir vorbei, stieß mich dabei grob in die Seite. Ich roch ihr Parfum und hasste sie. Ein Haufen Idioten mit gepackten Koffern auf dem Weg ins Glück oder zumindest ans Meer. Und ich? Zu wenig Geld, um auch nur mit dem Zug bis V. V. zu kommen. Zu lasch, um mich auf die Socken zu machen wie Ángel. Aber der kann Deutsch, dadurch wurde es leichter. Mir liegen Fremdsprachen nun mal nicht. Außerdem bin ich keine Heldin. Aus Spanien fortzugehen, aus Madrid, wo ich geboren wurde, weg von meinen Freunden, ganz ehrlich, mir ist das unheimlich. Und nach all dem, was Ángel mir – nicht unseren Eltern – von Deutschland erzählte und schrieb, obwohl er mehr als verrückt nach diesem Land war, hatte ich noch weniger Mut.

Schließlich beschloss ich, bis zur Schranke vor der Halle für die Fernzüge zu gehen, um nachzuschauen, wann ein Zug nach Alicante fuhr. Weil wir ja V. V. besaßen, kam ein Familienurlaub am Meer nicht in Frage. »Was glaubt ihr, wer wir sind – Krösus? Das Meer, das könnt ihr später ohne uns machen!«

Trotzdem war ich mit sieben Jahren in Dénia gewesen, hatte dort zum ersten Mal gesehen, wie die Wellen an den Strand schlugen, roch Gischt und Salz, bohrte meine nackten Zehen in den Sand. Vorher hatte ich eine schwere Lungenentzündung gehabt, und Mutter war plötzlich der Meinung, ich müsse meiner Gesundheit wegen an die See. Ángel und ich waren eigentlich versöhnt mit V. V., wollten nirgendwo anders hin und jammerten. Ich weiß noch, wie verwundert ich darüber war, mit welchem Nachdruck meine Mutter auf dieser Reise bestand, denn die Wochen nach der Krankheit, in denen ich zu Hause bleiben und mich schonen musste, waren nicht besonders schön gewesen. Wir hatten Streit miteinander, es gab häufig ›Ana-Drama‹, wie meine Mutter es Papa gegenüber verächtlich nannte.

Als erklärter Feind von »Strandgegammel« zeigte sich mein Vater bockig, doch Mutter wollte unbedingt an die Küste. Schließlich blieb er alleine zurück, mit dem festen Vorsatz, in V. V. all das zu reparieren und zu streichen, wozu er angeblich nie kam, wenn wir dabei waren. Ich glaube, er hatte einfach keine Lust. Natürlich brachte er uns zum Gleis, verstaute die Koffer im Gepäcknetz und schaute uns melancholisch an. Ich weiß noch, dass ich traurig war, weil er nicht mitkam, und dass ich eines seiner gebügelten Taschentücher eingesteckt hatte, um ihm aus dem Zugfenster zu winken, bis er nur noch ein verschwommener Strich in der Ferne war. Da vergrub ich weinend mein Gesicht in dem Stück Stoff, während Ángel mich auslachte und meine Mutter, ganz gegen ihre sonstige Art, energisch verlangte, ich solle sofort mit der Heulerei aufhören.

Die Fahrt selbst hat bei mir kein einziges Bild hinterlassen, ich erinnere mich auch nicht an die Ankunft auf dem Bahnhof von Alicante, das Umsteigen nach Dénia oder das Einchecken in der Pension ›Costa Blanca‹, in der Mama auf Empfehlung von Bekannten für zwei Wochen ein Zimmer gemietet hatte. Außer uns wohnten hier nur deutsche Rentner. Einige von ihnen besaßen Hunde, mit denen wir schnell Freundschaft schlossen. Ángel verliebte sich in Sabine, die blonde Enkelin eines Hamburger Ehepaars. Die beiden steckten von früh bis spät zusammen. Mit diesem Mädchen begann seine seltsame Deutschland-Leidenschaft. Sie brachte ihm die ersten Sätze bei und schenkte ihm zum Abschied ihr deutsch-spanisches Wörterbuch. Ich fühlte mich abgehängt, doch meine Mutter fing dies durch geradezu chronisch gute Laune auf. Sie kaufte mir ständig Eis und spielte in den Mittagsstunden unermüdlich Memory mit mir. Tagsüber saß sie im Schatten auf einem Liegestuhl und las oder schrieb Postkarten. Seit der Krankheitszeit hatte ich häufig Albträume und wachte dann von meinem eigenen Angstgepiepse auf, während mein Bruder ungerührt weiterschnarchte. Auch in Dénia fuhr ich in der ersten Woche hoch und sah im Schein der Nachttischlampe, dass die Klappcouch leer war. Ich rief leise nach meiner Mutter, hoffte, sie wäre vielleicht auf der Toilette, und wusste doch genau, dass sie nicht dort sein konnte, weil weder Licht unter dem Türspalt zu sehen, noch vertraute Geräusche zu hören waren. Außer meinem vom Schlaf ausgeschalteten, nutzlosen Bruder war niemand im Zimmer.

Das erschreckte mich ungeheuer, und ich fasste den Entschluss, mich unter der Decke zu verkriechen. Wo um alles in der Welt sollte meine Mutter mitten in der Nacht hingegangen sein? Heulend und zitternd krümmte ich mich zusammen. Dennoch musste ich eingeschlafen sein, denn ich erwachte erst am nächsten Morgen wieder und sah, wie ein breiter Sonnenstreifen über die volle, sanft auf und ab gehende Brust meiner Mutter fiel, die der Nylonstoff des Nachthemds kaum verhüllte. Sie schlief auf dem Rücken, die langen schwarzen Haare ringelten sich feucht an Stirn und Schläfen, wie nach dem Baden im Meer, wenn sie voller Salz waren. Der Mund stand halb offen, auf den Lidern klebten Reste von silbernem Puder, und sie trug noch ihre Halskette, die sonst als glitzerndes Nest auf dem Nachttisch neben Armbanduhr und Ohrringen lag. Der breite Goldfaden lief mitten durch einen hellrosa Fleck, der an der Kehle aufblühte. Ich war mir nicht mehr sicher, ob ich ihre Abwesenheit nicht doch geträumt hatte. Dann kamen das Frühstück, die Hunde. Ángel wurde plötzlich wieder zutraulich, weil Sabine am Vortag abgereist war.

Wir beschlossen, am Strand Einsiedlerkrebse zu fangen, und so vergaß ich, was ich mir beim Aufwachen vorgenommen hatte: Meine Mutter zu fragen, ob sie in dieser Nacht wieder verschwinden würde.

Auf der Anzeigetafel war die Abfahrtszeit nach Alicante angeschrieben: 12:17 Uhr. Ich hatte auf einmal keine Lust mehr zu bleiben und wollte nur noch nach Hause, zu meinen Eltern. Seit ich denken kann, litten sie unter verschiedenen Wehwehchen, hauptsächlich Rücken- und Kniegeschichten. Mein Vater kultivierte seine Migräne, meine Mutter ihre empfindliche Haut. Mit den Mägen war allerdings noch nie etwas gewesen. Aber sie waren alt, was mich oft ärgerte und beschämte, auch wenn meine Freunde das nicht so sahen. »Deine Eltern sehen doch voll jung aus, was willst du eigentlich?« Es reichte doch, dass ich es wusste. Trotzdem drängte es mich, sie zu fragen, ob sie noch etwas brauchten. Aber bevor ich mich durch die glühenden Straßen schleppte, kaufte ich mir in der alten Bahnhofshalle eine Flasche Wasser. Die wollte ich dort im Palmengarten trinken, eine Ahnung von Urlaub.

Mit der beschlagenen Plastikflasche in der Hand trat ich an das Geländer vor dem Teich mit den Schildkröten, und während ich mit kleinen Schlucken trank, beobachtete ich die Tiere, die sich auf einer schräg in den künstlichen Tümpel ragenden Steinplatte versammelt hatten. Fast unbeweglich ruhten sie halb im Wasser, gelbschwarz gestreifte Hälse, karierte Panzer, seltsame dreieckige Schwänzchen. Ein Modergeruch stieg von ihnen auf, vermischte sich mit dem feuchten Dunst der Pflanzen ringsum. Viele Schildkröten lagen aufeinander wie gestapelte Riesenkiesel. »Verdammte Scheiße!« Ein Mann neben mir fluchte so laut, dass ich vor Schreck meine Flasche fallen ließ. Als er sich, genau wie ich, danach bückte, stießen unsere Köpfe zusammen. Der Typ hielt einen mit Löchern versehenen Pappkarton umklammert. Es dämmerte mir langsam. »Bist du nicht vorhin aus dem Zooladen gekommen?«

Ich rieb mir die Stirn. Er sah wirklich nicht schlecht aus.

»Ich war in dem Laden, weil ich Achilles zurückbringen musste. Miguel wollte ihn nicht mehr haben, er erträgt es nicht, sagt er. Das Geräusch der Krallen auf dem Fußboden. Sein ganzer Anblick erinnert ihn zu sehr an mich.« Ich hob die Augenbrauen. »Achilles? Miguel?« Statt einer Antwort hob er den Pappdeckel an. Eine Schildkröte saß auf einem Salatberg und schaute, als sei ihr all die Aufregung völlig egal. Glänzende dunkle Augen mit gleichmütigem Blick waren das Einzige, das sie mit ihren Verwandten da unten im Wasser gemeinsam hatte. Nicht nur, dass sie viel kleiner war als diese Monster. Auf dem schlammgrünen Hals gab es keine Spur von Gelb. Dafür trug sie auf ihrem dunkelbraunen Panzer – ich streckte kopfschüttelnd die Hand aus, um die harte Hornwölbung mit dem Zeigefinger zu berühren – ein Herz aus funkelnden Steinen, in dessen Mitte sich die Buchstaben M und P ineinanderschlangen. Das Tier senkte langsam den kahlen Kopf, zog ein Salatblatt unter dem vorderen Klauenfuß hervor, kaute mit seinem merkwürdigen, schnabelartigen Mund. »Er heißt Achilles. Und Miguel ist mein Freund. Ich habe ihm Achilles zu unserem letzten Jahrestag geschenkt. Die Steine hat ein Juwelier in Chueca eingelassen, unser Bekannter.« Ich nickte, weil ich nicht wusste, was ich dazu sagen sollte. Die Idee hätte er aus der britischen Serie ›Brideshead Revisited‹, die er und sein Freund so liebten und in der ein Mann eine Schildkröte mit Initialen verschenkt, allerdings aus echten Brillis. Dann stellte er sich als Pablo vor. »Ich muss jetzt gehen«, sagte ich. Dabei schraubte ich den Deckel auf mein Nuckelfläschchen. »Es war nett, euch beide kennenzulernen. Achilles scheint ein freundlicher Kerl zu sein«, murmelte ich und drehte mich in Richtung Ausgang. Eine kräftige, aber ziemlich verschwitzte Hand legte sich auf meine Schulter. »Warte bitte, ich muss dich etwas fragen.« Pablos Augen schwammen ein wenig. Wir setzten uns auf eine freie Bank. »Ich bin Ingenieur, Elektrotechnik, brauchte dringend einen Job.« Ich nickte bloß. »Miguel arbeitet im Buchladen seines Vaters. Ich kann mich nicht von meinem Freund aushalten lassen, bis die Scheiße hier sich ändert. Verstehst du?« Was sollte ich dazu sagen? Ángels Geschichte. »Jetzt hab ich mich in Deutschland beworben. Bei Mercedes.« Ich nickte ungeduldig. »Haben sie dich genommen?« Pablo kratzte sich das Stoppelkinn. »Ja, mit Kusshand. Den Deutschen gehen die Fachkräfte aus. Die zahlen mir sogar einen Sprachkurs.«

Zugegeben, ich war ein bisschen neidisch. Noch einer, der sich was traute. »Aber einen Haken wird die Sache ja haben, so belämmert wie du schaust.« Er senkte den Blick, sah auf die Schildkröte, die sich in ihren Panzer verzogen hatte und zu schlafen schien. »Miguel will nicht mitkommen. Der Laden, seine Eltern, der einzige Sohn. Er hat sich von mir getrennt, schon vor einer Woche. Heute hat er mir Achilles zurückgegeben.«

Jetzt schniefte er, ich legte ihm den Arm um die Schultern. Er fasste sich schnell wieder, rieb sich mit einer kurzen, ärgerlichen Geste mit dem Handrücken über die Augen. »Achilles ist aus dem Laden an der Calle de Atocha. Der alte Trottel wollte ihn nicht wieder zurücknehmen. Man könne nicht wissen, ob er krank sei, er würde ihm den ganzen Bestand verseuchen. Deshalb wollte ich ihn hierher bringen«, er zeigte auf die Tiere im Wasser, »aber ich hab nicht darüber nachgedacht, dass er ja eine Landschildkröte ist.« Er nahm den Karton von seinen Knien, hob ihn mit beiden Händen fast bis unter meine Nase, dass ich den Salat- und Krötengeruch einatmen musste und fragte feierlich: »Willst du ihn haben? Er macht praktisch keine Arbeit. Ich kann ihn doch nicht nach Stuttgart mitnehmen.«

Durch das verglaste Kuppeldach schossen ein paar Sonnenstrahlen, trafen die künstlichen Steine auf dem Panzer: »Millionen roter und blauer, grüner und gelber Glitzerfunken umschwirrten die Steine wie ein Wirbel winziger Feuerteilchen.« Ich hörte die Stimme meiner Mutter, die mir Bécquers Legende ›Der goldene Armreif‹ vorlas. Diese Erinnerung war auch schuld an dem, was ich jetzt tat. Siedendheiß fiel mir ein, dass ich nach Hause musste. Das Gedröhne in der Wartehalle, die Hitze, die traurigen Augen vor mir, das alles brachte mich dazu, nach der Pappschachtel zu greifen und zu seufzen, wie meine Freundin Laura immer seufzt, wenn etwas Unangenehmes, aber Unvermeidliches ansteht: »In Gottes Namen, ziehen wir es eben durch.«

Ein paar Minuten später stand ich wieder auf der Straße und ging, den Karton unter dem Arm, nach Hause. Was meine Eltern wohl zu dem neuen Mitbewohner sagen würden? Möglicherweise konnte das kleine Biest sie aufheitern. Bei den Häufchen, die die glitzernde Schildkröte fallen ließ, musste ich eben die Zähne zusammenbeißen und nachwischen. Außerdem hatte das komische Zusammentreffen mit Pablo noch etwas Gutes gehabt. Eine Investition in die Zukunft: Es war genau die richtige Geschichte für den verdammten ›Club der Schwätzer‹, mit der mich meine Freunde schon die ganze Zeit nervten.

Der ›Club der Schwätzer‹ ist auf Lauras Mist gewachsen. Es muss Monate her sein. Da standen wir mal wieder vor dem

Problem, den Abend ohne Kohle zu gestalten. Niemand hatte eine Idee, weil alle sauer waren nach diesem Tag: Polizei-Knüppel, keine Veränderungen in Sicht und nicht genügend Geld, um sich auch nur in das billigste Café zu setzen.

Unsere Unternehmungen unterscheiden sich nicht von denen anderer junger Leute ohne Jobs. Wir tun das, was die meisten in unserer Lage machen, wenn wir nicht gerade auf der Puerta del Sol demonstrieren oder uns vor irgendeiner Bank die Seele aus dem Leib schreien: in günstigen Bars rumhängen, mit der Slackline in einen Park gehen, Sex natürlich, draußen oder im Auto, weil zu Hause immer die Familie ist, und bottellón, das heißt, Saufen von Selbstgemixtem an der frischen Luft, obwohl wir eigentlich zu alt dafür sind. Madrid ist die Stadt, die nie schläft, klar, aber es ist dort nicht einfach, wenn man blank ist. Wir sollten eigentlich zu Hause in unseren Kinderbetten liegen wie tot, wie Dornröschen hinter der Dornenhecke, und erst wieder zum Vorschein kommen, wenn der rettende Prinz im Anmarsch ist. Aber da ist weit und breit niemand in Sicht.

An jenem Abend, als der ›Club der Schwätzer‹ das Licht der Welt erblickte, legten wir zusammen, kauften ein paar Flaschen Gin und Limonade, kippten alles in einen Wasserkanister und suchten uns in einem abgelegenen Teil des Retiro-Parks zwei Bänke. Hier konnten wir ungestört den Behälter kreisen lassen, bis das Getränk alle Brocken, die uns quersaßen, in seiner brennenden Süße aufgelöst hatte wie Rohrreiniger den Dreck in einem verstopften Abfluss. Laura verträgt nicht viel, sie ist eigentlich zu brav und die traurigste von uns, weil sie auch noch unglücklich verliebt ist. In ihren blöden Chef, Paco, einen großen, langbeinigen Angeber, der zu alt für sie ist und außerdem schon jede Kellnerin in seinem Laden flachgelegt hat. Ich habe sie einmal dort abgeholt und mitgekriegt, wie er sämtlichen Gästen erzählte, sein Vater habe als kleiner Junge Ernest Hemingway gekannt. Die Bekanntschaft bestand darin, dass der Rotzlöffel Hemingway erklärte, wie dieser vom Hotel Florida zur Plaza Santa Ana komme. Hemingway habe Spanisch gesprochen, aber die Antwort nicht verstanden. Er sei falsch abgebogen und torkelnd und singend in der Nacht verschwunden. Als ich Laura später fragte, wie das sein könne, da ihr Chef doch aus Torremolinos stamme und nicht aus Madrid, wurde sie sauer. Auch an diesem Abend fing sie wieder davon an, dass Paco sie den ganzen Tag über wie Luft behandelt habe. Lauras Augen füllten sich mit Tränen, wie immer, wenn sie von dem Arsch erzählt. Dann setzte sie sich kerzengerade hin, wischte vorsichtig mit dem Zeigefinger an den unteren Lidrändern entlang, um die verschmierte Mascara zu entfernen, und begann unvermittelt, von einem Buch zu erzählen, über das sie im Studium eine Arbeit geschrieben und das sie jetzt wieder hervorgeholt habe, weil es so toll gewesen sei: ein Klassiker, weltbekannt, aus der Zeit der Renaissance. Ich musste mich wirklich zusammenreißen, um nicht aufzujaulen, ließ mir von der großen María den Kanister reichen und nahm einen kräftigen Schluck. Wenn mich etwas noch mehr langweilt als Bücher im allgemeinen, dann sind es alte Bücher.

Ich verschluckte mich, bekam einen Hustenanfall, verstand also nicht, wie der italienische Typ hieß, der das Ding geschrieben hatte, auch nicht den Titel, nur, dass es um eine Gruppe junger Leute ging, die zur Zeit der Pest aus Florenz flüchteten. Vor lauter Todesangst war alle Menschlichkeit außer Kraft gesetzt, »so dass der Bruder den Bruder floh, dass ein Weib den Mann verließ, und, was ungewöhnlicher ist und kaum glaublich klingt, dass die Eltern ihre Kinder im Stich ließen«. Wie immer, wenn sie etwas Empörendes erzählt, zog Laura die

Augenbrauen zusammen, ihre Stimme wurde tief und kehlig. »Diese jungen Männer und Frauen taten sich zusammen, um auf ein Landgut zu fliehen, wo es keine Krankheit gab, nur wogende Kornfelder und singende Vögel.« Sie waren anscheinend gut betucht, dass sie so einfach abhauen und es sich wohlsein lassen konnten, aber genau das taten sie. Damit keine Langeweile aufkam, erzählten sie sich während der Siesta gegenseitig Geschichten. Darin ging es fast immer um die Liebe, und viele seien recht versaut. Wir lachten. David hob el botellón, um einen Toast auf den toten Italiener auszubringen. Sicher auch, um Laura zu unterbrechen. Doch plötzlich sagte die kleine María: »So was sollten wir auch machen. Jeder von uns muss eine Geschichte erzählen! Das wird bestimmt lustig!« Laura schüttelte den Kopf: »So einfach geht das nicht. Da gab es Regeln, man konnte nicht einfach losquatschen!« »Das ist gut, ich habe nämlich keine Lust, mir Schweinereien anzuhören, wie die Jungs sie sicher erzählen wollen«, warf die große María ein. Jorge gab auch seinen Senf dazu: »Und auch keinen wiedergekäuten Müll von YouTube oder irgendwelchen Serien.« »Genau, nichts Ausgedachtes!« Laura war wieder zufrieden. Sie strahlte: »Ja, lasst uns eine richtige Tertulia gründen!«

Es ging dann alles schnell: Zuerst haben wir uns einen Namen gegeben: ›Club der Schwätzer‹. Die Bezeichnung Tertulia kam uns affig vor, zumal außer Laura keiner genau wusste, was das überhaupt war.

Unsere Regeln sind ganz einfach. Anstatt sie aufzuschreiben, filmte ich Laura mit meinem Smartphone, während sie sie verkündete, auf einer Bank sitzend, wie eine Lehrerin. Man erkennt sie schlecht, weil es kurz vor Mitternacht war, aber ihre Stimme ist gut zu hören.

»Die Geschichten müssen wahr sein, aber ihr müsst sie

nicht selbst erlebt haben. Keine Geschichte soll länger dauern als eine halbe Stunde. Die Geschichten dürfen nicht aufgeschrieben werden, sie sind Privateigentum des Erzählers. Weitererzählen ist aber erlaubt. Sie müssen heute passiert sein, in unserer Stadt, in unserem Land, in unserer Zeit. Bitte nichts vom Bürgerkrieg, den Großeltern, Franco und dergleichen. Wer dreimal nichts zu erzählen hatte, muss den Rest des Clubs an diesem Abend freihalten. Es müssen richtige Geschichten sein, mit Anfang, Mitte und einem Ende. Richtig erzählt. Mit Mühe. Mit Liebe.«

Ein schönes Schlusswort, oder? Erzählt hat Laura in dieser Nacht allerdings nichts mehr. Wir mussten schnell verschwinden, weil der Park geschlossen wurde.

Ein paar Nächte später hat Juan Carlos den Anfang gemacht, ausgerechnet er! Dabei habe ich heimlich mein Handy mitlaufen lassen, später auch bei den anderen. Niemand hat etwas gemerkt. Ich glaube, sie fänden das nicht so gut. Aber es ist klasse, die Stimmen meiner Freunde immer bei mir zu haben.

Wenn ich nicht schlafen kann, höre ich sie mir an. Und staune darüber, wie viel sie zu erzählen haben und wie gut sie das machen. Ich kann nicht so frei aus der Hüfte schießen. Sie plaudern einfach los. Es hört sich an wie im Radio, flüssig, oft witzig und ganz logisch aufgebaut. Damit ich mich nicht bis auf die Knochen blamierte, wollte ich diese Achilles-Geschichte zu Hause schnell aufschreiben.

Ich blieb stehen, um noch einen Schluck Wasser zu trinken, denn es war inzwischen so heiß geworden, dass die Luft über dem Asphalt zitterte. Vorsichtig sah ich unter den Pappdeckel der Krötenschachtel, aber Achilles blieb in seinem Panzer verschwunden. Inzwischen war es in der Sonne wirklich kaum noch auszuhalten. Auf dem Paseo del Prado warfen die Bäume wegen der Hitze schon gelbe Blätter ab, der Boden staubte weiß.

Während des restlichen Weges steckte ich mir meine Kopfhörer in die Ohren und hörte mir die Geschichte von Juan Carlos noch einmal an, in alter Anhänglichkeit und weil er eine schöne Stimme hat, tief und beruhigend, wie ein großes Instrument aus dunklem Holz:

◆

»Normalerweise hätte ich mich heute gedrückt, weil ich schon lange nichts mehr erlebt habe, für das es sich lohnt, den Mund aufzumachen. Die spannenden Dinge passieren höchstens in meinen Fußballzeitungen. Aber gestern ist etwas geschehen, das ich euch sowieso erzählen wollte, weil es total verrückt ist.

Es war Samstagabend, noch zu früh, um auszugehen. Meine Mama war auf Besuch bei Tante Flor in Castillejos. Zu Hause fühlte es sich an, als habe man heißen Schaumstoff bis unter die Decke gestopft und der bewegte sich nicht einen Millimeter, auch wenn alle Fenster aufgerissen waren.

Sonst bin ich immer froh, wenn Mama mal weg ist und mich nicht nervt mit ihrem Gejammer über das Leben und meine Zukunft, aber als ich an diesem Abend aus dem Hotel heimkam und ihr Parfum roch, das Hauskleid auf dem Bügel an der Badezimmertür hängen sah, mit den vergilbten Gänseblümchen und dem ausgefransten Gürtel, vermisste ich sie auf einmal. Es hätte mir in diesem Moment nicht einmal was ausgemacht, wenn sie mich wegen Mädchen gelöchert oder mir wieder vom Sohn des Nachbarn erzählt hätte, der ja ›wie durch ein himmlisches Wunder‹ vor einem halben Jahr eine feste Stelle bei der Telefónica bekommen hatte. Ich fühlte mich einsam, als wäre ich der einzige Mensch auf der Welt.

Also ging ich in die Küche, riss den Kühlschrank auf, um mir irgendwas reinzustopfen. Bei meiner Mutter verhungert man nicht, auch wenn es knapp ist. Normalerweise hat sie immer etwas da, und ich erinnerte mich auch, russischen Salat und eine halbe Tortilla gesehen zu haben. Jetzt lag da nur eine einsame Artischocke und zeigte mir ihre zackigen grünen Zähne. Sicher hatte meine Mutter alles zu Tante Flor geschleppt. So macht sie es immer, wenn sie das alte Mädchen besucht, das in seiner eigenen Küche nicht mehr viel zustande bringt.

Kälte strömte aus dem Kühlschrank, zusammen mit hellgelbem Licht und Putzmittelgeruch. Die Kühle fühlte sich so erfrischend an, dass ich mir das Hemd aufknöpfte und meinen Bauch eine Weile davorhielt. Während ich eine Dose Bier herausangelte, kam mir die Idee: Der Supermarkt des Corte Inglés! In anderen Läden gibt es ja nur ein oder zwei Gefrierkisten, da konnte ich auch daheim bleiben und weiter die Stromrechnung hochreißen. Aber im Corte Inglés hatten sie eine ganze Reihe von Schränken! Ich könnte mir die Auslagen ansehen, ein paar von diesen Toffee-Pralinen für Mama kaufen, so was freut sie. Wenn ich nicht mehr schwitzte wie ein Affe, würden die Stunden bis zum Abend schneller vorbeigehen.

Es war aber nicht so schön, wie ich es mir vorgestellt hatte. Kühl schon, richtig frostig. Die Süßigkeiten fand ich schnell, vier kleine Kugeln zu fünf Euro, in einer Art Streichholzschachtel. Mein Budget musste ich dafür überziehen. Schließlich stellte ich mich vor den riesigen Tiefkühltresor für Gemüse, die gläserne Schiebetür einen Spalt weit geöffnet, ganz unauffällig. Aber genießen konnte ich es nicht. Schon diese aufeinandergestapelten Massen teurer Lebensmittel deprimierten mich. Touristen drückten sich herum: Deutsche, die alles nur befingerten und dann das Billigste herauspickten, eine

Horde Briten auf der Jagd nach Wein, Asiaten, keine Ahnung aus welcher Ecke, und natürlich die üblichen Verdächtigen, für die der Preis nicht zählt.

Noch vor ein paar Jahren sind meine Mutter und ich öfter ins Corte Inglés gegangen und haben uns ein paar Kleinigkeiten für den Sonntag gegönnt. Nicht viel, es war ja nie üppig bei uns, aber für ein bisschen Schinken, Fisch oder Süßigkeiten hat es immer gereicht. Und heute? Erzählen bedeutet ja auch, die Wahrheit zu sagen. Wenn wir also schon dabei sind: Ich habe mehr als ein Mal im Hotel die übriggebliebenen Reste aus der Küche gegessen, lauter gutes Zeug, das sonst weggeschmissen worden wäre. Außerdem konnte ich danach zu Hause sagen: Ich hab schon was gehabt, iss du mal. Besonders am Monatsende reicht es eigentlich nicht für zwei Erwachsene.

Heute langt es nicht einmal mehr für eine läppische Konserve. Dass wir darüber überhaupt nachdenken müssen, machte mich wütend. Ich merkte auch, wie die Traurigkeit sich wieder über mich legte, wie ein nasser Lappen, wie ich davon Gänsehaut bekam. Also wollte ich gerade aufbrechen, zurück in die Backofenmansarde, vor die Glotze, oder gegen alle guten Vorsätze doch schon in die nächste Bar, um dort die Zeit totzuschlagen, auf euch zu warten.

Da kamen sie: drei dünne, sehnige Jungs, höchstens vierzehn, alle ungefähr gleich groß. Sie fielen mir sofort auf, weil sie trotz der Hitze wollene Beanies trugen, die wie formlose Zwergenmützen auf die Rücken ihrer verschwitzten T-Shirts runterhingen und ihre Gesichter mit den sprießenden Barthärchen und Pickeln unschuldig und gleichzeitig dämlich aussehen ließen. Nach den Farben dieser Beanies taufte ich die drei: Rotkäppchen, Kürbis und Matrose. Rot, orange, blauweiß gestreift. Die Kerle machten einen aufgekratzten Eindruck, stießen sich gegenseitig mit dem Einkaufswagen an, den sie vor sich herschoben, flüsterten miteinander. Ich sah ihnen dabei zu, wie sie durch den Gang mit den Nudeln auf mich zuhampelten, sich dabei wieder und wieder umsahen, die Köpfe schüttelten, zwischendurch kicherten. Man merkte, dass sie leise sein wollten, das aber nicht hinkriegten. Und dass sie etwas vorhatten. Irgendeinen dämlichen Streich, dachte ich mir, und weil ich mich ärgerte, über das Corte Inglés, die Welt da draußen, zu der ich nicht gehörte, und die ganze Scheiße mit mir selber, hatte ich Lust, ihnen dabei zuzuschauen, wie sie Ärger machten, Graffiti über die Kühltruhen sprayten, einen Stapel Dosen umschmissen, was solche Youngster eben für witzig halten.

Es war voll, viele Leute kamen gleich nach der Arbeit her, und zwar nicht, um den Arsch in die Tiefkühltruhe zu hängen. Außer mir schien niemand die drei zu beachten, die sich seltsamerweise genau dort herumdrückten, wo ich stand. Ihr Einkaufswagen war leer. Matrose und Kürbis rempelten einander an, Rotkäppchen trottete hinterher, aber niemand störte das. Alle hatten es eilig, rafften ihren Kram zusammen, unterhielten sich lautstark, quakten in ihre Handys und murksten zombiehaft vor sich hin. Auch ich profitierte von dieser feierabendlichen Hektik, denn keinem fiel auf, dass ich meinen Hintern die ganze Zeit zwischen Spinat und grünen Bohnen kühlte.

Die Jungs versammelten sich vor den Tiefkühlschränken. Hähnchennuggets, Thunfischsteaks flogen in den Wagen. Jeden Beutel wogen sie in der Hand, drückten ihn zusammen, schoben den vereisten Inhalt in Klumpen unter der Plastikhülle hin und her, veränderten die Form und warfen sich verschwörerische Blicke zu. Wollten sie vielleicht eine Sauerei veranstalten und die Packungen platzen lassen?

Doch auf einmal schoben sie eilig davon und bogen mit

einem Schlenker in den Gang mit den Erfrischungsgetränken ein. Ich folgte ihnen: der Spion, der aus der Kälte kam. Wegen des Gedrängels kam ich nur langsam voran, aber dann sah ich sie. Sie standen vor einem Regal und unterhielten sich. Ihr Wagen war plötzlich wieder leer. Zuerst verstand ich gar nichts. Erst als sie mit einer Flasche Orangenlimo in Richtung Kasse zockelten, sah ich es. Die Mützen. Ihre Beanies schlabberten nicht mehr um ihre Köpfe, sondern waren angeschwollen, als steckte mindestens ein Afro darunter oder zwei Meter Zopf. Niemand zuckte mit der Wimper. Jungs in dem Alter haben oft einen komischen Style, besonders bei Kopfbedeckungen.

An den Kassen herrschte Aufruhr. Die Leute hatten eingekauft, als stünde am Wochenende die Sintflut bevor. Ich stellte mich mit meinen Schokolädchen an. Die Combo wartete etwas weiter vorn, zwischen uns eine gähnende Lady auf High Heels. Sie stützte sich auf den Schiebegriff ihres übervollen Wagens, an den dünnen Fingern einen ganzen Klempnerladen, dazu einen goldenen Armreif. Das Teil funkelte, wenn sie sich bewegte. Vor den Beanies standen eine Menge Leute, das würde dauern. Die Jungs verhielten sich still, vermutlich wollten sie kein Aufsehen erregen. Rotkäppchen, er war der dünnste, umklammerte die Limoflasche, dass seine Knöchel weiß hervortraten. Seine Kumpane rahmten ihn ein, und ich konnte sehen, wie ihnen die Wollsäcke in den Nacken hingen, blaugestreift, rot, orange. Inzwischen war ich ihnen so nahe gekommen, dass ich bemerkte, wie schmutzig die drei waren, wie fleckig ihre Kleider, wie staubig ihre Turnschuhe, wie ungewaschen sie rochen. In dünnen Rinnsalen floss es förmlich den Rücken hinunter, und was von ihrem Haar aus den Wollnestern hervorschaute, war feucht. Ich stutzte einen Moment, bevor mir klarwurde, dass das kein Angstschweiß war, sondern das Tauwasser der geklauten Tiefkühlkost. Sie flüsterten miteinander, der Matrose drehte sich halb um. Ich erschrak über sein Gesicht, das entsetzlich bleich geworden war. Auch seine Kumpels sahen nicht besser aus. Rotkäppchen war der Erste, der umkippte. Er japste noch einmal hörbar nach Luft und sah dabei wie ein kleiner Fisch aus, den eine Welle ans Ufer geschleudert hatte. Der Kürbis folgte. Er verdrehte die großen, dunklen Augen, stöhnte auf. Dann kippte er gegen die Dame vor ihm, die gerade anfangen wollte, ihre Sachen auf das Band zu packen. Der Matrose, leichenblass unter den blauen Streifen seiner Mütze, griff sich an die Stirn und sackte als Letzter in sich zusammen. Anders als seine Freunde ging er in Zeitlupe zu Boden, wie eine Marionette, die sich langsam zusammenfaltet. Ich hatte automatisch zugegriffen, weil er direkt vor mir stand. Wie schmal, wie zerbrechlich der Körper dieses Burschen war, ein Kind noch, federleicht. Sein Schweiß roch nach frisch gemähtem Gras und Zwiebeln. Ich spürte seinen Herzschlag unter dem T-Shirt, ein dröhnendes Pochen. Es drang durch meine Finger, die seine kalte, klebrige Pfote hielten, zuckte mir durch den Arm wie ein Stromstoß, von dort direkt in die Ohren, wo es sich festsetzte und hektisch vor sich hintuckerte. Um mich herum bewegte sich alles: ein Päckchen fiel vom Band auf den Boden neben den Kopf des Jungen, aber ich hörte weder sein Aufklatschen noch den Schrei der aufgesprungenen Kassiererin, noch das, was die Frau mit dem Goldarmreif sagte, die vor dem Kerl mit der roten Mütze kniete und ihm die Backen tätschelte. Ich hörte nur gleichmäßiges Gehämmer. Bei jedem Pulschlag fühlte ich, wie sich der ängstliche Hasenherzmuskel des Jungen zusammenzog. Sein Herz schien zu zögern, ob es wirklich Blut durch diesen schlaffen Körper jagen, ihn zurück ins Leben holen sollte. Ich spürte, wie sich die Abstände zwischen den einzelnen Schlägen vergrößerten. Dabei hörte ich eine Stimme sprechen, so deutlich, wie ich euch hier höre. Ein quengeliges Kinderstimmchen, müde, genervt: »Egal, alles egal! Ricardo ist müde, Ricardo will schlafen, keine Lust mehr, keine Lust, keine Lust, alles egal. Ricardo ist so kalt, so kalt!« Ich sage euch, das brachte mich auf die Palme! Dieser Bursche oder sein Herz, seine Seele, was weiß ich, hatte keine Lust mehr! So packte ich, eigentlich ohne zu wissen, was ich tat, seine Hand und drückte sie zusammen, fest und schnell, als ob ich dem lahmen Winsler zeigen wollte, wie ein richtiges Herz zu schlagen hat. Tatsächlich hatte ich nach einer Weile Erfolg. Es gelang mir, dem Gejammer der fremden Stimme einen festen Rhythmus entgegenzusetzen. Dabei drückte ich die schlappe Flosse des Jungen und sprach ihn mit seinem Namen an: ›Ri-car-do, Ri-car-do.‹ Wirklich wurde der Herzschlag mit der Zeit ruhiger, das Geschwätz immer leiser. Erst als ich die Sache einigermaßen im Griff hatte, blickte ich auf.

Der glitzernde Armschmuck der Dame aus der Kassenschlange schlug regelmäßig gegen die Wange des anderen Jungen. An den Bewegungen ihrer Lippen erkannte ich, dass es ihr genauso ging wie mir. Im Takt der Schläge murmelte sie ebenfalls einen Namen: ›Ma-ri-o, Ma-ri-o, Ma-ri-o!‹ Auch sie hörte sein Innerstes sprechen, wurde Zeugin, wie er kämpfte, lauschte dem Widerhall seiner Seele. Die Kassiererin hatte ihren Platz verlassen und war vor dem zusammengesackten Kürbis in die Hocke gegangen. Ihre Hand mit den kleingeldschwarzen Fingerspitzen lag auf seiner Schulter. Auch sie begann sofort auf ihn einzuklopfen, während ihr Mund Worte formte, die ich nicht verstehen konnte. So murmelten und massierten wir wie drei verrückte Voodoozauberer, während um uns herum die anderen Kunden und Angestellten einen Kreis bildeten. Keine Ahnung, ob es eine halbe Stunde dauerte oder nur eine Minute. Es war die Frau mit dem goldenen Armreif, die plötzlich innehielt, Rotkäppchens Stirn berührte, zurückzuckte, ihre Augen noch weiter aufriss, nach seiner Mütze griff und sie ihm vom Kopf zerrte. Unter dem Beanie rutschte ein Plastikbeutel hervor: Hähnchennuggets, die sie mit spitzen Fingern in die Höhe hielt. Sie rief laut: ›Schnell, runter mit den Mützen!‹ Verkrumpelt und feucht klatschten die Teile zu Boden. Die Köpfe der Kinder waren triefnass. Kaum waren die Unglücksraben ihre eiskalte Last los, begannen ihre Lider zu flattern, Wangen röteten, Augen öffneten sich. Hörbar sogen sie Luft ein, streckten die Glieder und erwachten zum Leben, drei dürre, verwahrloste Schneewittchen, die auf den Fliesen eines Supermarktes wieder zu sich kamen, nur dass man sie nicht von einem vergifteten Apfelstück, sondern von jeweils 750 Gramm gefrorener Lebensmittel befreit hatte. Alles redete durcheinander, die Leute waren eher entsetzt als empört. Die Klunker-Lady erklärte, sie sei Ärztin, es wäre ganz klar, dass die Jugendlichen kollabiert seien, weil die Sachen ihnen das Hirn durchfrostet hätten. Zerebrale Unterkühlung. Die Jungs erzählten von ihren Familien, drei befreundete Nachbarn aus einer Neubausiedlung im Norden von Madrid, die alle ohne Strom und fließend Wasser in ihren noch nicht abgezahlten Wohnungen lebten, weil sie sparen mussten, wo sie nur konnten. Es war ihre Idee gewesen, mit dem Gestohlenen für das Abendessen zu sorgen. Sie kamen noch einmal davon. Viele steckten ihnen Geld oder einen Teil ihrer Einkäufe zu. Eine Anzeige gab es nicht. Die Ärztin bot an, die drei nach Hause zu fahren. Sie machte einen ziemlich fertigen Eindruck. Vor ihren Augen war etwas geschehen, dass sie bis jetzt nicht für möglich gehalten hatte. Ihr goldener Armreif, in der Mitte mit Brillanten besetzt, stieß leicht gegen meine Hand, als ich die ihre berührte. Er fühlte sich so warm und glatt an wie ihre Finger, und sie sah mir ins Gesicht mit ihren riesigen Augen, öffnete den Mund, als wollte sie etwas Wichtiges sagen, schloss ihn dann wieder und wandte sich den Jungs zu, die mit Plastiktüten voller Lebensmittel an der Kasse lehnten, erschöpft, aber auch irgendwie zufrieden, zumindest für diesen Abend: ›Kommt, wir müssen los! Ihr solltet euch hinlegen, und eure Eltern fragen sich sicher, wo ihr bleibt. Komm, Mario!‹ Mit diesen Worten schob sie ihren Knaben, das Rotkäppchen, vor sich her. Bevor ich einen Ton sagen konnte, waren sie im Gewühl verschwunden. Wahrscheinlich wollte sie auch gar nichts weiter hören.«

◆

Inzwischen stand ich längst vor dem schmalen, orangebraunen Haus, in dem wir wohnen. Eigentlich liebe ich alles an diesem Gebäude: die grünen Fensterrahmen mit den Klappläden, die schmiedeeisernen Gitter davor, die geflieste Eingangshalle mit dem goldenen Spiegel, in dem ich mich immer hübsch finde, weil er auf eine bestimmte Weise gewellt ist, so dass mein Gesicht ovaler und vornehmer aussieht. Dort setzte ich mich im kühlen Treppenhaus auf die unterste Stufe, bewegte meine kalkigen Zehen und hörte mir das Ende der Aufnahme an: Applaus und bewunderndes Johlen von La Plaga, Juan Carlos' erleichtertes Auflachen, Autohupen, Musikfetzen, die Lärmkulisse der nächtlichen Stadt, mein eigenes tiefes Aufatmen. Dann knackte es, Ende. So blieb mir nichts anderes übrig, als die Treppen in den vierten Stock hinaufzusteigen. Die Schildkröte im Karton war ganz still.

◆

In der Wohnung rührte sich nichts. Ich öffnete vorsichtig die Schlafzimmertür und steckte den Kopf durch den Spalt. In der Mitte des Bettes lag ein weißer Haufen. Meine Eltern schienen noch immer zu schlafen, und ich wollte sie nicht wecken. Der Geruch im Zimmer hatte sich verändert. Der Jasminduft war verschwunden, stattdessen roch es sauer und stickig. Ich sah die Wasser- und Teegläser unberührt auf dem Nachttisch, die Flüssigkeiten schimmerten silberweiß und tiefgolden im faden Dämmerlicht. Leise schloss ich die Tür und ging in die Küche. Sie war sauber gewischt, aufgeräumt für unsere Abwesenheit in V. V. Auf dem Tisch lagen die Handtasche meiner Mutter, ihr altmodisches Tastenhandy und der Schlüsselbund mit dem silbernen Hundeanhänger. Achilles schlief nicht mehr, er streckte mir den Kopf entgegen, verschwand aber sofort wieder in seinem Panzer, als ich mich näherte. Ich stellte ihm eine Untertasse mit Wasser hin, legte den Salat und eine Stück Wassermelone daneben, fuhr erschrocken herum, als es hinter mir klapperte, so als kullerten getrocknete Erbsen über den Boden. Die Schildkröte steuerte auf die Melone zu, die kleinen Krallenfüße stießen gegen die Fliesen, während der runzlige Hals sich erstaunlich weit vorreckte. Ich sah Achilles eine Weile beim Fressen zu, dann nahm ich mir eine Zigarette aus der Holzdose auf der Anrichte. Wir rauchen zu Hause alle, nicht besonders viel, aber jeder schnorrt den anderen an, und jeder fühlt sich dabei ungerecht behandelt. Inzwischen legen wir sonntags nach dem Mittagessen, wenn jeder heftige Lust zu rauchen verspürt, unsere Vorräte in diese Dose: von Papa und mir kommen Marlboro light, Mama stiftet ihre Damenzigaretten, perlmuttfarben mit goldenem Filter. Unser Gemeinschaftseigentum reicht bis zum nächsten Wochenende, denn wer sich bedient, muss noch am selben Tag nachfüllen.

Ich entschied mich für eine Marlboro, pustete den Rauch aus dem offenen Fenster und seufzte laut in den Hofschacht hinunter, wo meine Stimme wiederhallte. Als ich den Stummel im Spülbecken ausquetschte, sah ich aus dem Augenwinkel die Leuchtziffern am Küchenradio umspringen. Es war schon drei Uhr. Ich beschloss, noch einmal ins Schlafzimmer zu gehen, um das Fenster weiter zu öffnen und meine Eltern zu fragen, ob sie etwas brauchten, frisches Bettzeug vielleicht, falls sie sich übergeben hatten.

Im Flur hörte ich das Tappen meiner nackten Fußsohlen, als ich über den Läufer ging. Vor der geschlossenen Tür verharrte ich, legte das Ohr an das Holz, aber auf der anderen Seite war kein Ton zu hören. Ich zögerte, weil ich mich plötzlich wieder winzig fühlte, barfuß, in einem Nachthemd mit Schmetterlingsborte, aufgeschreckt aus einem Albtraum und nicht sicher, ob hinter dieser Tür überhaupt jemand sein würde, ob sie nicht verschwunden waren, verschluckt vom Nichts, wie in meinem Traum.

Ich ging geradewegs aufs Fenster zu. Ohne das Bett auch nur mit einem Seitenblick zu streifen, merkte ich, dass sich dort noch immer nichts regte. Hastig stieß ich die Holzläden zur Seite, eine breite Lichtbahn fiel über Laken und Kissen, heiße Luft strömte mir entgegen, während ich mit künstlich munterer Stimme rief: »Na ihr Murmeltiere, geht es euch besser?« Langsam trat ich an die Seite meiner Mutter, streckte die Hand aus, um das Laken wegzuziehen, und schreckte wieder zurück. Mein Herz klopfte, als sei ich dabei, etwas Verbotenes zu tun, und zur Sicherheit fragte ich halblaut: »Mama, Papa? Alles okay bei euch?«

Elternschlafzimmer sind nicht wie Küchen, Bäder, Flure. Es sind verbotene Zonen, man betritt sie nur auf Einladung. Eine kurze Zeit lang ging ich hier ständig aus und ein. Tagsüber saß ich auf der Bettkante, um meiner Mutter vor ihrem Toilettentisch beim Frisieren und Schminken zuzusehen, dabei einen Spritzer Parfum zu ergattern. Nachts tastete ich mich zitternd die raue Flurwand entlang, bis ich endlich die geschwungene Klinke herunterdrücken konnte, die mir immer warm und merkwürdig lebendig vorkam. So schnell ich konnte, rannte ich auf das graue Viereck inmitten des dunklen Zimmers zu, um unter das Laken meines Vaters zu flüchten. Wenn ich seinen kleinen Bauch, das vertraute Kratzen der Bartstoppeln fühlte, befand ich mich in Sicherheit. Stets kroch ich bei ihm unter, wenn ich schlecht geträumt hatte, denn meine Mutter schlief denselben ohnmachtsähnlichen Schlaf wie Ángel. Papa knurrte jedes Mal ungehalten, aber ich war sehr zufrieden, spürte die Seide seines Pyjamas an meinen nackten Beinen, atmete das typische Duftgemisch eines verschlafenen älteren Mannes, in dessen Haarschopf noch Zigarettenrauch hing. Wenn er mir etwas Beruhigendes vorgebrummelt und ein wenig geschimpft hatte, trug er mich zurück in mein Zimmer.

Später wurde dieser vertraute Raum, ohne dass jemand es ausgesprochen hätte, zur verbotenen Kammer. Ich betrat ihn nur, wenn ich dort etwas holen sollte. Das breite Bett war stets sorgfältig gemacht, sommers wie winters lag eine Tagesdecke mit grüner Rankenstickerei darüber. Auf dem Nachttisch meines Vaters ruhte die Lesebrille auf einem Zeitungsstapel. Bei meiner Mutter stand nur ein gerahmtes Foto: Ángel und ich am Strand von Dénia. Es gibt viel schönere Aufnahmen von uns, aber sie behauptete, auf keinem anderen würden wir so glücklich aussehen. Dabei laufen viel zu viele Fremde im Hintergrund herum, lauter alte Leute in hässlichen Badesachen und ein hagerer Typ mit Schlapphut und einem schwarzen Hund an der Leine.

Meine Eltern lagen mit einander zugewandten Gesichtern unter dem Laken, das ich erst leicht angehoben, dann aufjapsend weggerissen hatte. Sie lächelten, als träumten sie etwas besonders Schönes. Noch bevor ich sie berührt hatte, wusste ich, dass beide tot waren, und das wahrscheinlich bereits seit Stunden. Kein Atem hob ihre Brust, kein Herzschlag ließ die gelblich gewordene Haut am Hals zittern. Ihre Glieder fühlten sich kalt an und begannen schon zu versteifen. Von den beiden ging vollständige Teilnahmslosigkeit aus. Ich war allein im Zimmer, es war niemand mehr dort, nur ich, Anita Nanita.

Ich trat ans Fenster und stieß den anderen Laden auf. Grelles Nachmittagslicht breitete sich über die reglosen Körper, denen ich mich langsam wieder näherte, mit angehaltenem Atem und halbgeschlossenen Augen, als läge dort im Bett eine gefährliche unbekannte Spezies.

Ich traute mich nur, vorsichtig nach Mamas Hand zu greifen, einer weichen Hand mit sorgfältig gelackten Nägeln, deren kalte Finger ich langsam über meine Wange gleiten ließ, um zu fühlen, wie meine Mutter mich streichelte. Hatte sie mich tatsächlich allein gelassen, von einem Augenblick auf den anderen? Ich legte mein Gesicht in Mamas glatten Handteller, atmete ihren Duft, dazu einen fernen Hauch von Küche, Knoblauch, Petersilie, und konnte nicht einmal weinen, obwohl das bestimmt eine Erleichterung gewesen wäre.

Es muss fünf oder sechs Uhr gewesen sein, denn ich hörte das dünne Läuten der Glocken von San Cajetano und einen Atemzug später das gemessene Dröhnen von der Basilica San Isidro. Ich weiß noch genau, dass ich mich auf die Truhe am Fenster setzte und hoffte, dieser Lärm möge bald aufhören. Wie konnten die Glocken einfach weiterklingen und sich nicht darum kümmern, dass meine Eltern gestorben waren?

Mein Vater hatte seine Hand zur Faust geballt, und es kostete mich alle Kraft, die Finger zu lösen. Ich drückte einen Kuss darauf. Die Haut schmeckte salzig. Sonst seufzte er immer zufrieden, wenn ich, seine Kleine, mich zu einer Liebkosung herabließ. Aber er rührte sich nicht, und dies zeigte mir deutlicher als alles andere, dass hier etwas Endgültiges geschehen war. Ich vergrub das Gesicht im Bettzeug, schloss die Augen und hoffte, mir würde das Gleiche widerfahren wie meinen Eltern. Vielleicht wachte ich bald wieder auf und die beiden Reglosen mit mir. Vielleicht schlief ich aber auch ein, um nie mehr zu erwachen.

Das Nächste, was ich vor mir sehe, wenn ich an diesen Nachmittag zurückdenke, bin ich selbst, wie ich mich über das Doppelbett beuge, das Laken wegziehe, Oscar und Blanca erneut berühre, mutiger als zuvor und mit einem Ziel.

Ich hatte das gleiche Gefühl wie als kleines Mädchen, wenn ich meine Puppen anzog, ihre Zelluloidglieder verbog, um sie in die von mir bestimmten Kleidungsstücke zu zwängen. Meine Eltern schienen mir ähnlich vertraut und ebenso geschlechtslos. Ich zog sie vollständig aus. All die unschönen körperlichen Zustände, die der Tod ansonsten mit sich bringt, ersparten mir meine Eltern, vielleicht, weil sie durch ihr Unwohlsein lange nichts mehr zu sich genommen hatten. Eine Weile stand ich vor dem Kleiderschrank, zog die verschiedensten Kombinationen heraus, wechselte Gürtel, Schuhe und Schmuck, probierte Krawatten und Manschettenknöpfe, bis sie schließlich so vor mir lagen, dass ich zufrieden war. Papa trug seinen grauen Dreiteiler mit weißem Hemd und blutrotem Schlips, schwarz-rot gewürfelte Seidensocken und spitz zulaufende schwarze Schuhe, das Outfit für alle besonderen Anlässe. Für meine Mama hatte ich ein violettes Cocktailkleid mit großen, fuchsienfarbenen Blüten ausgesucht, dazu Slingpumps in einem helleren Rosa, Seidenstrümpfe und ein feingehäkeltes dunkles Umschlagtuch. Wie ich es geschafft habe, sie am offenen Fenster in die beiden Sessel zu setzen, weiß ich nicht mehr. Zwischendurch musste ich immer wieder losweinen, dann verzog ich mich in die Küche. Es war mir unangenehm, das in ihrer Gegenwart zu tun.

Der Tag verging, und heißer Wind blies ununterbrochen ins Schlafzimmer. Er wehte über ihre Gesichter und ließ ihr Haar flattern, er griff in die Vorhänge, hob die Bettlaken, raschelte in ihren Kleidern. Als die Sonne sank, der Raum sich mit dem letzten Tageslicht füllte, rosig, blaugrau und golden, verließ ich das Zimmer und schloss die Tür hinter mir ab.

◆

Schrilles Klingeln weckte mich. Ich schoss vom Bett hoch. Mein Zimmer! Meine zerknüllten Laken mit Ana-Geruch! Auf dem Nachttisch stand eine Dose Limo, im Glas daneben schwammen Kippen. Wenn das Mama sieht! Am Türrahmen stieß ich mir die Schulter. Der Schmerz fuhr mir in die Glieder, ließ mich endgültig wach werden. Ich musste lange geschlafen haben, denn draußen war es stockdunkel. Im Flur konnte ich nur Umrisse erkennen, dazu die grün und rot blinkenden Lämpchen am altmodischen Anrufbeantworter meiner Eltern.

Ein wirklich scheußlicher Traum. Meine Güte, was für ein Wahnsinn! Aber nach V. V. waren wir tatsächlich nicht gefahren. Es roch nicht nach Essen. Ob sie ohne mich ausgegangen waren? Wenn ja, stand wahrscheinlich etwas für mich in der Küche. Während das Telefon weiterbimmelte, öffnete ich die Schlafzimmertür, ohne anzuklopfen.

Sie saßen am offenen Fenster, genau wie ich sie vor ein paar

Stunden zurückgelassen hatte. Die Füße elegant gekreuzt, die Hände im Schoß gefaltet, die stillen, wächsernen Gesichter wurden von der Reklame der Bar gegenüber illuminiert, die Augen waren geschlossen. Ein unergründliches Lächeln zog ihre Mundwinkel nach oben. Ich hatte den Eindruck, dass ihnen der Anzug und das Kleid ein wenig zu groß waren, sie mussten abgenommen haben, die Klamotten hingen jetzt unförmig um die schmalen Körper. Bratfett- und Benzinschwaden wehten von draußen herein, darunter lag ein merkwürdiger neuer Duft, der mich an die vertrockneten Blätter denken ließ, die wir in V. V. immer am Ende des Sommers im Patio zusammenfegten. Ich weigerte mich, dies alles länger anzusehen, gar zu glauben, und knallte die Schlafzimmertür zu. Das Telefon hatte in der Zwischenzeit nicht aufgehört zu klingeln, also riss ich den Hörer von der Gabel und meldete mich mit einem leisen: »Hallo?«

»Blanci, du bist hier? Seid ihr doch nicht in V. V.? Hab ich dich aus dem Bett geholt? Wenn Oscar dich schon einmal verwöhnt, solltest du doch nicht aufstehen, um ans Telefon zu gehen.« Barfuß stand ich in der Finsternis, meine Lider verklebt, die Kehle ausgetrocknet vom Weinen. Ich erinnere mich, dass ich mich räusperte, um Zeit zu schinden und meine Verlegenheit zu verbergen. Oscar war immerhin mein Vater, der meiner Mutter nach jedem Essen die Hand küsste und den ich – bis auf jenen kurzen, schon halb vergessenen Augenblick am Nachmittag – noch nie nackt gesehen hatte.

Ich wusste genau, wem die Stimme am anderen Ende gehörte. Es war Paloma, meine Patentante, die beste Freundin meiner Mutter. Sie kannten sich aus dem Krankenhaus, wo sie beide ihr erstes Kind bekommen hatten – Mama meinen Bruder Ángel und Paloma ihren einzigen Sohn Santiago.

Paloma verwechselte mich mit meiner Mutter. Das war

nichts Besonderes und ist schon häufiger passiert. Unsere Stimmen müssen am Telefon ziemlich ähnlich klingen, auch wenn ich das nicht nachvollziehen kann, denn meine Stimme ist hell und dünn, während meine Mutter einen warmen, tiefen Alt besaß und sich am Telefon auch immer mit ihrem vollen Namen – Blanca Madrugada Camarena – meldete, während ich einfach nur ›Hallo‹ sage und abwarte, was am anderen Ende geschieht; eine Angewohnheit, über die ich mich mit meiner Mutter immer gestritten habe, denn sie fand das unhöflich und meinte, so habe sie mich nicht erzogen.

Paloma ist mittelgroß und füllig. Sie trägt ihr Haar in einer auffälligen, an beiden Kopfseiten toupierten Frisur. Außerdem spricht sie ziemlich laut. Wegen des Aufruhrs, den sie überall verursacht, und ihrer wie Rotorblätter abstehenden Haare nennen Ángel und ich sie ›den Hubschrauber‹. Wir mögen sie gern.

Der Hörer zitterte in meiner Hand. Ich brachte es nicht fertig, dieser fröhlich dröhnenden Stimme zu antworten, sie aufzuklären, dass ich nicht Blanca war, sondern Ana, dass ihre beste Freundin sich zwar mit ihrem Oscar im Schlafzimmer befand, aber dass dieses Paar plötzlich gestorben war und der Abendwind über ihre Leichen strich. »Entschuldige, ich habe geschlafen. Die Hitze. Wie spät ist es?«, sagte ich schließlich und versuchte krampfhaft, einen klaren Gedanken zu fassen.

Mir war schwindelig vom schnellen Aufstehen, ich hatte einen Kloß im Hals, und vor allem war ich wütend. Ich war wütend auf Paloma, weil sie mich geweckt hatte – aus einem Schlaf, der von mir aus ewig hätte dauern können. Wegen dieser blöden Kuh, musste ich jetzt handeln, mich dem stellen, was passiert war. Sie zwang mich nachzudenken: über meine Eltern, über mich und Ángel, darüber, wie es weitergehen sollte. Wieder frage ich mich, wenn ich an dieses erste Telefonat nach dem Tod der Eltern zurückdenke, warum ich nicht einfach losgeheult und dem Hubschrauber alles erzählt habe. Paloma gehörte praktisch zur Familie, spätestens seit dem Tod ihres Mannes, einem Vertreter für Kosmetik-Artikel. Sie wäre sofort herbeigeeilt, hätte mich ›Schäfchen‹ und ›Eulchen‹ genannt und all das in die Hand genommen, was mich jetzt überforderte, alles, vor dem ich mich fürchtete und von dem ich nichts verstand.

Aber ich blieb weiter im Dunkeln, atmete in den Hörer und schwieg. »Es ist erst halb elf. Ich wollte dich keinesfalls stören, nur etwas auf euer Band sprechen, damit du Bescheid weißt. Diese Schwachköpfe haben doch tatsächlich den Termin geändert, ganz kurzfristig. Es kam eine Rundmail, aber weil ich dachte, ihr seid in V. V. und lest sie vielleicht nicht, wenn ihr spät zurückkommt, dachte ich, ich rufe schnell durch. Es wäre jammerschade um das Geld. Also, ausnahmsweise Montag statt Mittwoch, und zwar um zehn Uhr.« Paloma holte Luft, während ich zuhörte, dabei einzelne Worte, aber keinen wirklichen Sinn verstand, schließlich mit größter Mühe hervorpresste: »Ja, ja, danke, lieb von dir.« Aus dem Hörer schimpfte es. »Blanca, was ist los? Bist du krank? Nun red doch endlich!« Ich kniff meine Augen zusammen und riss sie wieder auf, als könnte ich durch diese winzige Bewegung Körper, Geist, Herz, Seele ins Gleichgewicht bringen. Immerhin schaffte ich es, ein paar Sätze zu stammeln: »Ja, ja, natürlich. Also am Montag. Wo wollen wir uns treffen?« Paloma schnaufte. Sie war nicht mehr besorgt, sondern empört: »Mein Gott, habt ihr getrunken? Im ›Murillo‹, das ist doch klar. Wie immer, eine halbe Stunde vorher. Schlaf dich aus, grüß Oscar und die Kleine.«

Sonntag

Ich erwachte bei Sonnenaufgang, klitschnass geschwitzt, mit zusammengebissenen Zähnen. Einschlafen konnte ich nicht mehr. In Unterhose und BH setzte ich mich ans Küchenfenster und zündete mir eine Zigarette an, blies Rauch in den Hof hinunter. Alle Fenster waren dunkel, es roch nach gebratenem Fisch vom Vorabend und Weichspüler von den Wäscheleinen der Nachbarinnen, die auf jedem Stockwerk von Ecke zu Ecke gespannt waren. Mein Qualm zog zwischen baumelnden Büstenhaltern und Handtüchern hindurch. Der Innenhof ist ein tiefer Schacht, auf den nur die milchigen Scheiben der Küchen- und Treppenhausfenster hinauszeigen. Sein Grund starrte schwarz zu mir hoch. Obwohl ich als kleines Mädchen dort unten endlos Gummitwist und Rayuela gespielt hatte, überlief mich ein Schauder, so stark war sein Sog, so heftig der Zwang, sich weiter und weiter nach vorne zu beugen. Schließlich musste ich mich zwingen, den Blick abzuwenden.

Unsere Küche am Sonntagmorgen ist eigentlich ein freundlicher Ort – Kaffeeduft, Radiomusik, Gespräche. Meine Eltern sind immer vor mir wach, sie unterhalten sich, streiten manchmal. Ich komme erst gegen Mittag aus dem Bett, schnappe mir das letzte Schokobrötchen, und Mama legt mir ein Holzbrett, ein Messer, dazu ein paar Tomaten oder Zwiebeln hin, weil ich als Frau helfen muss, das Mittagessen zuzubereiten, während Papa im Wohnzimmer liest.

An diesem Morgen war es fürchterlich still. Natürlich brummte der Kühlschrank, die übliche Schwalbenschar jagte mit schrillen Schreien über die Dächer, der Verkehr rauschte, der in dieser Stadt niemals ruht. Irgendwo sang eine Männerstimme ›La Ramona‹. Ich fühlte mich allein, merkte, wie mein Mund sich zum Weinen in ein kindisches Quadrat verzerrte und überlegte, ob ich nicht doch mit Paloma telefonieren sollte, mit La Plaga, deren Nachrichten sicher zu Dutzenden aufgelaufen waren, vielleicht sogar mit Ángel, der sofort das nächste Flugzeug nach Spanien genommen hätte. Aber etwas in mir hielt mich davon ab: eine Mischung aus Trotz, Angst und der Hoffnung, dass der ganze gestrige Tag einfach nicht geschehen wäre. Vielleicht war alles nicht wahr. Dann würde ich mich nur blamieren. Anita Nanita. Stoff zum Foppen für die nächsten Jahrzehnte. Ich träume nicht oft, aber wenn, dann ziemlich intensiv. So hatte ich an diesem Morgen den Wunsch, in einen sehr unheimlichen, viel zu langen Traum verstrickt zu sein, aus dem ich irgendwann aufschrecken würde.

Ich weiß nicht, wann ich zum letzten Mal im Zwielicht der ersten Frühe in der Küche gesessen hatte. Vielleicht an jenem Morgen, am dem Ángel nach Deutschland ging. Er war beleidigt, weil mein Vater ihm bis zum letzten Moment Vorwürfe machte, und sprach kein Wort, während er hastig seinen Milchkaffee trank, mit einer zornigen Handbewegung Mama verscheuchte, die ihm einen Teller mit Tostadas unter die Nase hielt.

Mein Bruder Ángel ist vor ein paar Monaten nach Deutschland gegangen. Seinen Doktor phil. hat er mit Auszeichnung an der Complutense gemacht. Danach wollte er noch ein Diplom als literarischer Übersetzer an der Uni von Aranjuez draufsetzen, weil er keinen Job fand. Das hat er aber recht schnell abgebrochen. »Die schönen Tage von Aranjuez sind nun zu Ende«, sagte er danach. Ángel behauptet, er könne Deutsch besser lesen als sprechen oder verstehen, und er sei darin alles andere als perfekt. Ich kann das nicht beurteilen. Die Sprache hat mich nie interessiert. Ich finde, sie klingt nicht besonders schön. Aber Ángel war seit diesen Ferien in Dénia total scharf auf alles Deutsche: Musik, Bücher, Essen, besonders Brot, pan aleman, das er manchmal bei einem Bäcker in Salamanca kauft. Und natürlich die Mädchen. Er besitzt eine Liste aller deutschen Frauen, mit denen er geschlafen hat. Sie ist ein Namensalphabet und beginnt mit Andrea, Barbara, Christa, Dora ... Dabei klagt er über Doppelungen, weil so viele Deutsche um die vierzig Sabine oder Tanja heißen. Deshalb wollte er seine Ordnungskriterien ändern und statt der Vornamen die Herkunftsorte aufschreiben: Andernach, Baiersbronn, Celle, Duisburg. Ich habe ihn mal gefragt, was er an diesen Touristinnen, Geschäftsfrauen, Au-Pair-Mädchen und Studentinnen findet. Es sind große, oft übergewichtige, weißhäutige Frauen mit Rucksäcken, angezogen wie für eine Wanderung oder einen Tag auf dem Sportplatz. Sie vertragen viel Alkohol, bekommen ständig Sonnenbrand und finden nichts dabei, sich auf die Lope-de-Vega-Zitate im Pflaster der Calle de las Huertas zu übergeben.

Ángel druckste herum: »Sie sind so ... so grün. Als ob du dich auf einer regennassen Wiese herumwälzt. Und wenn sie anfangen zu reden, dann wälze ich mich in einem Band von Hölderlin, Goethe oder Tieck.«

Nachdem er in Madrid trotz Promotion lange arbeitslos war, unterbrochen von Gelegenheitsjobs als Stadtführer, Eisverkäufer, Packer in einer Möbelfirma, hat er sich jedenfalls ein Ticket nach Berlin besorgt. Papa tobte noch am Flughafen: »Arm, aber sexy – das haben wir auch in Madrid! Fahr nach Stuttgart, da sitzt das Geld! Mercedes, Porsche, die Autoindustrie, Zulieferer, Dienstleistungen, reiche Rentner, die Spanisch lernen wollen, um an der Costa Blanca zu sterben, da hast du alle Möglichkeiten!«

In Ángels Jackentasche steckte nicht nur das Flugticket nach Berlin-Tegel, sondern auch eine ausgedruckte Mail der Humboldt-Universität, in der ihm mitgeteilt wurde, dass es am Institut für deutsche Literatur leider nicht üblich sei, die Seminare von Gastdozenten zu vergüten, dass aber die Lehrerfahrung, die er dadurch gewinne, auf jeden Fall eine ideelle Belohnung für seine Arbeit sei und man sich freue, ihm im SS 2012 den Raum 407 für sein Seminar über Gertrud Kolmar zuweisen zu können. Ángel übersetzte mir diesen Brief, während meine Eltern ihm ein letztes Bocadillo mit Kalamares kauften und bat mich, die Klappe zu halten.

Der Kühlschrank sah ziemlich geräubert aus. Zwei Tomaten lagen in der Obstschale. Die Schränke des Küchenbuffets waren spärlich gefüllt: ein paar Konserven, Tintenfisch in eigener Tinte, Oliven, etwas Kaffee. Unsere Keksdose enthielt noch zehn Euro. An diesem Morgen hätte mich ein gut bestückter Vorratsschrank zumindest ein bisschen beruhigt. So aber schob ich Panik. Rannte in den Flur. Durchsuchte die Taschen der väterlichen Jacke. Die des mütterlichen Sommermantels. In Papas schlappem Portemonnaie fand ich etwa 60 Euro. In der Küche öffnete ich Mutters Handtasche, der penetranter Jasminduft entquoll. Im Geldbeutel waren 20 Euro und ein Plastikchip für den Einkaufswagen bei Carrefour. Wie viel war noch auf dem Konto? Ich merkte, dass ich keine Ahnung hatte.

Es gab plötzlich keinen anderen Gedanken mehr. Wovon sollte ich leben? Wie die Raten für die Wohnung bezahlen? Für V. V., das uns, wie meine Mutter sagte, noch immer wie ein Mühlstein am Hals hing? Wir waren schon so kaum zurechtgekommen. Ohne Ángels Kohle aus Deutschland hätte man uns längst zwangsgeräumt. Ich musste an die vielen Geschichten denken, die ich von Freunden und aus den Netzwerken gehört hatte. Juan Carlos' Erzählung. Die Nachrichten jeden Abend. Die Briefe unserer Hausbank mit dem grellen Logo und den unerbittlichen Forderungen legten die Eltern im Wohnzimmer auf den Tisch, stumm und bedrohlich. Erst vor ein paar Tagen war ein neuer gekommen. Klebrige Münzen rutschten mir aus der Hand, rollten über den Küchenfußboden. Achilles hob den Kopf und sah mich an. Diesmal sprach ich mit ihm, ohne lange über meinen Geisteszustand nachzudenken: »Du wirst auch verhungern. Die werfen uns beide raus. Und aus dir wird man Suppe kochen.«

Als ich gerade dabei war, mir einen Kaffee zu machen – zur Sicherheit schon mal einen ganz dünnen –, klingelte es an der Wohnungstür, schrill und mit Nachdruck. Ich schrie und machte einen kleinen Hopser. Achilles, der seine erste Wanderung durch die Küche angetreten und dabei unter dem Tisch ein paar Häufchen hinterlassen hatte, erstarrte mitten im Kriechen, während ich zur Tür eilte, auf halber Strecke stehen blieb, weil ich nur Unterwäsche trug, dabei fieberhaft überlegte, wer das wohl sein konnte. Was sollte ich sagen, damit niemand etwas merkte? Aber warum eigentlich? Ich hatte doch nichts Schlimmes getan. Ich wollte nur nicht über die Sache im Schlafzimmer nachdenken, die vielleicht nur ein Wahn war, eine Halluzination. Ich brauchte Zeit, um damit fertigzuwerden, mir selbst klarzumachen, ob ich schlief und in einem Albtraum herumtaumelte oder wach war und irgendwie in einer verrückt gewordenen Welt klarkommen musste.

Unterdessen war das Klingeln in Hämmern übergegangen. Dazu drang eine laute Frauenstimme durch die Tür: »Blanca! Blanca, bist du schon wach? Blanca!« Kaum hatte ich sie gehört, entfuhr mir genau der Satz, mit dem meine Mutter diese Störungen jedes Mal kommentierte: »Das ist doch der Gipfel!«

Vom Haken an der Badezimmertür nahm ich das Hauskleid meiner Mutter, wickelte mich in die gelblila geblümte Kunstseide ein und ging zur Tür. Gilipollas stand auf der Fußmatte und starrte mich an. Dann schnatterte sie los.

»Blanca, ich weiß, es ist Sonntag, es ist ein Tag der Ruhe, auch für unsereins, der nicht mehr früh heraus muss. Aber eine gute Hausfrau wie du ist ohnehin stets mit den ersten Sonnenstrahlen auf. Daher hab ich gedacht, ich kann kurz reinschauen. Du bist ja sonst immer schon wie aus dem Ei gepellt, aber heute hab ich dich überrascht! Weil ich tatsächlich kein Krümelchen Zucker mehr im Haus habe. Blanca, das ist mir noch nie passiert! Ganz oben auf meiner Liste: Zucker. Wo ich doch so viel backe. Meinen Kaffee kann ich nicht trinken ohne zwei Löffel, gehäuft, verstehst du? Wie zwei verschneite Gipfel, wie der Peñalara. Aber dann kann der Tag kommen! Selbst im Krieg, hinter den Mauern des Alcázar, hat es mein Paco immer geschafft, mir Zucker zu organisieren. Die Roten, die haben uns ja nicht in Ruhe gelassen. Wir waren völlig in ihren Händen. Den Morgenkaffee hab ich mir aus Zichorie gebrüht – aber süß, ganz süß. Wie ein Lächeln der Muttergottes, dank Pacito. So einen Mann findest du nicht mehr wieder …« Ich nickte bloß und deutete mit den Mundwinkeln ein Lächeln an.

Wir alle verabscheuten Señora Pipota, denn sie war nicht nur eine unverbesserliche Francistin, deren größtes Glück es war, als junges Mädchen angeblich im Alcázar von Toledo überlebt zu haben, sondern auch noch neugierig wie eine Katze und eine furchtbare Quasselstrippe. Als wir noch klein waren, hatten Ángel und ich uns vor ihr gefürchtet, obwohl sie immer freundlich zu uns war. Aber sie besaß den dicksten

Schnurrbart seit Frida Kahlo und benutzte purpurfarbenen Lidschatten, so dass ihre Augen aussahen, als käme sie aus einer Schlägerei. Sie liebte es, uns hinterrücks bei den Eltern anzuschwärzen. Diesen misstraute sie wegen ihrer politischen Gesinnung, die man ihnen, trotz eleganter Kleidung, anmerkte. Es verging kein Tag, an dem sie nicht bei uns klingelte, klopfte oder von unten durch das offene Küchenfenster brüllte. »Sie ist sich nicht zu schade, die Sicherung herauszudrücken, nur damit dein Vater vor ihr auf den Knien herumkriecht und an ihrem alten Fernseher herumschraubt.« Nachdem Papa an einem Feiertag ihren Küchenabfluss hatte reinigen müssen und sich dabei seinen besten Anzug ruiniert hatte, war er dazu übergegangen, von der Señora Pipota innerhalb der Familie nur noch als Gilipollas zu sprechen. Sogar unsere feinfühlige Mutter schloss sich dieser Grobheit an.

Gilipollas war eine Gefahr. Sie würde nach meinen Eltern fragen. Sie würde hereinkommen wollen und merken, dass ich unter dem Einfluss einer Droge stand, von der ich immer noch nicht wusste, wie sie in meinen Körper geraten war, vielleicht schlief ich ja auch nur. Daher tat ich, was von mir gewünscht wurde. Ich nickte wie ein Trottel, signalisierte, dass ich zuhörte, wich langsam in den Flur zurück, in die Küche, nahm die Zuckerdose aus dem Buffet und füllte eine halbe Tasse ab. Damit kehrte ich zu Gilipollas zurück, die inzwischen die Gelegenheit genutzt hatte, einzutreten. Sie stand schon vor dem Garderobenspiegel und schob mit dem Fuß meine Chucks zur Seite.

»Blanca, deine Anita hat viel Temperament, nicht wahr? Schon als kleines Mädchen hat sie immer ihre Schühchen gegen die Wand geworfen. Und gestern hat sie auch wieder so mit den Türen geknallt, als sie nach Hause kam …« Ich drückte ihr die Tasse in die Hand und schob sie zur Tür hinaus. »Ist das ausreichend?«, krächzte ich. »Blanca, meine Liebste, das ist viel zu viel! Zwei Teelöffelchen hätten gereicht. Ich brauche nicht mehr viel in meinem Alter. Das wirst selbst du merken, obwohl ich finde, du siehst wirklich jung aus, sogar ohne das ganze Make-up. Oscar kann sich freuen.« Sie kicherte, zum Glück. So hörte sie nicht, wie ich aufstöhnte.

Es konnte doch nicht wahr sein, sie hielt mich für Mama! Hatte sie ihre Brille nicht auf? Aber Gilipollas hatte Augen wie ein Adler, bemerkte sonst jeden Krümel auf dem Teppich. Möglicherweise wurde sie senil. Mir konnte es recht sein. Ich schloss die Tür mit Nachdruck und sah in den Flurspiegel. Ich. Ana María Martínez Madrugada. Anita Nanita. Anita. Im Hauskleid meiner Mutter Blanca. Das schief zugeknöpft war. Zerzaustes Haar, das nach allen Seiten abstand. Meine Mutter flocht sich zum Schlafen einen Zopf. Ihr Haar ist viel länger als meins. Es reicht fast bis zur Hüfte. Ich bin größer als sie. Dünner. Blasser. Ungeschminkt. Übernächtigt. Und nicht halb so schön. Jeder sagt, ich sei meinem Vater wie aus dem Gesicht geschnitten. Das ist, auch wenn der Vater ein gutaussehender Mann ist, für ein Mädchen der Todeskuss. Vermutlich konnte meine Mutter deshalb nicht aufhören, es ständig zu betonen. Meine Mutter ist etwas dicker als ich. Nicht im Sinne von fett. Eine, die ein tiefes Dekolletee tragen kann. »Sie ist eine Frau, du bist ein Mädchen.« Das stammt von meinem Vater. Schmeichelhaft finde ich es nicht. Ich merkte, dass ich wütend auf meine Eltern wurde. Das fühlte sich nicht gut an, besonders, weil ich mir immer noch nicht sicher war, was mit ihnen geschehen war.

Was Gilipollas gesehen hatte, konnte nicht stimmen. Sie war schließlich eine alte Schachtel, nicht ganz bei Trost. Merkte vor lauter Geschwätz nicht mehr, mit wem sie redete. Alles Blödsinn!

Ich holte aus und gab mir selbst eine Ohrfeige. Mein Spiegelbild sah mich vorwurfsvoll an. Zartrosa zeichnete sich der Abdruck meiner Hand auf der linken Backe ab. Die braunen, verschlafenen Augen standen voller Tränen. Ich war wach, daran bestand kein Zweifel.

Im Schlafzimmer unter dem Fenster stand die Truhe, in der meine Mutter ihre Schmuckschatulle und ein paar Goldmünzen von Taufe und Kommunion versteckte, dazu die Fotoalben. Vielleicht auch Geld. Irgendetwas Wertvolles. Etwas, das mich beruhigen konnte, zumindest für's Erste. Mir dabei half, mich vom Spiegel abzuwenden, die Hand auf die Türklinke des Schlafzimmers zu legen und – dort stehen zu bleiben wie versteinert.

Wenn ich jetzt hineinginge, was würde mich erwarten? Meine Eltern, die noch schliefen, ganz normal am Sonntagmorgen um sechs Uhr? Meine Eltern, die dabei waren, sich anzuziehen? Meine Eltern beim Sex, unter den Laken? Ich hatte sie nie dabei gesehen. Die zwei Toten von gestern Nachmittag? Hatte ich ihnen wirklich ihre besten Kleider angezogen?

Ich ging hinein, mit geschlossenen Augen, mit brennender Wange und angehaltenem Atem, weil ich Angst hatte, Leichengestank zu riechen und wahnsinnig zu werden, so wie all die Scream Queens in den Horrorfilmen, die ich massenweise gesehen habe, in Juan Carlos' schmalem Bett, mit einer Flasche Mahou auf dem nackten Bauch und seinen kurzen dicken Fingern, die vorsichtig mein Haar streichelten.

Natürlich roch es im Schlafzimmer nicht nach Verwesung. Nur nach dem feuchten Asphalt, den die nächtliche Straßenreinigung hinterlassen hatte, nach der Kühle des Morgens, hinter der man schon ahnen konnte, wie heiß es später werden würde. Die Eltern waren tatsächlich da. Sie saßen immer noch auf den beiden Sesseln am Fenster. Anzug und Kleid schlotterten ihnen um die Glieder. Die Hände meines Vaters waren in seinen Manschetten verschwunden, unter dem geblümten Rock meiner Mutter lugten nur die Schuhspitzen hervor, nicht mehr, wie gestern noch, die nackten Knie. Kein Fuß berührte den Boden. Alles an ihnen war kleiner geworden, über Nacht geschrumpft. Ich betrachtete sie von der Tür aus, ich sprach sie an, aber sie waren noch genauso tot wie gestern. Und genau wie gestern hatten sie dieses glatte, saubere Aussehen, als seien sie künstlich, wie Nachbildungen aus einem Wachsfigurenkabinett. Auf beiden Gesichtern, deren Augen geschlossen geblieben waren vom Schlaf, aus dem sie nicht wieder erwachen konnten, sah ich keine Falte, keinen Fleck, nur das zufriedene, unzerstörbare Lächeln, das gestern schon da gewesen war. Die beiden sahen Oscar und Blanca nicht mehr ähnlich. Ich konnte meine Eltern noch erahnen, aber hier saßen zwei sehr junge Leute. Kurz dachte ich an Ángel und mich. So ähnlich mussten wir früher ausgesehen haben, wenn wir uns mit den abgelegten Sachen unserer Eltern verkleideten und zunächst auf meinen Wunsch hin Familie spielten, fünf Minuten später aber, wenn ich gerade anfing, die Wohnung einzurichten, Einbrecher und Polizist, so wie Ángel es von Anfang an geplant hatte.

Wäre der Ring nicht gewesen, hätte ich die Tür wieder geschlossen, weil ich mich nicht traute, näher zu treten. Doch da fiel etwas auf den Fußboden, mit hellem, sonnigem Pling, rollte über das Parkett auf mich zu, begleitet von einem satten Glitzern, selbstbewusst, als wisse es ganz genau, was es wert war. Der Trauring meiner Mutter. Gelbgold, schwer und feist, zwei ineinander verschlungene Bänder, reichlich extravagant für eine derart späte Ehe. Mein Vater nahm mit dem abgeschabten Ring seiner Mutter vorlieb, aus reiner Anhänglichkeit. Für Blanca aber ließ er einen protzigen Klunker anfertigen. Der musste ihr, der Geschrumpften, in diesem Augenblick vom Finger gerutscht sein. Auf den Boden gefallen. Zu mir gerollt. So weit, so gut. Ich bückte mich, um ihn aufzuheben. »Soll ich ihn versetzen? Bei ›Compro Oro‹ verkaufen? Was soll ich denn machen?«, brüllte ich den beiden am Fenster entgegen, um gleich darauf beschämt zu Boden zu blicken. Nach einer Weile steckte ich mir den Ring an die rechte Hand, auf den Zeigefinger, da ich annahm, er passe nur auf diesen, den dicksten von allen. Fehlanzeige. Zu eng. Erst um meinen Ringfinger schmiegte sich das kühle Gold, umgab ihn mit einem sanften Leuchten, als gehörte er dorthin.

Ich verstand den Ring als Botschaft, dass ich zumindest eintreten durfte. Zunächst machte ich das Bett, schüttelte die Kissen auf, so wie ich es im eigenen Zimmer immer tat, seit ich wusste, dass ich keine Arbeit finden würde – wie ein Opfer, dargebracht aus schlechtem Gewissen. Anita Nanita, die ordentliche Mitbewohnerin. Jetzt brachte ich die Gabe dar, um ungestraft an die Truhe zu kommen. Vielleicht war mein Verhalten an diesem Sonntagmorgen fragwürdig. Ich unternahm nichts, außer ein paar Laken zurechtzuzupfen, Mamas Schmuckkästchen und eine wichtig aussehende schwarze Mappe aus der Truhe zu nehmen. Hastig verließ ich das Schlafzimmer wieder, ohne mich umzudrehen. Mit dem Ring auf dem Finger, als machte er mich unsichtbar, wie Bilbo den Hobbit, der aus der Höhle der Orks entfleucht.

Was taten andere, denen so etwas passierte? Ich hatte keine Erfahrung mit dem Tod. Mama und Papa hatten Tanten und väterliche Großeltern lange vor meiner Geburt beerdigt. Was geschah hier mit mir?

Ich ging in den einzigen Raum zurück, der sich noch bewohnt anfühlte – die Küche. Hier drangen wenigstens die Stimmen der Nachbarn zum Fenster herein, hier trieb sich Achilles herum. Ich schnitt ihm die vorletzte Tomate auf, die er leise schmatzend fraß. Sein verzierter Panzer funkelte. Angeberisch hob ich die Hand: »Schau mal, ich hab jetzt auch was richtig Teures.«

Plötzlich erklang der ganze Raum. Töne fielen in die Stille, in der vorher nichts als meine Stimme und ein wenig Krötenfußgeklapper zu hören gewesen waren. Zwei Gongschläge kurz hintereinander. Es klingt ziemlich unglaubwürdig, aber es ist vielleicht nachvollziehbar, dass ich in meiner Situation nicht gleich begriff, wie sich ein Handy-Klingelton anhört. Das Geräusch, mit dem das Ankommen einer SMS signalisiert wird. Mamas Telefon lag auf dem Küchentisch, wo sie es gestern Vormittag gelassen hatte. Neben Handtasche und Schlüsselbund. Der silberne Hund vibrierte. Das Display leuchtete grün auf, zeigte eine Nummer und ein Briefchen. Vielleicht Paloma? Automatisch griff ich danach, es fühlte sich warm an und viel schwerer als mein eigenes. Die Taste, mit der das Menü aufgerufen wurde, drückte sich wie von selbst.

> Mein schönster Stern, Du fehlst mir. Kannst Du mich Mittwoch treffen? Ich möchte mein Gesicht in Deine Hände legen und Deine Stimme hören. 17 Uhr unter der Uhr? Ich liebe Dich sehr. R.

Ich setzte mich und legte das Handy auf die hölzerne Tischplatte. Die SMS war auf Spanisch verfasst bis auf den letzten Satz: ›Ich liebe Dich sehr‹. Eine der wenigen deutschen Wendungen, die ich verstand. Zusammen mit ›Arschloch‹, ›Scheiße‹, ›Hau ab!‹ und ›Prost!‹ gehört er zu dem bisschen, was Ángel mir beigebracht hatte, als er immer tiefer im Sumpf dieser widerborstigen Sprache versank. Was sollte das? Wer schrieb hier? Auf dem Herd fauchte das Kaffeekännchen, ich hatte das Gas zu hoch gedreht, ein blaugelber Flammenkranz züngelte um seinen silbernen Bauch, Dampf strömte aus der Tülle. Der Kaffee schmeckte nicht, ich verbrannte mir die Zunge, nahm noch einmal das Handy meiner Mutter, dessen Display sich wieder verdunkelt hatte.

Kein Name, nur eine Nummer. Das gehörte zu Mamas Marotten. Sie benutzte ein Adressbüchlein aus Papier, anstatt ihre Kontakte im Telefon zu speichern. Außerdem wusste sie eine Menge Nummern auswendig. Ich wühlte in ihrer Handtasche, in der – im Gegensatz zu meiner – musterhafte Ordnung herrschte. Hier befanden sich die Zigaretten, drei Stück, in einem silbernen Etui, das Feuerzeug griffbereit daneben, Lippenstift, Puderdose, ein Päckchen Pfefferminz, alle Sachen wie Soldaten in den Seitenfächern aufgereiht. Ganz unten lag das Adressbuch. Meine Finger versuchten ungeschickt, die winzigen Seiten umzublättern. So wenige Namen: Paloma, Ángel, Anita, Oscar, diverse Ärzte, die ich alle kannte, ein paar alte Schulfreundinnen, ehemalige Kolleginnen aus dem Teatro Español. Kein einziger Mann. Die Nummer der SMS fand sich tatsächlich unter R., ohne jeden Zusatz. R. und sonst nichts. Im Gegensatz zu den anderen Einträgen war sie mit Bleistift notiert, als wäre meiner Mutter daran gelegen, diese Spur jederzeit verwischen zu können. Ramón, Rodrigo, Ruben? Wer sollte das sein?

Ich war wütend, das sage ich ehrlich. So wütend, dass ich für eine Weile vergaß, dass Mama tot war. Ärger und Enttäuschung verdrängten alles andere. Ich drehte die Handtasche um, ohne den Fünf-Euro-Schein zu beachten, der dabei herausflatterte. Wer gab ihr das Recht dazu? Was glaubte sie denn, wer sie war? Fast sechzig Jahre alt! Besenreiser an den Waden,

Fältchen in Mund- und Augenwinkeln, ihr Haar, blauschwarz statt braun wie meines, färbte sie selbst, seit ich denken kann. Meine Mutter, die errötete, wenn sich im Fernsehen ein Pärchen küsste. Meine Mutter, die auf der Straße starr geradeaus blickte, wenn Männer sich nach ihr umdrehten. Auch wenn ich neben ihr lief. Die Bewunderung galt ihr, nicht mir, das merkte ich schon als Teenager, und sie wusste es genau. Selbst meine Lover waren von ihr fasziniert. Die Stielaugen von Juan Carlos! Und sie? Tat unschuldig, fast beleidigt. Nie fiel ein anderer Name als Oscar. Oscarcito. Sie nannte ihn ›arborito‹, das Bäumchen, nach irgendeinem bescheuerten Buch, und er sie ›brujita‹, Hexlein. Peinlich. Ángel und ich wanden uns jedes Mal, wenn wir das mit anhören mussten. Und jetzt das! R., der sie unter der Uhr treffen wollte.

Unter der Uhr! Das konnte nur der Uhrturm auf der Puerta del Sol sein. Wie reizend. Wie absolut einfallslos. Es gab in ganz Madrid keinen gewöhnlicheren Treffpunkt. Ich versuchte mir diesen Mann vorzustellen, der im Gewimmel des Platzes auf meine Mutter wartete, vielleicht von einem Fuß auf den anderen trat, die Hände in den Hosentaschen vergrub, ungeduldig auf und ab ging, denn sie kam grundsätzlich ein wenig zu spät. Es gelang mir nicht. Die Bilder, die sich einstellten, waren beängstigend und abstoßend. Beschämt stopfte ich den ganzen Kram wieder zurück in die Handtasche, zog den Reißverschluss zu und stellte sie auf den Tisch zurück. Dort lag noch der Schlüsselbund. Der silberne Hund, der daran hing, war ein wenig zerkratzt, aber er glänzte hell und kostbar. Ich nahm ihn vorsichtig in die Hand. Er fühlte sich kalt an. Wie lange hatte sie ihn schon? Als ich ihn berührte und Sekunden später der Geruch von Metall und Schweiß zu mir hochstieg, sah ich mich wieder als kleines Mädchen, dem die langen Strümpfe in den Kniekehlen zwickten, im karierten Rock, der weißen Bluse der Schuluniform, mit zerzaustem Haar und lockeren Spangen, ein Mädchen von acht oder neun Jahren, das atemlos die Tür aufschloss, in die Wohnung stürzte, den Ranzen von der Schulter gleiten ließ und schon im Flur nach der Mutter rief. An diesem Tag hatte ich keine Antwort bekommen, was mich dazu brachte, noch einmal lauter zu rufen, durch alle Räume zu laufen und dabei immer langsamer, immer leiser zu werden.

Die Mutter saß im Schlafzimmer auf dem gemachten Bett. Dort hätte ich sie tagsüber nie vermutet. Doch sie saß da, in einem ihrer Sonntagskleider, dem dunkelgrünen mit den cremefarbenen Tupfen, passenden Pumps und einer Lackhandtasche. Ihr Mund leuchtete rot, und sie spielte mit einem glänzenden Gegenstand, Nein, sie liebkoste ihn unaufhörlich mit zwei Fingern, zärtlich und versunken. Es war ein silbernes, wie ein Spielzeug aussehendes Ding. »Mama, Mama, das ist ja ein Hund! Oh, ist der süß! Der ist für mich, Mama, oder? Den hast du für mich gekauft!« Ich durfte den Silberhund anfassen, ich durfte ihn streicheln, ansehen, herumtragen, doch nach einer Weile nahm sie ihn mir kopfschüttelnd aus der Hand. »Anita, du hast ihn ja ganz klebrig gemacht. Bitte, wasch dir die Finger!« Der Hund verschwand, und ich weiß, dass ich beleidigt war. Als die Mutter ein paar Tage später die Tür abschloss, um mit mir zum Einkaufen zu gehen, sah ich ihn wieder. Er tanzte an ihrem Schlüsselbund, aber er machte sich so schnell davon, wie er aufgetaucht war. Sie steckte ihn in ihre Handtasche, bevor ich fragen konnte, und zog mich mit sich fort.

Jetzt stand ich in der Küche, den Schlüsselbund in der Faust verkrampft und enttäuscht, mit Tränen in den Augen. Was ich danach tat, geschah ohne weitere Überlegungen. Ich nahm mir das Handy, rief R.s Nachricht auf, wählte die Option ›Antworten‹. Es war ungewohnt, auf den klapprigen Tasten zu tippen.

Ich werde kommen. Blanca

Nachdem ich auf ›Senden‹ gedrückt hatte, legte ich das Telefon auf den Tisch zurück wie etwas Giftiges. Bevor ich die Küche verließ, holte ich die letzte Flasche Wein aus dem Kühlschrank. Im Flur traf ich Achilles. Wir schauten uns lange in die Augen, dann ging ich in mein Zimmer und knallte ihm die Tür vor der Nase zu.

Als ich mich wieder hinaustraute, war ich ziemlich betrunken. Betrunken genug, um mich wieder ins Schlafzimmer zu wagen, die beiden am Fenster jedoch keines Blickes zu würdigen, den Kleiderschrank zu öffnen und durch Röcke, Kleider, Hemden und Anzüge zu blättern wie durch ein riesiges Bilderbuch. Dabei zu weinen. Tränenblind zuzupacken. Wieder hinauszugehen, ein Kleid über dem Arm. Ins Bad zu taumeln.

Mir war übel. Gierig trank ich Wasser direkt aus dem Hahn, warm, chlorig, schal. Mein eigenes Telefon stieß einen leisen, verlorenen Laut aus. Dabei zuckte es und bewegte sich über die Oberfläche des Waschtischs, auf dem ich es abgelegt hatte, zu mir hin wie ein schutzsuchendes Tier. Das Display schimmerte golden, ein weitgeöffnetes, vertrauensvolles Auge, und ich sah Lauras Nachricht, eben hereingekommen. Die anderen, es waren über hundert, alle von La Plaga, beachtete ich nicht.

Anita, wir haben so lange nichts mehr von dir gehört. Bist du noch am Leben? Bitte, melde dich, ich mach mir Sorgen! Hier ist alles ziemlich öde, das Haus ist fertig, alle sind verkatert, und David hat in den Pool gekotzt. Sei froh, dass du nicht mitgekommen bist, es war eine echte Schinderei.

Ich nahm das Gerät in die Hand. Sein Rücken war heiß. Sanft wischte ich über sein Gesicht, um zu antworten. Es hatte viel gepiept und gesungen. Seit ich die Entdeckung im Schlafzimmer gemacht hatte, ignorierte ich es wie noch nie zuvor. Was sollte ich antworten? Ich konnte ihnen nicht die Wahrheit sagen, obwohl mein Magen vor Sehnsucht nach der ganzen Bande schmerzte. Also schrieb ich nur ein paar Worte:

Es ist etwas geschehen. Ein Mann, ein Traum. Werde mit ihm wegfahren. Später mehr. Küsse für alle!

Das klang ungeheuer melodramatisch, und ich wusste, kaum hatte ich es abgeschickt, dass Laura meine Sätze laut vorlesen würde, während die anderen sich um sie scharen, sich über ihr Smartphone beugen und sich in Spekulationen aller Art ergehen würden.

Ich zog mich vor dem Badezimmerspiegel aus, hängte das Hauskleid wieder an seinen Haken und besah mir, auf einmal ganz ruhig, was ich aus dem Schlafzimmer mitgenommen hatte. Es war nur ein Teil: Mamas blaues Sonntagskleid mit dem schwingenden Rock, in dem sie nach Papas Worten ›wie eine auf dem Kopf stehende Glockenblume‹ aussah. Der feine Stoff glitt mühelos an meinem verschwitzten Körper herab. Wie eine kluge Schlange schlüpfte der schmale rote Lackgürtel durch die Schlaufen an der Taille, Knöpfe und Haken schlossen sich fast von selbst. Anschließend bürstete ich mein Haar nach hinten. Es war so feucht und klebrig wie die ganze Anita. Ich steckte meinen mageren Pferdeschwanz zu jenem mächtigen Knoten auf, der meiner Mutter täglich schwer im Nacken hing, in den ich als Kind oft den Zeigefinger gebohrt hatte, weil ich nicht glauben konnte, dass dieser geflochtene Korb ganz und gar aus Haaren bestand. Ich dachte, er sei mit etwas gefüllt, aber immer spürte ich nur die ineinandergeschlungenen glatten, warmen Strähnen, roch den alkoholischen Duft des Haarsprays. Der Knoten saß gut. Ich benutzte ein paar Metallklemmchen, um ihm den letzten Halt zu geben, nahm die Perlenohrringe und die lange Kette aus der Porzellanschale und schmückte mich, rieb den Ehering blank, sprühte Jasminparfum auf Hals und Handgelenke bis ich ganz benebelt war. Die Schminksachen benutzte ich mit der gleichen Sicherheit wie meine eigenen, die ebenfalls billig, aber nicht so wohlgeordnet und sauber waren. Schwarzer Kajal, Wimperntusche, dazu ein dicker Lidstrich, den ich viermal verwackelte, bis er den richtigen Schwung hatte. Roter Lippenstift mit Melonengeschmack. Mein Mundabdruck auf dem Kleenex wie ein Schmetterling. Zum Schluss malte ich mir mit dem Augenbrauenstift mitten auf die rechte Wange den kleinen Leberfleck, den Mama natürlich als Schönheitsfleck bezeichnete. Dabei freute ich mich zum ersten Mal im Leben über einen Pickel, der genau an dieser Stelle aufgeblüht war. Leicht erhaben und mit sattem Braun überdeckt, hatte er die ideale Größe.

Erst nachdem alles fertig war, betrachtete ich mich im Spiegel. Vorher hatte ich nur an einzelnen Partien gearbeitet, ohne die Wirkung des Ganzen zu beachten. Ich konnte die Augen nicht von dem Bild lösen, das mich im trüben gelben Licht des fensterlosen Badezimmers ansah – es war überzeugend und dabei fast schöner als jenes Gesicht, das ich nachbilden wollte, jünger, glatter und auf eine beängstigende Weise dauerhaft.

Erst im Flurspiegel sah ich mich vollständig, in den roten Pumps, die neben den schwarzen Budapestern meines Vaters unter der Garderobe gestanden hatten. Staubflocken hingen wie kleine graue Wolken am Saum des cremefarbenen Seidenmantels. Ich schüttelte ihn aus. Am Revers steckte ein Sträußchen, wahrscheinlich aus dem Jardín Botánico. Ich nahm es vorsichtig ab, es war schon ganz eingetrocknet. In der Manteltasche fand ich ein Zwei-Euro-Stück. Das freute mich, denn ich wollte Achilles Salat kaufen.

Als ich noch recht wackelig auf den ungewohnten Absätzen in die Küche stöckelte, um Handtasche und Schlüssel zu holen, wartete dort eine neue Nachricht für Blanca.

Warum sagst Du mir nicht, dass Du mich liebst? R.

Ich habe noch nie jemanden geschrieben, dass ich ihn liebe. Weder Juan Carlos noch David, noch Alejandro aus V. V., mit dem ich mit 13 den ersten Zungenkuss tauschte. Niemandem außer meinem Vater. Es hätte sich einfach unwahr angefühlt, kitschig, als sollte ich etwas aus dem Fernsehen nachplappern. Deshalb habe ich es gelassen. Auf dem alten Handy war es in null Komma nichts geschrieben und verschickt:

Ich liebe Dich. Blanca

Im Schmuckkästchen fand sich nichts, auf das ich viel Hoffnung setzen konnte. Es gab nur vier dünne Goldmünzen und auch die Taschenuhr von Papas Vater sah nicht besonders wertvoll aus. Ich steckte den Kram zusammen mit zwei Ringen, ein paar Armbändern und Manschettenknöpfen in einen Briefumschlag. Dann trank ich etwas Milch, besah mir den Rand des Glases, auf dem meine Lippen eine fettige rote Spur hinterlassen hatten, nickte Achilles zu und verließ die Wohnung.

◆

Pilar an der Kasse des Carrefour um die Ecke hatte mich mit Wangenküsschen als Blanca begrüßt, als ich mit einem Salat, Toastbrot und eine Flasche Mahou vor ihr stand. Strahlend erzählte sie mir, die ersten Frühorangen aus Sevilla seien da, ob ich gar keine mitnehmen wolle, ich hätte doch ständig danach gefragt?

Meine Mutter war verrückt nach Orangen, selbst wenn sie erst im Winter wirklich gut schmecken. Pilar wusste das, denn meine Mutter ging fast täglich in den Supermarkt, seit das kleine Lebensmittelgeschäft in der Calle de San Pedro hatte schließen müssen. So verließ ich den Carrefour mit drei Orangen und dem restlichen Einkauf.

Miguel vom Café an der Ecke winkte mir zu und rief, ich solle Oscar und die kleine Anita grüßen. Die Sonne ging unter, der Himmel über Madrid färbte sich in einem schmutzigen Pink, das rasch dunkler wurde, und ich lief weiter, allmählich sicherer, mit dem stolz hochgereckten Kinn meiner Mutter. Überall sah ich Leute, fertig zum Ausgehen, das war auch in der Krise so geblieben. Sie wollten wenigstens abends vor die Tür gehen, sich im Lärm der Stadt verlieren, auf den Terrassen die Wärme des Nachtwinds im Gesicht spüren, umgeben von Lichtern und Stimmen, die einen nicht mehr daran erinnerten, was tagsüber alles schiefgelaufen war.

Es fühlte sich gut an, meine Mutter zu sein. Ich war schön, auf eine mir unbekannte Weise. Jungen, hübschen Frauen pfeift jeder hinterher, das ist nichts Besonderes. Knappe Shorts, ein bunter Mini, offenes Haar – die Rufe kommen, ohne dass man wirklich gemeint wäre. Die Typen machen das reflexartig, sie sind nicht ehrlich begeistert. Was schon mit den ersten Schritten entlang meiner vertrautesten Straße in Madrid begann, fühlte sich wie Zauberei an. Blanca ließ kein Pfeifen oder Grölen zu. Stattdessen blieben die Männer stumm stehen und blickten ihr nach, Staunen im Gesicht. Selbst in den Mienen mancher Frauen, besonders bei ganz jungen und ganz alten, sah ich ein Aufleuchten. Auch das Rentnerehepaar von gegenüber, Rosa und Joaquín, die eben aus dem Haus traten, sprach mich als Blanca an. Sie fragten nach meinem Mann, nach den Kindern und weshalb wir bei dieser Hitze nicht in die Sierra gefahren seien. Blanca antwortete, dass Anita sich nicht wohlgefühlt habe. Man könne die eigene Tochter doch nicht allein zurücklassen. Zu dritt schimpften wir noch ein wenig über die schlechten Zeiten, ihre Härte, besonders für die jungen Leute, dann kehrte ich in den vierten Stock zurück.

Achilles schlief im Wohnzimmer hinter dem Sofa, eine dunkle Wölbung im Schatten. Ich entfernte seine Häufchen und machte dabei so viel Krach wie möglich, weil die Stille kaum zu ertragen war. Er ließ sich aber nicht stören, vermutlich ahnte er selbst im Schlaf, dass ich keine Gefahr für ihn darstellte. Während ich den Salat wusch und mir ein Sandwich machte, hörte ich ein paar Lieder auf dem Smartphone, hatte meine Playlist aber schnell satt. Die Orangen rieb ich mit einem feuchten Tuch ab, wie meine Mutter es immer machte, bevor ich sie in die Obstschale legte.

Niemals hätte sich Blanca im Sonntagskleid am Küchentisch niedergelassen, um Orangen zu schälen. Weil ich plötzlich Lust auf Obst hatte, band ich mir ihre Schürze um. Als ich in der Schürzentasche ein zerknülltes Stück Küchenpapier fand, das nach meiner Mutter roch, fing ich an zu heulen.

Im Flur schrillte das Telefon so unvermittelt, dass ich das Papier fallen ließ, über meine eigenen Füße stolperte, der Länge nach hinschlug, mir den Kopf am Türrahmen stieß, schließlich hinausschwankte. Dort blieb ich mit geschlossenen Augen vor dem Apparat stehen, wartete, dass das Scheppern aufhörte. Schließlich hielt ich es nicht mehr aus und nahm den Hörer ab. Es war Ángel. »Verdammt, wo steckt ihr denn alle? Warum geht hier keiner ran?« »Ich war auf dem Klo!«, fauchte ich und bemühte mich dabei um den zickigen Schwesternton, der ihm vertraut war. »Kann ich Mama sprechen?« »Sie sind noch in V. V.« Ángel schwieg, atmete tief durch. Ich spürte, wie bedrückt er war, dass er sich über mich ärgerte und gerne mit unserer Mutter gesprochen hätte. »Was ist denn los?«, fragte ich. »Warum bist du nicht mitgefahren? In der Stadt muss es doch unerträglich sein.« »Ich hatte keine Lust. Immer dasselbe. Papa muss eine Rezension schreiben. Mama bekommt Besuch von Paloma, sie wollen sich die Haare färben.« Ángel seufzte verständnisvoll. Ich ratterte weiter. »Außerdem brauchten die Nachbarn einen Babysitter. Ich habe gestern Nachmittag und heute früh auf Daniel aufgepasst. Er ist echt süß. Isabel gibt mir dafür ein Kleid, für das sie zu dick geworden ist. Und nachher wollen wir noch weg.« »Wer ist wir?« »Na, La Plaga und ich.« Ich hörte, wie mein Bruder in Deutschland ein Gähnen unterdrückte. »Wohin denn?« »Ach, einfach nur raus, nichts Besonderes. In Huertas gibt es jetzt eine Bar mit Krisenmenüs, alles für drei Euro. Hast du drei Euro?« Ich sprach jetzt mit hoher, piepsender Stimme. Ángel lachte verhalten, halb amüsiert, halb genervt. »Ach du bist das, Anita Nanita«, sagte er. »Ich hab mehr als drei Euro, das kann ich dir sagen. Morgen schick ich euch wieder was, kauf dir ein Kilo Kaugummi.« Ich piepste, was das Zeug hielt: »Danke, Ángelito, mein Leben, mein Himmelchen, mein Bäumchen!«

Er verschluckte sich, ich merkte, dass er endlich lachte. »Hör auf, Anita Nanita. Die Deutschen bleiben den ganzen Abend in ein und derselben Kneipe hocken. Es ist ein seltsames Land. Küss Mama und Papa von mir.« Mein Bruder sagte mir an diesem Abend nicht, was er auf dem Herzen hatte, das sollte ich erst später erfahren. Er murmelte noch etwas, dann legte er auf.

Ich hatte es nicht fertiggebracht, ihm etwas von den Dingen zu erzählen, die hier vorgefallen waren. Immerhin war es Ángel, mein Bruder, mit dem ich mich blind verstand, obwohl wir beide nicht viele gemeinsame Interessen hatten, bei seiner verrückten Leserei und allem. Er lag mir ständig in den Ohren, Deutsch zu lernen und ebenfalls auszuwandern. Es war ihm ernst damit. Er glaubte, dass es in Spanien keine Zukunft für uns gab. Nach dem Telefongespräch fühlte ich mich schlecht: weil ich Ángel angelogen hatte, weil ich merkte, dass er mir etwas verschwieg und weil ich es einfach furchtbar fand, allein in der dunklen Wohnung zu sein, nur mit einer Schildkröte. Wenigstens über Achilles hätte ich mit meinem Bruder sprechen können.

Ich nahm Mutters Telefon aus der Handtasche, um zu checken, ob die Nachrichten von R. tatsächlich existierten, ob ich diesem Phantom wirklich geantwortet hatte. Doch das Display zeigte nur ›Akku schwach‹. Ich hängte das Gerät zum Laden an die nächste Steckdose und versuchte, die Textnachrichten zu öffnen. Aber entweder war ich zu blöd oder das alte Ding war nicht in der Lage, zwei Sachen gleichzeitig zu tun.

Ich kam mir auf einmal dumm vor. Das Kleid meiner Mutter zipfelte mir um die Knie. An den Hüften warf es Falten, der Ausschnitt war zu weit. Aus dem Flurspiegel sah mir eine schlecht zurechtgemachte Person mit verschmiertem Make-up entgegen, die ihre Küchenschürze nicht ordentlich zugebunden hatte. Ich holte meinen gemütlichen alten Jogginganzug aus dem Schrank, zog ihn an und ging in die Küche.

Sollten sie doch in ihren Sesseln vergammeln! Ich würde jetzt nicht nachsehen, ob sie noch da waren. Vielleicht hatte der Wind sie weggetragen. Hier in der Calle de San Pedro 26 gab es niemand mehr außer mir. Außerdem war Sonntagabend, fast zehn Uhr, eigentlich genau die Zeit, in der Oscar und Blanca aus V. V. zurückkehren mussten. Sie fuhren meist sehr spät los.

Ich würde ein wenig fernsehen und warten, bis meine Eltern eintrafen. Das erschien mir die beste Lösung. Möglicherweise hingen sie im Stau. Mein Sandwich und die Orange lagen noch auf dem Küchentisch. Darunter hatte sich inzwischen auch Achilles eingestellt. »Schau nicht so vorwurfsvoll, ich hab Salat für dich gekauft, obwohl ich echt sparsam sein muss.« Das Tier raschelte unter dem Tisch, wo noch ein paar alte Zeitungen herumlagen. Mein Vater lässt seine Papiere überall fallen. Ich lockte die Schildkröte mit ein paar besonders zarten grünen Blättern, aber sie kam nicht unter dem Papierhaufen hervor.

Normalerweise sehe ich nicht viel fern. Fast nie gibt es etwas, das mich interessiert. Wir gucken meistens YouTube. Meine Eltern behaupteten zwar, sich nicht um das Fernsehen zu kümmern, doch sobald ich einschalte, sind sie da. Sie würden das natürlich abstreiten. Aber unser Fernseher steht in einem alten Schrank, dessen Türen wahnsinnig laut knarren. Wenn ich Filme oder Serien sehen will, ruft dieses Geräusch garantiert meinen Vater oder meine Mutter herbei, die sich dann neben mir auf dem Sofa niederlassen und nervige Kommentare abgeben.

Ich hatte schon einige Zeit vor dem Apparat verbracht, aber ich konnte mich nicht konzentrieren, obwohl ein alter

Horrorfilm lief, den ich mochte. Als die Riesenspinnen sich aus dem Krater arbeiteten, hörte ich in meinem Kopf die Stimme meiner Mutter so deutlich »Was für schlechte Attrappen!« sagen, dass sich mir der Magen zusammenzog und ich weiterschaltete. Ich landete bei einer Zeichentrickserie, die Ángel und ich als Kinder geliebt hatten, aber ich wollte auch nicht an Ángel denken oder an die Sonntagabende unserer Kindheit, wenn wir verschwitzt und schmutzverkrustet aus V. V. zurückkamen, in höchster Eile unsere Taschen hinaufschlepppten, den Fernseher anmachten und uns auf das Sofa warfen, wo wir, von der frischen Luft und Sonne des Wochenendes halb betäubt, noch zwei Folgen ›Mazinger Z‹ sahen, unsere Mückenstiche aufkratzten und hörten, wie Mutter das Badewasser einließ und unser Vater das restliche Gepäck nach oben wuchtete. So zappte ich lustlos weiter, bis zum letzten Sendeplatz, auf dem normalerweise Anime laufen.

Auf dem Bildschirm erschien ein von bläulichem Licht erfülltes Studio, in dem ein goldener Ohrensessel stand. Den Boden bedeckte ein flauschiger Teppich in tiefem Azur. Kein Mensch war zu sehen, dafür erschienen am unteren Rand eine Telefonnummer und eine Mailadresse. Ihnen folgte in großen Lettern die Anzeige ›Frau Semira, Medium. Zuverlässige Jenseitskontakte‹. Gleichzeitig erklang aus dem Off eine ruhige Männerstimme: »Haben auch Sie einen lieben Menschen verloren? Möchten Sie in Kontakt treten, um Ihren Verstorbenen Fragen zu stellen oder Botschaften zu übermitteln? Nutzen Sie die Kräfte eines international bekannten Mediums. Frau Semira hilft. Frau Semira unterstützt. Rufen Sie jetzt an oder schreiben Sie uns eine Mail.«

Nach dieser Ankündigung schritt eine Frau ins Bild und ließ sich langsam in das glänzende Kissengebirge sinken. Sie trug eine Art Morgenrock aus Samt, ebenso blau wie der Teppich. Ihr Haar war blondiert und zu einer Mähne auftoupiert. Aus dem stark geschminkten Gesicht blickten müde braune Augen in die Kamera. »Guten Abend, meine Lieben. Ich bin Semira und begrüße alle, die heute eingeschaltet haben. Wir beginnen sofort, denn hier haben wir schon die erste Anruferin in der Leitung. Conceptión aus Málaga. Sie möchte mit ihrem Sohn sprechen, mit Roberto. Conceptión, ich grüße Sie!« Robertos Foto wurde eingeblendet. Er war ungefähr so alt wie ich, trug ein hellblaues T-Shirt mit einem grinsenden Schimpansen darauf und lächelte mit geschlossenen Lippen. Ich griff nach der Fernbedienung, um weiterzuzappen, denn ich fürchtete mich vor dem, was gleich kommen würde, aber die Stimme der Anruferin füllte bereits das Studio, leicht verzerrt in der rauschenden Telefonleitung. Die unterdrückten Tränen darin waren deutlich zu hören. »Semira, ich muss mit meinem Robertino sprechen. Ich muss ihn fragen, warum er uns das angetan hat, seinem Papa und mir.« Die Stimme brach, die Frau schluchzte. Semira, die mit starrem Gesicht zugehört hatte, ergänzte, nachdem sie einmal tief Luft geholt hatte: »Conceptión, Ihr Sohn hat sich vor einigen Wochen das Leben genommen.« Das Schluchzen steigerte sich zu einem Hustenanfall, aus dem sich langsam ein Wimmern erhob: »Mein Robertino, mein Baby! ›Die lebende Fackel von Málaga‹ haben sie ihn in den Nachrichten genannt! Er hatte doch uns, seinen Vater und mich. Er hatte kein Recht dazu. Alles haben wir für ihn getan, ihm unsere ganze Liebe gegeben, jeden Tag. Was hätten wir denn machen sollen? Er war nur noch verzweifelt, so hoffnungslos! Niemand wollte ihn haben, in diesem verfluchten Land! Dabei hatte er so gute Noten, nur Einsen, und trotzdem…« Semira unterbrach: »Conceptión, wir alle fühlen mit Ihnen. Es ist schrecklich, sein Kind zu verlieren, noch dazu auf diese Weise. Bitte, sprechen Sie jetzt:

Was möchten Sie Ihrem Sohn sagen?« Die Frau in der Leitung schneuzte sich, murmelte eine Entschuldigung und sprach danach mit festerer Stimme: »Ich habe lange gebraucht, bis ich mich getraut habe, Sie anzurufen. Aber ich kann keine Nacht mehr schlafen, mein Mann ist im Krankenhaus, das hat ihn alles zu sehr mitgenommen. Bitte, fragen Sie Roberto nur, ob es ihm dort gutgeht, wo er jetzt ist. Sagen Sie ihm, dass ich ihn über alles liebe.« Sie hielt kurz inne, schniefte und setzte von neuem an: »Und fragen Sie ihn, ob es sich gelohnt hat. Dass er sein junges Leben weggeworfen hat. Sagen Sie ihm, dass er Mama und Papa, seine Großeltern und seinen kleinen Bruder mit umgebracht hat! Sagen Sie ihm, dass es so viele Menschen gibt, denen es viel schlechter geht als ihm! Das ganze Elend überall auf der Welt! Die Flüchtlinge! Meine Eltern haben es nach dem Krieg viel schwerer gehabt! Oft wussten sie nicht, woher sie das Essen für uns Kinder nehmen sollten. Sie haben sich nicht gedrückt, vor dem Leben! Er hätte doch nach Buenos Aires gehen können, wie seine Cousine Susana, die hat es doch auch…«

Ich konnte es nicht mehr länger aushalten und schaltete ab. Erst jetzt merkte ich, wie schwer ich atmete. Meine Hände zitterten, und als ich aufstand, um zur Toilette zu gehen, musste ich mich an der Sofalehne festhalten. Mir war übel und schwindelig. Im Bad übergab ich mich, aber alles, was ich hervorwürgte, war ein mit Galle vermischter Schwall Wasser. Sollte ich nicht doch den Fernseher wieder anmachen? Und Frau Semira anrufen? Ihr mailen? Ich könnte anonym bleiben, Mama und Papa würden meine Stimme auch im Jenseits erkennen. Ich wusste genau, wie ich das Gespräch mit ihnen begonnen hätte: »Oscar und Blanca, was habt ihr zu eurer Verteidigung zu sagen? Sich einfach davonzumachen, am helllichten Tag, mitten in den Ferien, und dann auch noch beide auf einmal? Ihr wart von Anfang an zu alt, um noch Kinder zu bekommen, trotzdem habt ihr euch darauf eingelassen. Und wer hat den Salat? Was soll ich denn jetzt machen, ohne euch? Es ist einfach unfair. Gebt mir ein paar Ratschläge, so wie sonst auch. Antwortet gefälligst, wenn ich mit euch rede!«

Vielleicht wäre dann aus Semiras Bauch eine gurgelnde Stimme gekommen. Diese hätte sich nach einigem Gehuste und Gerülpse in den kultivierten Ton meines Vaters verwandelt.

»Anita, mein Schätzchen, glaub mir, das hatten wir nicht geplant. Alles, was ich an diesem Morgen wollte, war, mit deiner Mutter und dir nach V. V. zu fahren. Im Auto gemeinsam zu singen. Eine Wassermelone zu schlachten und zu sehen, wie die Sonne über der Sierra untergeht.«

Mama hätte ihn vermutlich unterbrochen.

»Oscar, mein Lieber, das ist jetzt unpassend. Anita hat Recht, sie braucht ein paar praktische Tipps. Ruf deinen Bruder an, meine Süße, und Paloma. Du bist nicht allein. Du musst dich nicht schämen, Hilfe anzunehmen. Alles wird gut, Ángel und du, ihr beide schafft das zusammen. Und du hast so viele Freunde. Was ist mit La Plaga?«

Spätestens da wäre der Zeitpunkt, meine Mutter anzupflaumen und rotzig zurückzufragen: »Und was ist mit R.? Wie soll ich damit umgehen? Hast du Papa von ihm erzählt? Eigentlich könntest du das jetzt tun. Was soll dir noch passieren, du bist ja schon tot.«

Wie ich meine Mutter kenne, hätte sie wahrscheinlich nur den Kopf geschüttelt, so dass die kunstblonde Frisur des Mediums ziemlich durcheinandergeraten wäre. »Ana María, das ist nicht deine Angelegenheit, sondern etwas zwischen deinem Vater und mir. Kümmere dich nicht weiter um uns, sondern um dich selbst. Du wirst alles richtig machen. Papa und ich lieben dich so sehr, meine Kleine.«

Ich setzte mich aufs Klo, um zu pinkeln, Mamas Stimme klang mir in den Ohren wie ein süßer Tinnitus. Beim Händewaschen knickten mir die Beine weg, ich sackte auf dem dottergelben Flauschteppich zusammen. Ich presste die Hände auf den Magen und atmete hastig gegen das Gluckern unter der Bauchdecke an, drehte den Kopf zur Seite, weil ich das starre Licht der Neonröhre über dem Spiegel nicht ertragen konnte. Doch ich schloss die Augen nicht, weil mich auf einmal eine ungeheure Angst vor der Dunkelheit hinter meinen Lidern überfiel. Vielleicht musste ich auch sterben, wenn ich jetzt einschlief. Zusammengekrümmt auf dem Vorleger spürte ich stärker als in all den Stunden zuvor meine Einsamkeit. Ich war ganz allein, in diesem Raum mit seinen gelb gekachelten Wänden, in dieser Wohnung, dieser Stadt, und zum ersten Mal erschien mir dies kaum noch auszuhalten.

Während ich so am Boden lag und verzweifelt den Kopf hin und her warf, entdeckte ich ein Haar meiner Mutter auf den Fliesen. Lang und kräftig schlängelte es sich auf mich zu, ich konnte gar nicht anders, als danach zu greifen. Dass es von Mamas Kopf und nicht von meinem stammte, war offensichtlich, denn mein Haar ist eher schlapp und glatt, es hätte niemals vermocht, derart energiegeladen in meine Richtung zu kriechen. Ich wickelte es fest um meinen Zeigefinger, der sofort zu pochen begann und an der Stelle blau anlief, wo das Fleisch zwischen den dunklen Schlingen hervorquoll. Es tat nicht besonders weh, aber ich nahm diesen lächerlichen Schmerz zum Anlass, mein Gesicht in die Teppichzotteln zu drücken und dabei leise zu jammern. Weil meine Mutter jetzt nicht kam, um mich zu trösten, obwohl mir so übel war. Weil sie nicht hinter mir stand und meinen Nacken streichelte, so wie früher, wenn mir schlecht geworden war und ich über dem Waschbecken hing. Weil sie mich nicht fragte, ob ich Tee wollte und weil ihre kühlen Hände sich nicht auf meine Schultern legten, um mich leise summend durch die Wohnung bis zu meinem Bett zu schieben. Mama summte immer die Melodie eines alten Schlagers, wenn sie Ángel oder mir zuliebe Dinge tat, bei denen sie sich eigentlich tödlich langweilte: Brettspiele, Puppen an- und ausziehen, Kuchen backen, Haare bürsten.

Als ich nach einer Weile wieder aufstehen konnte, schleppte ich mich zurück zum Fernseher und suchte nach Frau Semira. Meine Sehnsucht war einfach zu groß, lieber diesen Schwachsinn ansehen, als nichts zu tun. Aber ich fand die Sendung nicht wieder; auf dem Kanal priesen inzwischen zwei ältere Männer Bettwäsche, Küchenmaschinen und Pfannen an. Der eine war hochgewachsen und dürr, der andere klein und feist. Um das Maß vollzumachen, nannten sie sich gegenseitig Don Quijote und Sancho Panza.

Montag

Die Orange traf mich zwischen den Brüsten. Es tat so weh, dass mir für einen Moment die Luft wegblieb. »He, du Schlampe, glaubst du, in deinem Alter kannst du noch aussehen wie ein Pornostar? Vielleicht verpass ich dir die nächste mitten rein, wenn du dein Loch schon so vorzeigen musst!« Schon flog die nächste Frucht.

Die Angreiferin war sicher achtzig, klein, dick und genauso nackt wie ich. Ihre in faltigen Speck gebetteten Äuglein funkelten. Aus dem schlecht gefärbten Haar troff der Fruchtsaft. Der ganze Körper, von den schlaffen Brüsten bis zu den verhornten Zehennägeln war mit winzigen gelben Fetzen bedeckt. Bevor ich antworten konnte, war Paloma schon zur Stelle. Der stolze Hubschrauber, ihre aufgebauschte Frisur, hatte sich in zwei klebrig-feuchte Matten verwandelt, die über die Ohren hingen. Palomas kompakte Erscheinung, Busengebirge und Po-Massiv, baute sich schützend vor mir auf. »Du fette Schnecke hast auch noch nie etwas von Hygiene gehört? Untersteh dich, hier auf Damen loszugehen!«

Wir standen bis zu den Knöcheln in einem Matsch aus zertretenen Orangen. Der Krach war unbeschreiblich. Mindestens vierzig Frauen, alle nackt, alle alt und alle wütend, bewarfen einander kreischend mit Obst. Viele, auch Paloma und ich, bluteten aus der Nase oder hatten von heftigen Treffern eine gespaltene Lippe, von der das Blut genauso heruntertropfte wie der Saft aus den aufgeplatzten Früchten. Zorn-

und Schmerzensschreie gellten durch die Luft. Die Orangen trafen die verhängten Türen des großen Saales und hinterließen von Spritzern umkränzte Flecken auf dem hellen Stoff der Portieren.

Ich wagte mich aus der Deckung. Hinter Palomas breiter Kehrseite ging ich in die Hocke und robbte wie in einem der Kriegsfilme, die ich mit den Plaga-Boys ansehen musste, durch die Pampe zu einer Reihe von weißen Boxen, die an der rechten Saalseite aufgestellt waren. Darin befanden sich Unmengen von Orangen. Mit beiden Händen griff ich zu, rannte zurück zu Paloma, die sich gerade fluchend das Gesicht abwischte, übergab ihr ein paar Geschosse, holte selbst aus und feuerte auf die Gegenseite, so oft und so hart ich konnte. Lautes Kreischen bewies, wie gut ich traf. In Sport, speziell bei Ballspielen, war ich nie schlecht gewesen. Meine Mitstreiterinnen begriffen rasch, dass sie nichts Besseres tun konnten, als mich, die Starschützin, mit neuer Munition zu versorgen. »Blanca, woher kannst du das?«, schallte es von allen Seiten, und selbst ohne einen Fetzen Stoff am Leib funktionierte meine Tarnung perfekt: trotz aufgelöstem Haarknoten und zerflossenem Make-up blieb ich Blanca, zielend, werfend, treffend, während rings um mich die Zitrusfrüchte einschlugen und platzten. Meine Gegnerinnen heulten auf, wenn ich sie erwischte. Ich fand es herrlich, und die Triumphschreie, die von den rosa Wänden widerhallten, kamen tatsächlich aus meiner Kehle.

Komisch war allerdings, dass ich auch im wildesten Kampfgetümmel an meine Mutter denken musste. Nicht an das immer kleiner werdende Etwas im Sessel, sondern an die junge Blanca, wie sie ausgesehen hatte, als ich vielleicht sechs war. Während ich den Obstduft einatmete, diesen gelben, süßsauren Geruch, an den ich mich nicht gewöhnte, ihn immer intensiver wahrnahm, diesen Geruch nach Herbst und Winter, wenn die Orangen reif sind und meine Mutter sie in großen Mengen nach Hause schleppte, hörte ich ihre Stimme mitten im Geschrei: »Iss, Anita, so frisch sind sie am gesündesten. Komm, nimm noch eine! Ich schäle sie dir!« Dabei sah ich meine Mutter am Küchentisch sitzen, in einem einfachen grauen Kleid, wie sie eine Kerbe in die Schale biss, sich lachend schüttelte, mit Daumen und Zeigefinger unregelmäßige Streifen der dicken leuchtenden Fruchthaut abzog, das gepellte Innere in mundgerechte Stücke zerriss und mir zwischen die Lippen schob.

Morgens war ich unglücklich aufgewacht, unglücklich ins Schlafzimmer getaumelt, hatte an mir heruntergesehen und beschlossen, mir aus Mamas Kleiderschrank ihr zweitbestes Sommerkleid zu schnappen, um zuerst zum ›Compro Oro‹ zu gehen und danach Paloma im Café zu treffen. Begleitet wurde ich von einem erstaunlich munteren Achilles, der in der Küche mit seinem Salatkopf ein furchtbares Massaker angerichtet hatte. Inzwischen unterhielt ich mich ohne Hemmungen mit ihm, er verstand mich, so klug wie er schaute.

Auf dem Smartphone war ein Haufen Nachrichten von La Plaga eingegangen: Laura machte sich Sorgen um mich, die Jungs schickten Selfies aus dem Pool, die beiden Marías spammten mich mit den neuesten ›Marea-verde‹-Aktionen zu, der ›Grünen Flut‹ gegen die Regierung und ihre Sparmaßnahmen im Bildungsbereich. Viel passierte in der Urlaubszeit nicht, aber sie wollten sich trotzdem mit ihren grünen T-Shirts, auf denen der Slogan ›Öffentliche Bildung von allen für alle‹ prangte, auf die Puerta del Sol stellen und fragten, ob ich mitkäme. Ich hatte praktisch keine Nachrichten mehr gelesen, seit ich mit der Schildkröte unterm Arm in die

Wohnung zurückgekehrt war. Es überstieg meine Vorstellungskraft, auch nur in Ansätzen zu erklären, was bei mir zu Hause vorging, daher tippte ich nur kurz an die ganze Gruppe:

> Auf Wolke 7, der tollste Typ aller Zeiten. See you soon. Küsse für alle.

Das zweitbeste Sommerkleid war gelb, bedruckt mit einem Zitronenmuster. Gelb gehört zu den Farben, die nur ganz wenigen stehen. Gerade bei Braunhaarigen lässt es die Haut oft fahl aussehen. Aufgrund dieser mütterlichen Weisheit besaß ich kein einziges gelbes Kleidungsstück. »Achilles, wir müssen Geld verdienen. Was meinst du? Kann ich so vor die Tür? Erst den Familienschmuck verjubeln und dann Paloma treffen, zu einer geheimnisvollen Verabredung?« Achilles machte einen zufriedenen Eindruck. Er drehte mir den Hintern zu und zeigte sein dreieckiges Schwänzchen.

Die Suche nach Barem war ergebnislos verlaufen. Handtaschen, Jacken und Schubladen hatte ich durchwühlt, aber alles, was ich fand, war etwas Kleingeld, dazu die wenigen Scheine aus den Börsen meiner Eltern und der Keksdose. Damit würde ich nicht weit kommen, und wenn die Bank nicht bald ihr Geld sah, wäre es fatal; die Mahnung war schon gekommen, das wusste ich. Mein Vater hatte davon erzählt und viel über den Artikel gesprochen, an dem er gerade schrieb und der uns für diesmal retten würde. Irgendein besonderes Buch, ich hatte nicht richtig zugehört. Damit war es ja wohl vorbei. Also ›Compro Oro‹. Ich stopfte den Umschlag mit dem Schmuck in Mamas Handtasche, checkte dann ihre Textnachrichten. Nichts. Na ja, vielleicht war das alles auch eine Verwechslung gewesen. Danach zog ich Mutters High Heels an. Das Laufen darin fiel mir immer leichter. Schwierigkeiten machte mir der Versuch, Mamas Leinenjackett lässig über die Schultern zu hängen. Bestimmt würde ich das Teil in Windeseile durchschwitzen. Dazu noch die Handtasche mit den Klunkern, die mein mühsam erarbeitetes Gleichgewicht wieder störte. Ana María trug fast immer Jeans und T-Shirt, bei Hitze auch mal Shorts, fast nie Kleider oder Röcke.

Vor dem Flurspiegel überfielen mich erneut Zweifel. Montagmorgen, und Anita war auf dem Weg nach draußen, um sich endgültig lächerlich zu machen. Was hatte ich mir nur dabei gedacht? Blancas Kleid anzuhaben, hieß nicht Blanca zu sein. Das Ganze war eine Schnapsidee. Ich und Blanca, das war doch wie Kerze und Fackel, Streichholz und Feuerwerk, Kuhfladen und Pizza, wie Sonnenblume und Sonne, wenn man es freundlich sagen wollte, so wie mein Papa das manchmal getan hatte, der unübertreffliche Charmeur, zugunsten seiner Frau, versteht sich. Mochte Gilipollas, das senile Weiblein, auf mich reinfallen und Paloma mich am Telefon verwechseln – eine Konfrontation mit ihr im grellen Morgenlicht, das konnte nur schiefgehen. Ich betrachtete mich im Spiegel, wie so oft in diesen Tagen. Meine Trauer und Einsamkeit waren nicht verschwunden, eher in einer Abstellkammer meines Herzens. Meine Augen brannten noch, ich schluckte einmal schwer, dann fühlte ich mich bereit für einen neuen Versuch.

Ich war gleich nach dem Aufstehen wieder ins Schlafzimmer der Eltern gegangen. Sie waren noch kleiner geworden, versanken beinahe in den festlichen Kleidern, in die ich sie gestern gesteckt hatte. Nur das gelassene Lächeln in den trockenen Gesichtern hatte sich nicht verändert. Sie sahen so entspannt aus, dass ich beschloss, dies als Zustimmung für all das zu nehmen, was ich trieb, planlos und dennoch von dem Wunsch geleitet, es so und nicht anders zu machen. Blancas

Kleid. Blancas Schmuck. Blancas Schönheitsfleck. Ihr Haarknoten und ihr Jasminduft.

Doch das war nur die Verpackung. Paloma würde ich nicht so leicht täuschen können. Ich sah der Frau im Spiegel fest in die Augen und sagte mit meiner eigenen, ziemlich hellen Stimme: »Mein Mädchen, du hast keinerlei Ähnlichkeit mit ihr.« Das Spiegelbild schüttelte den wohlfrisierten Kopf. Sein leicht angerauter Alt ließ mich erzittern. »Ach? Das wollen wir doch mal sehen! Es ist ganz leicht, so zu sprechen wie Blanca.« Im Stehen kreuzte die gespiegelte Frau graziös die Füße und schürzte die lackroten Lippen, wie es nur Blanca tat. Auf einmal fand ich mich ziemlich glaubwürdig. Vielleicht funktionierte es doch. Ich wollte nicht enttarnt werden, an Palomas dicker Brust heulen und wieder Anita sein. Als Blanca fühlte ich mich besser. Nicht nur schöner. Das gesamte Anderssein war ein Versprechen.

Zum Abschluss dieser Probe drehte ich meine beiden Handflächen nach oben, genau wie Blanca es machte, wenn sie andeuten wollte, dass es keine Antworten gab, nur offene Fragen. Als ich mich so sah, wusste ich, ich würde alles beherrschen, jede Geste, jeden Blick, die Art, wie sie lächelte oder staunte, wie sie sich das Ohrläppchen rieb und geisteabwesend an ihrem Ehering drehte. Warum sollte ich zweifeln? Weshalb sollte ich nicht Blanca sein können, der Mensch, der mir so nah war?

Der nächste ›Compro Oro‹ lag an der Calle de Atocha in der Nähe des Bahnhofs. Ein paar Touristen zogen ihren Rollenkoffer hinter sich her, die meisten Geschäfte hatten schon geöffnet, aus der Bäckerei kam der Geruch von frisch gebackenen Churros. Viel Verkehr. Der Himmel wie ein weißglühendes Stück Metall. Ich schwitzte bei jedem Schritt.

Im ›Compro Oro‹ war ich wohl die erste Kundin, denn der

unscheinbare junge Mann hinter dem Tresen hatte gerade seinen Kaffeebecher und ein angebissenes Schokobrötchen neben die Kasse gestellt und war dabei, den PC hochzufahren. Ich grüßte freundlich, setzte mich ihm gegenüber, legte den Familienschmuck der Martínez Madrugada auf die genoppte Gummiunterlage zwischen uns. Nur den Ehering behielt ich am Finger. Geduldig sah ich ihm dabei zu, wie er jedes Stück in die Hand nahm, taxierte, abwog und dabei leise vor sich hinmurmelte. Sein Gesichtsausdruck wurde zusehends abschätziger, und so war es keine wirkliche Überraschung für mich, als er schließlich das letzte Stück, die Kette, zur Seite legte und mit einem mitleidigen Lächeln sagte: »Das ist größtenteils Tinnef, Señora, so leid es mir tut. Alles in allem höchstens 150 Euro.«

Ich ließ die Kette durch die Finger laufen und sah ihn mit schiefgelegtem Kopf an, so wie ich das von meiner Mutter kannte, wenn sie mit meinen Freunden flirtete, diskret, aber eindeutig. »Es ist schrecklich für mich, dass diese Schmuckstücke nichts wert sein sollen. Eine Katastrophe, Señor. Fast alles habe ich von meinem Mann geschenkt bekommen. Er behauptet, es sei ein kleines Vermögen, das ich da trage.« Er zuckte mit den Schultern und nahm einen Schluck Kaffee. »Tja, das glauben leider die meisten. Ich bedaure zutiefst. Mehr als 150 ist wirklich nicht drin. Die Perlen sind aus Wachs. Hübsch gemacht, aber falsch.« Er biss ein Stück Gebäck ab und kaute. Allmählich regte er mich auf.

Mit einem sanften Ruck schob ich meinen Busen auf die Gummiunterlage, so dass die Klunker klirrend zur Seite rutschten. Ich ließ die Kette im Ausschnitt pendeln und lächelte. »Vielleicht können wir uns auf andere Weise verständigen …« Der junge Mann schluckte schwer, schob sich die Brille in die Stirn. Über den Augenbrauen und an den Nasenflügeln war seine Haut entzündet und schuppte. Er sah mich empört an. »Señora, ich muss doch sehr bitten. Sie könnten meine Mutter sein. Falls Sie mich jetzt entschuldigen, ich habe noch anderes zu tun.« Ich hielt ihn zurück, denn ich musste auf sein schäbiges Angebot eingehen. Achselzuckend steckte ich das Geld ein und verließ mit hocherhobenem Kopf das Geschäft.

Paloma saß wie verabredet im Café Murillo, in der Fensternische rechts vom Eingang. Sie stützte das Kinn in die eine Hand, während sie mit der anderen ein Zuckertütchen in ihren Café solo rieseln ließ. Meine Patentante trug ein violettes Sommerkleid mit aufgenähten Taschen, das ich seit Ewigkeiten an ihr kannte. Die schwarzgefärbte Hubschrauber-Frisur warf Schatten auf die etwas grobe weiße Haut ihrer Oberarme. Minutenlang stand ich auf dem Bürgersteig, ohne mich zu rühren, angerempelt von einer Schülerhorde, die die Straße heruntermarschierte, um sich am gegenüberliegenden Seiteneingang des Prado aufzureihen. Das Café war ziemlich teuer. Ich konnte mich nicht erinnern, dass meine Mutter es jemals erwähnt hatte. Sie ging fast nur in unserem Viertel aus und immer in Lokale, die es wahrscheinlich schon vor meiner Geburt gegeben hatte.

Als ich eintrat, warf mir Paloma einen mißbilligenden Blick zu. Dann packte sie mich am Arm und zerrte mich aus dem ›Murillo‹. Dabei schimpfte sie: »Dass du auch noch zu spät kommen musst! Und hör mal, dieser Schwarze da, dieser ach so bekannte Künstler, ich hab den Namen schon wieder vergessen, der geht mir wirklich auf die Nerven. Jetzt hat er zum dritten Mal die Uhrzeit geändert. Aber mit uns können sie es ja machen. Hoffentlich ist die Bezahlung wenigstens anständig.«

Ich stellte mich dumm und erfuhr so von der verärgerten

Paloma, dass sie und Blanca seit ungefähr einem Jahr ein bisschen Geld damit verdienten, sich Kunststudenten und deren Professoren als Modelle zur Verfügung zu stellen, bei Videoinstallationen und Fotosessions mitzumachen, mal nackt, mal angezogen. Ich war zugleich begeistert und entsetzt. Meine zurückhaltende Mutter als Aktmodell! Doch ich durfte meine Verwunderung nicht zeigen, denn Paloma schubste mich vor sich her in den Prado wie ein ungezogenes Kind. »Los! Bist du noch immer betrunken? Allmählich solltest du den Weg doch kennen! Sie haben gesagt, wir müssen ganz pünktlich sein! Wir sollen uns im Konferenzraum treffen, da können wir dann auch unsere Sachen lassen. Der schwarze Kerl muss unglaublich berühmt sein, seine letzte Videoinstallation hat das MoMa in New York für 5 Millionen Dollar gekauft. Dabei ist er Marokkaner.«

Im Konferenzraum wartete schon ein Haufen alter Weiber. Die meisten begrüßten Paloma mit Wangenküsschen und lautem Trara. Fast alle hatten Ähnlichkeit mit Mama und ihren Freundinnen: Bildungsbürgerinnen, die schon bessere Tage gesehen hatten. Ein paar allerdings waren eindeutig aus den schlechteren Gegenden Madrids, größtenteils Südamerikanerinnen. Sie hielten sich abseits von den anderen, getrennt durch eine unsichtbare Grenze.

Ich sah mich neugierig um, aber es gab nichts Spektakuläres zu sehen; ein großes Büro, in dessen Mitte ein langer Tisch und viele Stühle standen, darauf Wasserflaschen und Pappbecher, ein paar Tüten Chips und billige Süßigkeiten. Routiniert rissen die Frauen die Packungen auf, versorgten sich mit Snacks und Wasser und zogen sich nebenbei bis auf die Unterwäsche aus. Ich starb fast vor Scham und rührte mich nicht vom Fleck. Eine hagere Frau im schwarzen Hängerkleid stieß mich in die Seite. »Blanca, auf geht's! Du bist doch sonst immer die Erste!« Dabei kicherte sie, bevor sie kopfüber in ihrem Zeltgewand verschwand, es wegschleuderte und darunter splitternackt, braun und sehnig wie eine geräucherte Makrele zum Vorschein kam. Dann schlüpfte sie in einen kurzen, vorne durchgeknöpften Kittel, wie ihn Putzfrauen tragen. Auch Paloma hatte ihre Massen unter einem solchen Gewand verborgen. Ich entblätterte mich langsam. Dabei überlegte ich fieberhaft, wie ich meinen jugendlichen Körper und den tätowierten Sternenschwarm über meinem Schamhügel erklären sollte. Oder die Tatsache, dass ich keinen Putzkittel hatte, um das Ganze wieder zu verhüllen. Aber niemand kümmerte sich um mich. So nutzte ich die Gelegenheit, einen Blick auf Mutters Handy zu werfen. Eine neue Nachricht. Ehrlich gesagt, ich war erleichtert. Es hätte mich doch geärgert, wenn ausgerechnet diese Sache nur eine Einbildung gewesen wäre. Er schrieb:

> Denk an mich wie ich an Dich! R.

Ich tippte rasch eine Antwort, obwohl ich mir komisch vorkam, splitternackt am Telefon. Paloma warf mir einen neugierigen Blick zu.

> Du bist unter meiner Haut und in meinem Blut. Wie könnte ich Dich vergessen? Blanca.

Das hat David mir einmal geschrieben, als er betrunken war. Am nächsten Tag bat er mich, niemandem davon zu erzählen, und schämte sich. Ich fand den Satz trotzdem schön.

Eine junge Frau betrat den Raum. Sie war dünn, blass und blond, trug einen Hosenanzug und begrüßte uns mit lässigem Kopfnicken. »Gut, dass Sie es alle einrichten konnten. Rif wird gleich bei uns sein. Bitte, unterschreiben Sie noch schnell das Formular, das Ihnen gleich ausgehändigt wird. Es geht nur um Ihr Honorar.« Mehrere Mädchen, höchstens ein paar Jahre älter als ich, stöckelten hinter ihr herein und verteilten Papiere und Kugelschreiber. »Bitte, beeilen Sie sich. Rif ist auf dem Weg, und er will sofort mit dem Projekt beginnen. Wir haben nicht viel Zeit, das Haus hier ist nicht sehr großzügig, die Touristen warten.«

Während alle mit dem Formular beschäftigt waren – Paloma unterschrieb, ohne einen Blick auf die winzig gedruckten Textmassen zu werfen, ich tat es ihr nach –, ging ein Raunen durch den Raum. Ein großer, extrem gutaussehender Mann erschien in der Tür. Zu seinen Jeans trug er ein hochgekrempeltes weißes Hemd, seine Haut war so dunkel, dass sie bläulich schimmerte. Sein kurzer Afro wurde von einer Sonnenbrille zurückgehalten. Dazu ein Ohrring, schmal und schlicht, ebenso golden wie die Armbanduhr, auf die er einen schnellen Blick warf. Er sah uns ernst an, fast feierlich. Sein Englisch hatte einen leichten französischen Akzent, klang aber ansonsten so makellos wie in einem Hollywoodfilm.

»Good morning, Ladies, I can see you are ready. Wonderful. We are going to get our project started right now. Follow me! And please, hurry up, would you be so kind?« Als wären wir eine Geflügelschar, wedelte er mit den Händen herum, und auf dieses Zeichen hin stürzten seine Assistentinnen sich auf uns und trieben uns vor sich her durch die schon von den ersten Besuchern bevölkerten Gänge. In meiner Not hatte ich Blancas cremefarbenes Unterkleid anbehalten. Der Raum, in den sie uns scheuchten, war kahl, bilderlos, und hätte eine der Assistentinnen nicht mit lauter Stimme verkündet, wir befänden uns im Tiziano-Saal, hätte ich niemals geglaubt, im Prado zu sein, denn an den Wänden hing kein einziges Gemälde. Der Marmorboden war mit billigem hellen Teppich ausgelegt worden. Ich war als Schülerin zum letzten Mal hier gewesen. Der Saal wurde in der Mitte durch eine breite rote Linie geteilt. An den plastikbespannten Wänden standen verschlossene schwarze und weiße Boxen.

Rif stellte sich vor uns und rief: »Ladies, please, form rows along the walls. Like children at school. Put off your dresses! And please, hurry up! Time is money!«

Seine blonde Assistentin hielt ihm ein Mikrofon unter die Nase und übersetzte bei Bedarf ins Spanische. Fast niemand im Saal verstand oder sprach Englisch. Ich kann es nicht besonders, aber ausreichend. Als Blanca machte ich vorsichtshalber ein verständnisloses Gesicht. Rif schritt eilig die Reihen entlang und ließ uns durchzählen. Dann trat er in die Mitte des Saales und brüllte: »Even numbers here! Odd numbers over there!« Zwei weitere Frauen kamen und malten mit schwarzem und weißem Fettstift jeder von uns einen dicken Punkt mitten auf die Stirn. Sie trieben uns, schwarz auf die eine, weiß auf die andere Saalseite. Paloma und ich trugen beide weiße Punkte. Über meine oder Blancas Nacktheit dachte ich inzwischen ebenso wenig nach wie über die Körper der anderen.

Wir alle, ohnehin schon ziemlich verwirrt, schüttelten die Köpfe. Rif sah zufrieden aus. Er klopfte mit dem Brillenbügel gegen seine Schneidezähne und griff nach dem Mikro: »Ladies, can you hear me? Listen to me, please. Can you see this red line? This is the end of your territory. Black territory, white territory. The white ladies try to cross the black border, the black ladies try to get over to the white side. You all know what this means? The room is divided up into two territories. Black and white. Ok?

Further, you can see all those boxes. Black for the black territory. White for the white territory. Now Laia, Esperanza, Luisa, would you please open them! They are full of oranges. They have been brought from plantations from all over your country.

I want you to divide up into two groups. The black people and the white people, according to the dots on your foreheads. You are going to fight each other. Break into the territory of the other group. I want you to be at war. There will be a surprising salary for your toil, I promise. Just work and see! Who is my mate?«

Ich sah zu Paloma hinüber. Die stand mit einer breiten Hand vor der Scham da und rief dem Künstler zu: »Dürfen wir auch Orangen mit nach Hause nehmen, wenn welche übrigbleiben? Die sind im Augenblick noch ziemlich teuer!«

Die Blondine übersetzte rasch, der Künstler lachte laut: »You are right, you don't give yourself away for nothing, old lady! There are lots and lots of oranges, you won't ruin them all, I bet!«

Dann stellte sich Rif hoch aufgerichtet in die Mitte des Saals und brüllte in das Mikrofon: »WAR! WAR! YOU ARE AT WAR, LADIES! START FIGHTING!« Im gleichen Augenblick wurde der Saal von einer ungeheuren Soundwoge überflutet. Wahrscheinlich hingen hinter den rosa Pappwänden überall Lautsprecher, denn der Krach kam aus allen Richtungen. Ein rhythmisches Stampfen, wild und hasserfüllt, als schösse jemand ein Revolvermagazin leer.

Paloma zuckte die Achseln. »Was soll's! Stürzen wir uns ins Vergnügen! Ich finde es jedenfalls anregender, als stundenlang knietief in Zucker zu waten. Weißt du noch, dieser brasilianische Spinner, der wollte, dass wir den Schweiß der Sklaven auf den Zuckerrohr-Plantagen zeigen? Das war ekelhaft!« Sprach's und schleuderte die erste Orange. Wir kämpften inbrünstig, und den meisten ging es nicht anders als mir – wir vergaßen alles um uns herum, bis Rif irgendwann brüllte:

»That's enough, ladies! Stop it, please! You did a wonderful job! Calm down, please. You can all go upstairs to wash and dress. Afterwards my assistants will be glad to hand out the special envelopes you have been working for so hard! Thanks a lot, ladies! You will make history! You will never die!«

Die Munitionsvorräte waren ohnehin erschöpft, die Boxen geleert und die Kraft der alten Frauen hatte merklich nachgelassen. Die Assistentinnen eilten mit unseren Kitteln und Handtüchern herbei. Wir wurden notdürftig verarztet und abgewischt und aus dem verwüsteten Saal in den Konferenzraum zurückgejagt. Tische und Stühle waren verschwunden, stattdessen standen Eimer mit warmem Wasser sowie ein paar Wandschirme herum, hinter denen wir uns anziehen konnten. Unsere Sachen hatten die Assistentinnen sorgfältig zusammengelegt und in Plastikhüllen gesteckt. Trotzdem waren wir gereizt, voller Ärger über die unzureichende Waschgelegenheit, die Schmerzen am ganzen Körper und über Rif, der zwischen uns herumtanzte, euphorisch und zufrieden, sich nicht darum kümmerte, dass wir mit unseren klebrigen, maltätierten Körpern nur noch unser Geld wollten, um schnell nach Hause unter die Dusche zu kommen. Er plauderte mit jeder, lachte, fragte, immer begleitet von seiner blonden Übersetzerin. Schließlich brachte diese ein kleines Podest, auf das sich Rif stellte wie ein politischer Redner.

»Ladies, I have to talk to you before you get your money. As none of you knows, I am sure, the life of the orange pluckers is a gruesome toil. They live like slaves. Most of them are from Morocco, my home country. You know, it has once been a Spanish colony? All your richess, your modern cities, your schools, universities, all your comfort is built upon the gold of Peru, on the blood and flesh of millions of Indios – and on my people's sorrow as well.«

Die meisten Frauen sahen verstört aus. Ich fand den Kerl unverschämt. Was hatten wir mit den Taten von Cortés oder den Problemen der Erntearbeiter zu tun? Ich wusste, dass viele junge Spanier in Andalusien wieder auf den Plantagen jobbten, weil sie keine andere Arbeit fanden. Viele murrten oder schnauften verächtlich, aber alle hörten weiter zu. Rif hob die Arme zum Himmel, dann sprach er weiter: »I had the privilege of talking to some of you. I asked why you came to Prado this morning. And every lady told me she wanted to earn some extra money because she has to help her family, children and grandchildren who are out of work. The big crisis here in Spain. I often heard the word poverty. So you are all very poor, ladies? So you really do believe to be poor? But look at you! Where are you going to cool your black eyes and bloody noses? At your homes, don't you? At your flats and houses, with electric light, central heating, TV, water, fridges. Poor, poor Spanish people, poor old ladies!«

Rif lachte und schüttelte sich, während die Unruhe im Raum immer größer wurde. Die Frauen schimpften jetzt hörbar, so dass er die nächsten Sätze förmlich brüllen musste, die Übersetzerin ebenso: »There is no such thing as brotherhood of man. I want to show life's hardship in this project. It makes me happy to pay you for this job. Underrated. Unterestimated. Undervalued. The pay of today's work will be 1,50 Euro an hour. Exactly the same an orange plucker gets at one of your plantations.«

Nach diesen Worten brach ein ungeheurer Tumult aus. Auch ich schimpfte und schrie. Drei Euro sollten wir bekommen für diese ganze Sauerei! Rifs Stimme übertönte den Aufruhr, er schrie wie in Rage, sein Gesicht glich einer Maske, hart und zornig waren seine vorher so verbindlichen, schönen Züge geworden: »Many have told me how deeply you are suffering – in your nice clothes, with your fat bellies. Look at you – many of you are really fat, aren't you? Old fat white doves, who fear for their fat white children and grandchildren!«

Er machte eine Pause, wischte sich den Schweiß von der Stirn und lächelte plötzlich, so freundlich wie vor zwei Stunden. Auch die Stimme der Übersetzerin wurde wieder höflich und weich.

»Now you are all very very angry. I can see it in your wrinkly old faces, your clenched fists. You feel that I treat you unfairly. The black loser. The nigger from Morocco. He is mocking at you, laughing at your poverty! Mocking at your children! Let's kill him! Let's kill the goddam nigger! That's wonderful. So start to fight. Let out your anger, your wrath, start right now! Take your weapons!«

Schon flog der erste Gegenstand durch die Luft, ein Plastikbecher mit Wasser, und traf Rif an der Schläfe. Es sollte nicht der letzte sein. Er blieb stehen und ertrug den Hagel der Geschosse, die seinen Körper trafen. Er blutete stark, was wegen der dunklen Haut auf den ersten Blick nicht so schlimm aussah wie bei uns. Die Fruchtfleischfetzen und Schalenreste klebten an seinem tiefschwarzen Hals, auf seiner Brust, den herrlichen langen Beinen, und ich dachte auf einmal, dass diese Szene bestimmt mit Absicht arrangiert worden war. Dieser wunderschöne schwarze Mann, dieser Ebenholzchristus, gesteinigt wie der heilige Esteban, von zwar lädierten, aber dennoch wieder ordentlich hergerichteten alten weißen Frauen.

Auf einmal standen seine Assistentinnen überall und filmten. Nicht nur mit Handys, sondern mit teuren Kameras, riesigen Teilen, die ganz sicher nicht zufällig herumgelegen hatten. Meine Vermutung bestätigte sich, als ein junger Mann durch die Tür kam. Hinter sich zog er einen Aluminiumcontainer, der bis zum Rand mit Orangen gefüllt war. Er brüllte: »Hier, meine Lieben, nehmt euch Nachschub! Lasst den Nigger nicht entkommen, er beleidigt euch und eure Kinder!« Ich muss gestehen, ich war auch ziemlich sauer geworden. Was bildete sich der Typ eigentlich ein? Sicher gab es viel Not und Elend in der Welt, aber glaubte er, dass ich automatisch glücklich wurde, wenn ich mir irgendwelche Leute vorstellte, die am anderen Ende der Welt verhungerten? Ich sollte auch noch daran schuld sein! Was wusste dieser Mensch, ein steinreicher Künstler, der laut Paloma in allen Museen der Welt ausgestellt wurde, von mir und meinen Träumen? Von meinem Kummer und meiner Armseligkeit? Und jetzt sollte ich ihm helfen, noch reicher zu werden? Ich stieß Paloma an.

»Paloma, siehst du das?« Ich zeigte auf die Kameras, die von der Decke hingen, auf die Assistentinnen, die ihre High-Tech-Apparate auf uns richteten, und auf den im Orangengewitter stehenden Rif.

»Die wollen uns verscheißern! Wir sollen hier nochmal arbeiten, unsere Klamotten versauen und Körperverletzung begehen, obwohl wir noch nicht mal bezahlt worden sind. Also ohne mich, ich hab Feierabend!«

Auch die anderen Frauen begriffen schnell. Der Aufruhr endete, als habe man bei einem Fernsehgerät den Stecker herausgezogen. Stille. Die künstlich herbeigeführte Wut verpuffte, schweigend sammelten wir unsere Sachen ein. Viele, auch Paloma, füllten sich die Taschen mit unbeschädigten Orangen. Niemand sprach, nur die Assistentinnen riefen einander laute, vergnügte Kommentare zu, während sie den Raum wieder in Ordnung brachten und ihre kostbaren Kameras verpackten.

Ich fragte mich, was meine Mutter zu dieser Aktion gesagt hätte. Wahrscheinlich, dass man nicht ohne Bezahlung arbeiten soll. Ich stellte mich vor die Blonde und sagte in ärgerlichem Blanca-Ton: »Ich will mein Geld. Aber sofort! Ich bin Kastilierin, in Madrid geboren, und kein afrikanischer Gemüsesklave, den man über's Ohr hauen kann!« Das Mädchen kicherte albern und wies mit der Hand zum Ausgang, als zeigte sie mir eine himmlische Erscheinung.

Dort wartete Rif persönlich. Er trug einen ausgeblichenen Blaumann mit eingerissener Brusttasche, aus der ein Bündel Banknoten ragte. Sein Gesicht blutete nicht mehr, aber seine Assistentinnen hatten ihm weiße Salbe auf die Platzwunden geschmiert, so dass er noch schlimmer aussah als vorhin. Höflich verbeugte er sich vor jeder und überreichte dabei einen 50-Euro-Schein. »Sie waren großartig«, sagte er in tadellosem Spanisch, verneigte sich erneut und hob die Hand: »Respekt!«

»Wenn dieser Marokko-Neger noch einmal einen Job hat, dann werde ich absagen!«, fauchte Paloma, als wir zusammen zur Bushaltestelle gingen. »Diese Beulen! Was meinst du, was José sagt, wenn er mich so sieht! Das kann kein Geld der Welt zudecken! Und das Geschwätz, die Eifersüchteleien! Na ja, er riecht immer Rauch, auch wenn da längst kein Feuer mehr ist. Da hätte dein Oscar weit mehr Grund. Aber der ist wirklich ein Schaf, nicht wahr? Wahrscheinlich, weil er sich diese Sache geleistet hat, als die Kinder noch klein waren.«

Ich lächelte, obwohl ich innerlich erstarrte, zuckte dabei mit den Achseln. Was hätte ich auch antworten sollen?

»Weißt du, was ich glaube, Blanci? Oscar weiß alles, aber er drückt beide Augen zu. Aus Liebe zu dir. Ist dir eigentlich klar, wie sehr du geliebt wirst? Glaubst du, du hast das verdient? Andere suchen ihr Leben lang nach einem Mann, und du hast gleich zwei. Ist das nicht ungerecht?«

Meine Mutter Blanca Madrugada Camarena blieb mitten auf dem Paseo del Prado stehen. Sie strich sich eine Haarsträhne aus dem Gesicht und schob die Sonnenbrille zurück, um ihrer Freundin direkt in die Augen zu sehen. Der heiße, abgasgesättigte Wind ließ das Zitronenkleid um ihre vollkommenen Knie flattern, die weiße Madrider Sonne, die vom weißen Madrider Augusthimmel brannte, beleuchtete die schorfige Scharte in ihrer vollen Unterlippe und das purpurn schimmernde Mal an der linken Schläfe, die ihre Schönheit eher unterstrichen als minderten. »Paloma, was in aller Welt willst du damit sagen?«, fragte sie streng.

Paloma sah verwirrt aus, verwirrter als im Prado, als sie dachte, sie würde um ihren Lohn geprellt. »Aber Blanci …« Sie verstummte unter Blancas zusammengezogenen Brauen. »Das ist eine ungeheuerliche Behauptung. Bitte werde etwas deutlicher. Gegen unklare Vorwürfe kann ich mich nicht wehren!«

Paloma stotterte. Zarte Schweißtröpfchen traten aus den Poren ihrer hübschen, von allem Make-up befreiten Nase. Das Orangenzeug war die reinste Wellnessbehandlung, sah man mal von den blauen Flecken ab. »Blanci, wirklich, immer diese Andeutungen. Dieses geheimnisvolle Getue. Es gäbe da einen, der dich für höchstens 35 halten und deine Haut als vornehmes Hellkaramell beschreiben würde. Und dass du so oft keine Zeit hast, ›aus persönlichen Gründen‹, dazu ständig am Handy wie ein Teenager – ich bitte dich.«

Sie sah mich empört an, wirkte dabei doch so zerknirscht, als wollte sie einen Krach um jeden Preis vermeiden. Also hatte sie nichts Richtiges in der Hand. Verdammt! Ich tat beleidigt und versuchte dabei, so gut ich konnte, meine Mutter nachzuahmen, die einen unübertroffen zickigen Ton haben konnte, ohne dabei laut zu werden. Das kriege ich nie hin. Ich schreie immer gleich los. Juan Carlos nannte mich deshalb früher manchmal seinen kleinen Brüllaffen. Es war heikel. Wenn eine etwas über R. wissen konnte, dann Paloma. Vorsichtig pirschte ich mich heran. »Habe ich je einen Namen genannt?«, fragte ich barsch. Paloma schüttelte den Kopf. »Du behauptest einfach, ich hätte einen Liebhaber. Wundervoll. Ich bin eine alte Frau und habe es wahrhaftig nicht leicht gehabt. Erst die Tanten, dann Oscar, und jetzt das! 35 und hellkaramell! Hast du mal daran gedacht, dass Oscar mir vielleicht Komplimente macht?«

Paloma zog die Schultern hoch und sah in diesem Moment wie ein kleines dickes Mädchen aus, das von seiner Mutter gescholten wird. »Keine Ahnung, Blanci. Wenn es nicht stimmt, umso besser. Möchtest du ein paar Orangen mitnehmen, für dich und Anita? José macht sich ohnehin nichts daraus, und bei der Hitze Marmelade zu kochen ist auch kein Spaß.« Ohne Blancas Antwort abzuwarten, drückte sie ihr eine der beiden Plastiktüten in die Hand, küsste die Freundin hastig auf beide Wangen und sprang in den 45er Bus nach Chambrí, der eben vor uns hielt.

Ich blieb stinksauer zurück, der Tütengriff schnitt mir in die Hand. Diese Frau hatte also nicht mal Paloma auch nur ein Sterbenswörtchen von R. erzählt! Stattdessen über Papa Dinge in die Welt gesetzt, obwohl der nie etwas anderes getan hatte, als zu lesen. Was sollte denn gewesen sein, »als die Kinder klein waren?« Wenn bei mir etwas Neues in Sachen Männer passiert, muss ich es mit meinen Freundinnen teilen, sonst platze ich. Aber Mama war da anders, sie erzählte nie viel von sich. Höchstens von ihrer Zeit bei den Tanten. Ángel und ich liebten diese Geschichten, sie klangen so ähnlich wie ›Hänsel und Gretel‹, bloß ohne Hänsel.

Mir wurde plötzlich übel, ich konnte den intensiven Geruch, der aus der Tüte zu mir heraufstieg, nicht mehr ertragen. Als der nächste Bus in meine Richtung anhielt und die Türen sich öffneten, stieg ich kurzerhand ein und ließ die Tüte draußen stehen. Im Wegfahren sah ich, wie zwei junge Frauen mit Kinderwagen, die mit mir an der Haltestelle gestanden hatten, kopfschüttelnd den Inhalt unter sich aufteilten.

◆

Ich hatte es eilig, nach Hause zu kommen, denn ich wusste, Ángel konnte jeden Moment anrufen, so wie jeden zweiten Tag, und ich musste mir genau überlegen, was ich ihm sagen durfte, ohne alles komplett durcheinanderzubringen. Ángel musste geschützt werden. Er sollte nicht erfahren, was zu Hause in den letzten Tagen vorgefallen war. Ich fühlte mich verantwortlich für ihn, obwohl es eigentlich immer umgekehrt gewesen ist. Ángel war nach Deutschland gegangen, um an einer Universität zu arbeiten und endlich in dem Land zu leben, das er besser aus Büchern kannte als aus eigener Anschauung. Es hatte sicher nicht zu seinen ursprünglichen Plänen gehört, die Familie zu unterstützen, damit wir die Wohnung und V. V. nicht verloren. Inzwischen war Ángel zwar im Land seiner Träume eingetroffen, aber nicht an dem Ort, der ursprünglich sein Ziel gewesen war: die leerstehende Wohnung einer entfernten Bekannten in Berlin-Mitte, die ein Forschungssemester in Nashville, Tennessee, verbrachte.

An einem Sonntagnachmittag war mein Bruder in Berlin angekommen. Bevor er sein Quartier bezog, wollte er zunächst direkt vom Flughafen Tegel dorthin fahren, wo das Haus stand, in dem Gertrud Chodziesner, die sich als Dichterin Gertrud Kolmar nannte, mit ihrem Vater gelebt hatte. Während er am Gepäckband auf seinen Koffer wartete, blätterte er in der deutschen Kolmar-Biografie auf der Suche nach dem Namen des Bezirks. Die richtige Bezeichnung jener Villenkolonie, Finkenkrug nämlich, war ihm entfallen. Einen Teil der Adresse wusste er auswendig: Manteuffelstraße 6. Aber in Berlin, wo es jeden Straßennamen drei- bis viermal gab, kam er damit nicht weit. Er versuchte, sich an den Namen zu erinnern, irgendetwas mit einem Vogel: Finkenschüssel, Finkenbecher, Finkentasse …

Er griff nach seinem Koffer, suchte das Smartphone, um zu googeln: ›Gertrud Kolmar Berlin Adresse‹, doch der Akku war leer. Enttäuscht starrte er auf die Packung Magdalenas, die er zusammen mit mir kurz vor seiner Abreise besorgt hatte, mit dem klaren Bild vor Augen, wie er sie unter einem Baum in Kolmars ehemaligem Garten aß, seine Übersetzung des Gedichtszyklus ›Tierträume‹ auf dem Schoß, während um ihn herum Tauben, Spechte, Reiher und andere Vögel pickten und schnatterten. Sein Deutsch ließ ihn fast im Stich, als er mühsam versuchte, sich einem Passanten verständlich zu machen:

»Verzeihung, ich suche ein Viertel in Berlin, einen Ort, etwas weiter draußen, mit Gärten, viel Grün. Klingt so ähnlich wie der Name eines Vogels.«

Man erklärte ihm daraufhin den Weg nach Brieskow-Finkenheerd, das lag weit weg von Berlin, fast schon in Polen. Ángel fuhr lange mit dem Zug. In Brieskow-Finkenheerd suchte er die Manteuffelstraße 6. Dort stand ein verlassenes altes Haus mit einem großen Garten. Hier also war Gertrud Kolmar einund ausgegangen, in diesem Garten hatte sie gearbeitet, Geflügel gezüchtet, ihre Gedanken zu Gedichten gefügt. 1939 wurde sie gezwungen, zusammen mit ihrem alten Vater in eine sogenannte Judenwohnung umzuziehen. Sie musste in einer Munitionsfabrik arbeiten, der Vater wurde nach Theresienstadt gebracht und ermordet. Seine Tochter starb nur wenige Jahre später in Auschwitz. Ángel spazierte im Ort herum, kaufte sich in einem Supermarkt etwas Proviant, stieg über den Zaun der Villa. Alles wirkte ungepflegt und heruntergekommen, aber die Blumen dufteten, für April war es schon sehr warm, und im Gartenhäuschen stand eine alte Liege. Darauf schlief er ein. Am nächsten Morgen wachte er vom Sonnenaufgang und dem Gesang der Vögel auf, holte die Kolmar-Gedichte heraus und fing an, sie laut zu lesen. Später hielt ein Lkw vor dem Haus. Handwerker mit Metallstangen auf der Schulter liefen über den Gartenweg und begannen, das Gebäude einzurüsten. Ángel schlug sein Buch auf und blickte fragend auf das Porträt der Kolmar. Vor einiger Zeit hat er mir am Telefon erzählt, dass genau in diesem Augenblick eine Bö ein Birkenblatt zwischen die Seiten wehte. Auf dieses eindeutige Zeichen hin sei er zu den Arbeitern hinübergegangen, habe sich vorgestellt und gefragt, ob sie noch jemanden brauchten. Sie hätten ihn erst komisch angeschaut, aber ihr Chef, ein langer dünner Typ mit Vogelnase, meinte, es müsse so was wie Kismet geben, sein Josip sei gestern ausgefallen, und eigentlich komme Ángel wie gerufen. Kohle abends bar auf die Kralle, keine Papiere, keine Fragen, keine Ansprüche. Und ob er irgendwo pennen könne, bei ihnen im Container sei nämlich nichts mehr frei.

So kam mein Bruder Ángel Martínez Madrugada zu seiner ersten bezahlten Beschäftigung, die nach vier Wochen nicht schon wieder vorbei war. Er lebte von Obst, Joghurt und belegten Broten, schlief weiter im Gartenhaus der Villa, schickte monatlich Geld nach Madrid, und einmal pro

Woche gönnte er sich eine warme Mahlzeit im ›Wappen von Berlin‹.

So baute Ángel das Gerüst um Gertrud Kolmars Haus auf, schliff Holzfußböden ab, riss Tapeten herunter, verlegte Rohre und Leitungen. Er stellte sich bei diesen handwerklichen Arbeiten gar nicht schlecht an, weil er einen Sommer lang für den Vater eines Schulfreundes auf dessen Baustelle gejobbt hatte. An die Uni ging mein Bruder kein einziges Mal. Stattdessen träumte er fast jede Nacht in Fortsetzungen von der Kolmar. In den frühen Morgenstunden übersetzte er ihre Gedichte ins Spanische. Er war zufrieden, fast glücklich, denn alles, was ihm zu Hause noch Schwierigkeiten bereitet hatte, schien sich im Garten der Dichterin fast von selbst zu schreiben.

Nur seine Freundin Marisol fehlte ihm. Dass mein Bruder nach Deutschland ging, statt zu ihr zu ziehen, nahm sie ihm sehr übel. Der Abschied war kühl gewesen. Wie die meisten Leute, die Arbeit haben, war auch Marisol davon überzeugt, dass Ángel, bei allen seinen Talenten, einen Job finden müsse, wenn er sich nur ordentlich anstrengte.

Ich bin, ehrlich gesagt, nicht so begeistert von Marisol, auch der Rest der Plaga ist es nicht. Ángel betet sie an und behauptet, wir hätten Vorurteile und das sei armselig, zumal sie im Gegensatz zu uns studierten Herrschaften eine feste Stelle und sogar eine eigene Wohnung hat. Marisol ist bei der Iberia angestellt. Sie gehört in Barajas zum Bodenpersonal, steht im Gate, überprüft die Flugscheine, sagt mit strenger Stimme die Last Calls durch und beruhigt die herbeihetzenden Passagiere anschließend mit ihrem Lächeln. Meinen Bruder hat sie kennengelernt, als Ángel ein paar deutsche Professorinnen zum Flughafen brachte, Teilnehmerinnen eines Kongresses über Exillyrik, den er mitorganisiert hatte. Ich weiß noch, wie euphorisch mein Bruder über diese neuen Bekanntschaften gewesen war. Viele kamen aus Berlin. Obwohl diese Frauen kaum etwas für ihn tun konnten, außer ihn mit Lobeshymnen zu seinen Übersetzungen zu überschütten, war er in dieser Zeit extrem optimistisch. Die Begegnung mit Marisol wurde zum Höhepunkt seines Glücksrausches, denn der frohgemut, aber unachtsam durch die Terminals schlendernde Ángel lief direkt in sie hinein und verschüttete seine Cola über ihre weiße Uniformbluse. Diese ziemlich dämliche Geschichte erzählten sie häufig, und Marisol ließ dazu ihr quietschendes Lachen hören.

Die Tatsache, dass Ángel einfach ausgewandert ist – wie soll man das sonst nennen? –, war für uns alle ein Schlag ins Gesicht, aber Marisol traf es besonders hart. Jeder redet davon, die Misere hier hinter sich zu lassen, neu anzufangen, aber für die meisten sind solche Sätze nur Seufzer, Aufschreie, nichts, was man sich wirklich trauen würde. Außerdem spricht außer Ángel niemand von uns die Sprache jenes Landes, in dem es tatsächlich noch Jobs gibt.

Bei der Arbeit in der Villa hat Ángel eine Menge Sachen gefunden, die er für wertvoll hielt. Er sagte, es bestehe zumindest die Chance, dass SIE, Gertrud Kolmar, diese Gegenstände in der Hand gehabt haben könnte. Für ihn waren das Reliquien. Vor einiger Zeit schickte er eine Blechschachtel mit der Aufschrift ›Nürnberger Lebkuchen‹ in die Calle de San Pedro. Darin befanden sich:

1 abgeschabte Münze (1 Reichsmark)
1 Zeitungsblatt von 1934
1 getrocknete Rose
1 Einwickelpapier für Würfelzucker mit der Aufschrift ›Café Terra‹
3 Notizzettel mit deutschen Versen, Sütterlinschrift

1 Brille, vernickelt
1 Haarspange aus Horn
1 Stück geblümte Seide

Schon im Treppenhaus hörte ich das Telefon klingeln. Hastig suchte ich nach dem Schlüsselbund. Der silberne Anhänger stach schmerzhaft in meinen Handballen, ärgerlich riss ich ihn aus der Handtasche und sah ihn mir an – diesen kleinen Köter mit seinen Dreiecksohren und kurzen Beinen. Als Kind hatte ich nach ihm gegiert, dabei hatte er ein heimtückisches Gesicht, als wollte er gleich zubeißen.

Am Apparat war Ángel. Er hatte schlechte Laune, das hörte ich sofort. Er fragte nach den Eltern. »Es geht ihnen prima, sie sind unterwegs, Papa wollte ins Café, und Mama trifft sich mit Paloma. Wie jeden Montag, das weißt du doch.« Ich sprach ein bisschen zu munter, zu schnell, aber es schien ihm nicht aufzufallen. Er gab sich damit zufrieden, wie mit all unseren Gewohnheiten, die er so gut kannte und die wir ohne ihn, aber auf seine Kosten weiterführten. Ángel schwieg lange. Ich konnte den Gesang eines Vogels aus dem ostdeutschen Garten hören, in dem mein Bruder jetzt lebte. Ein schmetterndes, perlendes, helles Jauchzen drang zu mir nach Spanien. Es setzte ständig neu an, um sich dabei nur geringfügig zu verändern und immer lauter zu werden. »Was ist das für ein Vogel?« »Ein Buchfink«, erklärte Ángel und fing an, mir vorzuschwärmen, wie hübsch diese Vögel seien und dass man sie in Madrid nicht so häufig zu Gesicht bekäme. Plötzlich hatte ich das Gefühl, dass er sehr einsam war.

»Was ist mit den Mädchen?«, fragte ich so neugierig, wie es eigentlich nicht meine Art ist. »Es muss doch dort welche geben, die dir aus der Hand fressen, oder?« Er lachte gutmütig. »Du weißt doch genau, dass es niemanden gibt. Nur

Frau Pittelkow aus dem ›Wappen von Berlin‹, aber sie ist alt und hässlich. Gestern hat sie mir Tellersülze mit Bratkartoffeln gemacht. Das war das Schrecklichste, was ich je gegessen habe. Im übrigen frisst mir hier nur eine aus der Hand und das ist Ha Zaw.« Ich muss sagen, die Erwähnung Ha Zaws gleich im Anschluss an den Buchfinken machte mich richtig ärgerlich, und so fauchte ich in den Hörer: »Statt diese eklige Kröte zu verhätscheln, solltest du besser mal Marisol anrufen!«

Ángels Beziehung zu Ha Zaw machte mir schon länger Sorgen. Zwar hatte ich den Eltern nie ein Sterbenswörtchen davon erzählt, dass seine Überweisungen aus Deutschland nicht aus der Kasse der Humboldt-Universität stammten, sondern aus der Hosentasche eines Vorarbeiters. Aber als er mir bald nach seinem Einzug in den Kolmar-Garten die Aufnahme einer Kröte schickte – große goldene Augen, tiefbraune Warzenhaut, lange Hinterschenkel und ein breites, unwillig verzogenes Maul –, war ich unangenehm berührt. Seine Theorien über ihre Herkunft, die er mir in einer langen Mail ausgebreitet hatte, fand ich so schräg, dass ich mir Sorgen um seinen Geisteszustand machte. Ángel behauptete, er habe diese Erdkröte sofort erkannt, denn sie sei niemand anderes als die direkte Nachfahrin jenes Tieres, auf das die Kolmar 1940 ein Gedicht geschrieben hatte, und zwar auf Hebräisch. Ihr erster lyrischer Versuch in dieser Sprache mit dem Titel ›Ha Zaw‹ – die Kröte – wurde von ihrer Lehrerin sehr gelobt.

Noch während ich sprach, bereute ich meine Worte. Der schwere Seufzer meines Bruders polterte mir entgegen wie ein Zehntonner, und ich schämte mich, weil ich mich verantwortlich fühlte für Ángel, auf den am Abend nichts wartete als eine Kröte. Außerdem war meine eigene Beziehung zu Achilles nicht besser. Ángel sagte leise: »Marisol hat sich seit über einer Woche nicht gemeldet. Dabei schreibe ich ihr jeden Morgen. Sonst antwortet sie immer. Weißt du was?«

Ich wusste leider eine ganze Menge. Vor einer Woche hatte ich sie in der Nähe der Markthalle gesehen, am Arm eines älteren Typen mit zurückgegeltem Haar und Dreitagebart. Sie trugen Plastiktüten, aus denen verschiedene Gemüse hervorschauten. Die Markthalle ist alt und schön. Früher haben wir viel dort eingekauft, aber in den letzten Jahren sieht man fast nur noch Touristen und wirklich wohlhabende Leute zwischen den Ständen, weil alles so teuer geworden ist. Mit gesenktem Kopf drückte ich mich in einen Hauseingang und wartete, bis sie endlich vorübergezogen waren. Lautstark unterhielten sich die beiden über ein Kochrezept und bemerkten mich nicht. Es war klar, dass Marisol schon länger aufgehört hatte, sich mit Ángels wackeliger Skype-Silhouette zufriedenzugeben. All sein Gerede und Geschreibe änderte nichts daran: Er war weit weg und verschreckte sie wahrscheinlich mit Kolmar- und Finken-Gefasel. Abgesehen davon war sie nicht dumm, hatte sicher längst bemerkt, dass er sich immer nur aus Internet-Cafés meldete, statt das Auge seines Smartphones stolz durch die Räume einer großen Berliner Wohnung zu tragen, in der auch Platz für sie war, dass sein Gesicht verbrannt war von der Arbeit auf der Baustelle und seine Augen wie schwarze Löcher.

Dennoch hätte ich mir eher die Zunge abgebissen, als Ángel etwas von dieser Begegnung zu verraten. Stattdessen plapperte ich wie aufgezogen, quatschte ihn mit Babysitter-Anekdoten voll.

Mein Bruder ist ein ausgesprochen hartnäckiger Nachfrager und ließ sich auf meine Ablenkungsmanöver nicht ein. »Anita, halt doch mal die Klappe! Hast du Marisol wirklich nicht gesehen? Da stimmt doch was nicht.« Er seufzte wieder.

Ich erzählte von La Plaga, von einer Aktion der ›Marea verde‹ mit Lauras Seminar – sie hatten ihren Unterricht mitten in der Stadt auf einer Kreuzung abgehalten, um gegen Kürzungen an der Uni zu protestieren. Wir schimpften gemeinsam auf die Regierung, die Krise, das ganze Land, aber das brachte keine Erleichterung. Es war längst Gewohnheit geworden und fühlte sich an wie ein hoffnungsloses Ritual. Als Ángel wieder von Marisol anfing, drückte ich ihn mit einem Abschiedskuss weg. Danach stellte ich mir vor, wie die Freundin meines Bruders vielleicht gerade jetzt unter diesem Markthallen-Typen lag.

Auf einmal bekam ich Hunger und ging zurück in die Küche. Achilles hatte sich unter den Tisch zurückgezogen und schlief in seinem Panzer. Auf den Paellareis aus dem Vorratsschrank hatte ich keine Lust. Da sah ich die Orangen auf dem Teller. Während ich das Messer ansetzte, um die Schale einzukerben, fiel mir plötzlich wieder meine Mutter ein. Ich dachte an den Winter, bevor wir gemeinsam nach Dénia ans Meer gefahren waren – sie, Ángel und ich. Ich erholte mich von einer schweren Lungenentzündung und durfte wochenlang nicht in die Schule gehen. Mama kochte meine Lieblingsgerichte und stopfte mich mit Obst voll. Sie schälte die Orangen im Akkord, schnell und effizient. Doch eines Tages tat sie etwas Ungewöhnliches: Sie schnitt einmal rund um die Frucht herum, nahm dann den oberen Teil der Schale wie eine Kappe ab und zog vorsichtig den pelzigen weißen Stängel heraus. Ich weiß noch, wie ich mich wunderte: »Sieht aus wie ein Pilz mit ganz dünnem Fuß!« Meine Mutter verzog keine Miene, sondern schnitt vorsichtig mehrfach von der Mitte bis hinunter zu dem wie ein Bauchnabel herausragenden Fruchtstand. Sanft schob sie einen Finger unter die Pelle, zog die dicke, duftende Haut in gleichmäßigen Streifen fast vollständig ab und breitete diese wie einen Fächer rund um die nackte, weißgelbe Kugel aus. »Die Seerose schwimmt jetzt auf dem Teich, bis der erste Sonnenstrahl sie trifft. Ihre Blätter sind ausgestreckt«, sie tippte auf die ausgeklappten Schalenstücke, »aber die Blüte ist noch immer geschlossen.« Langsam bohrte sie ihren schmalen Zeigefinger in das feuchte Loch, das in der Orangenmitte klaffte, bewegte ihn hin und her. Beschämt drehte ich den Kopf zur Seite. Ungerührt trennte meine Mutter die gelockerten Obstspalten voneinander, löste sie aber nicht aus, sondern breitete diesen leuchtenden Kranz auf dem hellen Inneren der Schalen aus. »Die Seerose ist aufgeblüht. Nimm dir, aber sei vorsichtig.« Ich roch den starken Duft, sah die riesige, köstliche Blüte. Nie habe ich behutsamer einen Orangenschnitz zum Mund geführt, nie schmeckte das alltägliche Obst geheimnisvoller. Aber warum biss meine Mutter die Schale nicht einfach auf und rupfte sie herunter? Ich weiß noch, dass ich fragte: »Mama, wieso machst du das?«

Jetzt, in der stickigen Küche, sah ich Blanca wieder vor mir, wie ihr Gesicht plötzlich aufleuchtete, jung, schön und unglaublich fremd. Das war nicht mehr meine Mutter, sondern eine unbekannte Frau, die zwar nach Jasmin duftete, aber nicht mich meinte, als sie anfing zu sprechen. Es sprudelte aus ihr heraus: »Das hat mir ein Freund gezeigt, du kennst ihn nicht. Er ist sehr groß, klug und stark. Als er klein war, im Krieg, gab es bei ihm zu Hause keine Orangen, sie wachsen dort nicht. Er kommt aus einem Land, in dem es viele Wälder gibt. Es ist dort zu kalt für Orangen. Er hat mir von einem Weihnachtsfest erzählt, als er etwa so alt war wie du, da gab es für die ganze Familie nur eine einzige Orange. Sie war in Seidenpapier eingewickelt. Sein Vater saß unter der Lampe und schälte die Orange, so wie ich es eben gemacht habe, ganz langsam. Und dann durfte sich jeder einen Schnitz nehmen.

So hat mein Freund das erzählt.« Danach traute ich mich kaum noch, dieser Seerose ein weiteres Blütenblatt auszureißen. Meine Mutter starrte vor sich hin, und ich weiß noch, wie ärgerlich ich wurde. Ich wollte das kunstvolle Ding vor mir auf dem Teller, das kein Obst mehr war, sondern irgendetwas anderes, am liebsten zertrampeln. Ich wollte schreien und toben, alles zerfetzen, ich wollte meine Mutter zurückhaben, meine Mama, die mit mir plauderte und lachte, während sie ihr altes Küchenmesser mit dem grünen Plastikgriff in die Orange stach, ohne dabei richtig hinzusehen, und den Saft über ihre Finger spritzen ließ, die die Pelle sorglos abriss, mir fünf Schnitze gab, sich selbst aber nur drei, die lächelnd den Kopf schüttelte, wenn ich beim Essen schmatzte, meine Mutter, die kicherte und sich verschluckte, hustete und sich von mir auf den Rücken klopfen ließ, meine klebrige Hand in ihre große, ebenso klebrige nahm und mich ins Bad führte, wo wir uns gegenseitig die Seife reichten, einander einschäumten bis zum Ellenbogen und dabei so taten, als seien wir feine Damen mit langen weißen Handschuhen auf dem Weg zu einem Fest.

Ich starrte auf den Teller mit der ungeschälten Orange, verzweifelt, weil ich nicht wusste, weshalb ich damals so wütend geworden war, und weil der einzige Mensch, den ich hätte fragen können, im Schlafzimmer lag und mir nie wieder antworten würde. Ich kniff mich in den Oberarm, dass es schmerzte und die Abdrücke meiner Finger weiß auf dem geröteten Fleisch zu sehen waren. Nachdem ich ein großes Glas Wasser getrunken hatte, war der Hunger verschwunden. Danach wollte ich nur noch raus aus der Wohnung, weg von der stummen Gegenwart meiner Eltern, weg vom Telefon, das mit jedem Klingeln neue Probleme bringen konnte. Das Mindeste, was ich für Ángel tun konnte, war, die Sache mit Marisol wieder in Ordnung zu bringen, und das konnte doch nicht so schwer sein.

Ich ging in Ángels Zimmer, öffnete seinen Schrank, nahm ein T-Shirt, Jeans und ein Paar Turnschuhe heraus. Es war alles gewaschen und gebügelt, trotzdem roch ich seinen Schweiß. Das Shirt war mir zu weit. Während ich es zurechtzog, wunderte ich mich, dass Ángel es nicht mitgenommen hatte, denn es gehörte zu seinen Lieblingsstücken. Vorne drauf war eine Toastscheibe, die auf dünnen Beinchen stand und mit verkniffenem Mund eine Zigarette rauchte – ein extremer Kontrast zu meinem eigentlich immer gut gelaunten Bruder. Die Jeans passten, auch die Schuhe. Ángel ist ein zierlicher Typ, kleinfüßig, wie so viele spanische Männer. Auf den Kopf setzte ich eine ausgeblichene rote Basecap, dazu trug ich eine Sonnenbrille, die Ángel dagelassen hatte, weil sie ziemlich zerkratzt ist.

Ich fuhr mit der Metro hinaus nach Barajas. Der Wagen war voller Touristen, die in allen möglichen Sprachen gackerten. Zuerst glaubte ich, Deutsch zu hören, und spitzte die Ohren, ob ich nicht ein paar Wörter wiedererkennen konnte, die Ángel mir beigebracht hatte. Das hätte mich aufgerichtet und gestärkt. Ich hätte diese deutschen Wörter in den Mund nehmen können wie Pfefferminzbonbons. Sie hätten ihren Duft, ihren Sound an mich abgegeben, wären nützlich gewesen als kleine Wahrhaftigkeitsbröckchen in jenem Gespräch, das ich vorhatte. Natürlich verstand ich nichts. Also zog ich die Kappe noch tiefer ins Gesicht, lehnte mich zurück und versuchte zu dösen. Das Treffen mit Marisol stand mir bevor wie ein Bühnenauftritt, für den ich all meine Kraft brauchen würde. Ich musste mich immer wieder zwingen, die Beine nicht übereinanderzuschlagen oder die Fußknöchel zu kreuzen. Stattdessen stopfte ich die Fäuste in die Taschen.

Die Abflughalle deprimierte mich. Von draußen knallte grelles Licht durch die Glastüren herein und illuminierte die braunen Bodenfliesen. Aus dem Café roch es nach billigem Fett, und in dem großen Aquarium neben der Informationstheke, wo sich mein Bruder mit seiner Freundin zu treffen pflegte, wenn er sie von der Arbeit abholte, dümpelten gelbe Fische herum. Ich schämte mich, wenn ich in ihre gleichgültigen starren Augen sah, und fühlte mich durchschaut. Immer wieder blieb ich im Strom der Eiligen stehen, um den Sitz meiner Hose, das ganze Ángel-Outfit in diversen Spiegeln und Schaufensterscheiben auf seine Glaubwürdigkeit hin zu prüfen.

Marisols Schicht endete um vier. Ich wusste das von Ángel, der mir erst neulich geschrieben hatte, dass er um diese Zeit in Deutschland immer ›Kaffeepause‹ mit seinen Kollegen auf der Baustelle mache und dabei an seine Freundin denke. Ich sah sie schon von weitem. Ihr flusiges schwarzes Haar wurde von einem winzigen Hut gebändigt, und die graue Uniform mit den goldenen Knöpfen und dem leuchtenden Einstecktuch verliehen ihr eine Seriosität, die ich von ihr nicht kannte.

Dann erblickte sie mich und schrie tatsächlich, aber nicht so jubelnd und schrill wie sonst. Nur ein kurzer, erschrockener Ausruf kam aus ihrem kleinen pinkfarbenen Mund. Sie wurde blass und blieb stehen, was mich in der Gewissheit bestärkte, dass sie mir meine Maskerade nicht abnahm, sondern wütend protestieren, mich anschreien, vielleicht sogar ohrfeigen, in jedem Fall aber zurechtweisen würde für diese Unverfrorenheit, ja Niedertracht, für diese gedankenlosen Spielchen mit den Gefühlen anderer. Also scharrte ich mit den Füßen, knetete die verschwitzten Finger, legte mir dabei Sätze zurecht, die als Entschuldigung dienen könnten – eine

Wette, ein dummer Scherz von La Plaga, war doch nicht böse gemeint, war ja klar, dass du keinen Spaß verstehst …

Aber Marisol rückte nur ihr Käppchen zurecht, nahm mich bei der Hand und zog mich an den Geschäften vorbei zu einem Schaukasten mit ausgeblichenen Kinderbildern: ›Mein erster Flug‹. Kopfschüttelnd musterte sie mich von oben bis unten.

»Ángel, du hast unheimlich abgenommen! Bist du krank? Und wo kommst du auf einmal her?« Sie umfasste meine Handgelenke, fuhr dann mit weichen Fingern über meine spitz hervorstehenden Knöchel, den schütteren dunklen Flaum auf meinen Armen, die Uhr meiner Mutter, die ich in der Aufregung abzunehmen vergessen hatte und die sie gar nicht registrierte. So gut schien sie Ángel doch nicht zu kennen, oder es war ihr in diesem Augenblick egal, und ich stammelte, ganz anders als mein Bruder, der viel eloquenter ist als ich. Ich stotterte ihr etwas vor, dass ich nur ganz kurz in Madrid sei, im Auto eines Kumpels mitgefahren, wegen einer dringenden Passgeschichte und gleich wieder wegmüsse, aber dass ich sie unbedingt hätte sehen wollen, sehen müssen, und ›Sehnsucht‹, da war das Wort, das Ángel immer auf Deutsch benutzte, ›Sehnsucht‹ hätte ich gehabt, und alles sei so schwierig, aber sie solle wissen, verdammt, das sagt Ángel auch sehr oft, das ist ein Wort, das jeder kennt, der länger als eine Stunde mit ihm zusammen war, verdammt, sie solle wissen, es gäbe niemanden, an den er so oft denke wie an sie. Und sie sei wunderschön, hinreißend. Als ich das alles sagte, in diese erschrockenen, nicht sehr großen, von verschmiertem Kajalstift umgebenen Augen hineindeklamierte, konnte ich plötzlich nicht mehr aufhören. Ich sagte alle möglichen Dinge, von denen ich selbst wünschte, jemand hätte sie einmal zu mir gesagt, Juan Carlos oder David oder mein Vater oder wer auch immer. Ich redete unentwegt und nahm Marisols heißes Gesicht in die Hände wie in einem schlechten Film. Dabei sah ich winzige Fältchen unter ihren Augen, doch ich vergaß keinen Augenblick lang, dass ich Ana María Martínez Madrugada war und nur hier stand, in einer lächerlichen Verkleidung, weil ich meinem Bruder helfen wollte. Und mehr denn je war ich sicher, jeden Augenblick aufzufliegen.

Sie küsste mich plötzlich und ungestüm. Ihre Lippen pressten sich auf meinen Mund, ich konnte nichts anderes tun, als diesen Kuss zu erwidern, zunächst vorsichtig und sacht, so zurückhaltend wie möglich, denn ich hatte vorher noch nie eine Frau auf diese Weise geküsst und schämte mich, zumal ich, anders als bei Gilipollas, Paloma und im ›Compro Oro‹, keinerlei Sicherheit aus meinem Kostüm gewinnen konnte. Doch Marisol hatte die Augen geschlossen und hing an meinem Hals. Ich wollte ja auf keinen Fall meine Tarnung gefährden. So wurde ich in diesem Moment zu Ángel, genauso wie ich Ángel bin, wenn ich über meinen Papieren sitze, alles aufschreibe und mir vorstelle, wie er abends im Garten auf Ha Zaw wartet.

Ich küsste Marisol, beide Hände auf ihrem Hintern, dass der billige Stoff des Uniformrocks knisterte, sie nur noch auf einem zitternden Bein stand und seufzte, während mein Mund brannte und mir die Tränen in die Augen schossen.

Sie löste sich aus meiner Umarmung, trat einen Schritt zurück und schob mir, bevor ich überhaupt in der Lage war, zu reagieren, die Sonnenbrille aus dem Gesicht. Mit ihrem parfümierten Zeigefinger strich sie mir über die Brauen, sah mich lange an. »Du hast wirklich sehr abgenommen, Ángel. Warum bleibst du nicht hier bei mir?«

Ich konnte nicht antworten, weil ich zuerst die Brille wieder aufsetzen musste. Erst hinter den dunklen Gläsern wagte ich zu sprechen, obwohl ich noch verwirrt war von Marisols Geschmack in meinem Mund, ihrem Parfum und den scheußlichen Goldknöpfen an ihrem Jackett, die alle den Fake-Ángel spiegelten. Ich erklärte ihr, hektischer als mein Bruder das je getan hätte, dass ich auf jeden Fall noch den Sommer über auf einer komfortablen, humanen deutschen Baustelle mit freier Kost und Logis arbeiten müsse, weil ich so die Chance hätte, eine Menge Geld zu verdienen und meiner Familie aus der Klemme zu helfen. Die Uni sei ein Schlag ins Wasser gewesen. Aber natürlich würde ich alles Menschenmögliche tun, um wieder nach Spanien zurückzukehren. Wenn ich zurückkäme, würde ich mit ihr zusammenziehen, das sei mein größter Wunsch.

Mit keinem Wort erwähnte ich den Ort Finkenheerd, das Haus der Familie Chodziesner, Gertrud Kolmar oder irgendwelche Tiere. Ich flocht auch kein einziges deutsches Wort ein, sondern steckte meine Fäuste in die Hosentaschen, während ich leicht hin- und herwippte und mich auf das rhythmische Quietschen von Ángels Turnschuhen konzentrierte.

Marisol steckte sich eine feuchte Haarsträhne unter das Hütchen und lächelte. Ich fand sie sehr schön. Als ich sie noch einmal küsste, vergaß ich, Ángel zu sein. Ich vergaß es so lange und gründlich, dass ich erschrak, als sie sich von mir löste und sagte, sie müsse jetzt nach Hause, und ob ich nicht mitkommen wolle.

◆

Vor der Wohnung stand Rodriguez, den Finger noch auf der Klingel, als ich die Tür aufriss. Sein Gesicht war verzerrt und gerötet, die Hornbrille über den Nasenrücken nach vorne gerutscht. Ich sagte kein Wort, sondern sah ihm dabei zu, wie er sich verlegen die Hände rieb und auf der Fußmatte herumwippte. »Was soll dieser Lärm?«, fragte ich. »Wenn jemand nicht öffnet, ist er entweder nicht zu Hause oder er will nicht gestört werden.«

Er schnappte nach Luft, ich konnte seinen abgestandenen Atem riechen. Der Redeschwall hallte laut im Treppenhaus wider: »Kleines, tut mir leid, ich hab deinen Namen vergessen. Es gibt ein Riesenproblem. Ich muss dringend mit deinem Vater sprechen. Er war nicht in der Redaktion, obwohl er den Artikel heute liefern sollte. Im Café ist er auch nicht aufgetaucht. Bei euch geht niemand ans Telefon, meine Mails werden nicht beantwortet, und dass er kein Handy hat, weißt du ja selber.« Ich hatte keinen blassen Schimmer, worum es ging. Dass Rodriguez mich duzte, fand ich unverschämt. Ich hatte seit Jahren nicht mehr mit ihm gesprochen. Er hatte einen von diesen dämlichen Vollbärten und trug ein kariertes Hemd.

Rodriguez leitet den Kulturteil der Zeitung, für die Papa früher gearbeitet hat. Er war nicht nur sein Vorgesetzter, sondern auch so etwas wie ein Freund, obwohl er viel jünger ist. Papa behauptete, wenn Rodriguez nicht wäre, würden wir schon längst unter einer Brücke schlafen. Immer wieder schanzte er ihm Aufträge zu, ein ordentlicher Beitrag zum Haushaltsbudget. Oft hockten sie zusammen im Café, tranken Bier oder Carajillo, unterhielten sich über Bücher. Wahrscheinlich auch über Rodriguez' private Krisen. Seine Frau hatte ihn verlassen und das kleine Mädchen mitgenommen.

Durch das Treppenhausfenster fiel gedämpftes Licht, es musste früher Abend sein. Ich hatte Marisol nicht nach Hause begleitet, dabei wäre es durchaus reizvoll gewesen. Aber meinen Bruder wollte ich nicht hintergehen. Nach einem keuschen Kuss auf ihre Stirn hatte ich mich verabschiedet und war breitbeinig davongegangen. Meine Güte, ich hatte es selten so eilig gehabt, aus den Klamotten zu kommen, wie bei meiner Rückkehr in die Calle de San Pedro. Noch im Flur stieg ich aus Ángels Jeans, riss sein T-Shirt runter, an dem Marisols Duft hing. Mein altes Nachthemd schmiegte sich beruhigend an mich. Trotzdem hatte ich das Gefühl, meine Sache gut gemacht zu haben. Sie würde nicht mehr mit anderen Typen kochen, da war ich mir sicher. Obwohl ich hungrig war und wahnsinnige Lust auf eine Zigarette hatte, obwohl ich eigentlich einen Blick ins Schlafzimmer hatte werfen wollen, nur für alle Fälle und obwohl das Lämpchen am Anrufbeantworter wild blinkte, legte ich mich erst einmal ins Bett. Wahrscheinlich hätte ich bis zum nächsten Morgen durchgeschlafen, wenn Rodriguez nicht aufgetaucht wäre. Es fiel mir nicht schwer, ihn streng anzusehen und unbarmherzig in die vermeintliche Sachlage einzuweihen: »Mein Vater ist noch in den Bergen. Er sagte, er bleibt im Sommerhaus, weil er dort besser schreiben kann. Wegen der Hitze. Und ich habe schon geschlafen.«

Rodriguez japste hörbar. Er sah mich mit offenem Mund an. Dann fing er an zu toben: »Im Sommerhaus! Ist Oscar übergeschnappt?«

Während Rodriguez weiterbrüllte, überlegte ich, was ich tun sollte. Unbeholfen trat ich zur Seite, barfuß, in meinem rosa Hemdchen mit dem Katzengesicht, aber er strebte an mir vorbei ins Wohnzimmer. Ich bot ihm Kaffee an, den er zum Glück ablehnte. Auf dem Couchtisch lag die Mahnung der Bank. Ich sah das leuchtende Logo und kniff kurz die Augen zusammen, damit ich den Rest des Briefes nicht mehr sehen musste, den ich ohnehin auswendig kannte.

Schließlich servierte ich Rodriguez einen Brandy, den er zügig herunterkippte. Verzweifelt starrte er vor sich hin. Einen

Moment lang war ich in Versuchung, ihn ins Schlafzimmer zu führen, nur um sein dummes Gesicht zu sehen, aber dann entschied ich mich anders. Ich brauchte ihn dringend. »Señor Rodriguez, mein Vater ruft jeden Abend an. Er will schließlich wissen, wie es uns geht. Und er wird den Artikel morgen fertig haben, das weiß ich ganz sicher. Er sitzt schon lange daran, nervt uns ständig mit seinem Gerede über diesen Rutt oder so ähnlich.« Rodriguez fixierte sein Glas, ließ den letzten goldbraunen Tropfen kreisen, stand dann auf, legte mir seine Hand auf die Schulter. »Verflucht, wie soll ich dir das erklären? Dein Vater hat den größten Auftrag des Jahres übernommen. Alle haben mir die Stiefel geleckt, um diese Rezension zu bekommen. Nie gab es so viele Geschenke, so viele Besuche. Eine Dame bot mir sogar ein Schäferstündchen an, stell dir das vor! Tja, wenn sie ein bisschen jünger gewesen wäre.« Ächzend ließ er sich in die Sofakissen fallen. »Nein, dein Vater schreibt über den neuen De Ruit, weil er unser bestes Pferd im Stall ist, weil er sich für Bücher interessiert, nicht dafür, wie er seinen eigenen Arsch am besten ins Rampenlicht rückt. Mir hat es einen Heidenspaß gemacht, die ganze Bagage abzuwimmeln, ihnen zu sagen, der alte Oscar ist da dran und fertig. Aber er lässt mich hängen! Wenn ich es nicht besser wüsste, wenn du jetzt nicht in aller Seelenruhe hier vor mir sitzen würdest, mit deinem Kaugummigeruch und diesen unschuldigen Augen, dann würde ich sagen, Oscar muss tot sein, anders könnte ich mir sein Benehmen nicht erklären. Im Sommerhaus!«

Rodriguez räusperte sich, hustete schleimig, ich verzog unwillkürlich das Gesicht. Er sah es und lachte laut. »Männer sind so, Kleines, da musst du durch! Eigentlich sollte ich dir den Hof machen, ein bisschen flirten, du bist ja hübsch, trotz deines schrecklichen Outfits.« Er zupfte mich am Ärmel.

Am liebsten hätte ich ihm eine runtergehauen. Stattdessen schenkte ich ihm wieder ein. »Du machst es richtig, ganz abgezockt. Immer fleißig nachgießen, damit der aufdringliche Typ bald nur noch lallen kann. Ich bin doch höchstens fünfzehn Jahre älter als du. Oscars Tochter kennt Gert De Ruit nicht! Sie ist eine glatthäutige junge Barbarin.« Rodriguez rückte so nahe heran, dass ich im seidigen Pelz auf seinem Kinn einzelne weiße Haare erkennen konnte. Er kicherte, griff nach meiner Hand und streichelte jeden einzelnen Finger. »Sehr schöne Hände, wirklich. Die hast du von deiner Mutter.« Er schlürfte seinen Brandy. »Wie Oscar und Blanca all die Jahre ein Paar geblieben sind, das fragt sich jeder. Er hat sich ja schon einiges bei dieser Frau geleistet, dein Herr Papa. Dabei ist sie nicht nur bildschön, sondern auch noch klug. Hat wahrscheinlich mehr gelesen als er. Mehr als wir alle. Aber das bleibt das Geheimnis der beiden. Außerdem spricht man nicht mit Kindern über die Geheimnisse ihrer Eltern.« Er schnalzte mit der Zunge. »Du bist noch richtig jung. Meine Teresita hat in zwei Wochen Geburtstag. Elf Jahre! Unvorstellbar.« Er führte meine Finger an die Lippen und drückte einen trockenen Kuss darauf. Der Bart kitzelte. Ich stand auf. »Jetzt reicht es, Señor Rodriguez.« Er sah mich ernst an. Für ein paar Sekunden fand ich den ganzen Mann und sein Benehmen weder lächerlich noch würdelos, sondern einfach nur traurig. »Mein Vater lässt Sie nicht im Stich.« Rodriguez stöhnte: »Wenn du das sagst, Kleines. Weißt du, über diesen Rutt, wie du ihn nennst, werde ich dir eine Geschichte erzählen.« Ich verzog das Gesicht: »Muss das sein? Meine Eltern reden ständig von ihm. Möchten Sie noch etwas trinken, ein Glas Wasser vielleicht?« Er streckte die Beine aus, auf seinen Socken waren kleine blaue Blumen. »Ich möchte eigentlich, dass du dich auf meinen Schoß setzt. Aber dafür bist du zu groß. Früher hat Oscar dich und deinen Bruder hin und wieder mit in die Redaktion gebracht, da war ich noch zu jung, um zu wissen, wie wichtig einem Kinder sein können. Egal, ich wollte über was ganz anderes reden.« Ich setzte mich ihm gegenüber und goss mir auch einen Brandy ein. Nüchtern war der Mann nicht zu ertragen.

»Vor einigen Jahren hab ich an De Ruits deutschen Verleger geschrieben, diesen Bluthardt in Stuttgart. Auch wenn schon jeder in der Branche vergeblich versucht hat, Kontakt aufzunehmen, auch wenn jeder sagte, es sei aussichtslos – ich wollte es einfach wissen. Schlauer, besser sein als alle anderen. Zumal ich ganz sicher war, dass er in Madrid lebte. Mein Gefühl, du verstehst schon. Mein Gefühl für Sprache, für Schwingungen zwischen den Zeilen.« Ich nickte, irgendeine Reaktion musste ich ja zeigen.

»Ich wurde total überrascht. Ganz schnell kam eine Antwort. De Ruit schrieb mir persönlich, einen höflichen, in nahezu makellosem Spanisch formulierten Brief, getippt auf einer Schreibmaschine: Das mysteriöse Genie ließ sich herab.« Er lächelte mich an, seine braunen Augen strahlten hinter den Brillengläsern. Eigentlich sah er ganz gut aus. »De Ruit schlug eine Uhrzeit vor, einen Treffpunkt: das Café Commercial. Die Tage vor diesem Termin tanzte ich mehr, als dass ich lief, so überwältigend war das Gefühl, der Erste zu sein, dem es gelingen würde, mit einem Phantom zu plaudern! Er hatte mich auserwählt, ausgerechnet mich. Ich wartete sieben Stunden. De Ruit tauchte nicht auf. An diesem Abend habe ich mich besoffen und geheult wie ein Schlosshund.

Am nächsten Morgen bekam ich ein Päckchen. Darin war meine Armbanduhr. Sie war mir ein paar Tage zuvor bei einem brutalen Überfall auf der Plaza Mayor gestohlen worden. Irgendein Kerl hatte mir fast den Arm rausgerissen, mich bewusstlos geschlagen, das alles, ohne einen Ton von sich zu geben. Die Polizei hat nie was rausgekriegt. An der Uhr hing ein Billet: ›Zum Trost für mein Fernbleiben‹. Im nächsten Päckchen waren kandierte Veilchen. Meine Lieblingssüßigkeit. Niemand weiß das, nur meine Ex-Frau. Wir naschten nach dem Vögeln immer davon. Es war unser Geheimnis.« Er wurde rot und kratzte sich verlegen am Kopf. »Egal. Darauf kommt es jetzt nicht mehr an.« Inzwischen schlief ich schlecht. Die letzte Lieferung war ein Korb, den ein Botenjunge an der Wohnungstür abgab. Darin saß gut gebürstet die Katze unserer kleinen Tochter, nach der wir seit Tagen gesucht hatten. Am Korb klebte ein Brief: ›Es ist besser, mein lieber Meister, wenn Sie mir nicht zu nahe kommen‹.

Ich schüttelte mich. »Krass. Der Typ ist gefährlich?« Rodriguez lachte: »Siehst du, jetzt bist du angefixt. Ob du willst oder nicht, du interessierst dich für ihn! Wenn man sich umhört, hat fast jeder, der es mal bei ihm versucht hat, eine solche Story auf Lager. Und ja, ich glaube schon, dass er gefährlich ist. Fact oder fiction, das ist hier die Frage. Jedenfalls veröffentlicht er jedes Jahr in einer deutschen Tageszeitung eine ›Liste meiner Opfer‹. Eine Liste aller Lebewesen, von denen De Ruit behauptet, sie getötet zu haben. Er verzeichnet nicht nur jede Fliege, jede Maus, die er erschlagen, sondern auch jedes Stück Fleisch, das er verzehrt hat. Dazwischen finden sich zwei, drei Namen. Es handelt sich stets um Leute, die bei einem tragischen Unglücksfall ums Leben gekommen sind, Fensterstürze, Badeunfälle, solche Sachen. Aber bei genauerer Betrachtung hat jeder dieser Leute etwas auf dem Kerbholz.« »Wie bei ›Dexter‹!«, fuhr es mir heraus. Rodriguez nickte: »Genau. Der gerechte Mörder. Aber die Toten auf der Liste trugen meistens ihre Blutgruppe auf dem Oberarm. Alte SS-Männer und dergleichen. Es war frappiernd. Ja, er macht vielen Leuten Angst. Aber von der Polizei hört man immer nur, es sei keinerlei Fremdverschulden im Spiel gewesen. Man weiß es nicht.« Der Journalist grinste. »Gar nicht so öde, meine Geschichte! Und dieses Modelabel mit dem Hundekopf, das wirst du doch kennen. ›Berlin Dogs‹. Hast du wahrscheinlich selbst im Schrank und nie darüber nachgedacht.«

»Ernsthaft? ›Berlin Dogs‹ hat mit diesem Schriftsteller zu tun?« Weil ich so überrascht war, dachte ich mir nichts dabei, als ich wieder näher kam, mein Nachthemd etwas hochschob und Rodriguez das schwarze Schild an der Seitennaht meiner Unterhose zeigte. Ein weißer Hundekopf mit spitzer Schnauze und Dreiecksohren. Ein cooles Label, nicht ganz billig. Sie machen nur Wäsche und wenige, ziemlich ausgefallene Kleider. Juan Carlos hatte mir eine Garnitur geschenkt, als wir noch zusammen waren. Der Slip sah verfärbt aus. »Genau das meine ich«, sagte Rodriguez mit heiserer Stimme und legte seine Hand auf meinen Oberschenkel. »›Berlin Dogs‹. De Ruits Bestseller.« Er fingerte sein Smartphone aus der Hosentasche, wischte darauf herum, während ich schnell das Nachthemd herunterzog. »Hier, hör dir das mal an. Das hat dein Vater über ›Berlin Dogs‹ geschrieben.« Mit Nachrichtensprecherstimme las er vom Display ab: »Berganza und Biberkopp, zwei Berliner Straßenköter, sind die Titelhelden dieses Opus Magnum. Ihren Stimmen verfällt der Leser schon nach den ersten Sätzen, wenn De Ruit diese beiden allwissenden, zynischen und hochgebildeten Vierbeiner auf die Spuren der deutschen und europäischen, schließlich auch der Weltgeschichte setzt und losplaudern lässt. Mit Eloquenz und Hemmungslosigkeit verbellen die Hunde ihre Biografien ebenso wie die ihrer verschiedenen Besitzer. Berganza gehört einem jüdischen Literaturprofessor aus Zehlendorf und wird nach der Deportation seiner Familie von einem SS-Mann aufgenommen, der im Wirtschaftswunderland eine erstaunliche Karriere macht. Biberkopp ist ein Streuner aus Moabit und schließt sich nacheinander verschiedenen heimat- und wohnungslosen Existenzen der Berliner Nachkriegsjahre an. Unter anderem auch Helmut, dem einzigen Sohn von Josef und Magda Goebbels, der von seinen Eltern nicht vergiftet, sondern nur betäubt wurde. Auch seine Schwestern – Helga, Hilde, Holde, Hedda und Heide – stehen von ihren Totenbahren auf und verlassen die zerstörte Hauptstadt, ohne jede Erinnerung an ihre Kindheit auf der Insel Schwanenwerder, ohne Erinnerung an ihr schreckliches Ende. Jedes von ihnen findet einen anderen Beschützer und Begleiter. In der Bundesrepublik, der DDR, den USA, der Sowjetunion und Israel wachsen die Goebbels-Kinder auf, jedes von ihnen als ein anderer Faden im Gewebe …« Ich gähnte, es ging einfach nicht anders.

Rodriguez seufzte tief und sah mich an. »Ein Wahnsinnsbuch, ob du es glaubst oder nicht. Sogar diese Modedesigner haben sich davon inspirieren lassen. Schwarz-weiß, wie De Ruits Buchcover. Genug davon, ich sehe die Langeweile in deinem Gesicht. Gibt nichts Schlimmeres bei einer Frau. Aber jetzt weißt du wenigstens, worum es geht.« Er steckte sein Telefon weg und stierte an mir vorbei in den Flur.

»Ist deine Mutter nicht zu Hause?«, fragte er plötzlich. Ich schüttelte den Kopf. »Sie ist ausgegangen, mit ihren Freundinnen. Ohne Papa langweilt sie sich.« Rodriguez lachte. »Das kann ich mir vorstellen. Deine Mutter ist eine unglaubliche Person. Du siehst ihr gar nicht ähnlich, weißt du das? Naja, ich bin sicher nicht der Erste, der dir sagt, dass du deinem alten Herrn wie aus dem Gesicht geschnitten bist. Und der sieht ja auch nicht ganz schlecht aus!« Der Journalist grinste gequält. Er saß nur hier herum und schwallte, weil er voller Brandy und Verzweiflung war. Seine Art, sich im Sofa zurückzulehnen, wirkte, als hätte er beschlossen, sich für den Abend bei mir einzunisten. Ich wollte ihn so schnell wie möglich aus der Wohnung kriegen. Alles an ihm regte mich auf: was er über mich, über meine Mutter, über Papa gesagt hatte. Also bat ich ihn, mich kurz zu entschuldigen.

Im Bad gab ich mir keine Mühe mehr, zog nur rasch Mamas Hauskleid über und wurstelte die Haare zu einem schlampigen Dutt zusammen. Nur auf den Jasminduft wollte ich nicht verzichten. Ungeschminkt trat ich ins Wohnzimmer, wo Rodriguez sich inzwischen die Schuhe ausgezogen hatte. Als er mich sah, schoss er hoch. »Blanca! Du bist doch da? Aber deine Tochter hat eben gesagt …« Blanca kam langsam näher, sie lächelte ihr geheimnisvolles Lächeln, das jeden Mann um den Verstand brachte. »Ach, meine Anita, die weiß manchmal nicht, wo sie morgens ihren Kopf suchen soll, das arme Kind. Völlig desorientiert. Wie all diese jungen Leute. Du machst dir Sorgen um Oscar, mein Lieber?« Sie legte ihm die Hand auf den Arm. Ein Zittern durchlief den ganzen Mann, aber Blanca fiel derlei gar nicht mehr auf, so sehr war sie an Bewunderung gewöhnt. »Ich weiß nicht, ob er noch rechtzeitig mit diesem wichtigen Artikel fertig wird, wenn er noch nicht einmal in der Stadt …« Blanca beendete das Gestammel, indem sie über seine Wange streichelte. »Rodriguez, wenn Oscar dir verspricht, dass er diesen Text bis übermorgen fertig hat, dann ist er übermorgen fertig. Er ist die Zuverlässigkeit in Person. Vor einer Stunde habe ich mit ihm telefoniert. Er macht nur noch ein paar Korrekturen. Und er hat einen Wunsch, mein Lieber, den nur du ihm erfüllen kannst.« Sanft legte sie ihre andere Hand unter Rodriguez' Kinn, so dass sein Gesicht darin ruhte wie in einer kostbaren Schale. Blanca trat ganz nah an ihn heran, flüsterte ihm ins Ohr: »Wir brauchen einen kleinen Vorschuss, mein Lieber. Ich hoffe, du hast etwas Bargeld dabei.«

Zweihundert Euro lagen auf dem Couchtisch, als Rodriguez leise die Tür hinter sich zuzog. Ich fühlte mich gedemütigt. Warum bekam Blanca immer, was sie wollte? Selbst ohne Kriegsbemalung, in diesem alten Fetzen aus Polyester war sie noch in der Lage, einen Typen derartig um den Finger zu wickeln! Bei mir genügte ein Gähnen, um alles zum Einsturz zu bringen, selbst wenn ich halbnackt dasaß. Aber es war ja Papas Geld, er hatte es verdient. Trotzdem reichte es nicht aus, um der Bank das Maul zu stopfen. Nur mit dem vollen Honorar konnte ich den Lauf der Dinge noch aufhalten, zumal sie Überziehungszinsen draufgeknallt hatten.

Jetzt piepte auch noch Mamas Handy! Genervt suchte ich die Handtasche.

> Mein Sternenlicht, hast Du schon alles gelesen? Bist Du mir böse? Ich muss Dich sehen oder sprechen, am besten beides. Ich konnte nicht anders. Wirst Du am Mittwoch da sein? R.

Was für ein Gesülze! Waren die Kerle denn alle verrückt geworden? Ich rieb mir den Nasenrücken und trat von einem Fuß auf den anderen. Was sollte ich antworten? Was wollte der Typ? Und was sollte ich denn noch alles lesen? Es war schon schlimm genug, dass ich Papas Artikel finden und möglicherweise auch noch darin herumkorrigieren musste. Schließlich antwortete ich knapp:

> Alles ist gut. Bis übermorgen. B.

Danach hörte ich den Anrufbeantworter ab. Von den zehn Anrufen, die sich angesammelt hatten, waren neun für Papa, der hysterische Rodriguez. Als Letztes hörte ich die Stimme meines Bruders, Vogelgesang im Hintergrund: »Mama, Papa, hier ist Ángel. Jetzt habe ich euch schon wieder verpasst, das ist schade. Hier ist alles okay, viel zu tun. Ich liebe euch.« Er klang so traurig und einsam, dass ich mir auf die Lippen biss, um nicht schon wieder zu weinen. Auf dem Weg in die Küche trat ich mit voller Wucht gegen die Schlafzimmertür. »Das ist alles eure Schuld! Ihr ward schon damals viel zu alt für Kinder! Total egoistisch seid ihr, alle beide! Und jetzt auch noch diese Scheiß-Rezension! Mich kotzt das alles an!«

In der Küche traf ich Achilles, der gerade dabei war, es sich in seinem Zeitungsberg gemütlich zu machen. Ich öffnete die Keksdose, in der schon das Compro-Oro-Geld und mein Lohn von der Orangenschlacht im Prado lagen, nahm alles heraus, ordnete es mit den 200 Euro von Rodriguez zu einem Fächer und wedelte damit herum. »Du kannst schlafen, schön für dich! Und ich muss jetzt die Nacht durchmachen. Aber immerhin habe ich schon wieder Kohle! Schau her!«

◆

In Papas Arbeitszimmer gab es kein Fenster. Die kleine Kammer lag neben dem Schlafzimmer, vermutlich war sie als begehbarer Schrank geplant worden. Ich knipste das Licht an. Auf dem Schreibtisch befand sich ein ordentlicher Bücherstapel neben dem geschlossenen Notebook: ›Kastilisches Kreuzworträtsel‹, ›Berlin Dogs‹, ›Margarete Malterer‹, ›Veronal‹, ›Rattenschlaf‹. Lauter dicke Bände, alle in schwarzes Leinen gebunden, die Titel leuchteten in weißen Lettern auf dem groben Untergrund, der Name des Autors stand darunter: Gert

De Ruit. Dann erkannte ich das Buch, das mein Vater in den letzten Wochen ständig mit sich herumgetragen hatte: ›Im fließenden Licht‹: Dünner als die anderen. Voller Notizzettel. Ich nahm es in die Hand, fuhr mit dem Zeigefinger über den Rücken, öffnete es, roch daran. Papier, Druckerschwärze und Papas typische Mischung aus Zigaretten und Aftershave. Sehnsucht überspülte mich. Eigentlich schrecklich, wie selten ich in den letzten Tagen an ihn gedacht hatte. Als sei er in der Gegenwart meiner Mutter verblasst. Seine Abwesenheit war auf einmal spürbar wie ein heftiger Sog, endgültig und unumkehrbar. Ich hatte keinen Vater mehr. Seine Anzüge, seine Hemden und eleganten Schuhe waren nicht in der Lage, mir diese seltsame Nähe zu verschaffen, die ich zu meiner Mutter empfand, das wusste ich, ohne es ausprobiert zu haben. Er steckte an einem anderen Ort.

Ich bedauerte, nicht richtig zugehört zu haben, als mein Vater in den letzten Wochen von seiner Arbeit erzählte. Wie so oft, wenn er mit einem Text beschäftigt war, brachte er das Buch mit an den Tisch, als wir zu Abend aßen, legte es zwischen Weingläser und Brotkorb, schlug es auf und zeigte meiner Mutter und mir das Foto eines Mannes. Ich sah mir das Autorenporträt an: Gert De Ruit, geboren 1930 in Deutschland. Lebt in Südeuropa.

Die Stimme meines Vaters klang atemlos begeistert: »Dieser Mann ist vermutlich einer der größten Schriftsteller, die Deutschland je hervorgebracht hat. In Spanien kennt man ihn schon länger. Jetzt haben die Deutschen endlich gemerkt, wen sie da jahrzehntelang ignoriert haben. Sieht er nicht aus wie ein Edelmann, der für das Gute, Wahre und Schöne kämpft? Dabei ist er wohl einer der wenigen Künstler, die nicht nur auf dem Papier, sondern auch in der Realität Verbrechen begangen haben. Niemand weiß, wo er zu finden ist. Er lebt im Untergrund, vielleicht hier in Madrid, vielleicht in Deutschland. Voller Geheimnis, voller Talent.« Meine Mutter war nie begeistert, wenn Papa Bücher und Papiere mit zu den Mahlzeiten brachte. Sie warf einen ärgerlichen Blick auf das Bild, schüttelte den Kopf, stellte eine Platte mit gebratenen grünen Paprikaschoten ab und räusperte sich. »Ich habe schon zu viele von diesen Geschichten gehört, Oscar. Wahrscheinlich hat er im Supermarkt gestohlen oder falsch geparkt, daraus macht er jetzt eine Riesensache. Ich kenne diese Leute. Am Theater gab es genug von der Sorte. Sie nutzen ihre Fantasie, um ihr langweiliges Leben etwas bunter zu machen. Wir glauben ihnen gerne, solange sie es aufregend genug beschreiben. Ich weiß wirklich nicht, warum du ihn so hochhältst, Oscar. Sein Foto sollte nicht neben unseren Dichtern stehen. Er hat da nichts verloren.«

Erst in diesem Moment verstand ich – das Porträt im Buch und der Kerl auf dem Hausaltar, jener Mann, dessen Bild neben dem Bécquers stand, waren dieselbe Person! Groß, dünn, helles Haar, markante Nase, strenger, schlecht gelaunter Blick. Niemand, mit dem ich gerne abends um die Häuser gezogen wäre. Ich klappte ›Das fließende Licht‹ zu und öffnete Papas Notebook. Die Buchstaben auf der Tastatur waren teilweise abgerieben, in den Ritzen dazwischen hingen Staub und Krümel. Helle Spritzer saßen auf der matten Schwärze des Bildschirms – Café con leche oder Zahnpasta. Es war typisch für meinen Vater, das Gerät sofort nach dem Aufwachen anzuwerfen.

Das Passwort hatte er nicht mehr geändert, seit ich vor Jahr und Tag meinen ersten eigenen Mail-Account auf seinem Rechner einrichten durfte: ›AnaÁngelo2‹. Immerhin stand ich an erster Stelle.

Die zuletzt bearbeitete Datei hieß De Ruito8. Ich klickte sie an. Mein Vater hatte seine Arbeit vermutlich beendet, denn das Erste, was ich sah, waren die Worte ›Endgültige Fassung‹.

Seine Temperatur ist die Überhitzung, sein Sound explosiv – Gert De Ruits neuer Roman ›Das fließende Licht‹

von Oscar Martínez Gómez

Haben Sie schon einmal nackt auf einem öffentlichen Platz gestanden, die Scham der Entblößung auf der Haut, brennender als die Mittagssonne? Dieses Gefühl des Ausgeliefertseins kennen die Leser von Gert De Ruit schon aus seinem Roman ›Berlin Dogs‹ (2008). Die Temperatur dieses Erzählers ist die Überhitzung, seine Begleitmusik eine Kette von Explosionen. Gewaltig schlägt auch sein neues Werk in unserer Literaturlandschaft ein.

1993 erschien in Spanien die Übersetzung von De Ruits ›Abwurf über rotspanischem Gebiet‹ im renommierten Abedul Verlag. Es lohnt sich, den Inhalt dieses in Deutschland damals kaum beachteten, an vielen spanischen Schulen inzwischen zur Pflichtlektüre gewordenen Werkes noch einmal nachzuerzählen, kann es doch als Präludium des gesamten De Ruit'schen Kosmos gelten:

Nach einer von Albert Speer verbürgten Anekdote soll Hitlers Auslandspressechef Ernst ›Putzi‹ Hanfstaengl sich abfällig über den Kampfgeist der an Francos Seite kämpfenden Soldaten der deutschen ›Legion Condor‹ geäußert haben. Hitler ließ den Ahnungslosen daraufhin in ein Flugzeug verfrachten, wo ihm mitgeteilt wurde, dass er in ›rotspanischem Gebiet‹ ausgesetzt würde. Dort habe er künftig als Agent für Franco zu arbeiten. Der Roman imaginiert Hanfstaengls Ankunft in La Lima, einer von Agenten beherrschten fiktiven Kleinstadt.

Rasch wird klar, dass der Autor die Gegenspieler der Franquisten aus allen Sparten der spanischen Literaturgeschichte rekrutiert: Der entsetzte Hanfstaengl sieht sich Don Quijote und Sancho Panza gegenüber. Figuren von Clarín und García Lorca kämpfen im Bürgerkrieg Seite an Seite mit Schöpfungen von Calderón oder Lope de Vega. Der Deutsche muss seine Waffengefährten aus den dumpfen, eindimensionalen Helden der Schriftsteller von Hitlers ›Gottbegnadetenliste‹ – Kolbenheyer, Blunck und Seidel – auswählen. Hochkomische Szenen (Hanfstaengls strategische Verführung durch eine der wunderbarsten Frauengestalten der Weltliteratur, Claríns Serafina) wechseln ab mit ungeheuren Grausamkeiten. Den Höhepunkt bildet ein Massaker deutscher Kämpfer an Lieblingshelden aus spanischen Kinderbüchern, Comics und Märchen. Die Kapiteleinteilung folgt den Flugstunden der Maschine von Berlin nach Spanien und verschiebt das Geschehen in einen irrealen Raum. Am Ende seiner Reise findet sich Hanfstaengl historisch korrekt auf dem Leipziger Flughafen wieder, wo er – nach stundenlangem Kreisen über Deutschland – tatsächlich gelandet war, um danach seine Flucht ins Ausland anzutreten.

Die Kühnheit, mit der sich ein deutscher Autor der spanischen Literatur und ihrer Figuren bemächtigt, wie er die Spur des Bösen von der Realität in die Fiktion verfolgt und mit welcher Erzählfreude er unsere Klassiker verherrlicht, hat schon viele Leser begeistert. Unübersehbar jedoch ist die Schreckenserfahrung, die ›Rotspanisches Gebiet‹ wie ein schwarzer Strudel unterspült, ebenso die Scham, die diesen Autor antreibt, sich immer wieder mit der Zeit des Dritten Reichs zu befassen. In welchem Maße De Ruit durch die eigene Lebensgeschichte und familiäre Hintergründe verstrickt ist, darüber kann nur spekuliert werden. Schließlich ist so gut wie nichts

Biografisches über ihn im Umlauf, sieht man von rudimentären Daten und einem einzigen Foto ab.

Gert De Ruit wurde 1930 in einem süddeutschen Weingärtnerdorf geboren und lebt heute »an Europas heißen Außenrändern«, wie er einmal gesagt haben soll. Auch in Madrid soll er sich zuweilen aufhalten. Im Gegensatz zu den klassischen ›Unsichtbaren‹ Traven, Pynchon und Salinger hat ihm diese Publikumsscheu nicht automatisch Ruhm eingebracht. In seiner Heimat blieb De Ruit nahezu ein Niemand. Das änderte sich erst mit seinem Siegeszug durch die spanischsprachige Welt. Seither interessiert man sich auch in Deutschland für ihn. Sein Durchbruch dort erfolgte mit ›Margarete Malterer‹. Hier wird die Lebensgeschichte einer nur aus Frauen bestehenden Familie von der Weimarer Zeit bis zur Wende beschrieben; das erzählerische Raffinement dieses Werkes besteht darin, dass die unzähligen Heldinnen allesamt die aufgespaltene Persönlichkeit eines einzigen Mannes darstellen. ›Margarete Malterer‹ katapultierte De Ruit mit einem Schlag an die Spitze der deutschen Literatur. Seitdem wird er – konsequenterweise in absentia – gefeiert und mit Preisen überhäuft.

In Deutschland wird die De Ruit-Verehrung immer bizarrer. In zahllosen Enthüllungsgeschichten versucht man, dem Unbekannten auf die Spur zu kommen, es kursieren Gerüchte über De Ruits Verbindungen zur Unterwelt. Unter jüngeren Autoren bilden Erzählungen über die Suche nach ›the real De Ruit‹ ein eigenes Genre.

De Ruits Verleger Eugen Bluthardt – der Autor hält den kleinen Stuttgarter ›Ianua Nova Editiones‹ nach wie vor die Treue – beteuert, von Anfang an nur durch Briefe, Telefonate und später per Mail mit seinem Autor in Verbindung gestanden zu haben.

›Das fließende Licht‹ ist ein Mikrokosmos. Der Roman enthält alles, worüber sich Gert De Ruit in den letzten Jahrzehnten Gedanken gemacht hat: eine Ehebruchs- und eine verzweifelte Liebesgeschichte, eine Erzählung über Eltern und Kinder, über Schuld und Vergebung, über die Verstrickung zweier europäischer Länder in diktatorische Systeme, über die Flucht vor der eigenen Vergangenheit und die Prägung durch die Orte, aus denen wir stammen. Es ist ein Roman über Spanien und Deutschland, über Sprachverlust ebenso wie die Ohnmacht der Worte, über den Wunsch, sich die Maske aus Haut vom Gesicht zu reißen und ein anderer zu werden. Wer sonst vermag das? Nur die Kunst, in besonderem Maße die Literatur: Allein durch sie sind wir in der Lage, uns anderen Menschen anzuverwandeln, in ihre Körper, ihre Seelen zu schlüpfen, durch ihre Augen zu sehen.

Eine Orange bringt den Spanier Germán, in Wahrheit der Sohn deutscher Nationalsozialisten, auf die Spur seiner Eltern. Eine Orange, die sich wie eine Seerose entfaltet, sorgsam geschält von einer alten Frau, die seine Mutter ist und an die er keinerlei Erinnerungen mehr besitzt.

Germán, groß, blond, äußerlich deutlich ein Alter Ego des Autors, lebt wie ein Einsiedler im Madrid der 90er Jahre. Er arbeitet nachts als Spüler in billigen Kneipen, als Hotelportier und Wachmann. Tagsüber schläft er, wenn er nicht von verstörenden Träumen gequält wird. Immer wieder holen ihn die Erlebnisse eines deutschen Jungen im Zweiten Weltkrieg ein – Zoobesuche, Familienmahlzeiten, Schule, Hitlerjugend. Jeder Traum endet damit, dass der Knabe von einem unbekannten Paar gefoltert und verstümmelt wird. Im Traum spricht und versteht Germán die deutsche Sprache. Germán, Vollwaise, Heimkind, Spanier, kann sich diese ›Heimsuchungen‹ nicht erklären. Aus Angst, für verrückt gehalten zu werden, teilt er sich niemandem mit, empfindet sich selbst als ›abgeschnitten von allen anderen Wesen, weil sie das besitzen, was uns von den Tieren unterscheidet – Erinnerungen. Ich war schon immer erwachsen, niemals ein Kind. Wenn ich zurückdenke, sehe ich mich im Hof des Waisenhauses in Alicante, ein junger Mann, der einfach vom Himmel gefallen ist, ohne das Gesicht der Mutter gesehen, die Hand des Vaters gefühlt zu haben.‹

Eines Tages fährt der Sonderling mit seinem Fahrrad ein kleines Mädchen an. Ihre Mutter Estrella ist trotz des Unfalls sofort von Germán fasziniert. Sie treffen sich erneut und werden ein heimliches Liebespaar. Bald stellt sich heraus, dass Estrella ihre Eltern ebenfalls nie kennengelernt hat und von entfernten Verwandten aufgezogen wurde. Nach und nach vertraut sich Germán der Geliebten an. Estrella ermuntert ihn, seine Träume aufzuschreiben. Sie, die bisher in der traditionellen Welt mit Kind und Ehemann zufrieden war, geht ganz in der Geschichte auf, die sich aus Germáns Aufzeichnungen ergibt. Immer häufiger verschwindet sie während der Siesta, um ihn zu treffen. Das kleine Mädchen scheint das Doppelleben der Mutter zu ahnen und lehnt sich gegen sie auf. Als es sich weigert, Mittagsschlaf zu halten, greift Estrella zu einem grausamen Mittel, um die Tochter zu disziplinieren. Inzwischen wird Germán auch in wachem Zustand von seinen Traumgestalten verfolgt. Dann verschwindet plötzlich das kleine Mädchen. Eine fieberhafte Suche beginnt, die Estrella, ihren Mann Victor und Germán bis an die Costa Blanca führt, wo das Kind angeblich gesehen worden ist. Das Ende sei an dieser Stelle nicht verraten, obwohl der atemberaubende Plot die Qualität des Buches unterstreicht.

Germán und Estrella sind beide versehrt durch die Taten ihrer Eltern (deutsche Nazis, spanische Franquisten). Gleichzeitig werden sie selbst zu Tätern. Die Frage nach dem Ursprung des Bösen wird nicht in eine mythischen Sphäre ausgelagert, sondern als freie Entscheidung jedes Einzelnen gewertet.

Wie in seinem Monumentalwerk ›Berlin Dogs‹, in dem De Ruit die vergifteten Goebbels-Kinder wieder auferstehen lässt, stellt er auch hier Konventionen auf den Kopf. Konfrontiert mit den Verbrechen der eigenen, liebevollen Eltern, blieb Germán nur die Flucht in die Einsamkeit. Allein die Sprache, das Erzählen, das Aufschreiben können Trost und Befreiung gewähren. Indem sie ihre eigene Geschichte erfinden, werden sowohl Germán als auch Estrella neu geboren, hineingestellt in ein ›fließendes Licht‹, dessen Ursprung in ihnen selbst liegt.

Die Geheimnistuerei De Ruits um seine Person mag vielen übertrieben vorkommen. Doch solange die Stille, mit der er sich umgibt, Bücher wie ›Das fließende Licht‹ hervorbringt, sollten wir über sie nicht so viel nachdenken und ihm alles verzeihen.

Gert De Ruit: Das fließende Licht.

Übersetzt aus dem Deutschen von Carmen Salamanca-Kowski.

Madrid, Abedul, 2012. 478 S.

Ich schloss die Augen. Mein Herz klopfte. Mit weichen Knien ging ich in die Küche und nahm die Orange vom Teller, drückte ihre kühle Haut gegen mein Gesicht. Sie roch kräftig und süß. Ich fürchtete mich so, dass ich am liebsten geschrien hätte.

◆

Die ersten Erinnerungen an meine Mutter sind flimmernd und blass: ein geblümter Rockschoß voller Wärme, ihre Hände, die mein Haar bürsten, flechten und die Zopfspangen mit den roten Äpfelchen befestigen, die schwarze Häkeldecke, an der sie arbeitete und die nie fertig werden sollte.

Deutlicher als alle Bilder ist ihre Stimme: ein wenig heiser und so leise, dass ich genau hinhören musste, um jedes Wort zu verstehen. Sie kam aus dem grünen Sessel am Fenster des Kinderzimmers, in dem sie zu Beginn meiner Siesta immer saß. Sonnenlicht fiel in weißgoldenen Streifen durch die Ritzen der Fensterläden. Sie endeten kurz vor meinem Bett. Natürlich hatte ich keine Lust, mich tagsüber hinzulegen, aber meine Mutter hatte keine Lust, mich ständig im Wohnzimmer auftauchen zu sehen. Sie hatte ihre Schuhe ausgezogen, damit sie besser davonschleichen konnte, wenn mich der ungewollte Schlaf endlich übermannt hatte. Ich sah ihre schmalen Füße mit den dunkelroten Nägeln, die glatthäutigen, nackten Beine. Wenn wir ausgingen, trug sie auch bei größter Hitze Seidenstrümpfe. Ich roch ihr Parfum und hörte ihre Stimme, diese eindringliche, ungeduldige Stimme, die klang, als spräche sie nur zu sich selbst und nicht zu mir.

Die Bücher und Papiere auf ihrem Schoß waren so offensichtlich nicht für mich bestimmt, dass ich nie auf die Idee kam, zu fragen, ob sie mir nicht daraus vorlesen wolle. Also lag ich unter der Decke und hörte ihrem Gemurmel zu, wagte kaum, den Kopf zu drehen, denn das Rascheln des Kissens hätte möglicherweise einen wichtigen Satz verschluckt und mir den Rest des Tages verdorben – zum Grübeln darüber verurteilt, was ich verpasst haben mochte.

Ich sollte möglichst schnell einschlafen, damit sie zu ihrem Lieblingsplatz auf dem Sofa zurückkehren und selbst weiterlesen konnte. Dabei hielt sie das Buch mit beiden Händen vor das Gesicht, als entströme den Seiten ein belebender Duft, von dem sie sich keinen Atemzug entgehen lassen wollte. In Wirklichkeit war sie stark kurzsichtig.

Statt vorzulesen, erzählte sie. Die Märchen der Brüder Grimm kannte sie fast alle, doch sie wusste auch spanische, die sie immer mit den gleichen Worten begann: »Es war einmal ein Dorf in der Sierra da Guadarrama ...« Unterschiedslos liebte ich alle Geschichten und versuchte, bis zum Ende wachzubleiben. Aber ich spürte ihre Ungeduld. Wenn es nicht um ihre mittägliche Lesezeit ging, war sie ruhig und freundlich. Der Rest des Tages gehörte Ángel und mir.

Unser Krieg begann in jenem Winter, der auf meinen siebten Geburtstag folgte. Er dauerte nicht lange.

Kurz nach dem Ende der Sommerferien bekam ich eine schwere Lungenentzündung. Ich musste sogar ins Krankenhaus und war so schwach, dass ich nach der Entlassung noch wochenlang zu Hause blieb. Mein Vater ging jeden Morgen in die Redaktion, Ángel in die Schule, so dass ich mit meiner Mutter bis zum späten Nachmittag allein war. Unsere Tage verliefen gleichförmig und angenehm. Ich begleitete Mama bei ihren Einkäufen in die Markthalle, in Kleider- und Schuhgeschäfte, ins Café, wo sie Paloma traf und sie mir Schokolade und Churros spendierte. Wir unterhielten uns die ganze Zeit wie die besten Freundinnen. Jeden Morgen räumte ich mein Zimmer auf, machte das Bett und wurde dafür gelobt. Mama wollte unbedingt, dass ich wieder zunahm, deshalb bekam ich zwischen den Mahlzeiten noch meine ›Kraftnahrung‹: hausgemachte Brühe, die ich aus einer Tasse mit Vogelmuster trank, danach Granatapfelkerne oder Orangenschnitze. Sie kaufte mir ein großes Malbuch, das ich mir tagelang aufsparte, es nur durchblätterte, die schwarz umrandeten Bilder ansah und den Augenblick genussvoll hinauszögerte, in dem ich diese Leere betreten, die Federtasche öffnen, den Holzgeruch der gespitzten Buntstifte atmen würde. Auf der ersten Seite war ein Elefant abgebildet, der auf einem großen Ball balancierte. Den Ball malte ich rot und blau aus. Der Elefant wurde mit schräg gehaltenem Bleistift schraffiert. Ángel hatte mir gezeigt, wie das ging, und mich ermahnt, die spitze Mine so anzusetzen, dass sie sich nicht in dem billigen rauhen Papier verhaken und es zerreißen konnte. Beim Ausmalen verlor ich mich häufig in einer wohligen Gedankenlosigkeit. Dabei fühlte ich mich eins mit mir selbst und mit meiner Mutter, die in einem anderen Teil der Wohnung herumwirtschaftete, aber trotzdem bei mir war. Ich genoss diese Stunden, in denen ich Mama ganz für mich allein hatte.

Es machte mir auch nichts aus, weiterhin meine Siesta einzuhalten. Nach wie vor war dies Mamas Lesezeit. Sie saß in dem grünen Sessel, und ich, immer noch schwach, schlief sofort ein, denn der Anblick meiner in ihr Buch versunkenen Mutter beruhigte mich. Es war, als hielte sie Wache über meinen Schlaf. Manchmal bat ich um ein Märchen, so wie früher. Mehr als die ersten Sätze bekam ich nie mit.

An einen unserer Ausflüge erinnere ich mich sehr genau. Meine Mutter trug einen leichten, hellen Mantel über ihrem Kleid, denn es war kühler geworden. Am Kiosk an der Plaza Anton Martín kaufte sie Zigaretten und ihr Lotterielos, außerdem Kaugummi für Ángel und mich. Ich trödelte bei den Comics herum, aber Mama rief bereits Marcelo, dem Verkäufer, einen Abschiedsgruß zu, drückte mit der Schulter die Tür auf, riss dabei die Zellophanhülle des Zigarettenpäckchens auf und trat auf die Straße hinaus. Von dort hörte ich den Schrei. Versunken in Lucky Lukes Abenteuer, wäre ich nie darauf gekommen, dass jener entsetzliche, in seiner Länge und Höhe fast schon gesungene Schrei von meiner Mutter herrührte, wenn Marcelo nicht hinter dem Ladentisch hervor- und nach draußen gerannt wäre. Mit einer zusammengerollten Zeitschrift schlug er auf einen schwarzen Hund ein, der sich in der Wade meiner Mutter verbissen hatte. Sie kauerte auf dem Gehweg, das Gesicht verdeckt von aufgelöstem Haar. Das Tier war inzwischen geflüchtet. In sein Kläffen, Mamas Schreien und Marcelos Flüche hinein gellte ein langgezogener Pfiff, danach donnerte eine Männerstimme einen unverständlichen Befehl. Mit eingezogenem Schwanz verkroch sich der Hund hinter seinem Herrn, einem Riesenkerl im Anzug. Man sah sofort, dass dieser Mann kein Spanier war, so blondes, fast weißes Haar, so helle Augen! Er hob meine Mutter vom Boden auf, als wäre sie aus Papier, trug sie zur Bank neben dem Denkmal. Ihr Kopf lag an seiner Schulter, die Beine baumelten schlaff herab. Aus der Wunde, einem klaffenden Maul, rann ihr Blut in zwei dünnen, fruchtig roten Bändern, die sich aus der Höhlung der Kniekehle bis in den hochhackigen Schuh zogen. Die Jacke des Fremden wurde fleckig. Erst jetzt ließ ich das Comic-Heft fallen und stürzte hinaus. Der Mann kniete vor meiner Mutter auf dem Boden, goss aus einer flachen silbernen Flasche etwas in ein blütenweißes Stofftaschentuch. Es roch scharf und giftig. Vorsichtig rieb er an ihrem Bein entlang. Das Blut verschwand, sie aber stöhnte. Ununterbrochen murmelte er beruhigende Worte: »Es ist alles gut, mein Schäfchen, mein Sternchen, mach die Augen zu, es ist alles in Ordnung.« Wenn ich mir wehgetan hatte, flüsterte mir meine Mutter genau die gleichen Dinge zu. Ich wollte nach Mamas Hand greifen, aber der Mann verscheuchte mich wie eine Fliege. Weinend wich ich zurück. Und die Mutter? Sie drehte den Kopf weg, als sehe und höre sie mich nicht und blickte auf zu dem Unbekannten. Adern standen auf seinen Handrücken, so bläulichgrau wie seine Augen, er roch nach Schweiß, ganz anders als Papa mit seinem gepflegten Duft. Zum ersten Mal fühlte ich mich vollkommen verlassen. Zum ersten Mal in meinem Leben war ich allein. Die Mutter hatte mich im Stich gelassen, und ich spürte neben der tiefen Angst ein unfassbares Gefühl des Zorns auf diesen Mann, der mir die Nähe zu ihr verwehrte, und auch auf sie. Sie war verletzt, sie musste Schmerzen haben, aber so durfte sie nicht sein, so vollständig abwesend und dabei eng angelehnt an den Fremden, der seine Finger lange über ihre nackte Haut wandern ließ, genau an der Stelle, an der ihr Seidenstrumpf zerrissen war.

Es war Marcelo, der Kioskbesitzer, der mich kopfschüttelnd bei der Hand nahm, mir einen leuchtenden Kirsch-Lolli schenkte, den er für mich aus dem Papierchen wickeln und mir in den Mund stecken musste, weil ich vor lauter Schluchzen nicht dazu in der Lage war. Es war Marcelo, der Mutters Handtasche, ihre Zigaretten, die verstreuten Loszettel vom Boden auflas. Dabei machte er eine abfällige Bemerkung über Deutsche und Hunde, schob aber gleich hinterher, dass er den Mann kannte, ein Señor Ruiz, der wohl einen spanischen Vater haben müsse, denn er spreche zwar sehr gut, aber mit leichtem Akzent. Mindestens einmal die Woche hole er sich verschiedene ausländische Zeitungen. Kurz angebunden, aber sehr höflich, der Hund sei immer an der Leine, käme nie mit ins Geschäft.

Ich blieb mit meinem Lutscher im Mund in der offenen Tür stehen und beobachtete, wie das schwarze Biest auf einen Befehl seines Herrn unter der Bank hervorkroch, ein paar pfeifende Hiebe mit der kurzgefassten Leine empfing, sich jaulend festmachen ließ. Mich überraschte die Autorität, mit der Señor Ruiz die empörten Passanten zerstreute, mit einem einzigen Satz, so lässig hingeworfen wie das unwirsche Fingerschnippen, mit dem er mich vertrieben hatte: »Meine Herrschaften, ich kümmere mich schon um alles. Ein bedauerliches Missverständnis. Im Übrigen ist die Señora meine Frau.« Als die Mutter wieder aufstand und sich dabei an seinen Arm klammerte, lächelte sie so strahlend, dass ich einen Augenblick lang fürchtete, sie wäre verrückt geworden. Gemeinsam kamen die beiden auf mich zu. Mir wurde eng in der Brust. Der Hund trippelte auf den Hinterbeinen vor ihnen her, tückisch tanzend, eng geführt an der Leine. Eine lachende Teufelsfratze starrte mich an, mit gelben Augen und spitzen Zähnen, zwischen denen er wie zum Hohn eine leuchtend rote Zunge heraushängen ließ. Das Fell glänzte wie Pech, wie Teer, wie Tinte, seine Klauen klapperten auf dem Pflaster. Die Mutter zog das Bein nach, ihr karamellfarbener Wildlederpumps war dunkel von Blut. Um ihr Knie war das weiße Stofftaschentuch gebunden. Der Mann verneigte sich knapp vor ihr, dann ging er mit raschen Schritten davon und verschwand hinter der nächsten Ecke. Marcelo überschüttete die Mutter mit einem Wortschwall: »Señora, die Versicherung! Schmerzensgeld!« Doch sie nickte nur, lächelte, antwortete einsilbig, griff nach ihrer Tasche, nahm mich an der Hand und hinkte langsam nach Hause.

Anstatt Tortilla zu machen, wie sie versprochen hatte, wärmte sie Reissuppe vom Vortag auf, ein Essen, das ich ohnehin nicht leiden konnte. Immer noch sprach sie kaum mit mir, blieb geistesabwesend, obwohl ich sie mit Fragen bestürmte. »Woher kam der Hund?« »Wieso hat er dich gebissen?« »Warum bist du nicht weggerannt?« »Warum warst du nicht böse auf den Mann?« Schließlich schickte sie mich ins Bett, setzte sich aber nicht zu mir wie sonst und wollte auch kein Märchen erzählen. Als ich protestierte, sah sie mich streng an, zeigte auf ihr Bein, das sie inzwischen selbst mit einem Mullverband versorgt hatte, und fragte, ob sie sich nicht auch hinlegen dürfe, wenn sie Schmerzen habe. Im Flur hörte ich sie telefonieren. Ich verstand kein Wort, aber fast die ganze Zeit über erklang ihr leises Lachen.

Beim Abendessen spielte meine Mutter die Biss-Geschichte herunter. Papa und Ángel gegenüber machte sie sich über Hunde lustig und nannte den Fremden einen »hässlichen alten Mann«.

An die Tage nach diesem Ereignis erinnere ich mich nicht mehr so genau. Ich weiß noch, wie ich Mama zum Arzt begleitete, der die Wunde noch einmal mit Jod auspinselte. Zwei tiefe Löcher saßen in der hellen Haut, ein neuer, sauberer Verband verdeckte sie. Ansonsten ging alles weiter wie zuvor. Aber es war nicht mehr schön zu Hause. Meine Mutter scherzte nicht mehr so viel mit mir wie früher. Sie vergaß Dinge, die sie versprochen hatte, und hörte nicht zu, wenn ich mit ihr sprach, obwohl sie nickte und ›Jaja‹ sagte. Sie schickte mich nicht nur zum Schlafen in mein Zimmer, sondern auch, wenn das Telefon klingelte. Aber meine Spielsachen langweilten mich, sogar das Malbuch war auf einmal öde wie eine Schulaufgabe.

Stattdessen malte ich ein großes Bild. Der Hund darauf wurde von vielen Messern, Pfeilen und Stöcken durchbohrt. Er schaute traurig und blutete, unter ihm bildete sich eine große Pfütze. »Mama, wir müssen diesen Mann finden, ich möchte seinen Hund töten. Ich möchte den Hund auch beißen, bis er blutet. Ich will ihn mit Ángels Bogen beschießen, bis er stirbt.« Meine Mutter schaute kurz auf das Bild und schüttelte den Kopf.

Ich begann, zu Hause Dinge zu tun, die mir vorher nie in den Sinn gekommen wären. Beim Frühstück verschüttete ich meinen Kakao, ließ Essen auf den Boden fallen, wenn die Mutter nicht hinsah, und pinkelte auf der Toilette absichtlich daneben. Ich hörte weg, wenn sie mich rief, dachte nur: Wenn sie mich noch liebhat, wird sie nicht schimpfen. Und tatsächlich schien Mama gar nicht richtig zu merken, was mir an vermeintlichen Missgeschicken unterlief. Sie konnte sich ganze Vormittage über ins Schlafzimmer zurückziehen, im Schrank kramen, ein Kleid nach dem anderen probieren, sich die Fingernägel lackieren. Hin und wieder saß sie an meinem Bett und las in einer schwarzen Mappe, die ich noch nie gesehen hatte.

Ein paar Mal ging sie morgens ohne mich zum Arzt. Ich musste zu Hause bleiben, damit ich mich nicht bei irgendjemandem ansteckte, obwohl ich gerne mitgekommen wäre. Sonst ein stilles, braves Kind, entwickelte ich in dieser Zeit eine fast kriminelle Energie. Als sie mich zum zweiten Mal alleine ließ, schlich ich mich ins Schlafzimmer und griff hastig nach allem, was auf dem Schminktisch herumlag, ein Lippenstift mit Goldhülle, ein Fläschchen Parfum, aus Halbedelsteinen geschnittenes Obst, arrangiert in einem kleinen Porzellankorb, das ich innig liebte. Ich warf die Sachen nacheinander in die Toilette und spülte sie weg. Ich weinte vor Trauer und Wut, aber ich drückte auf die Spülung, so fest ich konnte. Mama sollte machen, dass alles wieder so war wie früher. Aber ihr fielen meine Verbrechen, um deretwillen ich furchtbare Ängste ausstand, nicht einmal auf. Ich kroch auch in den Kleiderschrank und schnippelte mit der Nagelschere winzige Dreiecke aus den langen Abendkleidern, nur unten an den Säumen, wo sie den Boden berührten und für mich erreichbar waren. Tagelang fürchtete ich mich vor der Entdeckung, aber meine Mutter sah es nicht, weil sie keine Gelegenheit hatte, die Kleider zu tragen. Wegen meiner Untaten wagte ich nicht, Papa oder Ángel von der seltsamen Verwandlung der Mutter zu erzählen, auch wenn ich die beiden in dieser Zeit immer sehnsüchtig erwartete und wie ein Hund an ihnen hochsprang, sobald sie nach Hause zurückkamen.

Nachdem Wochen wie im Nebel vergangenen waren und meine Mutter mir immer fremder geworden war, stand sie eines Tages nach dem Essen auf und verschwand im Schlafzimmer. Ich sollte mich hinlegen, aber ich gehorchte nicht, sondern folgte ihr. Für einen Augenblick stand ich vor der verschlossenen Tür. Meine Hand fühlte sich glitschig und kalt auf der Klinke an, der Metallgeruch stieg mir in die Nase, dann trat ich ein und erschrak. Meine Mutter stand am Fenster, ausgehfertig mit hohen Schuhen, Handtasche und Mantel. Ich fing an zu heulen, forderte mit schriller Stimme mein Märchen und dass sie nicht fortgehen dürfe, auf gar keinen Fall. Einen Ausbruch dieser Art hatte ich, soweit ich weiß, niemals zuvor gehabt. Ich stampfte mit den Füßen auf, schrie, bis ich heiser war. Die Absätze meiner Mutter klackerten rasch über den Boden, sie trat an das Ehebett, schlug die Tagesdecke zurück, befahl mir, mich hineinzulegen. Dann ging sie zum Sessel am Fenster, kreuzte die Knöchel, dass ich den Glanz ihrer Strümpfe sehen konnte, und klappte die schwarze Mappe auf, in der ich sie tagsüber schon so oft hatte blättern sehen. Leise und zornig sagte sie: »Also gut, du sollst dein Märchen haben.« Dann begann sie vorzulesen, laut und deutlich, mit ausdrucksloser Stimme. Ich konnte jedes Wort verstehen. Noch nie hatte ich mich so gefürchtet. Mehrfach kniff ich mir in den Arm, um zu prüfen, ob ich vielleicht träumte. Ihre Worte schnitten durch die warme, stickige Luft wie Messer, sie hörte nicht auf zu lesen und ich unterbrach sie nicht, obwohl ich am liebsten geschrien hätte. Was sie vorlas, weiß ich nicht. Es war eine Geschichte, an die ich mich nicht mehr erinnere, nur daran, dass ich mich zu ängstigen begann, sobald der erste Satz gefallen war. Meine Mutter war sehr ärgerlich, weil sie zum Arzt wollte und ich sie aufhielt. Schließlich schloss sie die Mappe mit einem Knall, stand auf, sah noch einmal in den Spiegel, um den Sitz ihrer Frisur zu prüfen, dann ging sie zur Tür und zog sie hinter sich zu.

Ich schlief wohl tatsächlich im breiten Ehebett meiner Eltern ein. Als ich aufwachte, war es bereits dunkel. Ich wusste nicht, wo ich war, kreischend und schluchzend rannte ich auf den Flur hinaus, wo mein völlig entgeisterter Vater mir entgegenlief, ein Buch in der Hand. Er nahm mich in die Arme, aber ich hörte nicht auf zu schreien. Auch Ángel war aus seinem Zimmer gekommen. Erst lachte er, aber Papa wies ihn mit ärgerlicher Stimme zurecht, befahl ihm, ein Glas Wasser aus der Küche zu holen. Mein Vater hielt meine wild um sich schlagenden Arme fest, er drückte mich an sich, ich fühlte sein Herz und konnte doch nicht aufhören, die Schreie kamen wie von selbst. Schließlich schleppte er mich ins Wohnzimmer und flößte mir einen Esslöffel Brandy ein. In eine Decke gewickelt saß ich auf seinem Schoß, als die Wohnungstür aufging. Ich habe meine Mutter nie schöner gesehen als in diesem Augenblick. Ihr Haar hing offen über die Schultern, Lippen und Augen leuchteten. In der Hand hielt sie einen Strauß weiße Rosen. »Was ist mit dem Kind los? Wie lange bist du schon weg?« Die Stimme meines Vaters war leise, aber ernst und zornig. »Wo warst du? Warum lässt du sie alleine, und was hat sie in unserem Schlafzimmer zu suchen?« Über die Schulter meines Vaters hinweg schaute ich auf das Gesicht meiner Mutter, das erschrocken und traurig zugleich aussah. Sie schlug die Augen nieder und schwieg. Ich kuschelte mich an Papa und flüsterte an seinem Hals: »Mama hat mir zur Siesta das Märchen von Schneeweißchen und Rosenrot erzählt, und ich wollte so gerne weiße Rosen haben. Da ist sie losgegangen, um welche zu kaufen. Ich bin eingeschlafen, und als ich aufgewacht bin, war es so dunkel, da hab ich Angst gekriegt ...«

Am nächsten Morgen fand ich auf meinem Nachttisch ein Päckchen. Darin war ein Amulettarmband aus Silber mit vielen kleinen Anhängern daran: ein Herz, eine Schwalbe, ein Würfel, ein Stern, ein Hufeisen. Mama war ängstlich darauf bedacht, mich zu verwöhnen. Der Krieg war vorbei, aber manchmal träumte ich noch davon, wie ich im Elternschlafzimmer durch die Dunkelheit in den Flur hinausrannte, voller Panik. Ich mochte auch nicht mehr von meiner Mutter ins Bett gebracht werden. Papa tat dies, er las mir auch vor. Ich wurde ganz gesund und durfte wieder in die Schule.

Später habe ich immer wieder die Schränke und Schubladen durchstöbert, auf der Suche nach der schwarzen Mappe, dem Beweis dafür, dass ich nicht verrückt war, dass ich nicht geträumt hatte.

◆

Wenn Achilles nicht gewesen wäre, hätte ich wahrscheinlich den Verstand verloren. Vielleicht würde ich noch immer am Küchentisch sitzen und an früher denken. Nicht wissen, was Wirklichkeit und was Fantasie war. Aber er kam und knabberte an meinem Zeh, bis es kitzelte. Ein sichtbares Zeichen aus einer Welt, an der man nicht zweifeln konnte, die nicht aus Papier, Träumen und Geschichten bestand. Ein Zeichen, dass ich mich in diesem Augenblick tatsächlich in der Küche befand, in der Calle de San Pedro, barfuß und mit meiner neuen Schildkröte, die Hunger hatte, genau wie ich. Ich hockte mich unter den Tisch und fuhr mit dem Zeigefinger die Buchstaben auf Achilles Panzer nach: M und P, leuchtend in falschen Brillanten. Die gepanzerte Kuppel fühlte sich lebendig und glatt an, die bräunlichen Fünfecke, aus denen ihr Muster zusammengesetzt war, gingen ineinander über, regelmäßig wie gedruckt. Ich war froh, ihn zu sehen und zu spüren, das warme Gefühl an meinem Fuß.

»Du brauchst etwas zu fressen, nicht wahr, mein Guter?« Die Schildkröte hatte eine kurze rosa Zunge, die sich überraschend weich und feucht aus dem hornigen Papageienschnabel schob. Ich hatte ihn doch jeden Tag gefüttert, seit ich ihn hierhergebracht hatte? Erst mit dem restlichen Salat, dann mit den letzten Tomaten. Wegen Achilles war ich zu Pilar gegangen, hatte Kopfsalat mitgebracht und Orangen.

Da schälte meine Mutter einmal Orangen auf eine ganz ungewöhnliche Weise, und schon kam sie in einem Buch vor? Vielleicht machten das viele Deutsche so, alte Leute, die im Krieg Kinder gewesen waren oder danach. Es konnte Zufall sein. Seerosen aus Orangen zu machen war ja kein Staatsgeheimnis. Das konnte er auch als life hack auf YouTube gefunden haben. Aber das andere? Die Geschichte dieser Estrella und ihrer Tochter, ihr Streit? Ich hatte ein paar Stellen beim Herumblättern gefunden. Die Sache mit der Kniekehle, die Narbe. »Im weißen Fleisch waren zwei erbsengroße Löcher, tief eingerissen, wie von einem Biss.« War das Zufall? Waren R. und De Ruit ein und dieselbe Person? Ich wollte nicht mehr darüber nachdenken, hängte meinen kleinen Lautsprecher an das Smartphone und ließ Musik laufen, so laut es ging. Die Töne flossen durch mich hindurch, ich schloss für einen Moment die Augen, fühlte den Song, die Beats, die eins wurden mit meinem Herzschlag, den Text, den ich auswendig konnte, den meine Lippen formten wie von selbst. Alles war wie immer, solange das Lied dauerte.

Umschlossen von meiner Musik, nahm ich Salat aus dem

Kühlschrank, wusch ein paar Blätter, legte sie Achilles hin. Ich säuberte seinen Wassernapf, warf die Zeitungen unter dem Küchentisch in den Müll und wischte die über die Wohnung verteilten Häufchen auf. Die Schildkröte fraß langsam und tippelte in Richtung Wohnzimmer davon. Gilipollas' Besenstiel würde sicher bald abbrechen, so oft klopfte sie an die Decke. Es machte Spaß, sie zu ignorieren.

Wann hatte ich eigentlich zum letzten Mal eine richtige warme Mahlzeit gegessen? Vielleicht konnte ich klarer denken, wenn ich endlich etwas Vernünftiges zu mir nahm.

Ich kochte Reis und öffnete dazu eine Büchse mit Tintenfisch in eigener Tinte. Meine Mutter hätte die Hände über dem Kopf zusammengeschlagen, aber sie war ja nicht da. Während ich die schwarzen, öligen Reiskörner mit den Pulpo-Beinen voller Saugnäpfe direkt aus dem Topf löffelte, las ich noch einmal die Rezension, deren Ausdruck ich zusammen mit einem vergilbten, mehrfach gefalteten Zeitungsblatt auf dem Schreibtisch gefunden hatte.

Mit vollem Bauch wurde ich wieder zuversichtlicher. Papa hatte seine Arbeit gemacht. Ich musste das Buch nicht lesen, die Bank bekam ihr Geld, und Rodriguez konnte sich beruhigen. Genauso wie ich mich beruhigen würde, weil Gert De Ruit ein Spinner war, der mit meiner Mutter nichts zu tun hatte. Irgendein verrückter Deutscher, der sich vor aller Welt versteckte. Ich vermisste Mama und Papa, wahrscheinlich, weil ich so einsam essen musste, und starrte eine Weile auf die Küchentür, in der Hoffnung, sie würden hereinkommen und sich darüber wundern, warum ich hier am Tisch saß und diesen Fraß aus einem Topf kratzte. Sicher würden sie schimpfen, weil ich die Nachbarin zur Verzweiflung brachte. Ich überlegte auch, ob ich noch einmal ins Schlafzimmer gehen sollte, aber es war schon dunkel und ich hatte Angst vor dem, was ich dort zu sehen bekäme. Schließlich machte ich die Musik leiser.

Ich musste systematisch denken. Eins nach dem anderen. Einen Plan machen. Das Geld aus dem Prado, vom ›Compro Oro‹, den Vorschuss von Rodriguez auf das Konto einzahlen. Den Artikel abschicken. Ruhe an dieser Front. Vielleicht sollte ich Ángel doch die Wahrheit sagen und ihn bitten, zurückzukommen. Aber wenn alles doch Unsinn war?

Ich fühlte mich sehr einsam. Automatisch griff ich nach meinem Smartphone. So viele Nachrichten! Sie hatten sich überhaupt nicht davon beeindrucken lassen, dass ich angeblich frisch verliebt und mit meinem neuen Lover weggefahren war. Stattdessen gab es jede Menge Aufrufe zu neuen Protest-Aktionen, Juan Carlos schickte mir verzerrte Selfies und fragte, ob ich es nicht nochmal mit ihm probieren wolle. Laura wies mich auf ein neues YouTube-Video hin, das ›Ungleiche Paare‹ hieß, und fragte, ob mein Neuer und ich vielleicht dabei seien. Sie saßen gemeinsam auf der Puerta del Sol und waren furchtbar neugierig. Ich fühlte plötzlich, wie es mir in der Brust eng wurde vor Sehnsucht nach ihnen. Was machte ich eigentlich hier in dieser Gruft, zwischen Büchern, gruseligen Erinnerungen und ohne ein anständiges Abendessen? Meine Freunde würden für mich sorgen, mich beraten. So schnell ich konnte, zog ich mich um und rannte los. Erst als ich die Tür von außen abschloss und der Hundeanhänger mich erneut in den Handballen piekte, merkte ich, wie ich aussah. Mamas Handtasche, ihr Schlüsselbund, dazu ein blaues Kleid mit halblangen Ärmeln, cremeweiße Lackpumps, ein passender Flechtgürtel. Ich fasste mir vorsichtig ins Gesicht. Sorgfältiges Make-up, rote Lippen. Was war nur los mit mir? Wieder überfiel mich das Angstgefühl von vorhin. Bis jetzt hatte ich Blanca im Griff gehabt, sie war nur aufgetaucht, wenn ich es wollte. Langsam ließ ich meine Hand an meinem linken Bein hinuntergleiten. Seidenstrümpfe, natürlich, auch bei dreißig Grad am Abend. Doch meine Kniekehle war so glatt wie immer, keine Narben, in denen man die Fingerspitzen versenken konnte. Das beruhigte mich ein bisschen. Kurz überlegte ich, ob ich nochmal reingehen und mich umziehen sollte, aber ein paar neue Nachrichten kamen herein:

> Wenn du jetzt nicht erscheinst, holen wir dich!
> Dann sehen wir uns auch gleich diesen Typen an!
> Wehe, er ist nicht gut zu dir!

Ich beschloss, so wie ich war, auf die Puerta del Sol zu gehen. Meine Mutter konnte ihnen sagen, dass ich nicht da war. Meine Mutter würde das für mich erledigen. Und morgen würde ich klarer sehen. Wenn ich diesen R. getroffen und die wichtigsten Fragen geklärt hatte. Ich war Ana María Madrugada, und ich hatte alle Möglichkeiten.

◆

Gilipollas trat in den Flur, bevor ich mich zur Treppe umgedreht hatte. Vermutlich hatte sie hinter ihrer Tür gelauert, bis sie meinen Schlüssel im Schloss hörte. Sie fing sofort an: »Blanca, deine Anita, das kleine Luder, hat wieder die halbe Nacht lang den Fernseher laufen lassen, in einer Lautstärke, unfassbar! Und vorhin hat sie Musik gehört, ich sage dir, ich kann es schon singen …« Sie stimmte tatsächlich mit ihrer krächzenden Altweiberstimme die Melodie eines Songs an, wiegte sich dazu im Takt auf der Fußmatte. Ich lachte tief und kehlig, wie meine Mutter gelacht hätte, streckte die Hand aus, um Gilipollas' magere Vogelschulter zu umfassen. Spitze

Knochen bohrten sich in meine Handfläche, ich sprach besonders deutlich: »Das kleine Luder, das haben Sie schön gesagt, María Jesús. Ja, Anita wird uns alle in den Wahnsinn treiben, auch Oscar, der ein Engel an Geduld ist, wie Sie ja wissen. Niemals hat er seine Stimme gegen sie erhoben, noch viel weniger seine Hand. Das hat er jetzt davon. Ich begreife nicht, womit ich so ein Kind verdient habe. Wissen Sie, wo sich Anita im Moment herumtreibt?«

Gilipollas' blassbraune Augen, so hell wie der dünne Kaffee, den man in Burger-Lokalen bekommt, blitzten auf und der geschminkte Mund öffnete sich zu einem empörten Quaken: »Ja, wo wird sich so ein Mädchen schon herumtreiben? Wahrscheinlich auf der Straße. Mit Männern natürlich. Das nimmt kein gutes Ende.« Ich stellte meine Füße in den immer noch ungewohnten Pumps eng zusammen, nahm die Handtasche vor die Brust, wie meine Mutter es tat, bevor sie zu längeren Erklärungen ansetzte, und sprach in das Gesicht der Alten hinein, die ein wenig vor mir zurückgewichen war. Bei all ihrem Geplärre hatte sie doch Angst vor der Frau mit den glänzenden Augen, weil diese so laut und schnell sprechen konnte und Gilipollas stets daran erinnerte, was für ein altes Weiblein sie war, dessen Gemecker nur von Langeweile und Neid zeugte, während sie selbst noch in Saft und Kraft stand: mit ihrem schönen Mann, einem Sohn, der sie um mehr als einen Kopf überragte, und einer erwachsenen Tochter.

Es fiel mir schwer, nicht zu lachen, deshalb konzentrierte ich mich auf die langen Barthaare über ihrer Oberlippe, was aber nicht funktionierte, weil ich dadurch noch mehr lachen musste, dann auf den Soßenfleck auf ihrem Kragen, der wie eine Bohne geformt war. Ich sprach mehr zu dem Fleck als zur Señora Pipota: »Sie ist auf Sol, das Kind, zusammen mit ihren Freunden. Seit dem letzten Mai sind sie immer wieder dort.

Vielleicht haben Sie es ja im Fernsehen verfolgt, María Jesús. Sie glauben, dass die Regierung ihnen zuhören wird, wenn sie nur laut genug rufen und lange genug dort draußen ausharren. Lauter junge Leute mit guten Schulabschlüssen. Mag meine Anita auch Musik hören und wie eine Wahnsinnige herumtanzen, sie ist immer eine gute Schülerin gewesen, genau wie ihre Freunde. Sie hatte Pläne für die Zukunft. Und was bekommt sie stattdessen? Asche und Staub! Schwarze Nacht! Sie sind verlorene Kinder, denen ihr Protest nichts nützen wird. Ich gehe jetzt zu ihnen, den armen Kindern, die seit Stunden in der heißen Sonne sitzen, und bringe ihnen etwas Kaltes zu trinken und ein paar Süßigkeiten.

Drückt es Ihnen nicht auch das Herz zusammen, María Jesús? So viel Jugend, so viel Fleiß und Talent, alles vergeudet, alles verloren!« Eine Träne quoll mir aus dem rechten Augenwinkel und rann langsam über mein Gesicht. Ich bewunderte das Dramatische meines Auftritts, hatte aber gleichzeitig Angst um meine Camouflage, besonders um die Mascara. Doch bei Gilipollas war ich auf der ganzen Linie erfolgreich. Sie hastete in Filzlatschen in ihre Wohnung, holte gleich zwei Päckchen Magdalenas und zwei Flaschen Limonade, drückte mir die Sachen in die Hand und seufzte: »Nimm das für deine Tochter und ihre Freunde, Blanca. Du hast ja so Recht, meine Liebste, es ist einfach Sünde, was da an den jungen Menschen verbrochen wird. Es gab in diesem Land wahrhaftig andere, bessere Zeiten, in denen jeder, der auf dem richtigen Weg war, sein Brot verdienen konnte. Es ist den Jungen nicht einmal im Krieg so schlecht gegangen wie heute.«

In Mamas Einkaufstasche schleppte ich den Proviant zur Puerta del Sol. Der Platz war wegen der Ferienzeit nicht so voll wie sonst, aber Lachen, Rufen, Springbrunnengeplätscher, der Geruch von gerösteten Erdnüssen und Benzin hing in der

Luft, und auf seiner großzügigen Weite verteilten sich in vertrauter Weise alle, die auf ihrem Weg ins Nachtleben waren. Hier und da sah ich die bunten T-Shirts der verschiedenen ›Mareas‹, der Flutwellen unseres Protests gegen die Missstände im Land: ein alter Mann in Schwarz für die ›Marea negra‹, die schwarze Flut der Bergleute, deren großer Marsch auf Madrid erst Anfang Juli zu so großer Gewalt von Seiten der Polizei geführt hatte. Zwei Mädchen in Weiß gehörten zur ›Marea blanca‹ der Gesundheitsberufe, vielleicht Krankenschwestern. Laura und ich trugen oft die grünen Shirts der ›Marea verde‹ für das Bildungswesen. Doch in ihrer Vereinzelung wirkten diese bunt Gekleideten eher wie traurige Solisten in einer gleichgültigen Menge. Ich atmete tief durch. Es kam mir vor, als wäre ich nicht ein paar Tage – wie viele eigentlich? –, sondern Jahre fortgewesen. Das Blanca-Gefühl wollte sich nicht einstellen, obwohl mir ein paar Typen hinterherschauten. Ich stolperte sogar einmal und hätte dabei beinahe die Tasche fallen lassen. Das war eher typisch für Ana María als für ihre trittsichere Mutter.

Auf den unbequemen Absätzen stakste ich über das Pflaster bis zu ›La Mallorquina‹ in der westlichen Ecke des Platzes, wo die Metrostation ihren Schlund öffnet. Hier pflegte La Plaga abzuhängen, weil die Jungs verrückt nach Ensaïmadas sind, die man nirgends in Madrid so gut essen kann wie hier. Ich sah die Freunde schon von weitem. Zuverlässig wie sie waren, hatten sie auch auf dem dünn bevölkerten Platz die Position nicht gewechselt. Das Einzige, was sich geändert hatte, war das große, aus einem alten Laken hergestellte Transparent, das David und Juan Carlos hielten. Hinter dem üblichen Empörungsslogan standen ein paar Ausrufezeichen mehr. Mein Herz begann zu rasen, als ich schneller und schneller auf sie zuging, und ich war glücklich, dass sie noch immer genauso verpeilt, ein wenig müde, aber vergnügt wirkten wie an jenem Freitagabend, als wir uns zum letzten Mal gesehen hatten.

Mit vorgereckter Brust, die linke Hand fest um den Griff der Einkaufstasche geklammert, ging ich auf sie zu. Ich presste die Lippen aufeinander und bemühte mich nach Kräften, meinem Gesicht den Ausdruck von Strenge und bedingungsloser Liebe zugleich zu geben. So könnte die 59-jährige Blanca Madrugada Camarena beim Anblick junger Menschen ausgesehen haben, unter denen sie ihre geliebte Tochter vermutete. Blanca wollte einfach nachschauen, was La Plaga hier wieder anstellte, ob es allen gutging und niemand von Polizisten verprügelt worden war.

Die große María entdeckte Blanca zuerst. Komischerweise sprang sie auf und fing an zu kreischen. Eigentlich nicht ungewöhnlich, sie muss immer kreischen. Ich glaube, sie tut das gerne. Es hört sich gar nicht schlecht an, weil sie es schafft, eine gewisse Musikalität hineinzulegen. Aber warum geriet sie bei Blancas Anblick derart außer Fassung?

»Sie lebt! Sie ist tatsächlich am Leben! Anita, du Verrückte! Was hast du bloß die ganze Zeit gemacht? Stimmt was nicht mit deinem Telefon? Ich bin fast gestorben vor Sehnsucht!« Hinter ihr drängelte sich Laura an mich heran, auch sie freudestrahlend: »Seht sie euch an! Sie hat tatsächlich geheiratet! Da, die rechte Hand, schaut auf den Finger und werdet blind! Ich fass es nicht! Und diese Klamotten, nicht zu glauben!«

So ging es in einem fort. Sie umschwärmten mich, packten meine Hand, drehten unter bewundernden und entsetzten Ausrufen an Mamas Ehering herum, bis er glühend heiß wurde. Sie berührten meine Frisur, öffneten den Gürtel und schlossen ihn wieder, und zwischendurch drückten und küssten sie mich, dass mir fast die Luft wegblieb.

Im Schwarm meiner Freunde merkte ich erst, wie sehr sie mir gefehlt hatten. Unter ihnen fühlte ich mich zum ersten Mal wieder wohl. Ihre Zärtlichkeiten drangen bis in mein Innerstes, und weil ich diese Nähe so genoss, fand ich zunächst nichts dabei, dass sie mich nicht für Blanca hielten. Ich fühlte nur, wie unbequem und steif auf einmal alle Kleider um meinen Körper standen, als steckte ich in einer Rüstung.

La Plaga gab keine Ruhe. Die Jungs waren fast noch schlimmer als die Mädchen. Juan Carlos stellte sich breitbeinig vor mich hin und zog die Augenbrauen zusammen: »Wer ist es? Wie heißt er? Kennen wir ihn? Wir müssen ihn einfach kennen, du hättest sonst Geheimnisse vor uns!« Jorge fiel ein: »Wo wohnt ihr? Ihr müsst doch irgendwo unterkriechen!« Die kleine María unterbrach ihn: »Bei ihm natürlich! Hat er ein Haus? Eine Wohnung? Hoffentlich nicht bei seinen Leuten, oder?« »Ja, sicher, wieso sollte es dir auch besser gehen als dem Rest der Welt. Müsst ihr vögeln, wenn seine Eltern schlafen?« David sagte nichts, er sah mich nur an und schüttelte den Kopf. Ein einziges Mal griff er nach meiner Hand, betrachtete lange den Ring, fuhr mit dem Zeigefinger die ineinander verschlungenen rotgoldenen Schnüre nach.

Ich war nicht in der Lage, dem Ansturm standzuhalten. Ihre Kommentare zu meiner Verkleidung fand ich ebenso zutreffend wie charmant. Knapper, als es sonst meine Art ist, berichtete ich ihnen von den letzten Tagen. Es war das Schwierigste, was ich mir je habe ausdenken müssen, aber es hörte sich glaubwürdig an, vielleicht, weil ich überrumpelt wurde und einfach heraussprudelte, was mir durch den Kopf ging, mit dem Ehering am Finger und Mamas Parfum, das auf den Handgelenken brannte. Blanca war nicht zu gebrauchen, sie wurde einfach nicht erkannt, niemand sah sie. Ihre Kleider hatten noch nie so gejuckt und gezwickt wie in diesem Augenblick. Ich bat La Plaga, nicht so grausam zu sein und meine Gefühle nicht zu verletzen, weil die ganze Sache eben kein Witz, sondern wirklich geschehen sei. Mein Mann sei ein alter Bekannter meines Vaters, ein Schriftsteller aus Deutschland, den ich bei uns zu Hause kennengelernt hätte. Vielleicht genau der Richtige für mich. Juan Carlos grinste und schüttelte den Kopf. David verdrehte die Augen, die Mädchen machten ernste Gesichter. »Ist er berühmt? Gibt es Übersetzungen?« Ich schüttelte den Kopf. Noch mehr De Ruit-Geschichten hätte ich jetzt nicht ertragen. Ich erzählte ein bisschen von meinem Mann, dass er wirklich nett sei, trotz seines Alters, und gutaussehend, sehr groß. Natürlich sprach er fließend Spanisch und besaß in Deutschland ein Haus am Waldrand, in der Nähe von Berlin – die einzige Stadt, die mir einfiel. »Wir werden in den nächsten Tagen hinfliegen, damit ich seine Familie kennenlerne!« Lächelnd legte ich den Kopf schief, scheu, aber stolz, wie Blanca, nannte dann seinen Namen: Peter, weil Ángel mir mal erzählt hat, das sei der häufigste deutsche Vorname. Ehrmann, wie der Joghurt, den es hier auch in manchen Supermärkten gibt. Zum Schluss gestand ich: »Er nennt mich ›Mein Sternenlicht‹.« Es fiel mir nicht schwer, dabei zu erröten.

Juan Carlos rollte das Transparent zusammen. »Mir reicht es für heute! Kommt, wir gehen noch was trinken. Anita, Ana María Ehrmann, du bist dran, du zahlst heute, das bist du uns schuldig! Einfach zu heiraten!« La Plaga zog in Richtung Huertas ab, ich in der Mitte, David am Schluss. Über seiner Schulter lag das zusammengerollte Plakat. Er sah aus wie ein Soldat, der sich mit seiner Fahne aus einer verlorenen Schlacht davonstiehlt.

Ich beschloss, das Prado-Geld zu opfern. Natürlich wäre es möglich gewesen, auf dem Retiro-Park oder den Parque del Oeste zu bestehen und sich dort ins Gebüsch zu verziehen, aber ich wollte mit den anderen auf Stühlen sitzen, ein Glas anständigen Wein trinken und nicht dauernd Angst vor Polizisten, Parkwächtern und Besoffenen haben. Wir gingen in die nächste Kneipe, bestellten Wein, Croquetas mit Schinken und kleine gebratene Tintenfische. La Plaga respektierte meine Zurückhaltung fast zu schnell. Niemand fragte mehr nach, niemand wollte ein Foto sehen oder fing an, Peter Ehrmann zu googeln, wie es sonst bei jedem neuen Sneaker geschah. Obwohl mich das in Schwierigkeiten gebracht hätte, war ich enttäuscht. Die große María und Juan Carlos erzählten mir von den jüngsten Korruptionsskandalen, von neuen Aktionsplänen und Leuten, von denen ich noch nie etwas gehört hatte. Es erstaunte mich selbst, wie gekränkt ich war. Warum wollte keiner etwas über meinen Mann wissen? Über meine Pläne, dieses korrupte, enttäuschende Spanien zu verlassen, um in einem regnerischen, reichen Land neu anzufangen? Hatten sie mich schon abgeschrieben? In meinem blauen Seidenkleid, nein, im blauen Seidenkleid meiner Mutter, passte ich auch äußerlich überhaupt nicht in die Gruppe. Der Wirt sprach mich mit ›Señora‹ an. Ich lud alle ein, wie versprochen, doch allmählich wurde ich traurig. Es tat weh, sich von ihnen zu trennen, aber ich musste zurück in die Calle de San Pedro, um all die Dinge zu erledigen, die dort auf mich warteten. David sah mich über den Tisch hinweg an. »Was ist los, Anita? Für eine frisch Verheiratete siehst du ziemlich deprimiert aus.« Es war wie verhext, ich konnte einfach nicht reden. Im Nachhinein glaube ich, dass es an meiner Angst lag, vor meinen Freunden als Verrückte dazustehen. Ich wollte nicht von Manuskripten, Hunden, Narben, Orangen und schrumpfenden Eltern anfangen. Stattdessen machte ich mich über David lustig. »Sei du erst einmal so lange verheiratet wie ich!« Laura, meine liebste Freundin, sah mich von der Seite an. »Wir wollten eigentlich heute mit dem ›Club der Schwätzer‹ weitermachen. Hast du überhaupt noch Zeit, Anita?« Das hätte sie mich vor vier Tagen nicht gefragt. Am liebsten wäre ich mitten im Lokal aufgesprungen, hätte mir das Kleid meiner Mutter vom Leib gerissen und mich in Unterwäsche vor die ganze Plaga hingestellt, um ihnen zu beweisen, dass ich noch zu ihnen gehörte. So aber nickte ich langsam. »Natürlich! Wo gehen wir hin?« Wir beschlossen, uns wegen akuter Geldknappheit draußen hinzusetzen, ein paar Flaschen im Supermarkt zu holen und uns die Geschichte der kleinen María anzuhören. Es war windig, lau, und über der dunklen Stadt flimmerte ein orangebrauner Himmel, erhellt von Reklamen, Autoscheinwerfern und den Lichtern der Cafés und Restaurants. Im Kreis auf dem Boden sitzend, tranken wir Gilipollas' Limonade, vermischt mit Veterano aus dem Sonderangebot, und hörten María zu, die sich verlegen räusperte, bevor sie begann.

◆

»Diese Geschichte habe ich von einer Freundin meiner Cousine Neus gehört. Sie ist am Anfang des Sommers hier in Madrid passiert, und ich erzähle alles genauso, wie ich es gehört habe. Die Freundin heißt Luz, und Neus sagt, sie sieht auch so aus: glänzend und strahlend, nur ihre Augen sind traurig, und diese Geschichte ist es auch.

Luz ist etwa so alt wie wir und landete nach dem Studium direkt in der Dauerarbeitslosigkeit. Sie ist Textildesignerin. Bis auf ein kurzes Praktikum hat sie noch nie in ihrem Beruf gearbeitet. Ihr Freund, ein Krankenpfleger, ist vor einem halben Jahr entlassen worden. Beide wohnen noch bei den Eltern in einem Wohnblock in Pinar de Chamartín. Nach einem Jahr vergeblicher Stellensuche nahm Luz das Angebot ihres Onkels an, in seiner Eisdiele in der Nähe der Plaza Santa Ana auszuhelfen. Dabei trug sie einen rosa Nylonkittel, auf der linken Brust ein Schildchen mit ihrem Namen. Mit dem Portionierlöffel pflügte sie durch zwölf Container mit bunter Masse. Fettige Schlieren durchzogen das Wasser, in dem sie ihr Werkzeug ausspülte. Auf der öden Busfahrt vom nördlichsten Barrio bis ins Zentrum träumte sie vor sich hin, hörte Musik, lief langsam vorbei an den prächtigen Gebäuden bis zur Eisdiele in einer Seitenstraße hinter dem Teatro Español. Dort stand schon Onkel Tomás, hievte Kanister mit Sahne und Sirup aus dem Kofferraum und empfing sie mit dem immer gleichen Morgengruß: ›Bereit für einen neuen Tag voller Wunder, Dulcinea?‹

Während der Onkel in der winzigen Küche die verschiedenen Eissorten herstellte, wischte Luz den Boden, polierte die Glashaube über der Auslage, kontrollierte die Kaffeemaschine, steckte Waffeltüten zu einem schiefen Turm aufeinander. Um zehn Uhr öffneten sie und warteten auf Kundschaft, die sich in tröpfelnder Langsamkeit einstellte. Es kamen vor allem Touristen. Wenn Luz bediente, verlor sie sich häufig in Schriftzügen und Bildern, mit denen die T-Shirts ihrer Kunden aus aller Welt bedruckt waren; in den Pausen zeichnete sie ihre eigenen Entwürfe. Diese Bilder warf sie abends zusammen mit den übrigen Abfällen weg. Schon länger hatte sie keine Bewerbungen mehr losgeschickt.

Immer wieder nahm sie sich vor, das Beste aus ihrem jetzigen Leben zu machen. Sie war besonders freundlich zu den Kunden, versuchte, sich an den Sonnenkringeln auf den Fassaden, einer flach geduckt ins Gebüsch flüchtenden Amsel oder dem Duft aus den Obststeigen des Onkels zu freuen. Doch meistens wurden Luz' Bemühungen schon auf dem Weg zum

Café durch alle möglichen Bilder gestört, die sie unterwegs einsammelte und tagelang nicht loswurde. Von der Frau im Hauskleid zum Beispiel, wenige Jahre älter als sie, die vom Balkon herunterrief: ›Manolito, fang auf!‹, während unten ein kleiner Junge die Arme ausstreckte, geschickt das Päckchen Süßigkeiten erhaschte, das jetzt von oben herabtrudelte, juchzte, winkte und mit knallenden Turnschuhsohlen davonrannte. Das zufriedene Lächeln, das zwischen den beiden hin- und hergeflogen war, begleitete Luz durch den Tag. Dabei verzog sie den Mund, nur um festzustellen, dass ihr selbst ein anhaltendes Lachen schon lange nicht mehr gelungen war.

Im Schatten der Markise stand seit einer halben Stunde ein kleines Mädchen herum. Sie war etwa fünf Jahre alt und damit beschäftigt, eine übertrieben große Eisportion zu bewältigen. Luz war das Kind im blauen Kleid sofort aufgefallen, weil es allein gekommen war und offensichtlich kein Spanisch sprach, nur mit schüchternem Lächeln auf die entsprechenden Sorten zeigte und anschließend mit einem Zehn-Euro-Schein bezahlte. Luz hatte das Gewünschte in der größten Waffel versenkt, mit Erdbeersauce, Sahne und bunten Zuckerstreuseln gekrönt und feierlich überreicht. Es war schon spät am Abend, der Besucherstrom nahm nicht ab, das würde die letzte Welle sein, bevor um zehn Uhr geschlossen wurde; sie hätten auch rund um die Uhr offen haben können. Ihr Onkel würde sie bald nach Hause schicken. Dann würde sie Paolo sehen, mit ihm etwas trinken gehen, weiter durch die Stadt ziehen, Freunde treffen, noch mehr trinken, irgendwo auf einer Parkbank Sex haben und schließlich getrennt nach Hause gehen, jeder zu seiner Familie. Paolo schrieb weiterhin Bewerbungen, er wollte nicht aufgeben und sprach immer häufiger davon, ins Ausland zu gehen.

Das Kind hatte sich inzwischen neben den wartenden Kunden auf dem Pflaster niedergelassen, kämpfte mit dem fast schon geschmolzenen Rest in der Waffel. Am runden Kinn hing ein Tropfen Fruchtsauce, die Kleine rührte mit dem Plastiklöffelchen in dem bunten Brei und begann schließlich, vom Rand der Waffel kleine Stücke abzubrechen und wegzuschnippen. Den letzten Rest steckte sie sich auf den kleinen Finger, betrachtete den winzigen Hut eine Weile, um ihn dann zu verschlingen. Danach stand sie auf und näherte sich vorsichtig dem Verkaufstresen. Die Unterlippe schob sich ein wenig vor, die Augen glänzten verdächtig. Luz beugte sich nach vorne. ›Möchtest du noch mehr Eis, Mäuschen?‹ Gleichzeitig zeigte sie auf die Auslage. Das Mädchen schüttelte den Kopf. Sie schniefte laut. Luz sah auf ihr Handy. Schon neun! Hinten in der Küche polterte Onkel Tomás. Sie kassierte bei einem Pärchen, das Arm in Arm davonspazierte, wischte energisch über die Theke und trat auf die Straße hinaus. Sie nahm die klebrige Hand des Kindes in die ihre. ›Hör mal, Mäuschen, möchtest du nicht mit mir nach Hause kommen? Du bist doch ganz alleine, oder? Mein Freund holt mich an der Bushaltestelle ab. Ich nehm dich mit, ok?‹ Die Kleine sah schweigend zu ihr auf. Es war deutlich zu sehen, dass sie kein Wort verstand. Luz gab ihr eine leere Waffel zum Knabbern, weil sie Angst hatte, dass sie anfing zu heulen. ›Onkel Tomás, ich geh los! Bis morgen!‹, brüllte sie in die Küche, während sie Häubchen und Kittel weghängte. Gemeinsam stemmten sie sich dem abendlichen Menschenstrom entgegen. An der Bushaltestelle kam ihnen Paolo mit seiner Aktenmappe unter dem Arm entgegen. Sein Gesicht hatte einen verdrossenen Ausdruck, der sich in freudige Überraschung verwandelte, als er das Mädchen erblickte. ›Hallo, wer ist das denn?‹, fragte er und ging dabei in die Hocke. Sie lächelte sofort, und Luz dachte wieder einmal, dass ihr Freund rettungslos süß grinsen konnte. Wie selbstverständlich nahmen sie das Kind in die Mitte und stiegen zu dritt in den 150er-Bus. Paolo öffnete die Tasche und nahm sein Smartphone heraus. Luz sprach mit ihrem Freund nicht mehr über diese Mappe; er hatte angefangen, sie bei seinen ziellosen Gängen durch die Stadt mitzunehmen. Bis auf eine Sportzeitung und das Telefon war sie leer. ›Bei mir sind alle zu Hause. Wie sieht es bei dir aus, meine Süße?‹

Das letzte Stück des Weges von der Haltestelle ließ Paolo das Kind auf seinen Schultern reiten. Als sie vor der Wohnungstür von Luz' Eltern standen, hörten sie drinnen laute Stimmen und Musik. Luz schloss auf und spähte vorsichtig durch den Türspalt. ›Sie sitzen vor dem Fernseher!‹ Rasch schoben sie das Mädchen durch den Flur in Luz' Zimmer. Die Kleine hatte schon im Bus ihren Daumen in den Mund gesteckt und saugte jetzt immer noch daran, sah sich aber neugierig in dem Zimmer um. Ihr Blick blieb schließlich an der Reihe Barbiepuppen auf dem Fensterbrett hängen. ›Paolo, du holst uns was zu essen, und ich spiele mit dir, Mäuschen.‹ Luz streckte die Hand aus, nahm vorsichtig die feuchte Kinderfaust, wischte sie an ihrem T-Shirt ab und begann dann jeden Finger einzeln abzurubbeln. Die Kleine kicherte, anscheinend war sie kitzlig. Paolo kam mit einem Tablett zurück und schloss die Tür ab. ›Ich hab gesagt, du hast Kopfweh, Schmerzen im Arm und die Nase voll. Außerdem läuft Fußball. Ich bin auch weg, hab mich von allen verabschiedet.‹ Sie verteilten Teller, Gläser und Besteck auf dem Tisch vor der Schlafcouch. So aßen sie gemeinsam zu Abend: Russischen Salat, Fischsuppe und Brot. Vorher fassten sie einander an den Händen und schlenkerten sie hin und her, wünschten sich guten Appetit. Die Kleine aß fast nichts, pickte nur die Erbsen aus dem Salat und versuchte, das spanische Wort dafür auszusprechen: guisantes. Paolo bekam heraus, dass der Name des Mädchens Siri war. Gemeinsam suchten sie Buntstifte für ein Bild. Allerdings malten Luz und Paolo die meisten Blumen und Bäume, auch das kleine Haus, vor dem sie beide lachend standen, während die ständig gähnende Siri nur eine gesichtslose blaue Figur zustande brachte. Einmal klopfte es an der Tür. Luz' Vater wollte wissen, ob alles in Ordnung sei, aber sie rief nur, man lasse sie niemals in Frieden, es sei unmöglich in dieser Familie. Danach las Paolo dem schläfrigen Kind ein Bilderbuch vor. Als dies zu Ende war, schafften sie Siri heimlich ins Badezimmer, gaben ihr eine neue rosa Zahnbürste, duschten sie ab und hüllten sie in einen gelben Frotteebademantel, der früher Luz gehört hatte. Dann trug Paolo das leise weinende Mädchen zurück ins Zimmer, wo sie es auf die Couch betteten. Kurz vor Ende des Fußballspiels verließen die drei leise die Wohnung: Luz ging voran, Paolo hielt die schlafende Siri auf dem Arm, die inzwischen wieder ihr blaues Kleid anhatte. Schweigend steuerten sie die nächste Polizeiwache an und behaupteten dort, das Mädchen gerade eben gefunden zu haben, schlafend im Eingang ihres Wohnhauses.«

◆

Als María fertig war, atmeten wir alle tief durch. Die Stille hielt so lange an, dass Jorges peinliches Johlen, mit dem sonst der Beifall einsetzte, wie eine Erlösung wirkte. Trotzdem wollte niemand mehr viel reden. In diese Stimmung hinein verabschiedete ich mich mit der Begründung, ich müsse noch packen, für meine Reise nach Deutschland. Ich versprach, auf keinen Fall heimlich zu verschwinden. Dann küssten wir uns und gingen auseinander, jeder in eine andere Richtung.

◆

Wieder traute ich mich nicht ins Elternschlafzimmer. Noch im Flur schlüpfte ich aus den Kleidern meiner Mutter, die ich kaum noch auf meiner Haut ertrug, und ließ das Häufchen Stoff vor der verschlossenen Tür liegen. Dabei musste ich an die Schlangen in V. V. denken, die ihre zu eng gewordenen Häute im Ginsterdickicht abstreiften.

Achilles war nirgends zu sehen, ich suchte auch nicht nach ihm, weil ich von der Trinkerei und dem Wiedersehen mit La Plaga zu kaputt war, um auf den Knien durch die Wohnung zu rutschen und den kleinen Penner irgendwo unter einem Schrank hervorzuziehen. Ein paar abgenagte Blattrippen lagen noch an seinem Fressplatz, es ging ihm sicher gut. Wie gerne hätte ich mich auch verkrochen, aber ich musste unbedingt noch die Mail an Rodriguez abschicken. Es war halb drei.

Nach einem Kaffee fühlte ich mich wacher und zwang mich an Papas PC. De Ruits Roman lag noch auf dem Drehstuhl, als wollte er mir den Platz streitig machen. Mit diesem Ding hatte mein Vater so viel Zeit verbracht. Ärgerlich packte ich das Buch und wollte es weglegen, aber es rutschte mir aus der Hand, fiel auf den Boden, wo es geöffnet liegenblieb, dick und starr wie ein toter Nachtfalter. »Scheiße«, murmelte ich, denn auch wenn ich Bücher blöd finde, weiß ich schon, dass man Gedrucktes vorsichtig behandeln sollte. Also hob ich es auf, glättete die Eselsohren. Unwillkürlich blieb ich im Text hängen: »Die alte Frau war am Tisch eingeschlafen, der Kopf hing zur Seite wie bei einer Marionette. Die Orangenschalen vor ihr auf dem Teller trockneten schon ein, und von der ganzen kunstvollen Zeremonie des Einritzens, langsamen Entfaltens und Erblühens war nichts mehr übrig als ein Haufen Müll, in dessen süßlichen Ausdünstungen eine Schar rötlicher Fruchtfliegen taumelte. Germán griff nach dem Messer. An der Schneide klebten noch die weißlichen Hautfetzen aus dem Inneren der Frucht. Er ließ es zwischen Daumen und Zeigefinger hindurchgleiten und betrachtete die schmutzgraue Klinge, dann den langsamen Puls, der an der faltigen Kehle der Schlafenden gemächlich weiterklopfte. Ein Mutterherz.

Ihre Märchen, mit denen sie ihn all die Jahre beglückt hatte, fielen ihm wieder ein, und er schauderte. ›Für meinen Sohn Gert, der niemals weint.‹ ›Von der Front komm ich, jeden Feind schlacht ich, Tod und Blut hab ich gesehn, drum lasst mich nicht hier draußen stehn.‹ Er musste sich am Tisch festhalten. Durch die weit geöffneten Fenster strömte der Geruch des Meeres herein, salzig, kupfrig, immer gleich, seit Jahr und Tag. Langsam sog er ihn ein und beruhigte sich wieder. Es würde in einer Stunde noch ebenso riechen wie vor tausend Jahren, egal, was er tat. Dem Meer war er gleichgültig. Weshalb also sollte er nicht zustechen? Nur, um diese ungeheure Selbstzufriedenheit zu beenden. Er würde sie vorher wecken, damit sie wusste, dass er es war, der es ihr antat. Er wusste wieder alles.

Estrella trat ein, das schwarze Haar feucht und lockig vom Salzwasser. Ein Blick schien ihr zu genügen, um Germán entgegenzustürzen und ihm das Messer aus der Hand zu reißen. Sie sagte kein Wort, sah ihn nur an, mit ihren Augen, so dunkelviolett wie Stiefmütterchen, schüttelte den Kopf. Sie spuckte der schlafenden Frau vor die Füße, aber die bewegte nur unwillig stöhnend den Kopf. Estrella zog Germán mit sich davon. Das Messer schleuderte sie in die Brandung.«

Mir war auf einmal wahnsinnig übel. Ich klappte das Buch heftig zu. Krankes Zeug, es gefiel mir überhaupt nicht, und machte mir außerdem Angst. Es war wie nach dem Lesen von Papas Artikel. Vielleicht war der Kaffee keine gute Idee gewesen, schlecht für den Magen. Oder der billige Veterano forderte seinen Tribut. Ich wurde das Gefühl nicht los, irgendetwas in dieser Geschichte schon einmal gehört zu haben. Ihr schwülstiger Sound hallte in meinem Kopf nach: ›Tod und Blut hab ich gesehn, drum lasst mich nicht hier draußen stehn.‹ Reime können schnell ins Gedächtnis eindringen, dazu sind sie gemacht, alter Lehrertrick. Aber was war mir in diesem Haus nicht alles vorgelabert worden! Diese Verse konnten überall herkommen. Am Ende hatte Papa sie selbst rezitiert, während ich mir vor dem Fernseher die Fußnägel lackierte. Suchend schaute ich mich um, wahrhaftig, mein gepanzerter Gesprächspartner fehlte mir. »Achilles, Alter, ich muss dich was fragen!« Ich hatte wirklich zu viel getrunken. »Findest du, dass ich noch eine Sekunde über diesen Schmierenschreiber nachdenken soll, statt für das Dach über unserem Kopf zu sorgen? Findest du nicht auch, dass mit der verfluchten Grübelei jetzt Schluss sein muss?« Es kam keine Antwort. Ich ließ mich schwer auf Papas Bürostuhl fallen und fuhr den Computer hoch.

Nachdem ich Rodriguez die Rezension gemailt hatte, stöberte ich noch ein wenig auf dem Schreibtisch herum. Ich hatte das Gefühl, dass diese Übergriffigkeit jetzt erlaubt war, schließlich war ich fast so etwas wie Papas Stellvertreterin.

Pling, eine neue Mail. Rodriguez an Oscar. »Du alter Gauner, dafür hat sich die verdammte Warterei gelohnt. Sag mal, mein Freund, deine Tochter ist nicht zufällig auf der Suche nach einem netten Junggesellen?«

Ich tippte meine Antwort: »War doch selbstverständlich.

Wann habe ich dich je im Stich gelassen? Und was Anita angeht: Fick dich!«

Tief befriedigt und plötzlich hellwach holte ich mir ein Glas Wasser aus der Küche, setzte mich im Wohnzimmer auf das Sofa und las den schon etwas angegilbten Zeitungsausschnitt, der bei dem Ausdruck gelegen hatte.

»Ich habe ihm mein Schweigen geschenkt.« Ein neuer Versuch – Interview mit Carmen Salamanca, der spanischen Übersetzerin des unsichtbaren Schriftstellers Gert De Ruit (von Andrés Moledor Molinos. Fotos: Susana Taro)

El País, August 2004.

◆

Sein neuer Roman ›Veronal‹ erscheint in diesen Tagen gleichzeitig in vielen Ländern, so auch in Spanien. In unserer Sprache erlebte der Weltautor De Ruit seinen Durchbruch. Carmen Salamanca, seine spanische Stimme, ist nach Angaben von De Ruits deutschem Entdecker und Verleger Eugen Bluthardt von ›Ianua Nova Editiones‹, Stuttgart, der einzige Mensch aus der Welt der Literatur, dem der menschenscheue Autor je persönlich begegnet ist. Von Gert De Ruit, der weder Interviews noch Lesungen gibt, Prostituierte oder Pizzaboten zu Preisverleihungen schickt, fertige Manuskripte nachts unter der Fußmatte seines Verlegers ablegt und mit diesem ausschließlich brieflich Kontakt hält, existiert ein einziges Foto. Das Geheimnis um seine Person pflegte De Ruit schon als junger, völlig unbekannter Schriftsteller. Auf einem Foto der Gruppe 47 von 1953 schlüpft er gerade aus dem Bild, man erkennt nur einen gestiefelten Fuß. Ganze Dissertationen befassen sich mit der Rekonstruktion seiner Biografie. Wirklich sicher sind nur sein Geburtsjahr 1930 – und seine süddeutsche Herkunft.

Je größer De Ruits Lesergemeinde wurde, desto mehr Mythen rankten sich um die Person des Schriftstellers. Die üblichen Versteckspieler unter seinen Kollegen – Pynchon, Salinger, Traven – stellt er dabei schon lange in den Schatten. Es gibt kaum einen namhaften Literaturkritiker, der unter seinen irdischen Besitztümern nicht auch einen maschinengeschriebenen Brief des Autors hortet, in dem ein Treffen äußerst höflich, aber bestimmt abgelehnt wird. De Ruit verachtet den Literaturbetrieb. Deshalb liegt dieser ihm zu Füßen.

Carmen Salamanca trägt nicht zur Auflösung dieses wohl größten Rätsels der literarischen Community bei. Bis heute hat sie über ihre Begegnung mit dem Schriftsteller beharrlich geschwiegen.

Salamanca stammt aus Madrid, hat in Heidelberg und Berlin Germanistik und literarische Übersetzung studiert, war mit einem deutschen Buchhändler verheiratet und übersetzte schon als Erstsemester Erzählungen De Ruits. Nach wie vor lebt sie im Oderbruch.

Dort machte der große Unbekannte, ›das epochale literarische Beben‹ (George Steiner), am 12. August 1996 seiner Übersetzerin einen Überraschungsbesuch. Einen Tag und eine Nacht lang arbeitete Salamanca mit ihm an der letzten Fassung von ›Hirschkirschen‹. Die beiden erlebten dabei ein Hochwasser, bei dem der Glebiener Deich brach und Salamancas Haus bis zum Dachboden überschwemmt wurde. Der winzige Weiler wurde von den Fluten verschlungen und nicht wieder aufgebaut. De Ruit entzog sich der Evakuierung und verschwand. Carmen Salamanca musste ihm versprechen, über alle Details ihres Zusammentreffens Stillschweigen zu bewahren. Ihren Schwur hat die Spanierin bis zum heutigen Tag gehalten. Wir machen einen erneuten Versuch, sie zum Reden zu bringen.

Eine Spanierin in Fontanes Mark

Berlin liegt weit hinter uns. Susana, die Fotografin, hat das Autodach und alle Fenster geöffnet. Eine warme Brise bläst uns das Haar zurück und sprenkelt die dunklen Brillengläser mit feinem gelben Staub: die Weizenernte hat begonnen. Immer wieder deutet Susana begeistert nach draußen: »Sieh nur, Kornblumen! Klatschmohn! Ein Fasan!« Die Landstraße führt uns vorbei an den Ruinen ehemaliger LPG-Gebäude, die grau und verloren aus der sommerlichen Landschaft ragen. Unser Ziel ist Altranft, ein Dorf im westlichen Oderbruch. Die karge Beschilderung hält uns nicht auf, das Navi weist die Richtung. Über sandige Feldwege erreichen wir eine Allee aus Birnbäumen. Wir halten vor dem letzten Haus an der Alten Heerstraße.

Carmen Salamanca steht vor einem vermoosten Jägerzaun und lächelt uns zu. Das lange schwarze Haar fällt ihr über die Schultern, sie trägt ein schlichtes Sommerkleid und flache Sandalen. Ihre Fingerspitzen sind mit Kugelschreiber verschmiert. Der Garten des Häuschens, Vor-Wende-Stil bis hin zum grauen Außenputz, quillt über von blühenden Stauden. Die Präsenz der schmalen Frau ist überwältigend. »Ich sehe nur sie«, flüstert Susana beim Aussteigen, und mir geht es genauso. Es ist unmöglich, nicht hingerissen zu sein von der Ausstrahlung dieser Person, die uns mit Küssen und Umarmungen begrüßt, an den Händen fasst und hinter das Haus führt, wo der Holztisch unter einem breitkronigen Walnussbaum beladen ist mit Tapasschälchen, Brotkorb, Suppenterrine. Wir kennen Carmen Salamanca seit 1995. Unser erster Besuch bei ihr fand kurz vor der Leipziger Buchmesse statt, auf der ein Roman De Ruits endlich in Deutschland wahrgenommen wurde, nach dem überwältigenden Erfolgszug seines Erzählungsbands ›Zwölf Ruinen‹ durch Spanien und Lateinamerika.

Das Recht auf Unsichtbarkeit

EP: Der Autor, den Sie übersetzen, gehört zu den rätselhaftesten der Literaturgeschichte. Sie haben mehr Zeit mit ihm verbracht als sein Verleger. Bei jedem neuen Buch De Ruits kommen wieder Journalisten auf Sie zu, in der Hoffnung, dass Sie diesmal Ihr Wissen preisgeben. Bis heute sind Sie hart geblieben. Sie verraten nichts über den Tag Ihrer Begegnung mit diesem Schriftsteller. Warum nicht?

C.S.: Es macht mich glücklich, über Gerts Bücher zu sprechen, über seine Kunst, seine Art zu schreiben, seine Ideen. Wie er aussieht, wo er lebt oder mit wem er schläft, das braucht doch niemand zu wissen, um sein Werk zu lieben. Kein Mensch kennt Gottfried von Straßburgs Biografie. Aber den Zauber des ›Tristan‹ spürt jeder, der diese Verse heute liest.

EP: Viele Jahrhunderte trennen uns von den mittelalterlichen Dichtern. Wir können niemanden mehr über sie ausfragen. De Ruit hingegen ist unser Zeitgenosse. Sie haben ihn kennengelernt. Warum weigern Sie sich, auch nur die kleinste Einzelheit über ihn zu verraten?

C.S.: Ich halte mein Versprechen. Gert De Ruit will nicht über sein Werk hinaus existieren. Er will frei sein. Das respektiere ich.

EP: Was wäre der Welt verloren gegangen, hätte Max Brod sich nicht über das Versprechen hinweggesetzt, das er seinem Freund Franz Kafka gab? Fühlen Sie keinerlei Verpflichtung, die zahllosen Fragen einer so großen literarischen Gemeinde, wie sie De Ruit hat, zu beantworten?

C.S.: Im Gegensatz zu Kafka ist mein Schriftsteller noch am Leben. Er muss selbst bestimmen dürfen, ob er sich zeigt. Außerdem entschied Brod über Vernichtung oder Erhaltung von Kafkas Werk. Das ist doch etwas ganz anderes.

EP: Das wenige, was man aus den Klappentexten seines Verlags über De Ruits Leben weiß, klingt äußerst abenteuerlich: Jugend im Krieg, Schulabbrecher, später die Fremdenlegion, ständig wechselnde Wohnsitze, vor allem im Süden, in Spanien. Immer wieder wird er mit Verbrechen in Zusammenhang gebracht, wozu natürlich seine Bücher als einzige Quelle dieser Spekulationen beitragen.

C.S. *(lacht)*: Das sind Spiele der Fantasie. Jeder Leser gibt sich ihnen hin. Ohne diese lustvollen Mutmaßungen über die Schöpferpersönlichkeiten hinter den Büchern, die man liebt, ist Literatur nicht vollständig. Es wäre so, als fehle einer Mahlzeit ein wichtiges Gewürz.

EP: Timothy Wilde von der Harvard University schreibt De Ruits Werk einem Kollektiv zu. Er vermutet, dass Autoren, Theaterregisseure und bildende Künstler, Frauen wie Männer, hinter einer erfundenen Figur stecken. Dieses Werkstattprinzip begründet er damit, dass derart komplexe, ideen- und inhaltsreiche Arbeiten kaum einer Einzelperson zugetraut werden können.

C.S. *(unterdrückt ein Gähnen)*: Lustig, wie viel Mühe sie sich machen, De Ruit aufzuspalten. Wie bei Shakespeare. Nichts als Einzelteile. Es ist wohl schwer zu ertragen, dass ein Mensch eine ganze Welt enthalten und dazu noch ständig neue erschaffen kann.

EP: In eine ähnliche Richtung zielt ein anderes Gerücht, das von Anfang an umging: Eugen Bluthardt, der deutsche Verleger und Entdecker De Ruits, habe sich diesen Autor mitsamt seiner geheimnisvollen Biografie nur ausgedacht und das Werk selbst geschrieben bzw. schreiben lassen. Dabei fiel auch des Öfteren Ihr Name, als besondere Nutznießerin dieses Komplotts.

C.S. *(zuckt mit den Schultern, lächelt, man sieht genau, dass sie sich nicht über meine Frage ärgert. Ihre Stimme ist ebenso ruhig und freundlich wie am Anfang des Gesprächs)*: Eugen haben diese Unterstellungen sehr getroffen. Er war wahnsinnig wütend. Ich finde es eher abwegig. Können Sie sich vorstellen, dass Eugen Bücher schreibt? Er ist ein begnadeter Verleger, selbstverständlich. Aber ein Schriftsteller? Und ich? *(wickelt sich eine Haarsträhne um den Zeigefinger, schließt kurz die Augen)*

Das Dasein einer Übersetzerin ist normalerweise ein unsichtbares. Ich bin die große Ausnahme, weil in meinem Fall der Schriftsteller es vorzieht, unsichtbar zu sein. Das lieben die meisten Autoren nicht; sie versuchen, so bunt und grell wie möglich zu sein, wie Fernsehbilder. Ich muss De Ruits Bild sein. Vielleicht sehe ich besser aus als er *(sieht mir voll ins Gesicht, ich kann nicht anders und erröte)*. Aber im Grunde spielt es keine Rolle für mich, ich genieße die Medienpräsenz nicht, auch wenn mir das keiner glaubt.

Mir gefällt es, zu übersetzen, meine Stimme zu leihen. Es ist eine Kunst, auf die ich stolz bin, aber eine vergängliche Kunst. Übersetzungen veralten irgendwann, jede Zeit macht sich ihre eigenen. Es gibt keine Klassiker der Übersetzung. Berühmte, unsterbliche Übersetzer, wo finden Sie die? Das muss man wissen, wenn man diese Arbeit machen möchte. Es begeistert mich, in eine fremde Haut zu schlüpfen. Das Deutsche war meine Sprache, ich bin ihr früh begegnet und habe sie mir hart erarbeitet.

Pornografische Deutschstunde

EP: Können Sie ein bisschen davon erzählen?

C.S.: Als ich 13 war, stahl ich meinem Vater Geld aus der Schreibtischschublade, um ins Kino zu gehen. Ich wurde bestraft, aber nicht mit Schlägen, sondern mit dem Auftrag, einer Nachbarin beim Aufräumen ihrer Wohnung zu helfen. Die Dame war eine Deutsche, eine Hamburgerin. Sie trug einen riesigen geflochtenen, weißgelben Haarknoten am Hinterkopf, wie ein Elfenbeinkörbchen, hatte kugelrunde, eisblaue Augen ohne eine einzige Wimper und war sehr gemein zu allen Kindern im Haus. Wir waren überzeugt davon, eine Hexe vor uns zu haben. Meine Eltern behandelten sie mit ausgesuchter Höflichkeit.

Jeden Samstag nach der Schule musste ich eine Stunde zu Señora Schmidt. Zuerst staubte ich ihre Sachen ab – sie sammelte Porzellanhunde. Danach las ich ihr aus einem Taschenbuch vor, das in violettes Papier eingebunden war. Ich konnte kein Wort Deutsch, aber das störte sie kein bisschen. Ich stotterte mich durch die fremde Sprache, ohne die leiseste Ahnung.

Señora Schmidt bekam dabei rote Flecken im Gesicht und rutschte auf dem Sessel hin und her. Ich besorgte mir ein Wörterbuch und eine Grammatik, die Situation war mir unheimlich.

Nach vier Wochen schlug ich das Büchlein zu und sagte: »Señora Schmidt, wenn Sie mir nicht jeden Samstag soundsoviel Pesetas geben, verrate ich meinen Eltern alles.« Sie beschimpfte mich heftig, aber sie zahlte. Vorlesen musste ich nicht mehr. Irgendwann fing sie an, die erpressten Scheine in Bücher zu stecken. Ich las Stefan und Arnold Zweig, Thomas Mann und Joseph Roth, eine solide Grundausbildung. Als sie starb, vererbte sie mir ihre Bibliothek. *(lacht)*

EP: Während der Teenager Carmen Salamanca anhand von Pornografie Deutsch lernte, schrieb Gert De Ruit schon lange an seinem Werk. Doch Anfang der Neunziger war er in Deutschland immer noch ein unbekannter Autor. Wie kamen Sie, damals Studentin, mit ihm in Berührung?
C.S.: Ich hatte das Glück, ein Semester in Heidelberg zu studieren. Freunde nahmen mich mit auf eine Party. Dort fragte ich einen Mann nach der Bedeutung der Tätowierung auf seinem Unterarm: ›Furchtlos und treu.‹ Darüber kamen wir ins Gespräch.
EP: Wie in Deutschland inzwischen wohl jeder literarisch Interessierte weiß, trägt Verleger Eugen Bluthardt den Wahlspruch des Königreichs Württemberg auf der Haut. Der Stuttgarter brachte im Jahr 1983 Gert De Ruits erstes Buch heraus. In seinem kleinen Verlag ›Ianua Nova Editiones‹ sind seither alle Werke des Schriftstellers erschienen. Bluthardt wurde durch Jugendwerke, Gedichte, auf ihn aufmerksam, die er in einer Literaturzeitschrift fand. Obwohl sich die beiden nie persönlich trafen, wurde er zum Entdecker und wichtigsten Förderer De Ruits. Dabei musste Bluthardt großes Durchhaltevermögen an den Tag legen, denn sein Autor weigerte sich nicht nur, sich ihm und der Öffentlichkeit zu zeigen, er bescherte ihm zunächst auch nur finanzielle Verluste.
C.S.: Ja, heute ist es kaum vorstellbar, aber in Deutschland gab es lange kaum ein Publikum für De Ruits Arbeiten. Bei einer Lesung vor der Gruppe 47 war er durchgefallen. Dort kam es außerdem zu einem Eklat um die Bachmann. De Ruit prügelte sich mit Hans Werner Richter, Alfred Andersch und Böll, weil er ihr vor versammelter Mannschaft einen Korb gegeben hatte. Er soll zu ihr gesagt haben, er schlafe nur mit Frauen, die ein Talent zum Schreiben haben … Aber das können Sie ja inzwischen in den Richter-Tagebüchern nachlesen.

EP: Von den 47ern hat sich nie jemand zu De Ruit geäußert. Warum, glauben Sie, wird und wurde auf dieser Seite geschwiegen?

C.S.: Viele Kollegen lehnten De Ruit aufgrund seines Stils ab. Was er vorlas – Auszüge aus den ›Zwölf Ruinen‹ –, war zu wild, zu verrückt, seine Themen zu schmerzhaft für das damalige Deutschland. Er war weiter gereist, kosmopolitischer als alle anderen. Grass muss neben ihm wie ein zahmes Häschen gewirkt haben. Außerdem berührte seine verächtliche Haltung gegenüber dem Betrieb Autoren wie Kritiker besonders unangenehm.

EP: Jörg Fauser nannte De Ruit in dem berühmten Interview in der Fernsehsendung ›Autor-Scooter‹ »den goldenen Schuss in die verkalkte Vene der Republik« und betonte, wenn solche Leute im Selbstverlag publizieren müssten, sei das schlicht und einfach eine Bankrotterklärung. Er meinte vermutlich den 1954 erschienenen Roman ›Rattenschlaf‹.

C.S.: Aber wer hörte damals schon auf Jörg Fauser?

EP: Eugen Bluthardt hat im Nachhinein oft unterstrichen, er habe es strategisch angelegt, als er De Ruits Werke ins Spanische übersetzen ließ. Das Land spielt darin eine große Rolle. Wie kamen Sie dazu? Immerhin waren Sie damals Anfang zwanzig und keine erfahrene Übersetzerin.

C.S.: Ja, und weil ich jung und dumm war, setzte er seinen ganzen Charme dafür ein, mich für ein derart unsicheres Projekt einzuspannen. Natürlich ohne Honorar. *(lacht)*

EP: Ihr Zusammentreffen auf einer Party in Heidelberg war mehr oder weniger eine Fügung?

C.S.: In der Tat. Bluthardt zog ein Buch aus seiner Umhängetasche – einen dünnen grünen Band. Auf seinem Rücken sah ich zum ersten Mal das Logo der ›Ianua Nova Editiones‹ …

EP: Den zinnoberroten, ausspeienden Januskopf …

C.S.: … der wohlgemerkt nur in eine Richtung spuckt, in die andere lächelt er. Ja, das hat mich sofort angesprochen. Dazu der Titel: ›Zwölf Ruinen‹ von Gert De Ruit. Ich hatte den Namen noch nie gehört.

Zwischen Bier, Chili con carne und schlechter Rockmusik zwang mich Bluthardt, die Eingangserzählung zu lesen: ›Kastilisches Kreuzworträtsel‹. Unter diesem Titel kam es dann in Spanien heraus. Ich überflog die ersten Sätze nur, um ihn endlich loszuwerden, vergaß aber schnell alles um mich herum. Danach war ich nicht mehr dieselbe. Ich lief mit dem Buch unter dem Arm durch Heidelberg, sah, fühlte Dinge, die mir vorher nicht in den Sinn gekommen wären. Eine Erschütterung größten Ausmaßes. Diese Erzählung ist ja auch genial.

Bluthardt wollte meine Übersetzung verschiedenen spanischen Verlagen anbieten, er hatte viele Kontakte, kannte auch Leute bei Abedul. Ich wusste, ich musste das machen.

EP: Ist Ihnen die Arbeit leichtgefallen?

C.S.: *(winkt ab)* Das ist bei einem solchen Autor nie der Fall. De Ruits Sprache ist hochkomplex, man benötigt Fachwörterbücher für alles Mögliche: Medizin, Botanik, Pharmazie, er verwendet Slang, Mittelhochdeutsch und die Hochsprache des 18. Jahrhunderts. Und er steht nicht für Gespräche und Fragen zur Verfügung. Aber das war mir alles egal, ich war von dem Buch besessen, arbeitete Tag und Nacht …

EP: Doch weder Ihre Begeisterung noch diese Anhäufung glücklicher Zufälle führten dazu, dass De Ruit der Durchbruch gelang. Ein weiteres Jahr sollte vergehen, bis es dazu kam. Das Buch erschien dann in dem großen spanischen Publikumsverlag Abedul und löste ein literarisches Beben aus, das über Spanien und Lateinamerika nach Deutschland zurückwirkte. Allerdings waren nicht Sie die Übersetzerin dieses ersten Welterfolges. Stimmt es, dass Sie den Auftrag verloren, weil das Manuskript gestohlen worden war und Sie nicht rechtzeitig abliefern konnten?

C.S. *(schüttelt den Kopf)*: Nein, es war ganz anders, allerdings ebenso katastrophal. Ich fühlte mich unsicher und gab einem guten Freund meine Übersetzung zur Durchsicht. Lauter maschinengeschriebene Seiten, ohne Durchschlag, dazu mein einziges Exemplar von ›Zwölf Ruinen‹, voller Anmerkungen. Vergessen Sie nicht, das war 1991! Er hat beides verloren. *(hält sich die Augen zu)*

EP: Angeblich nahm er die Papiere mit in die Oper.

C.S.: Davon weiß ich nichts. Jedenfalls hatte ich keine Kopien, nichts. Es war furchtbar. Bluthardts Geschrei am Telefon, die Ausdrücke, mit denen mich die Leute von Abedul beschimpften ... *(kneift die Augen zusammen, schüttelt sich)* Ich wurde schwer krank, meine Eltern schickten mich zur Erholung nach Deutschland, nach Berlin. Dort beendete ich mein Studium.

EP: Dennoch haben Sie, und nicht Esteban Piro, der erste Übersetzer, das nächste Buch ›Abwurf über rotspanischem Gebiet‹ und alle weiteren Werke De Ruits übertragen. Warum?

C.S.: Ich schrieb De Ruit einen Brief, als ich im Krankenhaus lag. Bluthardt leitete meine Zeilen weiter. De Ruit hat mir nie geantwortet, aber er zwang seinen Verleger und Abedul, mich als Übersetzerin seines nächsten Buches zu verpflichten. Nach dem riesigen Erfolg mussten sie ihm diese Forderung erfüllen, allerdings zähneknirschend, denn ich war ja die Unzuverlässige, die Verrückte.

EP: Was haben Sie De Ruit denn geschrieben?

C.S.: Die Wahrheit.

EP: Die da lautet?

C.S.: Es genügt, wenn er und ich das wissen. Sie hat auch nur mit mir zu tun, nicht mit Gert De Ruit und seiner Arbeit.

EP: Wir sind jetzt seit über einer Stunde hier. Es ist kaum zu übersehen, wie sehr Sie bei allem, was Sie bis jetzt erzählt haben, darauf bedacht sind, meiner eigentlichen Frage und dem Grund unseres Besuches auszuweichen.

C.S.: Wieso sollte ich das tun?

EP: Möglicherweise aus Angst? Um einen Schmerz zu vermeiden? Sie sind Witwe, das zeigen Sie auch durch Ihre Ringe.

C.S.: Selbstverständlich, das habe ich aber nie verschwiegen. *(hebt die rechte Hand hoch, am Ringfinger stecken zwei goldene Eheringe übereinander)*

C.S.: Frau Salamanca, Ihr Mann, der Berliner Antiquariatsbuchhändler Martin Kowski ist in der Nacht des 12. August 1996 in der Oder ertrunken. Dieses Datum ist für viele Literaturfreunde so etwas wie die Emmausbegegnung für einen Katholiken, denn an diesem Tag erschien der Schriftsteller auf Erden, vor einer Zeugin, die belegen konnte: Es gibt diesen Mann, er ist kein Pseudonym, kein Werk eines Kollektivs, er ist real und hat mit ihr gesprochen, gegessen, getrunken. Aber genau dieser 12. August ist für Sie ebenso ein Unglücksdatum. Sie haben damals Ihren Mann verloren. Könnte es sein, dass Sie deshalb stumm bleiben, den Tag totschweigen? Wegen Martin Kowski und nicht so sehr wegen Gert De Ruit?

C.S. *(überlegt lange, ihre Augen sind nachdenklich geworden, sie greift in die Rocktasche, holt eine Packung Roth-Händle und ein silbernes Feuerzeug heraus, zündet sich eine Zigarette an und inhaliert zwei Züge. Sie kann enorm regelmäßige Ringe blasen, denen sie verträumt hinterherschaut. Dann lächelt sie wieder)*: Mein Mann ist nicht in der Oder ertrunken. *(Sie klopft mit der Rechten auf das weißgeschrubbte Holz, ihre Eheringe blitzen, der untere ist etwas zu groß und klirrt leise.)*

Martin hatte einen Autounfall, er ist auf dem Heimweg in einer Allee gegen einen Baum gefahren, er war betrunken. Das Hochwasser, wie Sie vielleicht wissen, war örtlich sehr begrenzt, der Ort Glebien, in dem wir damals lebten und wo Gert mich besuchte und mit mir dieses Ereignis überlebte, existiert nicht mehr. Glebien lag sehr tief und wurde überflutet, danach nicht wieder aufgebaut. Andernorts geschah nichts. Deshalb ist Ihre Vermutung ein wenig unsinnig, verzeihen Sie bitte. *(Sie streift die Asche ab und schlägt die Beine übereinander, jetzt sieht sie so aus, als wiederhole sie etwas, das sie schon sehr oft gesagt hat.)*

Ich spreche nicht über Gert De Ruit, weil ich es ihm geschworen habe. Mein Mann ist tot, damit ist seine Geschichte hier auf Erden zu Ende.

EP: Auffällig ist allerdings, wie viele Figuren De Ruits seit ihrem Zusammentreffen durch Ertrinken ihr Leben verlieren. Mal sind es Selbstmörder, wie Elisa Hauff in ›Veronal‹, die in den Neckar geht. Doch noch häufiger werden Leute ertränkt, in Badewannen, lebendigen Gewässern. Dabei ist das Werk nicht gerade arm an Gewalt. Könnte es sein, dass hier die Geschichte Ihres Mannes den Schriftsteller in irgendeiner Weise inspiriert hat?

C.S. *(steht auf, wendet sich ab, sehr ruhig)*: Entweder wir reden über etwas anderes oder das Interview ist hiermit beendet.

Dienstag

Der Zeitungsausschnitt mit dem Interview lag vor mir auf dem Boden, als ich aus einem kurzen Sofaschlummer hochschreckte: Carmen Salamanca und Gert De Ruit. Zum Glück waren mir die beiden nicht im Traum erschienen. Ich wusste, was ich zu tun hatte. Wenn ich nicht sofort handelte, würde mir später der Mut fehlen.

Vor der Schlafzimmertür atmete ich tief durch, dann trat ich ein. Es roch frisch und luftig. Die Sonne war gerade aufgegangen und füllte das Zimmer mit blassem Licht. In den Sesseln am offenen Fenster saß niemand mehr. Nur zwei Kleiderhaufen lagen auf den Polstern. Mein Herzschlag setzte für einen Moment aus. Langsam trat ich näher. Von unten drangen die Morgengeräusche der Stadt zu mir herauf, aber ich fühlte mich wie der letzte Mensch auf Erden. Wie konnten sie verschwinden, sich ohne Abschied einfach aus dem Staub machen? Ich hatte mich doch damit abgefunden, dass sie wie zwei große Mumien herumhockten, hatte versucht, den Laden am Laufen zu halten. Außerdem passierten solche Dinge, das stand sogar manchmal in der Zeitung: ›Mann lebt jahrelang mit toter Ehefrau unter einem Dach‹. Diesmal hatte es eben mich getroffen.

Als ich vor den Sesseln stand, musste ich alle Kraft zusammennehmen, um die Kleidungsstücke mit der Hand zu berühren. Sie waren sauber und trocken, als hätte man sie eben aus dem Schrank geholt. Mit spitzen Fingern hob ich das pur-

purfarbene Kleid meiner Mutter hoch, um es zusammenzulegen. Da sah ich sie. Winzig klein, glatt, rosig leuchtend, und die Blöße keusch verdeckt von einem Zipfel ihres Unterkleids. Sie war nur noch so groß wie eine Puppe. Hastig wandte ich mich dem Platz meines Vaters zu, zog langsam die Anzughose weg, deren Beine schlaff herabbaumelten. Auch Papa war geschrumpft. Ich zögerte, bis ich es wagte, die beiden anzutippen. Ihre Körper fühlten sich hart und starr an, genau wie neulich, als ich sie zum ersten Mal umgezogen hatte. Auch das sanfte, ein wenig spöttische Lächeln war geblieben. Auf dem Kopf meines Vaters entdeckte ich kein einziges graues Haar mehr. Sein dichter Schopf glänzte schwarz wie ein Krähenflügel. Ich ließ mich aufs Bett fallen und betrachtete sie lange. Dann nahm ich die kleine Mama, wickelte sie vorsichtig in das Dessous, beugte ihre Knie und setzte sie auf meinen Schoß. Ebenso verfuhr ich mit dem winzigen Papa, dem ich sein weißes Hemd so umband, dass er wie ein römischer Senator aussah. So hockte unsere kleine Familie zusammen auf der Bettkante. Die Sonne heizte das Zimmer mehr und mehr auf, von der Calle de San Pedro war zu hören, wie der Tag in Fahrt kam. Ich sah auf die beiden Köpfchen herab, strich ihnen übers Haar und sprach mit ihnen, genauso wie ich es früher mit meinen Puppen getan hatte. Sie blieben stumm, aber mein Puls wurde ruhiger. Die Angst der letzten Tage war verschwunden. Als ich schließlich aufstand, hatte ich das Gefühl, es müsse schon Mittag sein, doch die Küchenuhr zeigte erst neun. Ich bemerkte, dass Achilles die Blattreste von gestern Nacht aufgefressen hatte. Schnell füllte ich seine Wasserschale und legte den letzten Salat dazu.

In meinem Zimmer durchsuchte ich den Kleiderschrank. Ich riss Pullover und Hosen aus den Fächern, tastete im dunklen Inneren herum, bis ich endlich den Schuhkarton fühlte.

Schnell hob ich den Deckel. Die beiden Puppen lagen mit geschlossenen Augen vor mir, so wie ich sie vor vielen Jahren eingepackt hatte, als ich mich plötzlich dafür schämte, dass sie immer noch auf meinem Kopfkissen thronten. Doch sie wegzugeben kam nicht in Frage.

Die Puppen hatte meine Mutter mir geschenkt, als wir nach meiner Lungenentzündung nach Dénia fuhren: Ángel, Mama und ich. Vorsichtig nahm ich sie aus dem Karton: Ein Junge und ein Mädchen, nein, »ein Herr und eine Dame«, wie meine Mutter betont hatte. Das fiel mir jetzt wieder ein. Meine Überraschung damals war grenzenlos gewesen. An einem der letzten Abende vor der Abreise saßen wir an unserem üblichen Fenstertisch beim ›Abendbrot‹, wie es hier in dieser Bastion deutscher Rentner hieß. Serviert wurden Schwarzbrot und gewaltige Aufschnittplatten. Besonders Ángel beobachtete fasziniert, wie die Gäste sich ihre Stullen belegten. Für uns gab es warmes spanisches Essen, das die Wirtin auch ihrem Mann und sich selbst kochte. An diesem Abend hatte sie Langostinos gemacht, und meine Mutter, die während des gesamten Urlaubs glänzende Laune gehabt hatte, strahlte, als erwartete sie eine Überraschung. Als ich den letzten Löffel Crema Catalana abgeleckt hatte, zwinkerte Mama Ángel zu, der darauf unter den Tisch griff und ein Paket hervorholte. Auch er grinste amüsiert, als hätte Mamas Aufregung ihn angesteckt. »Anita, meine Süße, du warst lange krank. Papa, dein Bruder und ich freuen uns so, dass es dir wieder besser geht. Du warst ein braves, liebes Kind, obwohl es bestimmt oft langweilig für dich war, zu Hause mit der alten Mama.« Auf einmal schien es mir, als verdüsterte sich ihr Gesicht. Doch das Lächeln kehrte schnell zurück. »Weil du so tapfer warst, haben wir uns ein Geschenk für dich überlegt. Ángel hat mir beim Aussuchen geholfen.« Aufgeregt riss ich die Verpackung ab und als ich die Schachtel aufklappte, lagen da zwei Puppen, so ungewöhnlich und prachtvoll, wie ich sie noch nie gesehen hatte.

Die Puppengesichter kamen mir jetzt stumpf und ausdruckslos vor, auch wenn sie Schlafaugen mit Wimpern hatten, echtes Haar und lachende rosige Münder. Das Schönste an ihnen waren die Kleider, die ich ihnen hastig auszog. Der kleine Herr trug einen gut geschnittenen schwarzen Anzug, dazu ein weißes Hemd mit Rüschen, auf dem Kopf einen Zylinder, wie ein altmodischer Dandy. Seine Begleiterin war in eine mir unbekannte Tracht gehüllt, farbenprächtig und exotisch. Das Auffälligste daran war ein breitkrempiger Strohhut, verziert mit leuchtend roten Pompons.

»Die beiden sollen dich beschützen. Abends setzt du sie auf dein Kopfkissen, damit du nie wieder so böse Träume hast wie gestern.« Es stimmte, ich träumte oft schlecht, auch in diesem Urlaub. In der Nacht zuvor hatte ich den schlimmsten Albtraum gehabt: Meine Mutter verschwand, und ich fand sie. Nicht in unserem Zimmer, sondern draußen am Meer. Barfuß und im Nachthemd war ich hinter ihr hergelaufen. Sie eilte die Strandpromenade entlang, weit ausschreitend trotz der hohen Schuhe, nur ein Tuch um die Schultern. Sie bemerkte mich nicht, sondern trat in den Garten eines zurückgesetzten Bungalows, der von Sträuchern und Bäumen vollständig eingewachsen war. Ängstlich schlich ich ihr nach. Überall raschelte und knackte es. Ich spürte feuchte Steinfliesen unter den Fußsohlen und zuckte angewidert zurück, weil ich in kleine matschige Früchte trat, die wohl aus dem Pflanzendickicht gefallen waren. Gleichzeitig bemerkte ich einen sonderbar talgigen Geruch. Er ging von einer Frau im Korbstuhl aus, die mitten im Patio saß, vor sich auf dem Tisch ein flackerndes Windlicht und die Reste einer Mahlzeit. Sie musste sehr alt sein.

Ihr langes, eisengraues Haar hing strähnig herab. Im Haus brannte Licht, das den Hof spärlich beleuchtete.

Meine Mutter war stehen geblieben und blickte auf die Frau, deren Kopf im Schlaf leicht zurückgebogen über der Lehne hing. Ihr Gesicht sah aus wie der Ledersessel in Papas Arbeitszimmer, braun und von Falten durchgraben. Das Sommerkleid war voller Flecken, aus dem Mundwinkel rann Speichel. Mich ekelte. Ich wollte meine Mutter bei der Hand packen und wegzerren, aber ich traute mich nicht, auch nur einen Schritt auf sie zuzugehen. Als der Mann aus dem Haus in den Patio trat, hätte ich beinahe aufgeschrien. Er war groß und hager. Sein Gesicht unter dem weißen Haar hatte einen ernsten Ausdruck. Ihm folgte ein schwarzer Hund. Ich weiß noch, dass ich mir in diesem Moment nichts mehr wünschte, als aufzuwachen. Aber anstatt meine Mutter zu beißen, kam das Tier schwanzwedelnd auf sie zu, rieb seinen Kopf an ihrem Bein und stieß freudige Töne aus. Sie bückte sich und kraulte ihn hinter den Ohren, diesen Teufel, für den ich mir die schlimmsten Qualen ausgemalt hatte!

Der große Mann war niemand anderer als Señor Ruiz vom Kiosk – der Hundebesitzer, der mir die Mutter gestohlen, ihr Bein angefasst und sie mit Kosenamen überschüttet hatte. Das Wiedererkennen im Traum erschreckte mich mehr, als ich ertragen konnte. Es geschah, was immer geschieht, wenn Angst den Schläfer zu überwältigen droht: ein Schrei bricht hervor, will laut und wild das schauerliche Gespinst zerstören, den Verzweifelten wecken wie ein eingebauter Alarm. Doch aus dem aufgerissenen Mund kommt nur ein Krächzen, das Grauen nimmt unbarmherzig seinen Lauf. So erging es auch mir hinter dem Gesträuch. Ich zitterte und starrte willenlos auf Señor Ruiz, der auf die alte Frau zuging, sie an der Schulter packte und wachrüttelte. Die Greisin zuckte, riss die Augen auf und starrte ihn voller Furcht an. Doch wenige Augenblicke später war ihr Gesicht wieder reglos und gleichgültig. Sie sprach in einer fremden Sprache, es hörte sich an wie Deutsch. Was sie sagte, schien ihm nicht zu gefallen. Seine Stimme klang zornig, aber leise und beherrscht. Doch sein Gegenüber ließ sich nicht einschüchtern. Mühsam erhob sich die Greisin aus dem wackeligen Korbstuhl und stellte sich kerzengerade vor ihn hin. Sie boten einen merkwürdigen Anblick – dieser riesige Mann und das runzelige kleine Weib, das ihn verächtlich von unten musterte, eine wegwerfende Handbewegung machte, noch ein paar Sätze in herablassendem Ton sprach und sich dann umdrehte, um ins Haus zurückzuhumpeln.

Ich warf einen vorsichtigen Seitenblick hinüber zu meiner Mutter, die bleich und erschrocken am Rande des Patio stand, nur wenige Meter entfernt von mir und dennoch unerreichbar. Señor Ruiz beachtete sie nicht. Er hatte nur Augen für die hinkende Alte, die sich in der Tür noch einmal umdrehte und eine weitere Beleidigung rief. Ruiz war neben ihr, bevor sie den Satz zu Ende gebracht hatte. Er brüllte vor Wut, schlug ihr ins Gesicht und legte dann seine Hände, die mächtig und weiß aus den schwarzen Hemdsärmeln ragten, um ihren dürren Hals. Obwohl ich die Daumen in die Ohren presste, hörte ich ihr entsetzliches, schleimiges Keuchen, dazu das Kläffen des Hundes, der wild zu bellen angefangen hatte, als sein Herr die Stimme erhob. Meine Mutter rannte über den Hof, ihre Absätze hämmerten auf die Platten. Von hinten umschlang sie die Hüften des Mannes. Weil sie Spanisch mit ihm sprach, konnte ich jedes Wort verstehen.

»Mein Liebster, lass sie los. Lass uns gehen! Es wird dir nicht helfen. Komm mit mir, bitte. Du bist so viel mehr wert als sie. Lass uns gehen, ich flehe dich an.« Señor Ruiz gehorchte meiner Mutter aufs Wort. Er ließ die alte Frau los, schubste sie ins Haus, wo sie weiterhustete. Als er sich zu Mama umdrehte, war sein Gesicht verzerrt und tränennass, und neben der Angst, die mich fast am Atmen hinderte, spürte ich wieder Zorn auf diesen Mann, dem meine Mutter die Wangen streichelte, den sie auf die Stirn küsste, dessen hässliches gekerbtes Kinn sie in ihre schöne Händen bettete, während ich vollkommen außer mir im Gebüsch hockte. Ruiz ließ sich von ihr wegführen. Ich roch seinen Schweiß und ihren Jasminduft, als sie Arm in Arm dicht an mir vorübergingen. »Ich bin jedes Jahr hergekommen, jedes Jahr. Sie hat mich nie erkannt. Ich wusste, dass sie hier wohnt. Immer wusste ich, wo sie sich aufhalten, sie und ihr neuer Mann. Gais, der Flieger. Sie hat ihn gleich nach Vaters Tod geheiratet.« Er lachte. »Ich habe mich verkleidet, kannst du dir das vorstellen? Als ob sie es je bemerkt hätten! Und sie haben mich fürstlich bewirtet, so glücklich, einen Deutschen zu treffen! Selbst als Jude Erlanger wurde ich an eine kultivierte Kaffeetafel gesetzt, mit Apfelkuchen, Filterkaffee und Gesprächen über klassische Musik. Den Heilbronner Lehrer, den Studenten aus Frankreich – jede meiner Larven haben sie herzlich aufgenommen. Nur der verlauste Hippie taugte nicht als Tischgast, aber selbst ihm brachten sie einen Teller Schnittchen in den Hof. Was haben sie mir nicht alles erzählt! Ich fragte sie, ob sie Kinder habe, und jedes Mal kam dieselbe Antwort: Nein! Kein Foto, obwohl dort alle Wände vollgehängt waren. Ich habe keinen Sohn mehr, hat sie vorhin gesagt. Nur ein Feigling hätte getan, was er getan hat. Bei uns in der Familie gebe es keine Feiglinge. ›Wir sind viele, immer noch! Wir sind viele!‹, hat sie zum Schluss gerufen.«

Mama redete leise auf den weinenden Mann ein, schob ihn aus dem Garten. Ihr weißer Arm lag um seine Schultern, und langsam verschwanden sie in der Dunkelheit. Ich wachte heulend im Bett der Pension auf. Noch heute höre ich, wie meine Mutter mich am anderen Morgen ausschimpfte, weil ich mit derartig schmutzigen Füßen schlafen gegangen war.

Keine Ahnung, warum mich in den letzten Tagen ständig Erinnerungen heimsuchten. An diesen Traum hatte ich lange nicht mehr gedacht.

Die Puppen lagen mit geschlossenen Augen in ihrem Karton. Nackt waren sie nicht so ansehnlich, man konnte deutlich erkennen, wo ihre sackartig geformten Stoffleiber zusammengenäht waren, nur Hände, Füße und Gesichter bestanden aus Plastik. Ich schüttelte die kleinen Kleidungsstücke aus. Sie waren tadellos, jedes Teil passte wie angegossen. Meinem Vater war die Hose ein wenig zu weit, deshalb behalf ich mir mit einer Sicherheitsnadel. Meine Mutter gefiel mir noch nicht, das schwarze Kleid mit der schillernden Taftschürze saß zwar gut, aber irgendwas fehlte. Schließlich flocht ich ihr zwei Zöpfe, regelmäßig und fest wie Mandelstangen, und befestigte den Strohhut auf der fertigen Frisur. Es sah hinreißend aus. So hergerichtet, trug ich meine Eltern aus dem Schlafzimmer. Die Tür ließ ich offen, ihre Kleider hängte ich in den Schrank zurück.

»Also, auf mein Kopfkissen setze ich euch nicht, das könnt ihr euch abschminken«, sagte ich zu ihnen. Es machte Spaß, sie herumzutragen. Fast vermisste ich meinen alten Puppenwagen. Schließlich fand ich auf dem Vertiko im Flur einen guten Platz für das Paar. Als ich einen Schritt zurücktrat, um sie besser betrachten zu können, ertönte der altmodische Zweiklang von Mamas Handy. Eine neue Nachricht des großen Unbekannten. Mir wurde wieder übel: Das Display zeigte unbarmherzig Datum und Wochentag: Mittwoch, 12. August 2012. Um fünf unter der blöden Uhr. Ja, ich hatte es nicht vergessen.

Meine Schönste, Du bist so wortkarg in den letzten Tagen. Wenn Du mir nur ein paar Sätze schreibst, bin ich wieder wie neu. Gönn mir wenigstens einen. R.

Ich hatte keine Ahnung, was ich machen sollte, aber ich spürte, dass ich schnell antworten musste, damit er nicht misstrauisch wurde. Was hätte Mama getan? Auf die Kleidung allein kam es nicht an, ich musste auch denken wie sie. Neben dem Telefontischchen befand sich, wie an jeder freien Wand in dieser Wohnung, ein Bücherregal. Ich nahm einen Band heraus. Gustavo Bécquers ›Legenden‹ waren das einzige Buch, aus dem meine Mutter uns vorgelesen hatte, vielleicht, weil es auch Märchen waren.

»Kommt! denn die Stunde ist da für die wunderbare Verwandlung!

Kommt! denn die, die euch lieben, erwarten euch schon voller Sehnsucht!«

Laut las ich die Verse vor mich hin. Sie klangen zärtlich und geheimnisvoll, und ich vermisste meine Mutter plötzlich so stark, dass mir Tränen in die Augen traten. Die Puppe auf dem Vertiko lächelte mir zu. Mit einem Mal wurde ich wieder genauso zornig wie damals, als dieser Señor Ruiz Mama betatscht hatte. So schrieb ich ihm zurück, was mir als erstes in den Sinn kam:

Von der Front komm ich, jeden Feind schlacht ich, Tod und Blut hab ich gesehn, drum lasst mich nicht hier draußen stehn.

Weiter nichts. Und senden.

Die Antwort kam sofort:

Blanca, meine Geliebte, warum tust Du mir das an? Du hast mich damals gerettet. Weshalb fängst Du jetzt davon an? Es vergeht kein Tag, an dem mich diese Dinge nicht quälen. Was stimmt nicht, mein Sternenlicht? R.

Ich war grausam und schickte Folgendes hinterher:

Heute um fünf unter der Uhr! B.

Anschließend packte ich das Handy zurück in die Handtasche am Garderobenhaken und lief in die Küche. Es roch nach Müll und Schildkröte. Achilles saß vor vor seiner Wasserschale. Ich machte mir einen Kaffee, rauchte zwei Zigaretten, checkte meine WhatsApp-Nachrichten und schrieb ein paar Zeilen an La Plaga, wie nett es gestern gewesen sei, dass ich gerade mit meinem Mann bei einem späten Kaffee säße, zusammen mit meinen Eltern.

Dann nahm ich mir Mamas Schmuckschatulle vor. Nach dem enttäuschenden Besuch bei ›Compro Oro‹ hatte ich sie keines Blickes mehr gewürdigt. Tatsächlich stand sie noch auf der Anrichte vor der Obstschale, und daneben lag die schwarze Mappe aus der Truhe im Elternschlafzimmer, die ich am Sonntag dort abgelegt hatte. Ich setzte mich auf mein Bett und nahm meinen alten Stoffaffen in den Arm. Bitte, lass es nicht so sein, flüsterte ich in sein abgelutschtes Ohr.

In der Mappe fand ich ein altes Schulheft. Es roch nach Keller. Auf dem verblichenen Blau des Papierumschlags klebten gepresste Blumen. Ein handgeschriebener Text zog sich über viele Seiten, die Schrift war spitz, altmodisch und vollkommen unleserlich. Auch hier lag hinten ein ordentlicher Computerausdruck bei, geziert von ein paar Kaffeeflecken. Oben stand in flüssiger Schrift auf Spanisch:

Madrid, November 1996
Mein Sternenlicht, Du möchtest alles von mir wissen. Hier siehst Du, woher ich komme, warum ich so und nicht anders bin, lebe und schreibe. Ich weiß nicht, ob Du das verstehen kannst. Bitte verzeih mir meine Stümperei in Deiner Sprache!
Dein R., in großer Liebe

Ich fing sofort an zu lesen.

Der mutige Knabe

von Edith Stähle

für meinen Sohn Gert, der niemals weint,
zu seinem sechsten Geburtsfest 1936

Es war einmal ein großer dunkler Wald, in dem standen die Tannen so dicht, dass das Sonnenlicht den Erdboden kaum erreichte. Es war darin auch am hellen Tage so schwarz wie in der finstersten Nacht. Am Rande dieses Waldes, viele Stunden entfernt vom nächsten Dorf, lebte eine arme Frau mit ihrem einzigen Sohn. Sie banden Reisigbesen, und alle paar Wochen liefen sie den weiten Weg zum nächsten Markt und verkauften sie. Davon nährten sich die beiden kärglich, und keine Menschenseele kümmerte sich um sie. Nun tobte damals ein großer Krieg. Das Land wurde von allen Seiten angegriffen, weil die Nachbarvölker neidisch waren auf den Fleiß der Menschen dort, auf die Fruchtbarkeit ihrer Äcker, die Herrlichkeit ihrer Wälder und die Schönheit ihrer Frauen. So kam es, dass fast alle Männer auf den Schlachtfeldern gegen die Feinde kämpften. Der Vater des Knaben aber gehörte zu den ersten, die freiwillig mit dem Heer ausgezogen waren, denn er war sehr tapfer. Jeden Abend stellte die Frau ein Talglicht ins Fenster und sah hinaus. »Mutter, was machst du da?«, fragte der Knabe. Da antwortete die Mutter: »Ich zünde ein Licht an für den Vater, damit er besser den Weg zu uns nach Hause findet, wenn der Krieg vorbei ist.« Das Kind, das sich wohl des Vaters erinnerte, wie er ausgesehen hatte mit dem schwarzschimmernden Gewehr über der Schulter und dem goldglänzenden Patronengurt um den Leib, nickte eifrig und war's zufrieden. Da kam der Winter mit Sturm, Eis und Kälte. Das Gewicht der Schneemassen ließ nachts die Balken der kleinen Hütte ächzen, und am Tage stürzten die Vögel und die Eichhörnchen tot aus den Baumwipfeln und zerbarsten auf dem Erdboden in tausend Splitter wie Glas, so steifgefroren waren sie. Mutter und Sohn litten jämmerlichen Hunger, denn ihnen waren nur noch ein Säcklein mit Erbsen und eine vertrocknete Rübe geblieben. Das musste reichen bis zum Frühjahr. Oft seufzte die Mutter: »Ach Kind, wenn doch nur der Vater da wäre! Der würde uns schon Fleisch herbeischaffen, dass wir endlich einmal satt zu essen bekämen.« Schließlich waren auch diese Vorräte aufgezehrt, und die Frau dachte bei sich: »Wenn nicht bald ein Wunder geschieht, müssen wir beide Hungers sterben.« An diesem Abend brachte die Mutter ihren Sohn zu Bett und setzte wie üblich das Licht ins Fenster. Es war nur noch ein Stümpflein und flackerte kläglich, während draußen ein Schneesturm heulte und die Nachtluft erfüllt war von grellweißen Flocken, die um die Hütte schwirrten, als griffe sie ein Schwarm riesiger Bienen an. Auf einmal pochte es an die Tür und die Mutter frug: »Wer klopft da, so spät in der Nacht?« Da antwortete durch das Tosen des Windes eine Stimme: »Von der Front komm ich, jeden Feind schlacht ich, Tod und Blut hab ich gesehn, drum lasst mich nicht hier draußen stehn!« Erschrocken und zugleich voller Hoffnung riss die Frau die Tür auf. Mit einem Schwall Kälte und Eisflocken trat ein Soldat ein, der trug das Sturmgewehr über der Schulter, einen blutigen Verband um den Kopf, die Uniform hing ihm in Fetzen am Leib herab. Aber er war groß und stark, und seine Augen blitzten wie bläuliche Stahlkugeln.

Die Frau sah sofort, dass dies nicht ihr Mann war, und fragte den Fremden, was er wünsche. Da zog der Soldat ein Päcklein aus der Tasche und reichte es ihr. Sie wickelte es aus und fuhr zurück, denn darin lagen ein Ohr und ein Finger, die waren ganz blutig und steifgefroren von der Kälte. »Hier bring ich dir, was der Feind von deinem Mann übriggelassen hat, und Grüße soll ich sagen an dich und deinen Buben. Er gab sein Leben für das Vaterland.« Dann griff er nach dem Talglicht im Fenster, verschlang es mitsamt der Flamme, so dass nur noch das Herdfeuer die Hütte erleuchtete. Der Soldat setzte sich kauend an den Tisch und sprach: »Weib, schaff mir zu essen, mich hungert vom langen Wege und dem Kampf. Morgen ziehe ich zurück an die Front, denn meine Kameraden brauchen mich. Kämpfen wir noch drei Tage länger, so wird der Feind geschlagen sein.« Die Frau würgte ihren Schmerz herunter und sprach: »Ich kann dir nichts geben. Mein Sohn und ich leiden selbst Hunger. Wir haben keinen Bissen mehr im Hause, alles ist aufgezehrt.« Da lachte der Soldat und sprach: »So koch mir den Finger und das Ohr deines Mannes, damit ich etwas Warmes im Leibe habe, denn morgen muss ich wieder in die Schlacht.« Die arme Frau setzte ein Häflein mit Wasser auf, tat Salz und Essig daran, und kochte das Fleisch ihres Mannes. Der Soldat aß es, lutschte die Knöchlein und Knorpel ab, bis sie durchsichtig wurden wie Glas, warf sie zur Erde, dass sie wie Würfel klapperten, und sprach: »Weib, schaff mir mehr Fleisch, mich hungert gewaltig. Ich habe so viel von meinem Blut im Felde gelassen, dass ich noch lange nicht satt bin.« Weil sie sah, dass er keine Ruhe geben wollte, nahm die beherzte Frau ihr Küchenmesser, hieb sich selbst einen Finger und ein Ohr ab, kochte es für den Soldaten, und der aß alles auf. Danach trat er zu ihr an den Herd und sprach: »Weib, ich schwöre dir, mich hungert noch immer. Bekomme ich nicht noch mehr Fleisch, so muss ich sterben vor Schwäche und kann morgen nicht weiterkämpfen. Bedenke, dass ein Teil deines Mannes in mir lebt. Hättest du das Herz, ihn verhungern zu lassen?«

Da nahm die Frau all ihren Mut zusammen, ging in den Winkel hinter dem Herd, wo ihr Sohn schlief und weckte ihn. »Mein Kind, dein Vater hat sein Leben für das Vaterland gegeben. Bist du ebenso tapfer wie er?«, fragte sie. Der kleine Knabe saß im bloßen Hemde auf seinem Strohlager, sah seine Mutter mit großen Augen an und sprach: »Mutter, ich will gewiss ebenso tapfer sein wie mein Vater.« Da packte sie den Jungen um den Leib, dass er ächzte, küsste ihn und schnitt ihm rasch die Kehle durch, teilte ihn in Stücke, salzte das Fleisch mit ihren Tränen und briet es für den Soldaten. Der aß sich rundum satt, warf die weißgenagten Knochen hinter sich, dass sie lustig gegeneinanderschlugen wie die Trommelstöcke, bot dann der Frau ein Schenkelein und sprach: »Iß du auch, denn unser Land kann keine schwachen Weiber brauchen.« Da aßen sie beide, und später legten sie sich zusammen schlafen, während draußen der Schnee fiel und alles zudeckte, bis es ganz still war. Am nächsten Morgen zog der Soldat zurück ins Feld und kämpfte tapfer an der Seite seiner Kameraden, so dass der Feind schließlich nach drei Tagen geschlagen wurde, genau wie er es vorausgesagt hatte. Die Frau aber fühlte bald, dass sie in Hoffnung war. Als ihre Zeit gekommen war, gebar sie sieben starke Knaben, die einander wie ein Ei dem anderen glichen und alle dieselben Augen hatten: glänzend wie bläuliche Stahlkugeln. In wenigen Wochen wuchsen sie zu tapferen Männern heran, die ihrer Mutter viel Ehre und Freude machten. Es sollen in dem Lande damals noch viele solche Kinder geboren worden sein, und seitdem hat nie wieder ein Feind den Mut gehabt, sich diesen Soldaten in den Weg zu stellen.

◆

Ich hatte keine Kraft, mir auch nur einen einzigen Gedanken über das Gelesene zu machen. Das Einzige, was ich fühlte, waren schreckliche Magenschmerzen. Am liebsten wäre ich an Ort und Stelle in Tränen ausgebrochen. Langsam ging ich in Papas Arbeitshöhle. Ich wünschte mir mit aller Macht, ihn dort zu finden, leicht vorgebeugt auf seinem Platz, das weiße Hemd sorgsam hochgekrempelt bis zu den Ellbogen, einen Bleistift in der Hand. Er lächelte, so wie immer, wenn ich den kleinen Raum betrat und er sich auf seinem Bürostuhl schwungvoll umdrehte. Aber der Stuhl war leer. Vom Tisch aus sah mich der erloschene Bildschirm des Computers an. Ich riss die Schreibtischschubladen auf, warf vergilbte Zeitungsausschnitte, Postkarten und Briefbündel heraus, auf der Suche nach irgendetwas, das mir helfen konnte. In der untersten Schublade fand ich ein dünnes, grünes Buch. Auf seinem Rücken war ein zinnoberroter Doppelkopf mit einem lachenden und einem ärgerlich ausspuckenden Gesicht eingeprägt. Darunter stand in derselben Farbe: ›Ianua nova Editiones‹. Mein Mund wurde trocken wie Sandpapier. Auf dem vorderen Deckel sah ich den Umriss einer zerstörten Stadt, eingerahmt von zwei Schriftzeilen: »Gert De Ruit« murmelte ich halblaut. Das Buch war auf Deutsch, ich verstand kein Wort. Ohnehin wäre es schwierig gewesen, es zu lesen, denn von der ersten bis zur letzten Seite wimmelten die Ränder von Anmerkungen mit Bleistift und Kugelschreiber. An vielen Stellen steckten eng beschriebene Notizzettel, alle auf Spanisch. Ich riss ein paar Seiten ein, weil ich in meiner Aufregung so ungeschickt blätterte. Auf dem Deckblatt stand in holprigem Spanisch: ›Für Carmen, Gert De Ruits erste spanische Verehrerin, in der Hoffnung auf gute Zusammenarbeit, Eugen Bluthardt. Heidelberg, Mai 1991‹.

Weil meine Beine unter mir nachgaben, setzte ich mich auf Papas Stuhl und blätterte das Buch vorsichtig durch. Carmen hatte keine besonders ordentliche Schrift, ich konnte nur jedes zweite Wort entziffern, aber es schien sich um Übersetzungen zu handeln; so ähnlich hatte ich als Schülerin meine Englischvokabeln ins Lehrbuch gekritzelt. Das interessierte mich nicht. Trotzdem untersuchte ich jedes Zettelchen. In der Mitte des Buches lagen etwa zwanzig getippte Seiten, wieder auf Spanisch, noch eine Übersetzung. Ich hielt mich nicht damit auf. Erst ganz hinten wurde ich fündig. Ein handgeschriebener Brief. Er steckte in einem frankierten, nicht abgestempelten Umschlag. Ich erkannte die Schrift meines Vaters sofort. Sie war, wie er, ein wenig selbstverliebt und verschnörkelt, aber gut lesbar und schön anzusehen.

◆

Meine süße Carmen,
niemals hätte ich gedacht, einmal einen derartigen Brief schreiben zu müssen, ausgerechnet an Dich, mein Allerliebstes.

Blanca weiß von uns, sie will mit Ángel und Ana weggehen. Sie meint es ernst. Wenn Du in mich hineinsehen könntest, wäre da nur ein Häuflein Elend, nicht mehr der Oscar, den Du kennst. Ich muss Dir noch einmal sagen, wie sehr ich Dich liebe, wie unglücklich es mich macht, Dir wehzutun. Aber ich habe auch Verantwortung für meine beiden größten Schätze. Du und ich, wir sind erwachsen. Wir wussten, worauf wir uns einlassen. Diese zwei Kleinen sollen nicht ausbaden, was für ein Idiot ich bin. Du hast alles richtig gemacht.

Verzeih mir.

Deine wunderbare Übersetzung schicke ich Dir in den nächsten Tagen mit der Post. Ich habe Blanca versprochen, Dich nicht wiederzusehen. Mit jedem Atemzug fühle ich, dass mir diese Entscheidung jetzt und in Zukunft viel Schmerz bereiten wird, aber es ist an der Zeit, sich zu bekennen. Verzeih mir, mein Süßes.

Oscar

Jemand hatte den Brief zerknüllt, aber danach wieder glattgestrichen. An einigen Stellen konnte man die Worte nur erraten, da die Tinte verlaufen war. Ich las ihn mehrmals, dabei hörte ich die tiefe, ironische Stimme meines Vaters. Vom Wohnzimmertisch holte ich mir das Interview und studierte es noch einmal. Dann faltete ich alle Papiere sorgfältig zusammen und legte sie hinten in das Buch.

◆

Kaum hatte ich alles weggepackt, klingelte es an der Tür. Wenn das wieder Gilipollas war, würde ich sie in der Luft zerreißen! Durch den Spion erkannte ich Davids besorgtes Gesicht. Verdammt! Ich würde ihn wegschicken. Es gab nichts, was ich im Moment weniger brauchen konnte als Besuch. Stocksteif stand ich da, um mich nicht durch ein Geräusch zu verraten, aber er war hartnäckig und nahm den Finger einfach nicht von der Klingel. Dazu trat er mit voller Kraft gegen die Tür. »Anita, mach sofort auf! Ich weiß, dass du da bist! Vorhin hast du geschrieben, du würdest mit deinen Eltern und deinem Mann beim Kaffee sitzen. Los, mach auf! Ich muss dir etwas Wichtiges sagen!« Ich schloss die Augen und betete. Vielleicht würde Gott Gilipollas schicken, um David zu vertreiben. Aber es rührte sich nichts. Vermutlich war sie beim Einkaufen. David gab nicht auf, er warf sich gegen die Tür und klingelte ununterbrochen. »Ana María! Mach auf! Ich muss dich sehen!« Vielleicht war er betrunken? Es gab nichts, was ich im Augenblick weniger wollte, als mir erneut die Blanca-Verkleidung überzuziehen. Gestern hatte sie bei La Plaga versagt. Aber möglicherweise wirkte sie ja, wenn ich allein mit David war.

Ich riss die Tür auf und musterte ihn mit meinem strengsten Blanca-Gesicht. David hielt in der einen Hand einen dicken Briefumschlag, der mit braunem Packband zugeklebt war, in der anderen einen in Papier gewickelten Blumenstrauß. Kopfschüttelnd überreichte er mir beides. Er stand im Flur und starrte mich an. Dann ging er achselzuckend in die Küche.

Dort hockte er sich auf dem Fußboden und betrachtete Achilles. »Du hast gar nicht erzählt, dass du eine Schildkröte hast. M und P. María und Peter, stimmt's? Geschmack hat der Typ jedenfalls keinen.«

Ich sagte gar nichts. Was ich eben gelesen hatte, schmerzte wie eine alte Narbe, aber ich konnte es nicht richtig verstehen. Ich wollte allein sein, um nachzudenken. Für David konnte ich niemals Blanca sein. Auch wenn ich nicht mehr daran glaubte, versuchte ich es noch einmal. »David, du bist unhöflich. Kannst du nicht wie ein anständiger Mensch ›Guten Tag‹ sagen, wenn du eine fremde Wohnung betrittst?« sagte ich zickig. Er stand auf, musterte mich von oben bis unten, bis es mir unbehaglich wurde und ich verstohlen zu prüfen begann, ob etwas an mir nicht in Ordnung war. Doch ich konnte nichts entdecken. Fragend sah ich ihn an und zog die Augenbrauen in die Höhe, ganz so wie Blanca.

»Weißt du eigentlich, dass dir dieses Ding überhaupt nicht steht?«, sagte er. »Und dieser blöde, altbackene Dutt. Ich hab schon gestern gedacht, ich seh nicht recht. Will er es nicht, dass du Ana María bist? Verkleidest du dich für ihn?« Verächtlich zupfte er an meiner Frisur. Ich trat einen Schritt zurück. »Finger weg, Blödmann! Was fällt dir ein? Wenn du nur gekommen bist, um mich zu beleidigen, kannst du gleich wieder abhauen.«

David öffnete den Kühlschrank, sah hinein, verdrehte die Augen, nahm sich ein Glas, füllte es am Wasserhahn und trank hastig. »Kaffee mit Eltern und Ehemann, das seh ich. Wo sind deine Leute eigentlich? Irgendwas stimmt doch nicht.« Mir wurde schwindelig vor Aufregung, ich wusste nicht, was ich erwidern sollte. Die Wahrheit konnte ich ihm nicht sagen. Gleichzeitig wünschte ich mir nichts mehr als das. David war nicht so witzig und wortgewandt wie Juan Carlos, auf den ersten Blick wirkte er sogar etwas melancholisch. Er trank auch nie so viel wie wir anderen. Stattdessen engagierte er sich besonders stark bei den Protesten, las viel, schrieb einen Blog und war fest entschlossen, etwas zu verändern. Ich fand ihn ziemlich toll, wie er so wütend vor mir stand, mit blitzenden Augen und geballten Fäusten. Achilles hatte sich unter den Tisch verkrümelt. »Du hast Achilles erschreckt«, sagte ich vorwurfsvoll und schob schmollend die Unterlippe vor, weil ich hoffte, das könnte ihn zum Lachen bringen. Er grinste auch wirklich, aber dann trat er schnell auf mich zu und küsste mich. Richtig lange. Es war ein schöner Kuss, und ich dachte noch, ich hätte nicht diesen Lippenstift auftragen sollen, der klebte und nach verwelkten Blumen schmeckte. David schien das nicht zu stören. Er hielt mich ganz fest, ich küsste ihn wieder, und für einen Moment fühlte ich mich so wie am Vorabend auf der Puerta del Sol, glücklich, leicht und frei. Aber dann löste ich mich aus der Umarmung und trat einen Schritt zurück. »Das hat keinen Sinn. Ich bin verheiratet. Und ich werde in den nächsten Tagen das Land verlassen. Du musst verstehen, dass ich hier keine Zukunft habe.«

Ich habe David noch nie so wütend gesehen. Nicht einmal bei den Demos. Seine Augen leuchteten gelb wie bei einer Katze und er fauchte mich an: »Du hast das doch nur erfunden, weil du beleidigt warst, dass wir am Wochenende ohne dich zu diesem Haus gefahren sind. Ziemlich übler Scherz, wenn du meine Meinung hören willst. Aber es hatte zumindest ein Gutes. Ich weiß jetzt genau, was ich will. Ich will nicht, dass du weggehst! Ich will nicht, dass du einen alten deutschen Knacker heiratest und dein Leben verballerst. Das ist doch alles Blödsinn mit diesem Schriftsteller! Dein Bruder ist inzwischen auch von Deutschland kuriert. Willst du dir mal anhören, was unsere Kichererbse schreibt, Ángels Marisol? Vorhin hat sie das rumgeschickt.«

Er hielt mir sein Smartphone unter die Nase. Ich kniff die Augen zusammen und las:

> Bin so happy *(eine Reihe Smileys)*. Mein Süßer kommt zurück! Schon nächste Woche! Sein Job in Deutschland ist zu Ende. Er liebt mich noch! Freut euch alle mit uns!

Ich stand da und glotzte auf das Display. Das war ja unglaublich! Unter anderen Umständen hätte ich David bei den Händen gepackt und wäre mit ihm durch die Küche getanzt. Hätte meine Eltern gerufen. Wir wären auf der Stelle rausgegangen, um irgendwo zu feiern, und hätten währenddessen an alle Freunde geschrieben, dass unser Ángel wieder heimkommt. Mama und Papa! Draußen auf dem Vertiko.

Ich konnte nicht mehr. David musste verschwinden. Die Küchenuhr zeigte schon fast Mittag, und ich hatte heute meine Verabredung mit R. Dafür wollte ich vorbereitet sein. Ich bat ihn, zu gehen. David zuckte mit den Achseln, sagte aber nichts. Doch dann nahm er meine Hand und fing wieder an: »Ich will nicht, dass du weggehst. Bitte, bleib hier. Es genügt mir, zu wissen, dass du hier lebst, in der Calle de San Pedro oder sonstwo in Madrid. Ich sehe dich, wie du dasitzt, dein Haar aus der Stirn streichst und mit den Fingern verwirbelst, wie du langsam dein Kleid glattstreichst, wenn du aufstehst. Ich will deine Stimme hören, dein Lachen. Ab und zu deine Hand in meiner fühlen.« Ich konnte nichts sagen, weil ich spürte, dass ich kurz vor dem Heulen war, und drehte mich weg. David blieb noch eine Weile wortlos in der Küche stehen, aber irgendwann trollte er sich. Aus dem Flur rief er noch: »Vergiss nicht, deinem Vater den Umschlag zu geben. Er steckte in eurem Kasten, die Hälfte hing raus. Sieht irgendwie wichtig aus. Und stell die Blumen ins Wasser, sie sind für dich!« Er knallte die Tür hinter sich zu.

Ich wusste nicht mehr, was ich denken sollte. Gerne hätte ich ein Glas Wein zur Beruhigung getrunken, aber hier gab es keinen Tropfen mehr. Ángel kam zurück, und ich erfuhr es nicht als Erste! Aber was sollte ich ihm sagen? Sollte ich ihm mit dem entsetzlichen Märchen aus der Mappe kommen, mit Papa und Carmen, Mama und R.? Langsam wickelte ich Davids Strauß aus, es waren Freesien, gelbe und weiße. Sie rochen gut, ich schloss kurz die Augen, atmete ihren Duft ein. Dann stellte ich die Blumen in ein leeres Marmeladenglas, das auf der Spüle stand, und brache sie in mein Zimmer. Aber dort zu bleiben, ein wenig zu schlafen, war unmöglich. Ich tigerte durch die Wohnung, schaute ständig nach den Puppen, die schweigend im Flur thronten, als ginge sie das alles nichts an. Auf Mamas Handy war keine neue Nachricht. Bei mir hingegen zeigte sich La Plaga in Aufruhr. Wie konnte ich in Ruhe überlegen, wenn ständig Leute etwas von mir wollten, die nicht die geringste Ahnung von meinen Problemen hatten? Doch in dem ganzen Wust fand sich endlich auch eine Nachricht von Ángel. Ich musste sie übersehen haben:

> Anita Nanita, ich habe eine Überraschung für dich. Komme in den nächsten Tagen zurück nach Hause. Sag Mama und Papa noch nichts, sie regen sich nur auf. In meinem Kolmar-Garten wird es allmählich kalt und ungemütlich, hier regnet es seit Tagen, der Schuppen hat ein Loch im Dach, und der deutsche Wetterbericht sagt, der Sommer sei vorbei. Ha Zaw ist auch verschwunden, wahrscheinlich umgezogen. Ich bin mit der Übersetzung fertig und ganz zufrieden. Die Umbauarbeiten am Haus sind fast erledigt, das heißt, ich bin auch hier bald arbeitslos. Mir kommt es vor, als könnte ich durch die plötzliche Kälte auf einmal klarer denken. Vielleicht auch, weil ich endlich mein Projekt beendet habe. Anita, ich habe ziemlichen Mist gebaut. Keine Ahnung, wie mir das passieren konnte. Aber als ich hier ankam, war ich wohl extrem verwirrt. Ich bin nicht in Gertrud Kolmars Haus, nicht einmal an dem Ort, an dem sie gelebt hat: Finkenkrug bei Berlin. Aber ich bin in Brieskow-Finkenheerd gelandet. Fink heißt ein deutscher Vogel, ich habe das wohl durcheinandergebracht. Es fühlte sich alles so richtig an, der Garten, das Haus, die Arbeit dort. Meine

Zeit in Deutschland ist jedenfalls um, das spüre ich. Außerdem hat Marisol mich gestern angerufen, ein langes Gespräch. Weil wir uns noch immer lieben, werden wir es noch einmal miteinander versuchen. Ich ziehe bei ihr ein. Ganz schön mutig, oder? Melde dich mal, du bist echt eine faule Socke! Küss die Eltern und lass Dich drücken!!

Ich tippte schnell eine Antwort:

Ich freue mich so auf Dich!

Das war nicht einmal gelogen. Mit Ángel zusammen würde ich vielleicht das ganze Chaos in den Griff kriegen. Zugleich hatte ich Angst. Er würde die Sache mit Mama und Papa nie glauben. Ich selbst würde mir das alles nicht glauben. Diese Verwechslung, von der er geschrieben hatte, kam mir extrem banal vor im Vergleich zu meinen Erlebnissen. Der Fink, ein deutscher Vogel, pah! Und dass ein zerstreuter Typ wie mein Bruder im Ausland mal etwas durcheinanderbringt, was soll daran so aufregend sein? Jedenfalls war ich erleichtert, dass es ihm gutging.

Der Umschlag, den David mitgebracht hatte, lag noch auf dem Küchentisch. Ich betrachtete ihn genauer. David hatte Recht, er sah wichtig aus. Papas Name und Adresse waren mit rotem Marker geschrieben, rundherum wimmelte es von Vermerken wie ›PERSÖNLICH!‹. Beide Enden hatte jemand dick mit Packband verklebt, so als sei etwas Wertvolles darin. Dafür war die Adresse des Absenders stark verschmiert und kaum zu entziffern: C. Salamanca-Kowski, Alte Heerstr. 20, Altranft, Deutschland.

Mit Mamas Küchenmesser schlitzte ich den Umschlag auf.

Darin fand ich einen dicken Stapel beidseitig bedruckter Blätter in einer Klarsichthülle. Obenauf lag ein handgeschriebener Brief.

Bevor ich anfing zu lesen, holte ich meine Eltern vom Vertiko, setzte mich im Wohnzimmer auf das Sofa und nahm sie auf den Schoß.

◆

An
Oscar Martínez Gómez
Calle de San Pedro 26
Madrid

Altranft, im August 2012

Lieber Oscar,
wie erstaunlich schwer mir diese Anrede fällt, selbst nach all den Jahren! Dein Brief war eine große Überraschung für mich. Eigentlich wollte ich ihn ungelesen zerreißen. Deine Handschrift auf dem Umschlag hat mich davon abgehalten, diese schwarzen Kugelschreiberschleifen, tief ins Papier eingedrückt. Ich fuhr mit dem Finger darüber und zog ihn gleich wieder zurück, aus Furcht, mich zu verbrennen und erneut überwältigt zu werden. Aber lassen wir das.

Ehrlicherweise hast Du Dein Anliegen sofort vorgebracht, ohne Sentimentalitäten und Gedruckse. Dafür bin ich Dir dankbar.

Du bittest mich um Verzeihung dafür, wie Du damals gehandelt hast – Dein plötzliches Verschwinden aus meinem Leben, danach Dein Schweigen, Deine Weigerung, mich zu sehen und mir zu erklären, was Dich dazu gebracht hat, einfach für immer zu gehen. Das war entsetzlich für mich, genauso wie die Tatsache, dass Du mein Manuskript und das Buch, die Arbeit eines halben Jahres, ohne ein Wort oder eine Entschuldigung irgendwo in Madrid hast liegenlassen. Ich kann das bis heute nicht nachvollziehen.

Du schreibst, dies alles wäre nur geschehen, weil Du in diesen Tagen nichts anderes gewesen seist als »ein Feigling und ein Schuft«. Ich nehme Deine Entschuldigung an, frage Dich aber: Was bist Du heute? Natürlich glaube ich Dir. Wahrscheinlich hast Du das Buch damals tatsächlich verloren. Wem ist so etwas nicht schon passiert? Niemals konntest Du ermessen, wie wichtig es für mich war und dass sein Verlust neben unserer Trennung der Grund für meinen Zusammenbruch und meine Flucht nach Deutschland gewesen war.

Mein Hass auf alles Katholische hält mich davon ab, an Wunder zu glauben. Wie aber soll man erklären, dass ausgerechnet Du nach so langer Zeit bei mir anklopfst, um just nach jenem Schriftsteller zu fragen, dessen Buch ich damals übersetzt habe und das Dir verloren ging? Ich musste viel an unsere Zeit damals denken. Wir waren ein gutes Paar. Ich habe Dich sehr geliebt.

Du fragst nach dem 12. August 1996 und bittest mich, Dir doch endlich alles zu erzählen. Wem, wenn nicht Dir? Als Literaturkritiker weißt Du genau, wie viele andere aus Deiner Zunft schon bis vor meine märkische Sandhöhle gekrochen sind, um etwas über diesen Tag zu erfahren. Sie sind allesamt unverrichteter Dinge wieder abgezogen.

Um es vorwegzunehmen – ich werde Deine Frage beantworten. Du darfst meine Worte verwenden, zu einer sentimentalen Story aufblasen oder einen Roman darüber schreiben –, das bleibt allein Dir überlassen.

Was auch immer Du daraus machen möchtest, ich hoffe, dass Du dafür genügend Geld bekommst. Du kannst es sicher brauchen, nach allem, was Du mir über Deine Familie geschrieben hast. Es tut mir leid zu hören, wie Deine Kinder leben müssen. Ihr Schicksal entspricht in jeder Hinsicht den anderen Nachrichten von zu Hause. Ich muss gestehen, dass ich schon seit längerem versuche, dem neuen Unglück Spaniens zu entkommen, weil ich den Schmerz und meine eigene Hilflosigkeit nicht ertrage. Also lese ich kaum noch Zeitungen, bin mein eigener Zensor für Radio, Fernsehen, Internet und bewege mich, soweit das möglich ist, zwischen Büchern, Gartenarbeit und meinen wenigen deutschen Nachbarn. Was kann ich schon tun? Natürlich unterstütze ich meinen Bruder in Segovia. Im Gegensatz zu mir hat er eine Familie, Frau und Kinder, acht und elf Jahre alt. Sie haben ihre Wohnung an die Bank verloren, die war noch nicht einmal zur Hälfte abbezahlt. Jetzt wohnen sie bei einer Großtante meiner Schwägerin. Aber Schluss mit diesen traurigen Heimatgeschichten, Du selbst wirst genügend davon kennen.

Im folgenden Bericht fasse ich mich möglichst kurz. Ich breche damit ein Versprechen, aber ich habe dabei kein schlechtes Gewissen. Weil ich es für Dich und Deine Familie tue, die ich nicht kenne, mir aber gerne vorstelle. Ich male mir auch aus, wie Deine Augen immer größer werden, wie Deine Hände diese Seiten hier halten und vor Aufregung zittern. Dabei weiß ich nicht einmal, wie Du heute aussiehst. Bestimmt gibt es Bilder im Netz – Dich zu googeln, habe ich nicht gewagt, sehe also den Oscar von damals, so jung wie jener Bergmann aus Falun mit seinem schönen braunen Eisenvitriolgesicht. Sollte ich gelegentlich doch abschweifen, kannst du meine Einlassungen entweder überlesen oder als kleine Seitensprünge einer frei auf der Wortweide herumhoppelnden Übersetzerin verbuchen, die einmal im Leben nicht den Sätzen eines anderen folgt, sondern ihrem ureigenen Spanisch und ihrem konfusen Gedächtnis.

Der 12. August 1996 – Bericht für Oscar Martínez Gómez von Carmen Salamanca-Kowski

Der Freitag begann kühl, aber sonnig. Es hatte seit dem Wochenende ununterbrochen geregnet, auf den Straßen standen knöcheltiefe Lachen, Wege und Wiesen schwammen, und ich konnte den kalten Modergeruch des stark angeschwollenen Flusses riechen. In seiner gefährlichen Nähe stand unser Haus. Wir hatten es von Martins Eltern geerbt, die in den Sechzigern dort gebaut hatten; sein Vater war der Leiter einer örtlichen LPG gewesen. Beim Aufstehen hatte ich aus dem Schlafzimmerfenster auf die kleine, halbkreisförmige Bucht geschaut, die den Hauptlauf der Oder bei Glebien ausbeult. Dieses natürliche Becken stand kurz vor dem Überlaufen, und dahinter zog das braune Wasser des Stroms rascher als sonst dahin. Es trug Büsche, Baumstämme, den steifbeinigen Kadaver eines Schafs und einen Plastikstuhl vorbei, aber im kräftigen weißen Morgenlicht hatte seine gestrige Düsternis eine helle Milchkaffeefarbe angenommen, und im Radio hieß es, die Pegel fielen.

Ohne den Dauerregen wäre ich nicht so schnell mit meiner Arbeit fertig geworden, denn es gab keine Chance, vom Schreibtisch in den Garten zu entkommen. Ich hatte den Auftrag, De Ruits ›Hirschkirschen‹ ins Spanische zu übertragen und saß an der Endfassung.

Weil ich den schönen Tag draußen verbringen wollte, darfst Du Dir jetzt vorstellen, wie ich in Jeans und Gummistiefeln in die Sonne trat, um Stauden, Stangenbohnen und Sonnenblumen wieder aufzurichten, Fallobst zu sammeln und Wasser aus den Rosenblüten zu schütteln. Ein Nachbar nach dem anderen trat an meinen Zaun, fachsimpelte über die Wettersituation, versicherte mir, ein Hochwasser werde nicht kommen, sie wohnten jetzt schon so lange in Glebien und immer wäre der Kelch an ihnen vorübergegangen, manchmal allerdings knapp. Danach gingen sie ihrer Wege. Fast alle wollten ihre Vorräte auffüllen, nicht ohne zu betonen, sie wären gegen Abend wieder zurück, ich solle unbesorgt sein. Jeder in der Straße wusste, dass Martin manchmal tagelang verschwand – und auch an jenem Freitag stand sein Lieferwagen nicht am gewohnten Platz. Ich antwortete wie immer: »Er musste verreisen, wegen des Geschäfts«, und die anderen nickten dazu. Obwohl ich damals schon vier Jahre in Glebien lebte, blieb ich für die Leute hier ausschließlich »Martins Spanierin«, und sie kamen vorbei, um nach mir zu sehen wie nach einer herrenlosen Katze. Das tun meine jetzigen Nachbarn nicht.

Martin Kowski und ich hatten uns 1992 im Hof der Staatsbibliothek Unter den Linden kennengelernt. Wie die Pariser Bouquinisten am Seineufer versammelten sich damals dort die Antiquare mit ihren Ständen. Ich griff auf Martins Klapptisch voller Klassikerausgaben nach Fontanes ›Irrungen, Wirrungen‹. Bald nach unserer Heirat zogen wir in sein Elternhaus im Oderbruch. Sein Geschäft lief nicht besonders, er trank zu viel, und wir hatten, wie jedes Paar, das sich schlecht versteht, Wege gefunden, einander auszuweichen. Ich verkroch mich im Arbeitszimmer. Die Übersetzungen wurden immer wichtiger für unser Überleben. Martin stieg in sein Auto, um zu Haushaltsauflösungen zu fahren, in all die kleinen Städte und Dörfer rings um Berlin. Dort warteten in Martins Träumen die Inkunabeln und Schillerbriefe auf ihre Entdeckung. Ein einziges Mal war ihm ein derartiger Fund gelungen – ein Grimmelshausen in einer Scheune bei Mieszkowice. Seither suchte er systematisch, im wilden Glauben an sein Glück, gab Anzeigen auf, stöberte im Trödel – und fand nichts als billig zusammengeleimte Drucke und kilometerlange Reihen von Marx-Engels-Ausgaben.

Du hast meinen Mann nie getroffen. Im Augenblick ist es mir unmöglich, ihn zu beschreiben. Trotzdem steckt er in jedem meiner Gedanken, also auch in diesen Zeilen. Für Deinen Bericht, Oscar, genügt es, zu wissen, dass er nicht zu Hause war, ich an ihn dachte, aber auch froh war, ihn nicht sehen zu müssen – seine trüben Augen und hängenden Mundwinkel, den Geruch, der aus seinen Kleidern aufstieg, wenn er sie vor seiner Seite des Bettes zu einem Haufen zusammenschob, diesen Geruch nach auf Dachböden oder in Kellern gelagerten Büchern, den Geschmack seines Mundes, der sich verändert hatte. Er schmeckte wie ein versiegter Brunnen, auf dessen Grund eine Pfütze Korn, Brandy oder Bier stehengeblieben ist. Diese Art, sich bewusstlos zu trinken, lässt mich aus meiner dünnen deutschen Haut fahren. Sie besteht vor allem aus Sprache, und wenn ich Martin herumtorkeln sah, war ich nichts als eine altmodische Spanierin und voller Ekel.

Das Telefon unterbrach mich beim Abräumen des morastigen Erdbeerbeetes, schrillte über die fauligen Früchte hinweg, über die Amseln, die mir beim Regenwurmziehen immer näher kamen und mich in ihrer Gier kaum beachteten. Martin war schon seit drei Tagen fort, und ich hatte nichts von ihm gehört. Mit erdigen Stiefeln rannte ich ins Haus.

Am Telefon war Eugen. Ich erkannte ihn zuerst nicht, weil er keuchte und sein Dialekt viel stärker war als bei unseren gelegentlichen Treffen auf der Buchmesse: »Er kommt, er isch glei bei dir!« Ich muss etwas ungehalten nachgefragt haben, wer da eigentlich am Apparat sei, denn aus dem Hörer kam Gebrüll: »I ben's, dr Bluthardt!«

Der Bluthardt ruft mich so gut wie nie an. Er war völlig außer sich. Ich musste ihn mehrmals unterbrechen und bitten, etwas langsamer zu sprechen. Zu einer Antwort auf seinen Ausbruch, der etwa fünf Minuten dauerte, kam ich nicht, denn er legte auf, sobald er fertig war. Ich hatte keine Chance, auch nur ein Wort zu meiner Verteidigung anzubringen, und erinnere mich noch gut, dass ich nach dem Ende des Gesprächs eine Zeitlang sprachlos dastand, während der getrocknete Lehm von meinen Händen bröckelte. Du verzeihst meine Unfähigkeit, seinen Tonfall wirklich zu treffen, aber in etwa hatte der Bluthardt Folgendes gesagt: »Er kommt zu dir, Kruzifix, jetzt hör doch richtig zu, du dämliches Weib! Die spanische Fliege, die besucht er persönlich, nicht seinen Verleger, nein! Brauchst nicht nach Luft zu schnappen, du hast schon richtig verstanden. Das ist der Dank für all die Jahre, die ich ihn durchgefüttert habe! Jahre, ach was, fast ein Jahrzehnt! Immer Remittenden, keine Lesungen, weil der Herr sich ja öffentlich nicht zeigen wollte, nicht eine einzige Auflage abverkauft. Nur aus Gutmütigkeit hab ich ihn weiter durchgeschleppt! Nein, das stimmt nicht. Aus meinem Glauben an sein Talent, aus tiefstem, innigstem Glauben heraus! Da war eine Kraft in dem Zeug, die hab ich vom ersten Moment an gespürt. Ich bin einen harten, steinigen Weg mit ihm gegangen, das kann ich dir sagen. ›The world's most envied editor‹ haben sie mich in der New York Times genannt. Und was macht er, dieses Riesenarschloch? Ruft an und fragt mich nach deiner Adresse. ›Ich will endlich diese Spanierin sehen. Es erscheint mir richtig.‹ Und als ich zaghaft einzuwerfen wagte, es wäre schön, wenn ich ihn auch einmal zu Gesicht bekäme, schließlich schulde er mir etwas, weißt du, was er da gesagt hat? ›Eugen, unsere Zeit ist noch nicht gekommen.‹ Und hängt auf, hängt einfach auf!

Es ist nicht zu fassen, immer hat er sich entzogen, nach dem Tanz verschwunden wie ein prüdes Aschenputtel! Telefonieren hab ich dürfen, in öffentliche Telefonzellen irgendwo in der Pampa, nach Madrid, Kastilien, was weiß ich! Postlagernd Briefe schreiben, warten wie bestellt und nicht abgeholt. Aber jetzt will er nicht mich treffen, sondern eine abgehalfterte Carmen aus der ostdeutschen Provinz!

Mich juckt es in den Fingern, die Meute anzurufen! Das Fernsehen! Ihn auszuliefern, wie ein Karnickel in der Falle. Aber man ist ja ein anständiger Kerl. Der Bluthardt, der macht so was nicht. Hat Ehre im Leib. Was man von dir vermutlich nicht behaupten kann! Er hat eine Schwäche für dich, weil du ihm damals, nach deiner Misere mit den ›Zwölf Ruinen‹ einen Jammerbrief aus dem Krankenhaus geschrieben hast. Foto inklusive! Geschmackloser geht es wohl nicht. Und ich Esel leite ihm das Zeug auch noch weiter! Er schrieb mir sofort zurück, du hast ihn schwer beeindruckt. Raffiniertes Luder! Blutzoll habest du gezahlt, mehr als jeder andere für ihn getan! Dass ich nicht lache! Der hat doch keine Ahnung, was ich alles für ihn geopfert habe!

Ja, soll ich mir vielleicht den Sack abschneiden und ihn im Geschenkkorb verschicken? An sein heiliges Postfach? Darf ich dann mit ihm Kaffee trinken? Oder gleich mein Herz, das kann er dann im Einmachglas aufheben wie der Holländer Michel, der Herr Schriftsteller!

Aber eins sag ich dir, wenn euer Schäferstündchen vorbei ist, dann hetze ich dir jeden Journalisten der Welt auf den Hals. Und du wirst ihnen alles sagen, was sie wissen wollen. Ich organisiere eine Pressekonferenz, da hast du dann gefälligst anzutanzen. De Ruit steigt vom Himmel herab und erscheint seiner Übersetzerin. Irgendwas muss ich ja auch davon haben.

›Also, sieh dich vor, er kommt heute zu dir. Knips ihn, wenn du kannst. Er soll dich ficken, bis du aus der Nase blutest!«

Sein hastiges Luftholen, fast Japsen, die Gewalt, mit der er sich Atem verschaffte, um noch heftiger weiterschimpfen zu können, ebenso das harte Knöchelklopfen auf der Tischplatte am anderen Ende der Leitung, von dem seine Wutrede begleitet wurde, brachte mir Eugen Bluthardt lebendig vor Augen. Dies wird nun wahrhaftig eine Abschweifung, aber wenigstens die schulde ich ihm. Im Nachhinein bin ich seiner Meinung: Besser wäre es gewesen, er und nicht ich hätte diesen Besuch erhalten.

Es gibt viele Fotos von Eugen Bluthardt, aber die meisten zeigen ihn Jahre nach De Ruits Durchbruch, als er schon längst in einer Gründerzeitvilla auf dem Stuttgarter Killesberg residierte und teure, etwas zu knapp sitzende italienische Anzüge trug.

Der Bluthardt von damals war barfuß und braungebrannt, trug die Haare lang, dazu Jeans und eine indische Baumwolltunika, beides abgewetzt und nicht ganz sauber. So hatte ich ihn 1991 auf einer Party in Heidelberg kennengelernt. Du erinnerst Dich bestimmt, ich war ein Semester zum Studieren in dieser kitschigen Stadt. Weißt Du noch, Du hattest keine Zeit und Lust, mich dort zu besuchen, es gäbe zu viel Arbeit in der Redaktion, deine Kinder seien so klein … Bluthardt schenkte mir aus dem blauen Dunst heraus ein Buch, das er gerade herausgebracht hatte: die Erzählungen eines unbekannten Deutschen, in denen häufig Spanien vorkomme. Du weißt, wie begeistert ich davon war. Es war seine Idee, mich übersetzen zu lassen. Erinnerst Du Dich, wie Du Dich nach meiner Rückkehr beschwert hast, dass ich nur noch arbeiten und herumtelefonieren würde und keine Minute mehr für Dich übrig hätte? Trotz oder vielleicht gerade wegen meines jugendlichen Überschwangs schaffte ich es, natürlich mit Bluthardts Rückendeckung, dass der Abedul Verlag mir die Übersetzung anvertraute. Für einen Hungerlohn. Ich war so stolz und so jung. Nun ja, der Rest ist unsere Geschichte.

Wenn ich an das Teppichmesser zurückdenke, weiß ich nur noch, wie erleichtert ich war, dass es so gut in meine Hand passte, ein Werkzeug, praktisch, griffig mit diesen kleinen Rillen an der Seite und dem zarten Knirschen, das es von sich gibt, wenn man die viereckige Klinge herausschiebt. Meine Eltern hatten im Wohnzimmer neuen Teppichboden verlegen lassen, der Bauboom herrschte, alles glänzte vor Optimismus. In der Wohnung roch es stark und betäubend nach Klebstoff und den Zigaretten der Handwerker. Niemand war zu Hause, was mich erstaunte und erleichterte. Im Flur lagen eine übriggebliebene Teppichrolle, ein Meterstab und neben ihm das Messer, nach dem ich mich bückte, während in meinem Kopf wieder und wieder das Freizeichen Deines Telefons nachhallte, dazu die leisen Stimmen hinter Deiner verschlossenen Wohnungstür und über alldem, hell und hoch wie eine Violine über den Wogen des Orchesters, die schneidende Stimme der Lektorin Rosita, als sie sagte: »Verloren? Das Manuskript? Das ist ein Scherz, oder?«

Den Auftrag für ›Zwölf Ruinen‹ – der spanische Titel ist ›Kastilisches Kreuzworträtsel‹ – erhielt ein erfahrener Übersetzer, Esteban Piro, der in Hannover lebt. Er hatte vier Wochen Zeit. Ich schrieb De Ruit aus der Klinik, erhielt aber nie eine Antwort. Stattdessen bekam ich einige Monate nach meiner Rückkehr aus dem Krankenhaus einen Anruf von Rosita, die ich erst gar nicht erkannte, so leise und zurückhaltend klang sie. Sie bat darum, »mich des nächsten Romans von De Ruit anzunehmen«, dies sei der ausdrückliche Wunsch des Autors, dessen erstes Buch ja so unbeschreiblich erfolgreich geworden sei. Man beschäftige mich gerne weiter. Ich war zunächst sprachlos, deshalb antwortete ich nicht sofort, so dass

Rosita mir atemlos ins Ohr flüsterte, im Büro des Verlagsleiters hänge ein Teppichmesser unter Glas an der Wand, begleitet von einem kurzen Schreiben Gert De Ruits: ›Meine sehr verehrten Damen und Herren, bitte beschäftigen Sie Frau Carmen Salamanca wieder als Übersetzerin meiner Werke ins Spanische, damit ich keinen Gebrauch von beiliegendem Werkzeug machen muss. Hochachtungsvoll‹. Außerdem seien mehrere Mitarbeiter, unter anderem auch sie, mit merkwürdigen Botschaften bedroht worden. Auch sie habe ein Päckchen mit furchteinflößendem Inhalt erhalten. Davon wolle sie lieber nicht sprechen, es mache ihr zu viel Angst.

Ein paar Wochen später zog ich nach Berlin, um mein Deutschstudium fortzusetzen. Meine Eltern brachten mich zum Flughafen. An einem Kiosk in Barajas kaufte ich mir die wichtigste argentinische Zeitung, ›Clarín‹. Das Titelbild zeigte den Schattenriss eines eleganten Mannes mit steifem Hut und Trenchcoat vor der Silhouette einer zerbombten Großstadt. In der rechten Hand hielt er eine Maschinenpistole, in der linken einen Stift. Die rote Unterschrift fragte: ›Deutschlands dunkelster Chronist – wer ist Gert De Ruit?‹

Kurze Zeit später rief Eugen Bluthardt an und lud mich nach Stuttgart in den Verlag ein. »Wenn du all seine Sachen übersetzen sollst, musst du mehr über diesen Mann wissen. Außer mir gibt es keinen, der dir dabei helfen kann.«

So stand der Bluthardt in seinem Hippie-Outfit am Stuttgarter Hauptbahnhof und nahm mir mit einem besorgten Blick auf meine immer noch verbundenen Handgelenke die Reisetasche ab.

Die ›Ianua Nova Editiones‹ lagen nicht sonderlich zentral. Eine Straßenbahn brachte uns durch die hässlichen Vororte der Landeshauptstadt. Wir fuhren bis zur Endstation: Hedelfingen. Ich erinnere mich nur deshalb daran, weil Bluthardt über die Zerstörung dieses Weingärtnerdorfes durch Spielcasinos, Imbissbuden und eine riesige Schnellstraße lamentierte. Der Bus fuhr in Richtung Hafen, querte eine Brücke, unter der still und brackig ein breiter Wasserlauf stand: der Neckar, gezwängt in Becken und Kanäle, umringt von Kränen, Containerstapeln, Altmetall- und Autoschrottbergen. Von weitem sahen diese Abfallmassen aus wie Unmengen ineinander verhakter, rostiger Büroklammern.

An der Haltestelle ›Ostkai‹ stiegen wir aus. Schweigend liefen wir am Rand einer geteerten Fahrbahn entlang. Ab und zu donnerte ein Lastwagen vorbei. Der Weg endete plötzlich vor einer krautigen Landzunge, die in den breiter werdenden Fluss hineinragte. Ein schmaler Pfad führte bis zum Ufer hinab.

Das schöne Schiff lag fest und flach im dunklen Uferwasser, ein Frachter mit rostbraunem Ladedeck, der Sand, Kies und Kohle, vielleicht auch Salz den Neckar hinauf- und hinuntergefahren hatte, bis der Bluthardt den Ausrangierten gekauft und in ein Hausboot hatte umbauen lassen. Am Bug war in zinnoberroten Lettern die Aufschrift ›Ianua Nova Editiones‹ zu lesen, daneben das Doppelgesicht.

Wir saßen auf dem Vorderdeck unter einem Sonnenschirm, hörten das Grollen der am rechten Ufer vorbeiführenden Schnellstraße, das Gurgeln und Rülpsen des Wassers, Hummelgebrumm in den aus alten Senfeimern wuchernden Rosmarin- und Basilikumbüschen. Eugen servierte Kaffee und Hefezopf. Auf den Zuckertütchen war der Doppelkopf aufgedruckt.

Der Bluthardt schob mir einen Plastikstuhl in die Kniekehlen. »De Ruit hat nie hier gesessen, das brauchst du nicht zu glauben. Dabei kenne ich ihn schon ewig.« Aus einem Pappkarton fischte er Briefe, Postkarten, eine stockfleckige Zeitschrift, das Cover mit der Grafik eines griechischen Säulenbogens verziert. »Das ist der Ort unserer ersten Begegnung. ›Das Goldene Tor‹. Monatsschrift für Literatur und Kunst 1947. Herausgeber Alfred Döblin. Zwischen Brecht und Ernst Kreuder stehen drei Gedichte von Gert De Ruit.

Meine Eltern besaßen eine Apotheke in Esslingen. Es war klar, dass ich Pharmazie studierte. Aber ich hatte schon damals andere Pläne. Las mich durch die Epochen, hatte einen richtigen Arbeitsplan aufgestellt, eingeteilt nach Autoren und Ländern. Meistens verproviantierte ich mich in Antiquariaten, da gab es mehr fürs Geld. Oft kaufte ich alte Literaturzeitschriften. Ich weiß es noch wie heute, ich saß im Zug nach Tübingen, Winter 1976, die Heizung war ausgefallen, Hundekälte. Ich blätterte die Seiten mit Handschuhen um und stieß auf diese drei Gedichte. ›Mantis religiosa‹, ›Nonne im Schnee‹, ›Innenbrand‹. Von Gert De Ruit. Es waren Balladen, als Form nicht ungefährlich. Aber dieser Mensch hatte sie in den Veitstanz versetzt. Wildes, obszönes Zeug, gewalttätig, erfüllt von bitterster Anklage gegen die Vätergeneration. Einmal wird beschrieben, wie deutsche Soldaten ukrainische Säuglinge erschießen und wie Leute massenweise mit Autoabgasen erstickt werden. Dabei reimte er wie andere atmen und holte das Letzte aus der Sprache heraus, verspielt, kunstvoll, teilweise wunderschön.

Ich begann, nach dem Autor zu suchen. Im ›Goldenen Tor‹ war nur das Geburtsdatum angegeben: 1930, nichts weiter. In der Universitätsbibliothek Tübingen stieß ich schließlich auf einen Roman, ›Rattenschlaf‹, herausgegeben im Selbstverlag im Jahr 1954. Auch der war großartig. Ich hatte nie zuvor etwas Derartiges gelesen, dabei war ich Schmidtianer, in der Nachfolge Arnos natürlich, nicht in der des pseudokatholischen Schlachthaustheoretikers. Ich kannte Thelen, Benn,

Koeppen, den frühen Grass, aber das hier – alle waren sie Waisenknaben gegen diesen jungen Typen, der möglicherweise gar nicht mehr lebte.

Nach langer Sucherei stellte ich fest, dass De Ruit bis 1953 in verschiedenen Literaturzeitschriften veröffentlich hatte, dann aber plötzlich verstummte, als sei ein Faden durchgerissen.«

Bluthardt schwadronierte weiter, er sprach über das Ende seines Studiums, wie er schließlich Apotheker wurde und dabei nie die alten Pläne aufgab, einen Verlag zu gründen, über die Idee, Literatur und Naturwissenschaft zusammenzuführen. Das Programm der ›Ianua Nova Editiones‹ ist in der Tat ziemlich beachtlich. Es gibt dort alles, was in Physik, Chemie und Anthropologie Rang und Namen hat, Essays von Stephen Hawking und Richard Feynman bis Gale Boetticher.

Doch was die schöne Literatur anlangte, blieb er als Verleger bei klassischen Kriminalromanen, die hätten auch seine Kasse gefüllt, neben der Apotheke. Er sagte, nie wieder sei ihm etwas in die Finger gekommen, das ähnliche Sprengkraft gehabt habe wie dieser De Ruit.

Durch Zufall fand er Mitte der Achtziger in einem Roman von Paul Bowles eine neue Spur. Es war ›The Sheltering Sky‹, die Erstausgabe von 1949. Mit glänzenden Augen holte er ein sorgfältig in Seidenpapier eingeschlagenes Buch hervor, zeigte mir die Widmung: »Tanger, Summer 1951. Tenderly to G. De Ruit, my German Angsthase«. Ich riss die Augen auf, und Eugen Bluthardt grinste triumphierend, bevor er mit seiner Geschichte fortfuhr. »Voller Skrupel schrieb ich nach Tanger und bekam recht schnell eine spöttische Antwort: ›I wonder how much time these so called efficient Germans needed to take a slight interest in one of their true geniuses.‹ Bowles erklärte darin, der Deutsche sei irgendwann Anfang der Fünfziger bei ihm aufgetaucht ›like a skinny Sebastian Flyte‹ und ein paar

Monate geblieben, völlig verstört von seiner Zeit in der Fremdenlegion. Er habe den ganzen Tag wie ein Wahnsinniger geschrieben, das meiste aber am Abend wieder vernichtet. ›You will never find him if he's not willing to because he's completely mad and a far better writer than most of the hacks I've met during my lifetime.‹ Er gab mir die Nummer eines Postfachs in Madrid, und ich versuchte mein Glück.

Tatsächlich erhielt ich zwei Wochen später eine Ansichtskarte.

Gert De Ruit ließ mich wissen, er könne mich niemals treffen, aber wenn ich mich darauf einließe, ausschließlich Briefe zu schreiben oder zu telefonieren, wäre eine Zusammenarbeit möglich.«

Die nächste Stunde an Deck verging mit dem Durchwühlen von penibel beschriebenen Postkarten. Bluthardt las laut vor.

»Ich rufe morgen um fünf Uhr früh an, sei daheim.«

»In genau einer Woche Flughafen Echterdingen, Ankunftshalle, Flug 2010 aus Madrid. Warte auf Hector Venceremos, er bringt dir meine Entwürfe.«

»Brauche dringend Vorschuss, hinterlege einen angemessenen Betrag in kleinen Scheinen beim Brunnenwirt neben der Leonhardskirche. Kennwort Mutabor.«

Dann zeigte der Verleger mir Manila-Umschläge, darin die eng getippten Manuskripte, Tintenkorrekturen am Rand. Obenauf lag das Foto einer blasshäutigen platinblonden Frau mit fingerbreitem schwarzen Haaransatz und leuchtenden Zähnen zwischen den dunkelroten Lippen. Auf der Rückseite eine Erläuterung: »Nina, steht täglich Ecke Olga-/Wagnerstraße, trägt Schnürstiefel. Gib ihr mein Honorar, zuzüglich Botenbrot für das gute Kind. Losung: Ich bin kein Geizhals. PS: Sie bläst wie Äolus, probier's aus.«

»Er kannte meine Stadt, das war zu merken, denn er schickte mich darin herum, aber ebenso in Heilbronn, Esslingen und Tübingen. Wo er tatsächlich herkam, verriet er nicht, und am Telefon konnte er den Dialekt der Älbler genauso gut nachäffen wie den der Schwarzwälder oder das Bodensee-Alemannisch.

So kam das erste Buch zustande, ›Martin Malterers Ende‹, ein wunderbarer Roman. Danach machten wir einen Erzählband, ›Zwölf Ruinen‹, und zum Schluss das ›Rotspanische Gebiet‹.

Natürlich habe ich versucht, ihm ein Schnippchen zu schlagen, trieb mich oft Stunden vorher am verabredeten Ort herum. Ich habe ihn nie zu Gesicht bekommen. Er ist ein raffinierter Hund, seine Zuträger hat er wahrscheinlich schon Wochen vorher beliefert. Wenn ich nach ihm fragte, hieß es immer, lang, dünn und mit Sonnenbrille, schwätze wie einer von hier. Wenn er Spanier schickte, lobten sie seine Ausdrucksweise. Er sei höflich und sehr großzügig.

Ein paar Mal wollte ich ihn aufgeben. Das Affentheater ging mir einfach zu weit. Und es kam ja kaum was rum. Alles lief einigermaßen, nur die größte Diva, den De Ruit, den wollte keiner haben. Kaum dass er mal rezensiert wurde. Dabei produzierte er wie ein Wahnsinniger. Was uns jetzt zugutekommt. Wir können aus allen Rohren feuern. Sie fahren total auf ihn ab. Sieh mal, das Neueste.« Er nestelte einen Ausschnitt mit der unverkennbaren Typografie einer großen deutschen Tageszeitung aus dem Papierberg hervor. »Von vorgestern«, murmelte er und bemühte sich, bescheiden dreinzusehen. Die Überschrift lautete: ›Sie sind ein Arschloch – Gert De Ruits Verleger Eugen Bluthardt‹

X: Herr Bluthardt, sind Sie glücklich?

BLUTHARDT: Ich habe an diesen Schriftsteller geglaubt, seit

ich in den Siebzigern seine Gedichte und den Roman ›Rattenschlaf‹ gelesen hatte. Jetzt reiben sich alle die Augen – wie konnten wir den übersehen? –, aber erst mit den ›Zwölf Ruinen‹, mit dem Umweg über eine andere Sprache, hat es funktioniert. Erst wurden die Spanier wach, dann ganz Lateinamerika, ja und jetzt geht es richtig los, er hat sie alle im Sack. Und Sie fragen, ob ich glücklich bin! *(lacht laut, schlägt sich auf die Schenkel)*

X: Wo befindet sich De Ruit im Augenblick?

BL.: Ich glaube, dass er schon lange in Spanien lebt, denn er streut oft spanische Wörter ein. Ich kann aber dazu nicht mehr sagen.

X: Haben Sie etwa Angst vor Ihrem wichtigsten Autor?

BL.: Ja, natürlich.

X: Warum? Weil er sich einen anderen Verlag suchen könnte?

BL.: De Ruit käme nach Stuttgart, um mich umzubringen, wenn ich noch mehr verrate.

X: Sie scherzen!

BL.: Nein, damit scherzt man nicht. Das glauben Sie, weil Sie es bisher nur mit Papiertigern zu tun gehabt haben. De Ruit ist anders. Sie haben ja noch nie mit ihm gesprochen.

X: Ja, leider. Sie selbst haben mir seine zahlreichen Absagen übermittelt. Er hat Ihnen tatsächlich angedroht, Sie zu töten?

BL.: Ja. Er hat mir auch genau beschrieben, wie er es machen wird.

X: Nämlich?

BL.: Darüber kann ich nicht sprechen.

X: Darf ich ehrlich sein? Ich glaube, dass Sie und Ihr Autor, den ich übrigens auch für genial halte, sich ins Fäustchen lachen. Ihr gemeinsamer Coup funktioniert ausgezeichnet. Allein dieses Poem ›Liste meiner Opfer‹, das nahelegt, wir hätten es mit einem hochbegabten Mörder zu tun! Und dann noch die Sache mit der Fremdenlegion. Das ist zu gut, um wahr zu sein, Herr Bluthardt!

BL.: Sie sind ein Arschloch und haben keine Ahnung. Aber ich kann Ihnen gar nicht böse sein. Sie sind genauso naiv, wie ich es war. Wenn Sie nur ein Telefonat mit ihm geführt hätten, wüssten Sie, was ich meine. Es ist so, wie man sich einen Pakt mit dem Teufel vorstellt: lebensgefährlich halt.

X: Sie wollen mir sagen, Sie hätten De Ruit Ihre Seele verkauft?

BL.: In gewisser Weise tut das jeder Verleger. Ich habe mich auf ihn eingelassen, als niemand an ihn geglaubt hat. Jetzt erkennt die Welt, mit wem sie es zu tun hat. Ich verdiene ausgezeichnet an ihm. Aber ich werde immer in der Angst leben, etwas Falsches zu sagen. Es gibt kein Blättchen Korrespondenz zwischen uns, ich muss alles verbrennen. Nur die Texte bleiben. Wenn er herausbekäme, dass ich etwas verhökern würde, dann ... *(macht die Halsabschneidergeste)* Aber genug davon. Bis die Tage, hab noch zu tun. *(steht auf, trinkt im Stehen sein Bier aus, geht langsam weg)*

Ich gab ihm die Zeitung mit hochgezogenen Augenbrauen zurück. Eugen Bluthardt lachte leise und kehlig. »Man darf denen nie die ganze Wahrheit sagen. Aber unheimlich ist er schon, der Gert. ›Liste meiner Opfer‹! Im Grunde glaube ich ihm kein Wort. Und jetzt lass uns anstoßen, auf mich und dich. Weil mir der Umweg über das Spanische eingefallen ist. Here's to your Spanish eyes.«

Als die Sonne über dem Fluss unterging, der durch das rosaviolette Licht noch öliger und künstlicher aussah, rückte Bluthardt an mich heran, mit einer schönen selbstgebauten Tüte. Ich habe nicht mit ihm geschlafen, obwohl das in der Luft lag. Vielleicht war er deshalb so sauer am Telefon.

Das war die Geschichte vom Bluthardt; ich kehre zurück

zum 12. August 96 und dem Augenblick, als er auflegte und mich in Glebien im Wohnzimmer stehenließ.

Natürlich war ich verletzt, auch verwirrt, aber trotzdem lief ich nach oben ins Schlafzimmer, um mich für diesen unverhofften Besuch umzuziehen. Als ich meine Kleider durchsah, merkte ich, wie meine Hände zitterten, und ich setzte mich auf das Bett, schloss die Augen, hörte durch das gekippte Fenster Möwen schreien, den eigenen Atem, mein Herz, das aufgeregt klopfte. Die Wut des Verlegers hatte mich getroffen, aber mein Stolz überwog. Ich fühlte mich belohnt und verstanden.

So wählte ich ein grünes Kunstseidenkleid mit weitem Rock, das ich vor einiger Zeit bei einem polnischen Händler auf dem Wochenmarkt erstanden hatte, weil es mich an eine Figur aus einer Erzählung De Ruits erinnerte – Inez, eine junge, unbedarfte Frau aus einem Madrider Vorort, die sich während des Bürgerkriegs in einen deutschen Spion verliebt, seine Nationalität nicht erahnt und sich von ihm bei jedem Treffen neue sagenhafte, immer in sanft dosierte Pornografie abgleitende Geschichten über seine erfundene Heimat, eine geheime Kolonie auf einer Insel im Mare Balticum, bewohnt von einer nordischen Superrasse, erzählen lässt, bevor er ihr das billige Sommerfähnchen von den Schultern streift und sie über die Aktivitäten ihrer republiktreuen Brüder aushorcht.

Es ehrte mich, von diesem großen Unbekannten aufgesucht zu werden, schmeichelte ungeheuer, statt des treuen Verlegers erwählt worden zu sein. War ich nicht auch Künstlerin, schrieb ich nicht in meiner Sprache sein ganzes Werk neu? War ich ihm nicht viel näher als Eugen Bluthardt, der nur Geld und gute Worte zu bieten hatte? Verschämt genoss ich meine Rache am Verleger an sich, auch wenn Bluthardt mich nie schlecht bezahlt und in winzigen Buchstaben unter den Buchtitel verbannt hatte.

Das Nächste, woran ich mich erinnere, ist das überscharfe Bild meiner Selbst, wie ich einen überschwemmten Feldweg entlangradele. Mit meinem alten Rad balanciere ich am Wegesrand, wo das Wasser nicht so hoch stand – knöchelhohe gelbbraune Pfützen.

Ich hielt mich gut, trotz des hellgrünen Kleides, der schwarzen Gummistiefel an den nackten Füßen. Am Lenker hing ein Einkaufsnetz, mein Haar war zu einem Pferdeschwanz gebunden, und ich rauschte an der Weggabelung durch eine riesige Pfütze, während die Nässe rechts und links von mir hochbrandete, ein Schauer von in der Sonne funkelnden Tropfen, die auf meinen Wangen zerplatzten, auf meinem Haar, auf dem Kleid, auf dem dünnen, gestreiften Papier der Bäckertüte, das grau und durchlässig wurde und die Butterstreusel der Kuchenquadrate gelb hervorleuchten ließ.

Die beiden kamen mir auf meinem Gartenweg entgegen. Zuerst sah ich nur den Hund, der kläffend auf mich zuschoss, um mit gesträubtem Fell vor mir stehen zu bleiben und ununterbrochen zu bellen, so dass ich nicht wagte, einen weiteren Schritt zu tun. Es war ein großer schwarzer Spitz, dessen dreieckiges Fuchsgesicht von einem prächtigen Pelzkragen eingerahmt wurde. Seine bläulichbraunen Augen, die schmale hellrote Zunge, die speichelschimmernden Reißzähne, die hochgestellten Ohren leuchteten im Mittagslicht, während ich langsam in die Sträucher zurückwich, in den Händen die Tüte mit Streuselkuchen. Der Hund hielt sich so dicht vor mir, dass ich sein Fell riechen konnte.

»Still, Stromian, still!« Das Tier gehorchte augenblicklich. Ohne den Kopf zu wenden, verstummte es, ließ von mir ab und drehte sich zu seinem Herrn um, der mit langen Schritten über die Wiese lief. Er kam mir vor wie ein großes Insekt: lange Gliedmaßen, ein hochgewachsener hagerer Körper, schnelle, zielsichere Bewegungen, aber besonders die überdimensionierte Brille mit dunkelgrünen Gläsern. Er trug eng anliegende Lederhosen, ein graues Baumwollhemd und schwere Stiefel, die gut in ein Bergwerk gepasst hätten. Als er vor mir stand, machte er ein schnalzendes Geräusch mit der Zunge, worauf der Spitz sofort aufstand, zu ihm hintrottete und die Schnauze auf die schmutzigen Schuhspitzen des Mannes legte.

Jetzt nahm er die Sonnenbrille ab, deren breite Bügel sich im Wegstecken von selbst zusammenfalteten. Nachdem meine Furcht vor dem Hund verschwunden war, konnte ich alle Aufmerksamkeit auf den Besitzer richten. Ein blasses, kantiges Gesicht, das vorspringende Kinn voll blonder Stoppeln, eng zusammenstehende Augen unter struppigen Brauen. Das Blau der Iris erschien grün verfärbt und matt im Kontrast zu den gelblich eingetönten Augäpfeln und entzündeten Lidrändern. Ein schöner Mund mit voller Unter- und kaum sichtbarer Oberlippe. Die Mundwinkel zeigten leicht nach oben, als ob dieser Insektenmann häufig lächelte. Die Nase, scharf gebogen und schmal, blähte ihre Flügel, und es schien mir, als saugten Mann und Hund gleichzeitig meinen Geruch ein.

Ich trat einen Schritt auf die beiden zu und streckte die Rechte vor, um De Ruit die Hand zu schütteln. Diese urdeutsche Geste mache ich inzwischen ganz automatisch. Doch er griff nach meinen Armen, drehte die Handgelenke nach oben und besah sich meine Narben, die als wulstige weiße Würmer auf den Innenseiten der Handgelenke liefen, fuhr mit seinen Fingern darüber, die sich kühl und trocken anfühlten. Er nickte zufrieden. »Wenn sie nicht da gewesen wären, hättest du jetzt ein Problem.«

Seine Stimme war tief und deutlich, ohne jeden Dialekt. Er klang wie ein Nachrichtensprecher oder Schauspieler, eine geschulte Stimme, männlich, aber wie lackiert. Unfähig, mich zu rühren, hing ich in seinen Armen, unfähig, den Übergriff abzuwehren, mich loszureißen, ihm sein herablassendes Duzen zu verbieten. Plötzlich roch ich ein Rasierwasser, das ich von zu Hause kannte, Musgo Real, der Duft meines Großvaters, schloss wider Willen die Augen, um jenen kleinen alten Mann mit Hut und Anzug zu sehen, der mit energischen Schritten zur Messe ging, meine Hand in seiner.

Als wir nebeneinander am Tisch unter dem Birnbaum saßen, brachte ich kaum ein Wort heraus. Vor uns lag der Ausdruck meiner Übersetzung. Die breiten Ränder füllten sich mehr und mehr mit kleinen sauberen Druckbuchstaben. De Ruit benutzte einen harten Bleistift, dessen Spitze sich tief ins Papier grub. Seite für Seite studierte er aufmerksam, ich hörte ihn murmeln. Sein Spanisch war flüssig, aber behindert durch seinen Akzent. Wenn er die deutsche Ausgabe seines Buches in die Hand nahm, verfiel er in seine Muttersprache. Ab und zu bemerkte ich bei ihm denselben weichen, die Vokale dehnenden Tonfall, der für Bluthardt und die Heidelberger Kommilitonen so charakteristisch gewesen war. Manchmal lachte De Ruit leise, wenn er einen Schnitzer fand. Allmählich gewann ich meine Sicherheit zurück und mit ihr die Überzeugung, sein harter Griff nach meinen Armen und seine Unverschämtheit hätten nur in meinem Kopf stattgefunden. Wir tändelten auf einer plaudernden Ebene miteinander, Scherze, Wortspielchen flogen hin und her, er lächelte mehr als ich.

Unser Gespräch fühlte sich kaum anders an als das Gespräch mit einem vertrauten Lektor, nur dass mir hin und wieder kleine jubelnde Gedanken dazwischenfunkten: Das ist Gert De Ruit! Er sitzt dir gegenüber, seine Augen sind von einem unauffälligen, harmlosen Blau. Wir unterhielten uns über Madrid, wo er anscheinend lebte. Ihn direkt danach zu fragen, wagte ich nicht.

Nach einer Weile besann ich mich auf meine Gastgeberpflichten, also ging ich in die Küche, um Café con hielo zuzubereiten. Der Hund zuckte leicht, als ich mich erhob, rührte aber sonst kein Glied. Das Tier war mir unheimlich, obwohl es in der ganzen Zeit nur die weichen Ohren bewegte, wenn sein Herr lachte oder lauter sprach.

Erst als ich allein vor der Spüle stand, Eiswürfel aus dem Behälter klopfte, die Espressokanne zusammenschraubte, blickte ich an mir herunter und fühlte Enttäuschung. Inez' grünes Kleid war De Ruit keinen Seitenblick, keine noch so beiläufige Bemerkung wert gewesen. Ich war Inez, und ihr Meister, der sie durch eine existenzvernichtende Erzählung geschubst hatte, merkte es nicht? Meine Panik am Anfang, diesen Augenblick tiefsten Erschreckens, konnte ich nicht mit dem Mann unterm Birnbaum zusammenbringen, noch viel weniger den Sinn dieses Besuches erahnen, der mir immer mehr wie ein literarisch gebildetes Kaffeekränzchen vorkam. Alles, was De Ruit von sich gegeben hatte, war klug, sensibel, belesen – und ungeheuer banal: so konnte er aus ›Platero y yo‹ zitieren, verehrte Clarín, gab Zurbarán den Vorzug vor allen anderen spanischen Malern – du meine Güte!

Der Kocher fauchte, ich gab Eiswürfel in zwei Gläser, lief auf der Suche nach einer Wasserschale für den Hund zur Haustür, wo auf der Vortreppe eine flache Tonschale voller Tulpenzwiebeln stand. Als ich die Zwiebeln neben die Treppe kippte, dachte ich zum ersten Mal seit De Ruits Ankunft wieder an Martin. Er hatte die Zwiebeln schon vor Wochen ausgerechnet dort hingestellt und versicherte fast täglich, er wolle sie heute noch einpflanzen. Ich lief kurz nach vorne zur Straße, um nach ihm Ausschau zu halten. Überall stand das Wasser in großen Lachen. Die Nachbarn waren noch nicht von ihren Versorgungstouren zurück, die Gehwege waren leere, im Sonnenlicht blitzende Matschstreifen.

Mit einem Tablett in den Händen trat ich schließlich in den Garten und stutzte. Am Tisch saß niemand mehr. Auch der Hund war verschwunden, hoch aufgerichtet stand das Gras, auf dem er sich ausgestreckt hatte. Hätte nicht der mit De Ruits Notizen beschriftete Manuskriptstapel noch dagelegen, das Titelblatt mit einem faustgroßen weißen Stein beschwert, hätte ich an einen Spuk geglaubt.

Während ich noch überlegte, ob der alte Herr vielleicht das Badezimmer aufgesucht hatte, hörte ich scharfes Kläffen, gefolgt von einem durchdringenden Pfiff. Wenig später kamen Herr und Hund durch das hintere Gartentor, zwei schwarze Umrisse gegen die tief stehende Nachmittagssonne.

Der Spitz rannte aufgeregt vor und zurück, sprang um den Mann herum, stellte sich immer wieder auf die Hinterläufe, vollführte wackelige Tänze. Zwischendurch schüttelte er sich. Dabei stoben Wassertropfen aus seinem Fell. Mit schweren Tritten stampfte De Ruit hinter ihm her, sein Atem ging heftig, er zischte einen derben deutschen Fluch in Richtung des Hundes, dass dieser mit eingeklemmter Rute zurückwich, sofort manierlich neben ihm ging. Vor der Brust trug De Ruit einen Behälter, den ich, erst als er ihn vor mir absetzte, als einen meiner Garteneimer erkannte. Ein triefender Fetzen spannte sich über das Gefäß, darunter tobte, was immer darin gefangen war, suchte mit höchster Not zu entkommen, beulte mit wilden Zuckungen den Stoff aus. Es war De Ruits Hemd, mit ähnlicher Sorgfalt über den Eimer gebunden, wie eine Hausfrau ihr Eingemachtes schützt. Ein gebieterisches »Aus!« wies Stromian zurecht, der jammervoll jaulte, sich aber gehorsam neben dem Kübel niederließ, ohne das Gezappel unter dem schlammverdreckten Stoff aus den Augen zu lassen. De Ruits Haar war nass, der bloße Oberkörper glänzte von Wasser oder Schweiß. Der Bauchnabel war tief eingesunken, und darunter kroch ein schmaler schwarzer Pelzstreifen in den Hosenbund hinein. Ein Geruch von Algen und Fäulnis ging von ihm aus, und ich näherte mich nur widerwillig, als er mich heranwinkte, sich bückte und begann, den Knoten zu lösen, mit dem die Hemdsärmel um den Eimer geknüpft waren.

In einem weiten Bogen schnellten die Fische heraus, die Leiber gekrümmt zu einem gewaltigen Sprung. Jeder zog einen glitzernden Wasserschweif hinter sich her. Sie schlugen mit sattem Klatschen im Gras auf, nicht weit voneinander entfernt. »Der Gumpen da unten ist ein Paradies für Angler. Aber noch eine Stunde Regen, dann läuft er über«, sagte De Ruit. Er fuhr sich mit dem Handrücken über die Stirn. »Schlammig ist es gewesen, da sieht man nicht gut. Aber wer im Mekong gefischt hat, der holt auch was aus der Oder, selbst wenn es nur ein paar olle Plötzen sind. Stromian hilft mir, das macht er gut, der alte Teufel. Komm her, du sollst der Erste sein. Du warst tapfer heute. Komm!« Der Spitz trat an seine Seite, gemeinsam beugten sie sich über den Fisch, der ihnen am nächsten lag, sich immer noch wand und bei seinen verzweifelten Versuchen, dem drohenden Doppel aus Mensch und Hund zu entkommen, sogar mehrfach vom Erdboden emporschnellte. Der Mann packte die tief gegabelte Schwanzflosse, ließ die Plötze einen Moment lang kopfüber in der Luft hängen. Der Fisch kämpfte, krümmte sich zu Halbkreisen, fuhr wieder auseinander. »Sieh nur, der goldene Hauch über den Schuppen! Den haben sie nur, wenn sie in ruhigem Wasser gewachsen sind. Er kommt also direkt aus deinem Gumpen. Und er gibt es nicht freiwillig her, sein Leben. Gut und gerne vier Pfund. Sicher hat er hier in diesem ruhigen Becken über zehn Jahre gelebt, bis wir gekommen sind. Ein Alter, wie ich.« Er hob den Fisch sanft hoch, stützte ihn mit beiden Händen an Kopf und Bauch, drückte ihn kurz an sich, bevor er ihn auf den Tisch neben das Manuskript legte. Mir fiel auf, dass seine Lederhosen vollständig trocken waren, ebenso die klobigen Stiefel. Dann begriff ich: Er musste die Kleidung am Ufer abgelegt haben. Ich konnte nicht anders, als mir den Mann nackt vorzustellen, obwohl er fremd und schrecklich war und außerdem alt.

Plötzlich griff De Ruit nach dem Stein auf dem Papierstapel, versetzte dem Fisch einen Schlag auf den Kopf, langte in die Hosentasche, zog ein Messer hervor und bohrte dieses unterhalb des Kopfes tief in die schuppige Haut. Helles, fast wässriges Blut rann aus dem Leib der Plötze. Seine Finger fuhren in den geöffneten Bauch, packten zu, rissen an etwas, schlüpften, von dünnen dunkelroten Eingeweideschlingen umwunden, wieder aus der schimmernden Hülle. Mit einer ungeduldigen Bewegung streifte er das schmierige Häufchen auf der Wiese ab und lockte den Hund: »Stromian, fass!« Er schleuderte den Fisch, dessen Kopf jetzt lächerlich schlenkernd am Rumpf hing, mit aller Kraft von sich, doch noch während er rief, war der Hund bereits gesprungen und schnappte seine Beute auf dem höchsten Punkt der Wurfbahn. Statt Wassertropfen begleitete nun ein leichter Blut- und Schuppenregen ihren Flug. Der Spitz zog sich hinter den Birnbaum zurück, um zu fressen. Ich hörte es rupfen und schmatzen und wandte mich ab.

»Ekelt's dich, graust es dir vorm Schlachten?« De Ruits Stimme war dicht an meinem Ohr. Mit dem anmaßenden Du schlüpfte eine eiskalte Hand auf meine Schulter, glitt tiefer, schloss sich mit einem entschiedenen Griff um meine linke Brust und drückte sie zusammen, weder zärtlich, noch lüstern, nur schmerzhaft, als wolle sie den Stoff testen, aus dem ich gemacht bin, prüfen, ob mein Fleisch sich auspressen ließ wie ein Schwamm. Mit einem Aufschrei fuhr ich herum, diesmal, um mich zu wehren, ihm ins Gesicht zu schlagen, ihm zu zeigen, dass ich mir nichts gefallen ließ. Mein flache Hand traf ins Leere. Im gleichen Moment hörte ich ein kehliges Knurren, dann stemmte sich der Hund schon an mir empor, Krallen bohrten sich durch die Kunstseide, der Gestank seines nassen Fells, seines Atems, stieg mir in die Nase. De Ruit pfiff Stromian zurück, ging dann an meinem Staudenbeet entlang, bückte sich und breitete die Rispen der Goldruten, die Asternbüsche auseinander, als suche er etwas: »Gibt es hier Kräuter? Ich mag es nicht, wenn Stromians Atem stinkt. Alter, du riechst nach Tod, komm schon her, los!« Seine Stimme klang so ruhig, als wäre nichts geschehen. Der Hund ließ von mir ab, trollte sich zu seinem Herrn, aus dessen Hand er paar Petersilienstängel entgegennahm und tatsächlich fraß.

Während De Ruit die übrigen Fische ausweidete, befahl er mir, Papier und Zündhölzer herbeizuschaffen. Gehorsam lief ich ins Haus, gefolgt von Stromian. Sein heißes Hecheln traf meine nackten Kniekehlen. Als ich mit dem Gewünschten zurückkehrte, war De Ruit dabei, Martins alten Grill zu inspizieren. Kopfschüttelnd nahm er die Alupfannen heraus, ließ sie ins Gras fallen, fuhr mit dem Finger über den verdreckten Rost. Aus der Tasche seiner Lederhose holte er eine Handvoll zerknülltes Grünzeug, das er sorgfältig glattstrich. Es war Lattich, jedes Blatt größer als meine Hand, weiß bepelzt an der Unterseite. Geschickt schlug er jeden Fisch in eine Blatthülle ein, entfachte danach mit wenigen Handgriffen ein Feuer. In den Holzstücken, mit denen er die wild aus Resten der Märkischen Oderzeitung aufzüngelnden Flammen fütterte, erkannte ich Martins alten Korbstuhl. »War ohnehin am Zusammenbrechen. Trockenes Holz gibt es sonst nicht, dafür hat es zu lange geregnet«, sagte De Ruit, als er meinen Blick bemerkte.

»Huflattich wächst da hinten in Massen. Bei der HJ hat man mir gezeigt, wie man damit Fische grillt.« Mit gerunzelter Stirn stocherte der Mann in der Glut. »Ganz in der Nähe meines Elternhauses gab es einen Teich voller Seerosen. Am Ufer standen Dost mit staubigen rosa Dolden, gelbe Schwertlilien und natürlich Lattichblätter, so groß wie Suppenteller. An einem Sommertag badeten wir nackt dort, bespritzten uns, achteten darauf, dass keiner den anderen zu lange anschaute, warfen uns Grobheiten und Schlammklumpen vom Grund an die Köpfe. Es war ein künstlicher Teich, lag im Garten einer verlassenen Villa. Die Besitzer waren längst vertrieben, ermordet, in alle Winde zerstreut. Das wussten wir genau, fanden es gerecht und großartig. Die Fische waren von ihnen eingesetzt worden. Sie hatten ihre Eigentümer bis zu diesem Tag überlebt. Nun sollte es auch ihnen an den Kragen gehen.«

Aufregung ließ mich kerzengerade auf der Stuhlkante sitzen, während mir unter dem Tisch die Knie zitterten. Ich schob mir das Haar hinter die Ohren, um keines seiner Worte zu verpassen, und drückte gleichzeitig die Fingernägel in meine Handballen, ergriffen von derselben Angst, die ich bei seiner Ankunft gespürt hatte und die ich bereits kannte: vom Lesen seiner Bücher. De Ruit sprach weiter, während er sich über das Feuer beugte, die Fische wendete, mit einem Stöckchen in die Blatthülle stach, um den Garpunkt zu prüfen. Seit seiner Rückkehr vom Fluss hatte er sich verändert.

»Unser Anführer wurde der Eisenhans genannt, weil er so

stark war, dass er kleinere Eisenstangen verbiegen konnte. Er war der Initiator des Ausflugs und auch der Erste, der sich auszog. In der Sonne verfärbte sich seine Haut nicht krebsrot oder schmutzigbraun wie die unsere, sondern goldschimmernd – wie die des kleinen Jungen, der seinen Finger in den verbotenen Brunnen taucht. Ich kannte das Märchen und musste immer daran denken, wenn ich ihn sah. Bald kamen die Fische herangeschwommen, riesige japanische Karpfen, orange, silberweiß, zitronengelb, mit langen Barten, wulstigen Lippen. Sie waren ganz zahm, strichen uns um die Beine. Da rief der Eisenhans uns zusammen und zeigte uns, wie man die Tiere mit den Händen aus dem Wasser holt. Wir schlugen tot, was wir erwischen konnten, brieten sie auf der Terrasse, an einem Lagerfeuer, in Lattichpäckchen. Unsere Braten schmeckten entsetzlich, tranig, nach Moder vom Teichgrund. Wir brachten nicht viel herunter, warfen das Aas ins Wasser zurück und beobachteten, wie die wenigen übriggebliebenen Fische die Leichenteile ihrer Brüder verschlangen. Schließlich gingen wir halb betäubt nach Hause.«

In meiner Erinnerung habe ich diese kurze Zeit seiner Erzählung in höchster Anspannung verbracht. Wir rauchten schweigend, blickten abwechselnd ins Feuer oder in die Baumkrone, die voller Früchte hing. De Ruit schaute ruhig und aufmerksam, als sähe er oben viel mehr als die ledrigen braungrünen Blätter und die plumpen Leiber von Martins Birnen. Ich stierte auf mein Gegenüber, unfähig, etwas anderes wahrzunehmen als seine Augen, deren Blickrichtung sich rasch ändern konnte, um mir plötzlich wieder ins Gesicht zu starren.

Ich versuchte, Martins Stimme in meinem Inneren heraufzubeschwören, die mit leichtem Berliner Einschlag das menschenfreundliche Gedicht vom Herrn Ribbeck auf Ribbeck im Havelland vortrug. Fontane, dieser Meister des Zivilisierten, hatte viel übriggehabt für Mahlzeiten unter freiem Himmel, aber bei dieser hier hätte auch er sich nicht wohl gefühlt.

Auf einmal sagte De Ruit leise: »Gleich sind sie so weit«, stand auf, drückte seine bis auf einen glühenden Rest aufgerauchte Zigarette zwischen Daumen und Zeigefinger aus und legte den platten weißen Stummel sorgfältig in den Aschenbecher.

Es hätte mich nicht überrascht, wenn mein Gast mich in diesem Augenblick an der Kehle gepackt hätte: Vielleicht, weil ich seine Stimme verfälscht, seine Kunst verstümmelt und seine Sprache entstellt hatte, vielleicht auch nur, weil es ihm gefiel, seine Hände um meinen Hals zu legen, genauso wie es Raimund gefallen hatte, Inez zu erwürgen, ›um das harte Klopfen der Aorta zu spüren, die saitengleich gespannten Sehnenstränge unter der zarten Seide der Haut. Sie war dabei so viel schöner, als wenn sie die Beine für ihn öffnete‹.

Der höflich plänkelnde Herr, der Bleistiftstriche am Rand meines Manuskripts hinterlassen, geschmunzelt und genickt hatte, dieser kastrierte Kaffeehauspoet war verschwunden. Mit ihm ging auch meine Enttäuschung, meine Wut auf die Illusion. Wie viele Bücher habe ich nie wieder gelesen, weil ihre Verfasser nicht dem Bild entsprachen, das ich mir von ihnen gemacht hatte? Zuerst wusste ich nichts über ihren Alltag, ihr wahres Ich. Wie gerne wäre ich verschont geblieben von biografischen Details über die weinerliche Bachmann, den Altherrenhumor Benns, das Immobiliengeschachere Bernhards, die psychopathische Härte, mit der Celan die Unterscheidung zwischen Feind und Freund verliert! Wie viele hatte ich beschädigt am Wegesrand zurückgelassen, weil sie dem Heldenbild nicht genügten, das ich mir durch ihre Kunst von ihnen gemacht hatte. Ich liebte sie nicht mehr mit der gleichen Leidenschaft wie zuvor.

Oscar, Du wirst das naiv nennen, vermutlich sogar ungerecht. Aber glaube mir, Oscar, kein Leser, und sei er auch noch so geschult, kann sich frei machen von jener schalen Ernüchterung, die ihn überfällt, wenn er zum ersten Mal feststellt: mein anbetungswürdiger Schriftsteller ist ein Mensch mit allen Schwächen und Erbärmlichkeiten, obwohl seine Bücher die Kameraden meiner Einsamkeit sind, meine Tröster und treuesten Begleiter, meine Abendvergolder und Welterklärer, meine Spottdrosseln und Hasssänger, meine Retter und Bezwinger.

Und so kann ich Dir auch die Frage beantworten, weshalb ich De Ruits unglaubliches Benehmen einfach ertragen habe, ihn nicht zurechtwies, wenn man von einer halbherzigen Ohrfeige einmal absieht. Ich will es Dir gestehen: aus Erleichterung. Aus Erleichterung und – dies ist ebenfalls wahr – aus Liebe. Ich glaube, nur wenige werden begreifen, wie sehr ich – die Übersetzerin – meinen Autor Gert De Ruit liebte. Das ist beileibe nicht immer der Fall. Als Übersetzerin wurde ich durch ihn ziemlich bekannt, gewann sogar Preise und erhielt andere bedeutende Aufträge. Doch im tiefsten Herzen war De Ruit für mich immer der einzige Schriftsteller, der wirklich zählte.

Er drehte mir den Rücken zu und nahm die Fische vom Rost. Er legte mir den Braten vor, wickelte ihn aus der verkohlten Verpackung, schob die Haut zurück, klappte den Leib auf, löste die Hauptgräte, zog die Flossen heraus und trennte zum Schluss den Kopf ab. »Diesen für Stromian?«, fragte er. Unter stummem Nicken stimmte ich zu. Der Hund stellte sich auf die Hinterbeine, tanzte mit heraushängender Zunge, stieß quiekende Laute aus, hielt aber Abstand. De Ruit sprach leise auf ihn ein, wandte sich dann erneut dem Feuer zu, versorgte sich selbst. Wieder bekam der Hund den Kopf.

Wir aßen schweigend, ich nur, um meine Hände zu beschäftigen. Mechanisch führte ich Gabel um Gabel zum Mund. Beim Essen war der Kavalier wieder da, der elegant mit seinem Besteck hantierte, kleine Brotstückchen abbrach, das Glas vorsichtig am Stiel hielt. Stromian hatte seine Schnauze auf den Oberschenkel De Ruits gelegt, blickte aufmerksam zu ihm auf und verfolgte mit den Augen jede Bewegung seines Gebieters, doch er bettelte nicht, wie Hunde das bei Tisch häufig tun. Wie auf Verabredung tranken wir nur Wasser, rührten den Rotwein nicht an, als wollten wir nüchtern bleiben, um später sagen zu können: Das alles haben wir sicher nicht geträumt. Es ist wirklich geschehen.

Und natürlich konnte mich nichts davon abhalten, über die fehlenden Narben in De Ruits Armbeugen nachzudenken: da sollte doch knotiges Gewebe wuchern, über dem Grünblau der Vene – vom Ansturm der Morphiumspritzen, mit denen viele seiner Figuren ihre Albträume betäuben. Ich wollte meine Hand ausstrecken, meine Finger durch dieses struppige sandfarbene Haar wandern lassen, nicht nur zärtlich, sondern auch voller Verlangen, jene kahle Stelle am hinteren Teil seines Schädels zu fühlen, wo die Kugel eines Zuhälters hindurchgefahren war, ohne zu töten. Und wo waren die Spuren zahlloser Gefechte, wo jenes von ungeschickter Hand über den Unterbauch tätowierte ›Legio Patria nostra‹ und die dazugehörige siebenflammige Granate – hatten sie nicht wider alle Vernunft da zu sein? Weil niemand so etwas beschreiben darf, ohne es selbst erlebt zu haben, weil die Imagination irgendwo an eine Grenze stößt und es doch Dinge geben muss, die man nicht von einem Schreibtisch aus tun kann?

Schließlich hielt ich es nicht mehr aus und krächzte, mit

einem Mal auf Spanisch, die Kehle ausgetrocknet von Rauch und Atemlosigkeit: »Eine Frage, bitte, wenn Sie gestatten, Señor De Ruit? Wer sind Sie wirklich?«

Das Klingeln des Telefons unterbrach uns, verhinderte auch jede Antwort auf meine sicher sehr dumme Frage. Es schallte aus dem geöffneten Küchenfenster, so lange und dringlich, dass ich schließlich aufstand, um es zu beenden, dabei extra langsam ging, in der Hoffnung, es möge verstummen, bevor ich in der Diele angekommen war. Ich wollte niemanden sprechen. Ohne meine übliche höfliche Begrüßungsformel – »Antiquariat Kowski, Salamanca-Kowski, was kann ich für Sie tun?« – nahm ich ab.

»Carmen, hörste mir? Du musst kommen!« Schon nach den ersten Sätzen wusste ich, dass er betrunken war. Ich wurde wahnsinnig wütend, Oscar, so wütend auf diesen Menschen, meinen kleinen, deutschen, stoppelbärtigen Mann, mit dem ich auf dem Standesamt Berlin-Lichtenberg einen schmalen Silberring getauscht hatte, mit anschließendem engumschlungenen Spaziergang durch den Park und Splitterbrötchen zum Kaffee in einer Bäckerei an der Frankfurter Allee.

Wütend auf diesen liebenswerten Mann, der Fontane-Balladen auswendig hersagen konnte, der mein ganzes verzwicktes Deutschland war, mehr Ost als West. Der berlinerte wie Franz Biberkopf. Der mir verbot, ihm im Laden zu helfen, damit ich übersetzen konnte, obwohl er ständig darüber klagte, den Überblick zu verlieren. Der sich täglich in seinen eigenen Beständen festlas. Der seit neuestem den Plan hatte, hier in Glebien Zimmervermieter zu werden, da die Buchbranche ohnehin am Untergehen sei. Martin, den ich liebte. Um den ich jahrelang gekämpft hatte, umso heftiger, je auswegloser die Lage wurde: Er begann den Morgen mit Filterkaffee, versetzt mit einem kräftigen Schuss billigem Branntwein – dieses Getränk nannte er auch noch Carajillo! Im Laufe des Vormittags kamen diverse Biere hinzu, seine Durstlöscher, die er angeblich ausschwitze, bei der schweren Arbeit im Laden. Nachmittags gab es Kaffee wie gehabt, und sobald es dunkel wurde, offiziell sozusagen, alles andere. Ich erspare Dir weitere Einzelheiten über die Co-Abhängigkeit von Angehörigen, das Problem einer Schnapsfahne bei einem selbständigen Händler mit Kundenkontakt sowie über den Zustand einer Ehe unter der drückenden Krone von König Alkohol.

Ich erkannte Martins Stimme im ersten Augenblick nicht. Nicht, weil er besoffen nuschelte oder gar, weil er eine Allerweltsstimme gehabt hätte. Nein, ich hatte meinen Mann in den letzten Stunden so vollständig vergessen, dass ich unwirsch nachfragte: »Wer ist da? Wer ist ›Ich‹? Was wollen Sie?« Der Spiegel über dem Tisch im Flur zeigte mir nur Inez – schlank und schwarzhaarig. Die kitschigen giftgrünen Nylonvolants an ihrem viel zu tiefen Ausschnitt waren ein wenig welk von Schweiß und Hitze. Oberhalb der linken Brust klebte eine Fischschuppe wie eine glitzernde Paillette, ihr Gesicht war gerötet, der Hals fleckig. Unter den weit aufgerissenen Augen hatte sich der verlaufende Kajalstift in den feinen Fältchen abgesetzt. Sie verzog den Mund, als wollte sie ausspucken, sprach aber nur in verdrossenem Ton in den Telefonhörer.

Was heißt Treue? Was bedeutet es, eine Ehe zu führen? Der Mann, mit dem du lebst, ist dir zufällig über den Weg gelaufen, dennoch hast du ihn dir ausgesucht – aus einem Haufen von Angeboten. Du liebst alles Mögliche an ihm – die Art, wie er lacht, wie er mit dem nackten Fuß auf affenartige Weise seine Socken oder die Unterhose vom Fußboden aufhebt, als hätte er eine seltsame dritte Hand, sein Gewicht, wenn er auf dir liegt und in dich eindringt, sein müdes Knurren, wenn er sich einem Gespräch verweigert – lauter Banalitäten, die vermutlich mit anderen ebenso erlebbar wären. Warum verbringst du dein Leben ausgerechnet mit ihm?

Inez gehörte nur einem – dem, der die Fische geschlachtet hatte, der draußen auf sie wartete, lauernd wie sein Hund.

Als Martins blecherner Bass endlich zu mir durchdrang und ich ihn erkannte, sah ich mich selbst im Spiegel: eine müde Frau weit über dreißig mit angewidert nach unten gezogenen Mundwinkeln, eine Frau, die aussah, als hätte man sie gewaltsam aus einem Traum gerissen.

Mein Mann redete kariertes Zeug, befahl mir, augenblicklich aufzubrechen, um ihn zu treffen, und zwar in Wriezen, der nächsten größeren Ortschaft, etwa fünfzehn Kilometer entfernt. Dort war er anscheinend hinter einem Tresen gestrandet.

Er machte sich Sorgen um mich, wollte mich vor einem angeblich nahenden Unwetter warnen, bat mich, das Haus und Glebien zu verlassen, und meinte, wenn ich nicht sofort aufbräche, würde er sich jetzt ins Auto setzen, um mich selbst zu holen. Oscar, ich werde mir nie verzeihen, was ich an diesem Abend tat, während mein Mann betrunken und verzweifelt in den Hörer eines schmierigen Kneipenfernsprechers stammelte. Ohne ein weiteres Wort legte ich auf. Wir haben uns nicht verabschiedet. Alles, was ich im Sinn hatte, war der Mann unter dem Birnbaum.

De Ruit war alt, Oscar, eigentlich unfassbar alt, Baujahr 1930. Aber es schien mir, als sei er vielleicht fünf, höchstens zehn Jahre entfernt von mir. Solche Männer sind ja, wie die Natur ungerechterweise eingerichtet hat, ein wenig knittrig oder graumeliert, aber immer noch ansehnlich, möglicherweise begehrenswert.

Das Begehren war geweckt worden durch den Blick des Fremden. Dieser Mann kam mir zugleich ungeheuer vertraut vor, durch die jahrelange Beschäftigung mit seinem Innersten.

Was sonst ist denn das Werk eines Schriftstellers? Mein Begehren fiel mich an und ließ mich Martins Anruf wegwischen wie eine lästige Unterbrechung.

Ich war erschöpft von meiner Ehe, wie von einer langen Wanderung, bei der es pausenlos durch holpriges Gelände geht. Wir stritten uns jeden Tag: über seine Trinkerei, über meine spanische Hysterie und seine ostdeutsche Depression, über vergessene Einkäufe, liegengebliebene Zeitungen, Zahnpastaflecken im Waschbecken und immer wieder über Geld, von dem wir nie viel gebraucht hatten, das aber durch Martins Geschäftsgebaren allmählich zum Problem wurde. Gewohnheit ist nichts Schlimmes. Sie kann von Zärtlichkeit, Geborgenheit, gegenseitiger Rücksichtnahme untermauert sein. Doch bei uns gab es fast nur noch schlechte Gewohnheiten. Dazu gehörte auch ein achtloses, komatöses Nebeneinanderschlafen, wie bei zwei Fremden, die sich in einem überfüllten Hotel ein Bett teilen müssen, das Vermeiden von Blicken, Berührungen, Gesprächen, begleitet von einem leise unter der Oberfläche köchelnden Ärger auf den anderen, der sich einfach nicht so ändert, wie man ihn gerne hätte.

Es ist an dieser Stelle nötig, Dir noch ein paar Sätze über Martin zu schreiben. Du weißt, ich wollte niemals heiraten, mit den Bildern meiner Mutter, der vielen Tanten und Cousinen vor Augen, die letztlich alle mit falschen Männern unglücklich vor sich hinschrumpelten. Lesen, Studieren, sich mit Büchern und interessanten Menschen umgeben war eigentlich alles, was ich mir erträumte. Du selbst hast mitbekommen, wie besessen ich von meinem Studium, der Entdeckung De Ruits und der Zeit in Heidelberg war.

Ebenso besessen war ich von meiner Liebe zu Dir. Das kann ich Dir jetzt sagen, in einem Brief, mit über zweitausend Kilometern zwischen uns. Doch nach der Aktion mit dem

Teppichmesser war ich ein anderer Mensch: souveräner, leichtfüßiger und auf eine Weise lebensgierig wie nie zuvor. Martin hinter seinem Tapeziertisch voller alter Bücher war zunächst nur einer von vielen. In Berlin galt ich als Exotin, das nutzte ich natürlich aus. Aber schließlich merkte ich, dass mich dieser Mann faszinierte. Vielleicht auch, weil er genau wie ich – im Gegensatz zu meinen meist westdeutschen Kommilitonen – seine Kindheit in einer Diktatur verbracht hatte. Wir teilten von Anfang an ein unbändiges, durch nichts zu beschwichtigendes Misstrauen gegenüber staatlichen Institutionen. Bei mir kam noch die katholische Kirche hinzu. Beide waren wir mit einem angeborenen Vertrauensmangel geschlagen, der dazu geführt hatte, dass wir jeden Menschen, der uns sympathisch war, dessen Nähe wir wünschten, geheimen Tests unterzogen, deren einziges Ziel die Antwort auf die alles entscheidende Frage war: Hättest du mich verraten oder nicht?

Wir zogen ins Oderbruch, weil wir die Großstadt satthatten, weil das Leben auf dem Land billiger war, und außerdem glaubte Martin, er sei hier näher dran an seinen Schatzinseln, all den kleinen Städten und Dörfern rings um Berlin.

Mein Oscar, allmählich werde ich müde. Eigentlich will ich kein Wort mehr schreiben. Aber Du hast es gewollt, deshalb mache ich weiter, fahre fort mit diesem stummen Fischessen, das ich schließlich dadurch beendete, dass ich meinen Teller ins Gras stellte. Der Hund fraß die Reste, ebenso manierlich wie sein Herr. Es war, als wollten sie beide mich aufs Glatteis führen, mich verwirren, bis ich nicht mehr wusste, wer sie in Wirklichkeit waren: die Wohlerzogenen oder die Kannibalen. Und alles nur, weil ich diese Frage gestellt hatte. Ich bekam keine Antwort, nur eine Menge schmutziges Geschirr.

De Ruit rauchte wieder, und die Art, wie ich mich zu ihm

beugte, um mir Feuer geben zu lassen, musste ihm zeigen, dass ich mit ihm schlafen wollte. Er schien damit einverstanden, denn er legte mir den Arm um die Schultern. Sein Griff war fest, fast schmerzhaft, und ich fragte mich, ob es eine angenehme Erfahrung sein würde. Ich wollte nichts Angenehmes. Ich wollte überwältigt werden und war dafür bereit.

Es folgte der Abwasch, den ich wie selbstverständlich erledigte, während De Ruit und Stromian mich vom Garten aus durch das offene Küchenfenster betrachteten, als genössen sie meinen Anblick.

Aus den Hecken wehte der Geruch von Geißblatt und Rosen zum Fenster herein. Ich hielt den Kopf unter den laufenden Wasserhahn, rieb mir mit einem Geschirrtuch Stirn und Wangen so fest ab, dass ich kurz dachte, mein Gesicht müsse auf dem Stoff zurückgeblieben sein. Als ich aufgeräumt hatte, bemerkte ich die Ruhe: kein Radio lief, weder Nachbarngeschwätz noch Kinderrufe drangen aus den Gärten ringsum, kein Moped knatterte. Sie waren wohl alle noch unterwegs. Auch draußen herrschte eine so ungeheure Stille, dass ich mich nur ganz langsam bewegte, denn das Rascheln meines Kleides und meine Schritte im Gras schienen die einzigen Laute weit und breit. Jeder meiner hastigen Atemzüge wurde von der stummen Umgebung aufgesogen.

In den Wochen nach unserem Umzug aus dem Friedrichshainer Hinterhaus nach Glebien hatten Martin und ich häufig in der Hängematte im Garten gelegen: frühmorgens, um die erste Zigarette zum Kaffee zu rauchen, mittags, wenn er aus dem Bücherlager kam und ich vom Schreibtisch, abends nach dem Essen. Manchmal haben wir in diesem ersten Sommer sogar im Freien geschlafen.

Damals lernte ich die Geräusche der Gegend kennen, mit

dem Kopf auf der Brust meines Mannes. Sein Herzschlag begleitete all die neuen Laute, die nun auf einmal verstummt waren: das scharfe Sirren vorbeischießender Libellen, Rascheln von Laub und Ried, Hummelgebrumm und das schabende Nagen der Wespen, wenn sie Holz aus dem Zaun bissen. In der Dämmerung kam das papierne Rascheln von Fledermäusen dazu, und über alldem hing das schrille Fiepen der durch den Himmel rasenden Mauersegler.

Lieber Oscar, ich habe keine Lust, mich hier lange mit der Beschreibung eines Gewitters und dem darauf folgenden Hochwasser aufzuhalten. Ein Kastilier kann sich ohnehin nicht vorstellen, wie so viel Wasser auf einmal vom Himmel stürzen kann, glaub mir das. Nach tagelangen Regenfällen treten Flüsse über die Ufer, danach sind plötzlich ein paar Dörfer weg, nur die Kirchturmspitzen und Dachfirste schauen aus dem Wasser. Genau ein Jahr nach De Ruits Besuch, 1997, kam die große Oderflut. Sie war für mich nicht halb so aufregend wie die Nacht, von der hier die Rede ist, und in der nirgends etwas passierte, außer in Glebien.

Glebien ist kein Dorf, kaum ein Weiler, eigentlich nur ein ungepflasterter Weg, der durch die Uferwiesen hinunter zum Fluss führt und dort nach einer kleinen Krümmung direkt vor einem hölzernen Steg abbricht. Hier hatten lange vor der Trockenlegung und Neukolonialisierung des Bruchlandes ein paar Fischerhütten gestanden. Sie dienten lediglich als Unterstand, weil dieser malerische Wiesenstreif am Wasser als die tiefste Stelle des Bruchs bekannt war und häufig überflutet wurde; – ›glebia‹ heißt auf Polnisch ›gefährlicher Abgrund‹. Fontane erwähnt dies kurz in seinen ›Wanderungen durch die Mark Brandenburg‹. Wie es dazu kam, dass ausgerechnet hier vor einem halben Jahrhundert ein kleines Neubaugebiet errichtet wurde, kann ich nicht sagen. Ich weiß nur, dass Martin stets witzelte, diese Ecke könnte irgendwann ein zweites Vineta werden. Wir selbst hatten allerdings noch nie erlebt, dass das Wasser weiter als bis zum unteren Stammdrittel der mächtigen Kopfweiden am Ufer gestiegen wäre.

Du musst wissen, dass es bei einer solchen Flut unglaublich schnell geht. Innerhalb weniger Stunden findest Du Dich in einer anderen Welt wieder. So geschah es auch an jenem Freitagabend. Ein Gewitter, das durch die fast unwirkliche Stille angekündigt worden war, machte den Anfang. Heftiger Wind steigerte sich zum Sturm. Der apfelgrüne Himmel färbte sich schwefelgelb. Vor diesem Hintergrund schossen Blitze herab wie Zickzackstiche auf einer Nähmaschine. Natürlich donnerte es; und natürlich fand ich nichts dabei, denn ich hatte ja keine Ahnung. An den Fluss oder den Deich dachte ich in diesem Augenblick nicht. Flüchtig und immer noch wütend kehrten meine Gedanken zu Martin zurück, und ich wünschte ihm, dass er, wo auch immer er sein mochte, im Trockenen saß und seine fixe Idee, mich zu holen, nicht in die Tat umgesetzt hatte.

Eine Weile standen De Ruit und ich an den Tisch gelehnt, während Böen an unseren Kleidern zerrten, Bäume verbogen und mit orgelnden Tönen vorwärtsfegten. Ich hatte den ungeheuer witzigen Einfall, De Ruit von der Seite anzusehen und spöttisch »Klopstock!« zu sagen. Er zog mich enger an sich, ich ließ es geschehen, ebenso den Kuss auf die Stirn, danach den Kuss auf den Mund, voller Überlegenheit, von oben herab, als mache er mir ein Geschenk. Der Kuss war gut, auch wenn er bitter nach Tabak schmeckte. De Ruit griff nach meiner Spange, die er öffnete, seine Hände strählten mein Haar. Er fuhr mit dem Daumen die Linien meines Mundes nach, schob mir seine Finger zwischen die Lippen, ich biss kräftig zu. Er bog mir den Kopf zurück und küsste mich erneut, gierig und lange, was mir gefiel. Der Wind wirbelte Blätter, Papierservietten, ein Stuhlkissen davon, kühl und stark, eine Erholung nach der Hitze des Tages. Mit dem Sturm kam eine Regenflut herunter, trieb uns vor sich her ins Haus. Das buchengrüne Kleid klebte mir am Körper. Ich bemerkte den Blick De Ruits auf meine Brüste, stellte fest, dass ich ihn schwer einschätzen konnte; bei Dir wusste ich nach dem ersten gemeinsamen Abendessen, dass Du auch im Bett sanft, höflich und spielerisch sein würdest, auf die gleiche Weise wie Du in Deinem Flan herumgestochert hattest. Und Martin – aber das gehört nicht hierher. De Ruit hingegen konnte alles Mögliche sein, und ich wusste nicht, ob ich darauf wirklich Lust hatte. Ehrlich gesagt, mir war ein wenig mulmig. Also drehte ich mich zum Fenster, um mich erst einmal zu entziehen. Was von dort aus zu sehen war, überraschte uns beide, denn der Regen fiel so dicht, dass außer dem herabstürzenden Wasser nichts mehr zu erkennen war. Im Haus herrschte eine bleigraue Düsternis. Ich knipste das Licht im Wohnzimmer an, ließ De Ruit unten stehen, ging die Treppe hoch, riegelte mich im Bad ein und zog Martins Morgenrock an.

Der alte Frotteestoff fühlte sich kratzig an. Ich schlug den Kragen nach oben, schloss für einen Moment die Augen, dachte an meinen Mann, nur um ihn für die nächsten Stunden wieder zu vergessen. Hastig putzte ich mir die Zähne, tupfte ein bisschen Parfum auf den Hals, sah mich im Spiegel an, erwartungsvoll, die Pupillen weit. Der Mund lächelte schief, als sei er noch nicht vollständig überzeugt von der ganzen Aktion, aber bereit für ein Abenteuer.

Als ich mir die Haare trocknen wollte, knallte es. Mit rauchendem Fön stand ich plötzlich in der Dunkelheit. Die Drähte glühten im Inneren der Mündung orangerot nach, ein unförmiger Colt in meiner zitternden Hand. Von unten brüllte De Ruit: »Carmen, das Wasser kommt!« Aus dem Fenster erblickte ich durch die heller gewordene Regenwand die Flut. Sie näherte sich ohne jeden Übergang, ohne das langsame Volllaufen der Gullys, das Anschwellen der kleinen Bäche in den Rinnsteinen. Von einem Augenblick zum nächsten war keine Straße mehr zu erkennen, sondern ein reißender Strom, auf dem ein paar Mülltonnen und ein gelber Sonnenschirm vorbeischossen.

Auf halber Treppe stießen wir zusammen. Er trat mir auf die nackten Zehen, seine bloße Schulter war knochig und kalt. Über sie hinweg sah ich das ockerfarbene Wasser über die Schwelle kriechen, sich in einem schimmernden Spiegel auf dem hellen Laminat ausbreiten, leise und stetig, als wollte es genau hier hinein.

Was De Ruit wichtig war, hatte er bereits in Sicherheit gebracht: das Manuskript. In einer Plastiktüte klemmte es unter seiner Armbeuge und knisterte, als ich mich an ihm vorbeidrückte. Der Spitz stand mit eingeklemmter Rute hinter ihm. Im Erdgeschoss zwischen Küche und Klo lagen Büro und Lager von Martins Antiquariat. Dort stapelten sich in Kisten und Bananenkartons die Bücher in bunten Quadern übereinander, von Kinderbibeln bis hin zu viktorianischen Erotika. De Ruit und Stromian beobachteten mich regungslos durch die hölzernen Streben des Treppengeländers, während ich Bände herausriss, alles, was mir wertvoll erschien, in einen leeren Karton schichtete, obenauf das Kassenbuch, und damit wieder hinaushastete. Das Wasser kroch durch den Flur. »Los, packt mit an! Was steht ihr noch rum!?« Der Hund trollte sich nach oben. Sein geruhsames Tapsen machte mich ärgerlich, aber sein Herr schien mich verstanden zu haben. Er nahm mir die Kiste ab.

Über dem winzigen Flurstück im Obergeschoss zeichnete sich auch in der Dämmerung ein rechteckiger Umriss der Decke ab. Hektisch stocherte ich nach dem weißlackierten Metallring, mit dem sich die Klappe zum Dachboden öffnen ließ. De Ruit trat hinter mich und nahm mir die Holzstange mit dem Haken aus der Hand. Er führte die Stange zielsicher und ruhig. Die schmale Leiter fuhr quietschend in die Tiefe und rastete mit einem harten Klick ein. Dem dunklen Schlund über uns entquoll stickige Luft, die nach Dachpappe und Staub roch. Das stetige Hämmern des Regens dröhnte heraus wie aus dem Bauch einer riesigen Trommel.

Ich erinnere mich nicht, dass wir auch nur ein Wort miteinander sprachen, während wir keuchend das Lager räumten, Stapel um Stapel über die Leiter nach oben wuchteten, Tüten und Taschen voller Bücher, bis die kalte, stinkende Brühe kniehoch stand. Keiner von uns stellte Mutmaßungen darüber an, woher das Wasser so plötzlich gekommen war. Die Möbel begannen, in den Zimmern umherzutreiben. Es war nicht viel, was wir in der kurzen Zeit retten konnten. Immer wieder drehte ich mich zur Eingangstür um, in der verrückten Hoffnung, Martin könnte sie öffnen und mit seinem Erscheinen den ganzen Spuk beenden, den Boden trockenlegen, die braune Flut vertreiben und mit ihr jene beiden Gestalten, bei denen ich mir nicht mehr sicher war, ob sie nicht Schuld an dem ganzen Unheil hatten.

Trotzdem spürte ich, das magst Du glauben oder nicht, überhaupt keine Angst. Alles, was ich tat, geschah einfach, als gäbe es in meinem Hirn ein verborgenes Notfallprogramm: Verhalten bei Hochwasser. Wie Roboter schleppten wir Bücher aus Martins Kontor und schafften sie durch die Luke nach oben, bis De Ruit irgendwann sagte: »Es langt jetzt, sonst gibt es keinen Platz mehr für uns.«

Ein letztes Mal watete ich in die Küche, stopfte Kekse, Knäckebrot, Bananen in eine Tüte, nahm eine alte Taschenlampe, Kerzenstummel und Streichhölzer aus unserer Kramschublade, fand noch einen Karton Orangensaft auf der Anrichte. Der feuchte Frotteesaum des Morgenrocks hing kalt um meine Beine. Ich versuchte, ihn auszuwringen, roch Schmutzwasser und darunter, wie Geflüster von fern, den Zitronenduft von Martins Rasierschaum. Während das Wasser immer schneller stieg, sein Sog zog an meinen Knöcheln, dann an den Knien, lief ich zum Badezimmer. Als ich die Tür öffnete, schoss aus dem Klobecken unter lautem Zischen eine übelriechende Fontäne und bespritzte mich von Kopf bis Fuß. Durchgeweichte Papierrollen trieben um das Becken.

Damals war mir nicht klar, dass Martin und seine vielen Erzählungen von Hochwassern, von der Oder und ihren Tücken, der Grund für meine Furchtlosigkeit waren. Allein ihm verdankte ich die traumwandlerische Sicherheit, mit der ich rettete, was zu retten war. Ich ließ den mit Fäkalbrühe durchtränkten Morgenrock von den Schultern gleiten und stieg in Unterwäsche die Leiter zum Dachboden empor.

Durch die Dachluke in der Mitte des schlauchartigen Raums, in dem ich nicht aufrecht stehen konnte, sah man einen weißen, schmutzfleckigen Halbmond. Sein trübes Licht erhellte ein seltsames Bauwerk, das unter den Schrägen errichtet worden war – inmitten von ausrangierten Möbeln, alten Koffern und anderem Plunder. De Ruit hatte alle Bücher zu Mäuerchen verbaut und so eine Burg mit niedrigen Wänden hochgezogen, nahezu quadratisch, mit einer Öffnung an der Stirnseite, durch die er selbst schon hineingekrochen war. Er hatte sich genau unter der Dachluke niedergelassen, den Spitz über den ausgestreckten Beinen wie eine schwarze Pelzdecke. Beide sahen mich erstaunt an, als ich vor dem

Eingang des Bücherhauses stand. Stromian schnupperte in meine Richtung, erhob sich, beschnüffelte meine verschmierten Füße, wandte sich aber schnell ab. Sein Herr verzog das Gesicht: »Du stinkst ganz fürchterlich, aber das verzeihen wir dir, weil du an etwas zu essen gedacht hast.« De Ruit wies auf meine Tüte, aus der die Bananen herausschauten. »Es wird sicher noch eine Weile dauern, bis jemand zu uns durchkommt.« Er kicherte, kraulte den Kopf des Spitzes und murmelte: »Bis dahin sind wir längst weg, nicht wahr, Stromian?« Ich blieb stumm stehen, lauschte auf das leise Knacken der Dachsparren, auf das Poltern unter uns und begann plötzlich, am ganzen Körper zu zittern, so stark, dass die Kniescheiben aneinanderstießen, die Zähne klapperten, alle Körperhärchen sich aufstellten. De Ruit erhob sich, kroch aus der Bücherburg und fing mich auf, als ich umsackte. Ich fiel gegen ihn, bemerkte, dass er sich in eine kratzige Wolldecke gewickelt hatte. Es roch nach nassem Gras und feuchtem Leder. Der Arm, der mich am Wegkippen hinderte, war hart und stark. »Inez, wo hast du dein grünes Kleid gelassen?«

Jetzt ist Zeit für eine Pause, mein Lieber. Ich muss schlafen, kann kaum noch tippen. Gute Nacht!

1. Anlage zum Bericht für Oscar

von Carmen Salamanca-Kowski

Madrid 1992

Lieber Gert De Ruit,
mein Mut, Sie anzusprechen, noch dazu auf Spanisch, statt in Ihrer Sprache, kommt nur daher, dass ich bis obenhin voll mit Medikamenten bin. Meine Schrift ist scheußlich, weil ich mich

beeilen muss, bevor ich einschlafe und bevor der Oberarzt merkt, dass sein Kuli fehlt – eigentlich darf ich keine spitzen Gegenstände haben und soll mich nicht aufregen. Also ganz schnell.

Sie sollen nur wissen, dass ich keine »unzuverlässige, dumme Jungkuh und Schlampe« bin (so hat Rosita von Abedul mich genannt) und auch keine »hohle Nuss ohne Verantwortungsbewusstsein« (Eugen Bluthardt). Das Manuskript war fast fertig, ich hatte Tag und Nacht daran gearbeitet. Das war oft ein hartes Brot. Verzeihung. Ich verehre Ihre Kunst und wollte es so gut wie möglich machen. Erstes Übersetzungsprojekt überhaupt. Bin gerade 22 geworden. Riesenchance. Mein Freund Oscar ist sehr klug, viel älter als ich, guter Kopf, enorm belesen, deshalb habe ich ihm meine Übersetzung gegeben. Zur Sicherheit. Damit sie noch besser wird. Für Sie! Oscar sagte: So einen Schriftsteller gibt es nur alle hundert Jahre einmal. Er konnte nicht aufhören zu lesen. Hat das Manuskript verloren. Weil er ein Feigling ist, hat er mir nichts davon gesagt, sich stattdessen aus dem Staub gemacht. Außerdem andere Frau. Mit zwei Kindern. (Nicht so wichtig, ich schreibe es nur der Vollständigkeit halber.) Ich entschuldige mich für diese ungeheure Nachlässigkeit, unverantwortlich von mir, keine Kopien zu machen. Mein jetziger Zustand ist eine Folge dieser Ereignisse. Ich war bereit, für Gedankenlosigkeit zu büßen. Dem ist nichts hinzuzufügen. Versuche vollständigen Satz: Niemand wird sich so um Ihre Arbeiten bemühen, wie ich, ich liebe jedes Wort, das Sie schreiben – ich will, dass Sie das wissen.

Lassen Sie mich weiter Ihre Stimme sein, damit jeder, der Spanisch spricht, Sie lesen kann. Das Polaroid meiner Handgelenke aus der Krankenakte lege ich bei, damit Sie wissen, wozu ich bereit bin (Teppichmesser).

Wirklich müde jetzt. Nur Sie verstehen. Freue mich auf Ihr nächstes Buch. Will bald nach Deutschland kommen.

Immer, Ihre Carmen

Auf diesem Brief klebt ein gelbes Post-it, datiert August 2012: Gott, Oscar, ich war damals noch nicht trocken hinter den Ohren! Den Brief hat De Ruit mir mitgebracht, als Erkennungszeichen sozusagen und als mein persönliches Eigentum. Ich lege ihn Dir bei, damit alles komplett ist. Das Foto hat der Wahnsinnige natürlich behalten.

Altranft, immer noch im August 2012, morgens um fünf

Mein lieber Oscar,
hier sitze ich schon wieder, denn ich brauche nicht viel Schlaf, auch will ich diese Geschichte zu Ende bringen.

Ja, Oscar, allmählich beginne ich Dich zu verfluchen, zumal seit gestern Nacht, denn obwohl es ja heißt, das Aufschreiben belastender Erinnerungen sei ein reinigender Prozess, habe ich nichts als Albträume gehabt. Mein Kopf schmerzt, und ich fühle mich gefangen wie in einem klebrigen Netz. Wie schön muss es sein, sich einfach nur Dinge auszudenken, statt im wirklich Erlebten herumzustochern, es mühsam zu rekonstruieren, sich dabei natürlich ständig zu irren, auf Holzwege zu geraten und schließlich am eigenen Verstand zu zweifeln. So geht es mir heute Morgen. Dabei verspricht es ein schöner Tag zu werden, ich könnte alles Mögliche tun, an einer neuen Übersetzung arbeiten, meine Lavendelbüsche stutzen …

Aber nein, wie zu allen Zeiten meines Lebens lasse ich mir von anderen, besonders von Männern, an denen mir etwas liegt, vorschreiben, was zu tun ist. Also weiter mit diesem verflixten Bericht:

Ich rückte von De Ruit ab, kauerte mich hinter der Bücherburg auf die Holzdielen, die Knie bis zum Kinn gezogen und schlotterte in meiner nassen Unterwäsche.

Als ich in der Dunkelheit das entsetzliche tiefe Gluckern aus den gefluteten Gedärmen des Hauses unter mir wahrnahm, war ich einen Augenblick lang dankbar für die Wolken, die mit ihrer Schwärze das Dachfenster gänzlich ausfüllten, den Mond verhüllten und es unmöglich machten, draußen auch nur einen Umriss zu erkennen. Die vollkommene Finsternis füllte sich mehr und mehr mit Geräuschen, auch Schreie waren dabei, grell und durchdringend, bei denen ich nicht glauben wollte, dass sie von Menschen herrührten. Es gab in Glebien und seiner Umgebung viele Tiere, die von den Wassermassen sicher ebenso überrascht worden waren wie mein Gast und ich.

Meine Zähne schlugen aufeinander. Schließlich konnte ich die Kälte nicht länger ertragen und tastete nach der Plastiktüte, die ich aus der Küche mitgebracht hatte. Martins alte Taschenlampe leuchtete nur schwach. Ihre Batterie würde bald den Geist aufgeben. Wir hatten sie zum letzten Mal im Winter benutzt, um unter dem Küchenschrank ein Mäusenest aufzustöbern. Ich kroch in den hinteren Teil des Dachbodens, weil ich wusste, dass dort eine Holzkiste voller alter Kleider stand. Sparsam, ordentlich und auch ein wenig sentimental war Martins Mutter gewesen, denn sie bewahrte Kleidungsstücke darin auf, in denen sie sich als jung Verheiratete gefallen hatte, unter anderem auch ihr Brautkleid, ein 60er-Jahre-Modell, »selber genäht nach einem Pramo-Schnitt«. Eine übergewichtige Frau in ausgeleierten Jogginghosen, die plump wie ein Huhn vor mir die Leiter hochgewackelt war, um mir zwei Arme voll knisternder, weißer Kunstfaser zu zeigen. Sie wollte, dass ich es bei meiner eigenen Hochzeit trug.

Zum Glück fand ich die Kiste schnell, denn die Glühbirne der kleinen Lampe flackerte schon bedenklich, als ich sie öffnete und mich mit dem ersten Kleidungsstück, das ich griff, abtrocknete. Im spärlichen Lichtstrahl der gegen die Kiste gelehnten Taschenlampe wischte ich mir den Dreck ab, so gut es ging, wühlte tiefer und fand tatsächlich unter dem Hochzeitsgewand ein geblümtes Sommerkleid, eine Strickjacke und sogar ein Paar lange hellbraune Strümpfe aus festem Baumwollgarn samt Strapsgürtel. Schnell zog ich mich aus. Für einen Moment war ich mir meiner Nacktheit bewusst, der steif vorstehenden Brustwarzen, des feuchten Schamhaars. Ungeschickt bückte ich mich, um in die altmodische Unterwäsche und die Strümpfe zu schlüpfen.

Langsam stellte ich ein Bein auf den Kistenrand, hakte die Strümpfe fest, die in hellbraunen Ringen um meine Knöchel hingen. Wieder angezogen zu sein machte mich ruhiger und ich glaubte, De Ruit und seinen Hund atmen zu hören. Ich fühlte mich entsetzlich, mir kamen die Tränen, begleitet von Schluchzen und einem schmerzhaften Schluckauf. Wieder hörte ich Martins Stimme am Telefon: »Carmen, ich hol dich selber, dir passiert noch was! Carmen, ich bin betrunken, aber das Wasser kommt trotzdem! Carmen, ich bitte dich!« Für einen alten Mann hatte ich ihn verraten, mit dem ich unbedingt diese papierne Affäre hatte beginnen müssen, dieses aus Worten, wilden Gedanken und Träumen gebraute Gemisch, das fader schmeckte als der verschlafenste Kumpelsex mit meinem Ehemann.

Mir kam der Wunsch, De Ruit nie gesehen zu haben. Wäre er nicht aufgetaucht, hätte mein Tag einen ganz anderen Verlauf genommen. Ich hätte im Garten gearbeitet, mich zu einem einfachen Mittagessen unter den Birnbaum gesetzt, in der Sonne geraucht und zugeschaut, wie das auf Beeten und Wiese stehende Wasser langsam verdunstete. Ich wäre vor dem Gewitter schlafen gegangen oder bereits im Wohnzimmer eingenickt, mit einem Buch in der Hand. So hätte mich die Flut vorgefunden, und ich wäre alleine auf dem Dachboden, in Frieden. Ich hätte nicht dieses Gefühl zu ertragen: dieses Ausgeliefertsein, diese Hingabe an ein Gespenst – denn was war dieser Gert De Ruit anderes als eine Geistererscheinung, etwas, das es nur in meinem Kopf gab? Hatte irgendetwas an diesem Nachmittag mich klüger gemacht oder mir geholfen, seine Bücher besser zu verstehen? War ich nicht noch verwirrter, jetzt, da er mir so nah, viel zu nah gekommen war?

Nichts ist schlimmer, als mit den eigenen Gedanken allein zu sein und gezwungen, sich der unbarmherzigen Wiederholung von Bildern und Sätzen, von Verhindertem und Herbeigeführtem, von Wahrheit, Lüge und Selbstbetrug zu stellen. Mein Hirn enthält eine Folterkammer. Hier wird niemals Pause gemacht. Ich werde das aushalten müssen. Bis zu meiner eigenen Vernichtung werde ich aushalten müssen, wie es sich angefühlt hatte, mitten in Martins besorgtes Gestammel hinein den Hörer aufzulegen. Gleichzeitig muss ich den anderen Film ertragen, in dem ich rechtzeitig das Haus verlasse, auf dem Fahrrad zu Martins Stammkneipe rase und im Windfang, wo es nach Bierdunst und Bratensoße riecht, mit meinem Mann zusammenstoße, meinem unrasierten, betrunkenen Mann, der nur eine Handbreit größer ist als ich und einen Bauch hat, den ich spüre, wenn wir uns in die Augen sehen, ganz nah, so dass einer den Atem des anderen riechen kann: seiner scharf und verzweifelt nach Doppelkorn, meiner schal und fischig, weil ich durstig bin von der Fahrt in der Abendhitze kurz vor dem Gewitter. Wir sehen uns an, und jeder kann im Gesicht seines Gegenübers etwas finden, das ihm für einen Augenblick den Atem stocken lässt.

Als ich in den Kleidern meiner Schwiegermutter steckte, hörte ich derbes Händeklatschen. De Ruit und sein Hund standen direkt hinter mir. Der Mann applaudierte. Beide starrten mich an, und ich schämte mich so sehr, dass mir heiß wurde. Offensichtlich hatten sie mich die ganze Zeit über beobachtet, angeglotzt, und nun amüsierten sie sich auch noch über mich. »Wunderbar, einfach wunderbar. Aber was soll die Heulerei? Fürchtest du dich auf einmal? Keine Angst, kleine Carmen, bald kommt ein Hubschrauber und holt dich. Sie werden dich aus der Dachluke ziehen, mit einem zweiten Gürtel um deine herrlichen Hüften und dich in Sicherheit bringen, in irgendeine Turnhalle oder ein Feuerwehrhaus. Spätestens wenn die Sonne aufgeht, sind sie da, das verspreche ich dir.« De Ruit fasste mich um die Taille, als wollte er mich zum Tanz holen, und führte mich unter die Dachluke. Der Mond war wieder aufgetaucht, weißer und leuchtender als zuvor. Sein Licht machte die Züge De Ruits auf merkwürdige Weise weich und jugendlich, die kalten Augen freundlich. Er streichelte mein Haar, ganz anders als vorhin im Garten, viel sanfter, als liebkoste er ein Kind. »Du bist unglücklich, mein armes, schönes Narbenmädchen. Der Regen hat uns einen Strich durch die Rechnung gemacht. Aber vielleicht ist es besser so. Du machst dir Sorgen. Was ist los?« Oscar, ich konnte kaum sprechen. Auf einmal war mir alles egal, ich heulte, ich erzählte ihm von Martin, von dem Streit am Telefon, als sei er mein Beichtvater, einer, dem nichts fremd ist und der am Schluss Hoffnung und Vergebung schenkt. Er sagte nichts, saß nur neben mir auf den harten Bohlen und hörte zu. Manchmal knurrte der Spitz in seiner Ecke. Es gab von

De Ruit weder Ratschläge noch gute Worte, er schüttelte den Kopf, ließ mich reden und heulen, bis ich nicht mehr konnte.

Ich muss eingeschlafen sein, denn ich erwachte – das erinnere ich sehr deutlich – mit diesem grässlichen Gefühl, aus großer Höhe herabzustürzen. In Wahrheit sind das ja nur Muskelzuckungen der Beine, aber man hat doch den Eindruck, direkt auf der Matratze, in meinem Fall auf den Dielenbrettern, aufzuschlagen. Stöhnend richtete ich mich auf und sah mich um.

Im hinteren Teil des Dachbodens bewegte sich ein unruhig wanderndes, blassgelbes Licht. De Ruit hatte wohl meine Provianttüte durchstöbert und die Kerzen gefunden. Sein riesiger Schatten zeichnete sich an der Schräge ab. Leise erhob ich mich, um besser sehen zu können.

Zusammengekrümmt unter der Schräge, einen Kerzenstummel in der Rechten, suchte der Mann im Gerümpel herum. Er musste die Stiefel ausgezogen haben, denn ich hörte das leise Tappen seiner bloßen Füße. Stromian war nirgends zu sehen. De Ruit hob Gegenstände hoch, schüttelte den Kopf, stellte sie dann zurück, um weiterzugraben in diesen Schichten aus Kartonagen, Kisten und Koffern. Wir hatten es nie geschafft, hier oben zu entrümpeln. Allein schon diese Unfähigkeit machte Martins Ausbau-Pläne, für die zudem kein Cent übrig war, lächerlich. Immer wenn Geschäftssorgen besonders an ihm fraßen, flüchtete er in Träumereien von einer verglasten Mansarde mit Oderblick – für zukünftige Feriengäste. Statt dieser erträumten Touristen stand eine Ansammlung von Krempel herum, den seine Eltern im Laufe ihres Lebens zusammengetragen hatten.

De Ruit öffnete eine Holzkiste, wühlte eine Weile darin herum und zerrte einen schwarzen Regenmantel heraus. Mit geschickten Handbewegungen ließ er etwas geschmolzenes

Wachs auf den Kistenrand tropfen, pflanzte die Kerze in die winzige Pfütze und pellte sich in diesem nun ruhig gewordenen Lichtkreis die nasse Lederhose herunter. Sein Körper war ebenso weiß wie der schmale Leib der Kerze und erschien mir überraschend jung, fast wie die Glieder eines Halbwüchsigen, glatt und sehnig und in seiner vollständigen Nackheit viel weniger beängstigend als vorhin im Garten, wo er noch halb bekleidet gewesen war. Kälteschauer überliefen ihn, und wie zum Schutz barg er die eingeschrumpften Hoden, den schneckenhaft zusammengezogenen Penis in einer seiner großen Hände, als könne ihm nichts mehr geschehen, wenn nur diese Teile warm und sicher lagen. Ich atmete vorsichtig, denn ich wollte um alles in der Welt verhindern, dass er mich bemerkte.

Oscar, ich weiß nicht, ob Du das verstehst. Es gab mir das Gefühl von Macht, ihn so zu sehen, nackt, frierend, seine Blöße bedeckend, und obwohl ich in einer unmöglichen Situation war, ohne Nachricht von meinem Mann, unser Haus und Geschäft ruiniert vom Hochwasser, immer noch in Lebensgefahr und kein Zeichen der Rettung in Sicht, konnte ich an nichts anderes mehr denken als an diesen Schriftsteller, der da vor mir stand: auf eine Weise schön, die ich Dir nicht erklären kann und die wohl mit der Gewalt zusammenhing, die De Ruit und seine Bücher schon so lange über mich hatten. Ich betrachtete ihn wie ein Bild, fest entschlossen, mir jede Bewegung, jedes Haar, jeden Muskel einzuprägen. Nicht weil ich ihn begehrte, dafür war es zu kalt, zu gefährlich und zu unwirtlich, sondern weil ich immer noch begeistert davon war, meinem Idol so nahe zu sein. Er schlüpfte in den Regenmantel, der im Kerzenlicht fettig glänzte, zog den Gürtel um die Taille zusammen und richtete sich wieder auf – furchterregend, die Hände in den Taschen, die Schultern zurückgenommen. Mit einer raschen Bewegung strich er sich das Haar glatt. Seine Augen sahen hell, kalt und streng über die Bücherstapel hinweg auf mich, die zurückstarrte, entschlossen, nicht zu blinzeln, als seien wir jetzt quitt, nachdem er mich vorhin zusammen mit seinem Köter angeglotzt und verspottet hatte. Ich erhob mich und ging auf ihn zu, bis ich ihm direkt gegenüberstand. Die Kerze auf dem Kistenrand verlosch.

Über uns setzte erneut der Regen ein, heftiger als zuvor, schlug auf Dach und Fenster, als wollte er alles zerschmettern. Ich konnte De Ruit nicht mehr sehen, spürte nur seinen Arm um mich, als er dicht an mich herantrat. Er zog mich zu sich und flüsterte mir ins Ohr. Sein Atem war warm und roch angenehm. Er ließ seine Hand langsam über meinen Körper wandern, mehr neugierig als lüstern, befühlte zuerst den Kragen des alten Sommerkleides, dann den Aufschlag der Strickjacke, drehte an den Knöpfen, berührte den Saum und beendete die Erkundungsreise schließlich an meiner Hüfte, wo die Finger liegen blieben. »Ein Kleid mit Streublumenmuster aus dünner Baumwolle mit weitem Rock, darüber eine handgestrickte Jacke, Perlmuttknöpfe. Die obersten stehen offen, man kann den Hals sehen, eine Ahnung von Brustansatz, gelbweiß wie flüssige Sahne. An einer dünnen Goldkette hängt ein Medaillon. Dazu hättest du Seidenstrümpfe und Spangenschuhe mit halbhohen Absätzen getragen. Meine Mutter hat oft so ausgesehen, besonders im Sommer. Vorhin, als du die Sachen angezogen hast, bin ich erschrocken. Ich dachte einen Moment lang, sie wäre es.« Seite an Seite ließen wir uns auf dem Boden nieder, ich lehnte mich an ihn und genoss seine Nähe. Er fühlte sich tröstlich an, wie jeder Männerkörper, der nicht begehrt. Plötzlich begann er wieder zu sprechen.

»Es wird Zeit, dir zu erzählen, wer Gert De Ruit wirklich ist. Deshalb bin ich hierhergekommen. Auch wenn es bessere

Momente gibt als diesen, werde ich ihn nutzen, weil ich nicht weiß, ob ich noch den Mut dazu habe, wenn wir das hier überstanden haben und uns wieder hinter unseren höflichen Alltagsgesichtern verstecken können.« Er seufzte tief, bevor er weitersprach.

»Ich erzähle alles dir, niemandem sonst. Keiner hat so viel über mich und meine Arbeit nachgedacht wie du. Es gibt nun einmal Zeiten, in denen es den Menschen ängstigt, wenn er vor seinem Vertrauten Geheimnisse haben soll, die er bisher mit viel Sorgfalt verborgen hat; die Seele fühlt dann einen unwiderstehlichen Trieb, sich ganz mitzuteilen, dem Freund auch das Innerste aufzuschließen, damit er umso mehr unser Freund werde. Manchmal geschieht es allerdings, dass einer danach vor der Bekanntschaft des anderen zurückschreckt.« De Ruits Finger fuhren über mein Haar, strichen über Stirn, Nase, Lippen.

»Es gehört alles dir, aber du darfst kein Wort weitergeben, sonst …« Seine Hand, beim Hals angekommen, schloss sich plötzlich und drückte zu, nicht spielerisch, sondern kraftvoll und brutal. Mein Kehlkopf knackte leise unter seinen Fingern, und obwohl ich hustete und spuckte, als er mich wieder losließ, schrie ich ihn nicht an, weil ich ihn verstand. Hier galt quid pro quo. Jeder gab dem anderen etwas Unersetzliches. Es war eine klare Abmachung. Dass ich jetzt davon abrücke, geht nur mich etwas an.

Er sprach weiter, flüsterte in mein Haar, atmete in meinen Nacken. Wir hielten uns umschlungen wie ein Liebespaar, und mir fielen auch diese Geschichten wieder ein, gerade in Deutschland gibt es ja Dutzende davon, von Menschen, die in Luftschutzkellern unter Trümmern liegen, einander umklammern und sich aus lauter Lebensgier vereinigen. Bei De Ruit und mir geschah in dieser Nacht nichts dergleichen. Oder vielleicht doch, nur auf andere Weise. Seine Sätze drangen in meine Ohren, mein Hirn, verließen seinen Körper, und ich musste sie aufnehmen, ob ich wollte oder nicht. Ich hatte keine Wahl, es sei denn, ich hätte mich von ihm befreit und mich aus dem Fenster nach unten in die Schwärze gestürzt.

Am Anfang suchte De Ruit nach Worten, unterbrach sich immer wieder und stockte, als müsste er überlegen, ob das, was er eben gesagt hatte, sich wirklich so und nicht anders zugetragen hatte. Er wirkte unsicher, fast gehemmt, eine völlig neue Seite an diesem Mann. Ich hatte nicht den Eindruck, dass er diesen Wirrwarr zuvor schon einmal geordnet hatte. Irgendwann geriet er in einen Fluss, der dann fast zu schnell an mir vorüberrauschte. Umso schwieriger ist es nun für mich, all das niederzuschreiben; vergiss bitte nicht – wir befanden uns in Lebensgefahr, in der Dunkelheit, ohne zu wissen, was in den nächsten Stunden mit uns geschehen würde. Zwischendurch schlief ich immer wieder ein, eingelullt durch die Körperwärme des Mannes und des Hundes, die mich einrahmten, durch die Pulsschläge der beiden, rechts und links von mir, durch die Erschöpfung, die mich jede Sehne, jeden Muskel spüren ließ und auf diesen Bretterboden bannte, als wäre ich darauf festgeheftet, wie ein Insekt in einem Schaukasten. Meine Aussetzer dauerten nie lange, dafür war ich zu unruhig. Deshalb glaube ich nicht, dass ich große Lücken habe. Aber es gibt keinen Anspruch auf Vollständigkeit und auch nicht auf literarische Qualität – schließlich bin ich keine Schriftstellerin.

Hier ist das, woran ich mich erinnere und worauf Du die ganze Zeit gewartet hast:

Gert De Ruits Geschichte, aufgezeichnet von Carmen Salamanca-Kowski, nach seiner und ihrer Erinnerung

April 1945

Es gab an diesem Tag, wie so oft in den letzten Wochen, keinen richtigen Unterricht. Er war mit ein paar Kameraden herumgestromert, in den Gärten, im Wald. Wegen irgendeiner Dummheit gab es Streit, denn sie nutzten jede Gelegenheit, um sich zu prügeln, im feuchten Gras herumzuwälzen, einander Nasenstüber und heftige Rippenstöße zu verpassen. Schließlich gingen sie murrend, verschwitzt und unbefriedigt auseinander. Dem Jungen klebten Lehm und Moosreste an den bloßen Schienbeinen, die Knie trugen Grasflecken wie grüne Kappen. An seinen Fingern hing der Schweiß des anderen, den er zu Boden gedrückt hatte. Der Junge beschloss, hinten durch den Garten zu gehen, um sich dort an der Regentonne zu waschen. Seine Eltern mochten es nicht, wenn er raufte oder seine Kleidung in Unordnung brachte. Es roch nach feuchter Erde, Regenwürmern und dem zersetzten Laub des vergangenen Herbstes. Amseln sangen wild und ausgelassen. Das trübe Wasser lief eiskalt an seinen Armen entlang. Er säuberte sich notdürftig.

Sie saßen im Wohnzimmer am runden Tisch vor dem Kamin, in dem zu seinem Erstaunen ein kleines Feuer brannte. Der Tag war sonnig, auch wenn das Licht noch wenig Kraft hatte. Eines der Flügelfenster stand zum Garten hin offen. Er lief über die Terrasse, schlüpfte hinein. Die Teekanne dampfte auf dem Stövchen, er roch den Apfelschalentee, den die Mutter im Herbst immer machte und den alle tranken, obwohl keiner ihn mochte. Die Decke mit der blauen Rankenstickerei lag auf dem Tisch wie immer an Wochentagen. Dennoch spürte der Junge sofort, dass etwas nicht stimmte. Die Eltern blickten, ganz gegen ihre Gewohnheit, nicht auf, als er eintrat. Sie unterhielten sich leise, er hörte ihre Stimmen, ohne zu verstehen, was sie sagten, denn sein Blick war auf die Stapel gefallen, die überall auf dem Fußboden herumlagen, schwarze Leitz-Ordner und hellgrüne Mappen, in denen der Vater seine Laborberichte abheftete, Haufen loser Dokumente, gebündelte Briefe. Papiere verteilten sich auch über den Tisch, die Sessel und den dicken roten Teppich in der Mitte des Raumes. Stromian lag vor dem Fenster, er hatte den Platz nach dem Einfall der Sonne gewählt. Als er den Jungen hörte, sprang er auf, näherte sich wedelnd und rieb den schönen Kopf an seiner Hüfte. Schweigend streichelte er das Tier.

Die Mutter erhob sich, griff nach einem der Ordner. Der Metallbügel quietschte, als sie ihn hochdrückte, den Inhalt herausnahm und dem Vater zeigte: »Das alles muss auch weg, oder?« Dieser nickte, gemeinsam traten sie vor den Kamin. Die Mutter ging in die Hocke, der Vater blieb stehen. Zu solchen Bewegungen war er wegen seiner Beinprothese nicht in der Lage. Er reichte ihr Stapel um Stapel, während sie die Flammen fütterte. Als der Junge einen kurzen Gruß rief, kam die Mutter in ihrem leichten Gang auf ihn zu, legte ihm die Hand auf die Schulter, ihre weiche Wange berührte die seine. »Du kannst gleich mithelfen, es gibt hier sehr viel zu tun.« Der Vater stand noch am Feuer, er murmelte etwas, drehte sich aber nicht um, sondern ließ aus einem dicken Packen Papiere in den Kamin flattern. Es brannte hell aus dem schwarzen Mauerwerk. Nur der Geruch war unangenehm, ganz anders als die würzigen Kiefern- und Tannenkloben, die sie sonst verfeuerten. Mutters Stimme klang freundlich wie immer, aber so bestimmt, dass der Junge nicht wagte, nach dem Mittagessen zu fragen, obwohl er Hunger hatte. Im Haus hing kein Essensduft, das hatte er noch nie erlebt. Dabei gab es seit Tagen wenig Regelmäßigkeit. Grete, das Dienstmädchen, hatte die Stadt schon vor Wochen verlassen und war zu ihrer Familie nach Sulzbach an der Murr zurückgekehrt. Das Radio lief ununterbrochen, an der Wand neben dem Fenster hing die große Europakarte, auf welcher der Vormarsch der Feinde mit bunten Stecknadeln markiert war. Die Mutter schickte den Jungen ins Herrenzimmer, wo der Aktenschrank neben dem Schreibtisch des Vaters schon mit weit geöffneten Türen auf ihn wartete. »Nimm bitte alles heraus und bring es runter. Wir sortieren dann aus.« Der Junge hatte sich noch nie länger alleine im Herrenzimmer aufgehalten. Zusammen mit Labor und Elternschlafzimmer gehörte es zu den verbotenen Orten, ohne dass dies je ausgesprochen wurde. Manchmal saß er hier neben dem Vater unter dem Licht der gelben Schreibtischlampe, um sich Schulaufgaben erklären zu lassen. Sonntags spielten sie zusammen Schach. Dabei durfte der Junge Wein trinken. Einen halben Römer voll, einen blauen, in dem der Wein purpurn aussah. Das Glas des Vaters war blutrot. Der Trinkspruch war immer derselbe: ›Magna voluisse magnum!‹ Immer gleich blieb auch das ermunternde Lächeln des Vaters, unter dem er sich ebenbürtig fühlte, wenn der erste Schluck seine Lippen berührte.

Jetzt folgte er den Anweisungen, griff in den Schrank, kam sich dabei immer noch wie ein Eindringling vor, klemmte sich ein paar Ordner unter den Arm, ohne sie genauer anzusehen. Unten nahm ihm die Mutter ungeduldig die Unterlagen ab, riss sie ihm fast aus den Händen, drehte sie mit einer hektischen Bewegung, musterte ihre Rücken, nickte. »Los, gleich wieder hoch! Hol das Nächste, immer weiter, bis der Schrank leer ist!« Der Junge lief absichtlich langsam nach oben, allmählich verärgert, denn er fühlte, dass hier etwas Wichtiges geschah, von dem er ausgeschlossen wurde. Natürlich gab es immer Momente, in denen er hinausgeschickt wurde: wenn der Vater mit seinen besten Freunden um den Wohnzimmertisch saß, den THlern, den Alchimisten, wie der Vater seine Studienkollegen von der Technischen Hochschule nannte. Die wohnten seit Jahren in Berlin, weil sie dort arbeiteten, kamen aber immer wieder vorbei. Dann war der Vater begeistert. Wie gut das tue, mal wieder aus der Routine rauszukommen, die alten Kommilitonen zu treffen, sich über richtige Chemie auszutauschen, über etwas Bedeutendes, nicht nur dieses alltägliche Einerlei in der Firma, mal zu sehen, wie sie arbeiten am Kriminaltechnischen Institut mit all seinen großartigen Möglichkeiten. Oft stand er mit Rat und Tat zur Seite, half sogar aus der Klemme mit seinen Ideen. Heeß und Widmann saßen schon in Hemdsärmeln unter der Lampe, wenn das Tablett mit den Likörgläsern gebracht wurde, Zigarrenrauch hing über ihren Köpfen. Die Mutter berührte den Jungen am Handgelenk: »Geri, es ist Zeit«, und er musste sich erheben, um die noch bis nach Mitternacht angeregt plaudernde Runde zu verlassen, in der schon so oft die verräterische Abkürzung KTI aufgeblitzt war. »Mein Alter, du bist hier fehl am Platze, komm doch zu uns, wir brauchen Männer wie dich!« Aber das kam nicht in Frage. Der Vater hing an seiner Heimatstadt: »Mich alten Schwaben kann man nicht verpflanzen in diesen Moloch.«

Stattdessen fuhren sie häufig nach Berlin. Er war der Einzige aus seiner Klasse, der die Hauptstadt schon mehrmals besucht hatte. Jedes Mal wohnten sie bei Familie Heeß in Charlottenburg. Das Viertel allein kam ihm schon so groß vor wie seine ganze Heimatstadt. Wie hoch die Häuser waren, wie breit die Straßen, und diese Menschenmassen! Die blonde Traudel Heeß war ehrlich begeistert, wenn ›Besuch aus Walters Heimat‹ kam, und ihre Zwillinge erst! Zwei Buben, vier

Jahre jünger als Gernot. Witzig, wie die berlinerten, obwohl ihnen das eigentlich verboten wurde. Der Walter hatte ihm die Siegessäule gezeigt, Traudel ihm seine erste Berliner Weiße spendiert, und am Abend waren sie ›Unter den Linden‹ und auf der Friedrichstraße spazieren gegangen. All die Lichter, die bunten Reklamen, die Autos, wie im Kino.

Berlin war knorke, so sagte man doch dort. Bloss das KTI enttäuschte den Jungen, dabei schien der Vater dort lieber zu sein als auf dem Kudamm oder im Grunewald beim Eisessen. Es war bloss ein langweiliges Büro am Werderschen Markt, mit Topfpflanzen, Schreibmaschinen und Linoleumfussboden. Vaters großes Zimmer bei ›Geiger Lacke und Farben‹ war schicker. Trotzdem funkelte das KTI grell wie ein Zauberjuwel, von dem niemand ihm sagen wollte, was dieses für Kräfte hatte. Anstatt eingeweiht zu werden, hatte er sich wie ein Kleinkind ins Bett zu trollen.

Und jetzt sollte er Handlanger sein, ohne ein Wort der Erklärung? In die dunkle Tiefe des Schrankes zu fassen, um die Unterlagen herauszufischen, kam ihm vor wie der Griff in die Kleidung eines Fremden, erschreckend und aufregend zugleich. Er wurde zusehends kühner, riskierte einen Blick auf das, was er hervorholte. Da gab es Laborberichte, sorgfältig getippt von der Mutter, deren Kürzel ›edis‹ in der rechten oberen Ecke der Bögen aufblitzte, Listen, ›Versuchsreihe CO‹, Brandenburg, Sachsenhausen, Mogilew. Er hatte die Stimmen der Berliner, die der Eltern direkt im Ohr, da ging es um viel Geheimeres als die Farbenkleckserei bei Geiger, um etwas, das mehr Ehre brachte als ein Artikel in chemischen Fachzeitschriften, in denen der Vater häufig publizierte. Aber die Tür war immer verschlossen, die Mutter wachsam.

Sein Magen knurrte. Mogilew, diesen Namen hatte er behalten, weil er so ähnlich klang wie Mowgli, der kleine Junge aus Kiplings Dschungelbuch. Ein teures Geburtstagsgeschenk war das gewesen, mit prächtigen Illustrationen und goldgeprägten Elefanten auf dem Ledereinband. Er wurde dazu angehalten, sich jedes Mal die Hände zu waschen, bevor er darin las. Mowgli aus Mogilew. Also hatte er den Vater gefragt, wie es denn in dieser Stadt und drumherum aussah. Nicht, weil er tatsächlich glaubte, es gäbe dort einen Dschungel wie in Indien, schließlich war er damals gerade elf geworden und ziemlich gut in Geografie. Aber der musikalische Klang führte zu solchen Ideen, und der Junge stellte sich etwas Herrliches vor. Nach Mogilew war der Vater zusammen mit Heeß und Widmann gefahren. Ab Berlin hatten sie sogar einen Wagen mit Chauffeur. Eine wichtige Mission, natürlich. Lachend hatte er aus dem Taxi gewunken, das ihn zum Bahnhof brachte, jedes Mal bester Laune, wenn er mit seinen Freunden unterwegs sein konnte, als unabhängiger Fachmann, um richtige Chemie zu treiben, anstatt als Feierabendspezialist allein im Labor zu versauern.

Sonst zeigte er sich sparsam mit Geschenken, ganz im Gegensatz zur Mutter, die dem Jungen auch außer der Reihe gerne mal etwas zusteckte. Doch von seinen Reisen brachte der Vater immer etwas mit. Gerade deshalb waren dem Jungen diese Unternehmungen allesamt noch gegenwärtig, lebendig in den Dingen, die er von dort bekommen hatte: Wenn der Vater allein nach Berlin fuhr, ging er auf die Tauentzienstraße und ›räuberte‹ ein wenig in den Spielzeuggeschäften. Meist brachte er Schachteln voller Wiking-Modelle, vor allem Zeppeline, die sie dann gemeinsam zusammenbauten. Aus Brandenburg an der Havel kam eine Schneekugel mit dem Rathaus darin. Aber das beste, das großartigste Geschenk stammte aus Mogilew.

Natürlich war Mogilew nicht schön, das wurde ihm erklärt: ein furchtbares Kaff im tiefsten Osten, sumpfig und schmutzig, doch das war nicht wichtig, denn aus Mogilew hatte der Vater ihm den Hund mitgebracht. Er konnte es zuerst kaum fassen: Der Vater führte einen Hund an der Leine, als er die Danneckerstraße hochkam! Beide Hände brauchte er, um das tobende Tier zu halten, das immer wieder an der Leine hochsprang, knurrte und sich im Kreis drehte. Der Taxichauffeur trug dem seltsamen Paar das Köfferchen hinterher. Der Vater sprach laut und gleichmäßig, immer dasselbe: »Ruhig, Hundle, ruhig, ganz ruhig.«

Das Hundle war ein schwarzer Teufel, so bissig und eigensinnig, dass die Eltern schon davon sprachen, ihn doch zu erschießen. Drei Tage lang tobte er in der Waschküche, die Bestie. Wie er der Mutter an den Hals gefahren war, ihm selber nach dem Handknöchel schnappte! Aber schließlich wurde er lammfromm, kam herausgeschlichen, hatte sich vor die Eltern und Gernot hingesetzt, die Pfote gegeben, den Kopf über dem zerrupften Pelzkragen schräg gelegt. »Das ist doch der Stromian aus Tiecks ›Waldeinsamkeit‹!« rief die Mutter. »Ein ganz Kluger, den muss jemand erzogen und trainiert haben, sieh mal an!« Der Vater betonte, es wäre doch jammerschade gewesen, dieses herrliche Exemplar von einem Weinbergspitz dort in der Einöde zurückzulassen. »Die sind ja so selten geworden, ich hab seit meiner Kindheit keinen mehr gesehen.« Woher die Russkis den wohl hatten? Das ist doch ein Schwab, ein echter. Natürlich gestohlen. Der Vater wusste gut Bescheid. Weinbergspitze stammten aus dem deutschen Südwesten und hatten in Weißrussland nichts verloren. Zum Aufpassen im Wengert waren sie gezüchtet worden, um tagsüber die Vögel aus den Reben zu scheuchen und später in der Dunkelheit anderen Traubendieben aufzulauern.

Mogilew, ganz klar. Der Vater war bei seiner Rückkehr

mopsfidel und aufgekratzt gewesen, trotz der tiefen Augenringe, einer Entzündung am Beinstumpf und einer tüchtigen Erkältung. »Wir waren ständig im Einsatz, eine echte Kugelfuhr, das Ganze. Vor allem diese Blutsauerei im Wald bei Minsk. Ich hatte dem Alfred gleich gesagt, wir sollten damit gar nicht erst anfangen. Sprengstoff, so was Blödes! Wie Gulasch hingen sie in den Zweigen. Aber wo gehobelt wird, da fallen Späne.« Der Junge wusste noch, wie Vati immer wieder den Kopf geschüttelt hatte. »Es wird höchste Zeit, dass da ein Kulturvolk einkehrt.« Den Spitz mit einem improvisierten Maulkorb aus Lederriemen hatte der Vater im Auto die ganze Zeit im Fußraum liegen gehabt. »Der ist für meinen Buben, ohne den wir nie auf die gute Idee gekommen wären.« Es war dem Jungen nicht klar, was der Vater meinte. Er redete von irgendwelchen Schläuchen und der Umleitung von Autoabgasen und einem Laster. Er wisse doch, der Laster! Als der Geri mit seiner klugen Frage gekommen sei, da habe er einen Geistesblitz gehabt und damit die Lösung.

Erst am Abend, als der Hund auf dem Teppich vor seinem Bett leise schnarchte, fiel dem Jungen wieder ein, wie der Vater neulich bei ihm gestanden hatte, als er mit seinen Soldaten spielte. Er besaß einen großen Satz aus Elastolin: liegende Schützen, marschierende, schießende, stürmende, präsentierende Soldaten, Flakartillerie, Musikkorps, Motorradfahrer und Fahnenträger. Sein Prunkstück war der Führer in Parteiuniform, mit Porzellankopf und beweglichem Arm. An diesem Abend hatte er versucht, so viele Soldaten wie möglich in den neuen rostbraunen Hausser-LKW zu quetschen, den er zu Weihnachten bekommen hatte. Bei dem konnte man die hinteren Türen öffnen. Es gingen überraschend viele rein, wenn man sie stapelte: »Vati, wie viele richtige Männer passen eigentlich in einen echten Laster?« Das alles war ihm nur im

Gedächtnis geblieben, weil der Vater keine Antwort gegeben, sondern mit einem kleinen Juchzer aufgesprungen war, ihm heftig auf die Schulter geklopft hatte und dann ins Herrenzimmer rannte, so schnell er das mit seiner Prothese fertigbrachte.

Doch das war nicht weiter wichtig, denn das Beste war und blieb Stromian. Von Anfang an hörte er auf diesen komischen Namen, den ihm die Mutter gegeben hatte. Der Junge hätte lieber etwas Flotteres gehabt – Apache, Dynamo oder wenigstens Piefke, so hieß der Riesenschnauzer der Heeß-Kinder. Dafür war es zu spät, Stromian klebte wie Pech. Der Hund verstand jedes Wort, wartete täglich am Gartentor, wenn er aus der Schule kam. Über ihn hatte er einen Aufsatz geschrieben, den der Lehrer Baitinger in der Klasse vorgelesen hatte: ›Mein bester Freund Stromian‹.

Der Junge klemmte den Papierkram achselzuckend unter den Arm und suchte mit der freien Hand weiter in den Schrankfächern herum. Bloß nicht nochmal hochlaufen! Sein Magen knurrte. Es war doch eine verdammte Schlamperei, dass man ihn hier hungrig schuften ließ! Was konnte denn bitteschön so wichtig sein? Dabei stand heute eigentlich Ofenschlupfer auf dem Speisezettel. Den kriegte die Mutter noch einigermaßen zustande, selbst wenn er nicht mehr ganz so gut schmeckte wie vor dem Krieg, ohne richtiges Ei und mit Trockenmilch als Ersatz.

Die graue Mappe ganz hinten im Fach hatte einen starken Knick in der Mitte, als sei sie von einem Stapel gerutscht und an die Rückwand gedrückt worden. Sein Name stand in der klaren Schrift des Vaters auf der vorgedruckten Linie, darunter sein Geburtsdatum, zweimal unterstrichen. 13. November 1930. Die Tinte war leicht verwischt, als wachse ein winziger dunkelblauer Flügel aus dem streng gezogenen Doppelbalken heraus. Gernot Alwin Stähle. Der Junge murmelte seine drei Namen leise vor sich hin, als seien sie eine geheime Formel, fuhr sie mit dem Zeigefinger nach, bevor er den Pappdeckel aufschlug.

Er brauchte nicht lange, um die wenigen, ebenfalls mit blauer Tinte beschriebenen Seiten zu überfliegen. Während des Lesens erschlafften seine Arme. Die Papiere glitten zu Boden. In seinen Händen begann die Mappe zu zittern. Er ließ sie sinken, kniff die Augen zusammen, atmete mühsam und mit einem Seufzer ein, blätterte hastig zurück, vertiefte sich erneut. Bevor er in die Hocke ging, um die Unordnung zu beseitigen, rollte er den Hefter zusammen und schob sich die schmale Röhre in den Hosenbund. Darüber zog er den Pullover. »Geri, wo bleibst du denn?« Mutters Ruf gellte ihm in den Ohren. Der Junge stürzte aus dem Zimmer. Im Hinausrennen prallte er mit der Schulter gegen den Türrahmen und polterte die Stufen hinunter, ohne etwas zu spüren.

In den nächsten Stunden wusste er nicht, wie er mit dem Schmerz umgehen sollte, denn er kannte dieses Gefühl nicht. Es war ihm, als wäre er von innen her ausgeweidet worden, als wäre etwas in ihn hineingekrochen, hätte sein Herz, sein warmes Inneres, gefressen und hockte nun da, mitten in ihm.

Bis zum Lesen jener Blätter hatte er glücklich und vollständig unberührt von Zweifeln gelebt, seinen Eltern sehr ähnlich in einer gleichbleibenden Heiterkeit, einer Selbstgewissheit, die Mutter wie Vater selbst durch die Widrigkeiten des Krieges zu tragen schien. Sie waren fest davon überzeugt, in großartigen Zeiten zu leben und eine Bestimmung zu haben.

Der Junge tastete sich wie betäubt durch die nächsten Tage. Die Eltern waren von hektischer Betriebsamkeit. Sie räumten das Labor aus. Bald war der große helle Raum nur noch eine weißgekachelte Zelle, ohne all die Gerätschaften, von denen er nicht wusste, wohin sie gebracht worden waren. Er sprach kaum mit seinen Eltern. Wenn er morgens aufwachte, hoffte er, er hätte alles nur geträumt. Die graue Mappe bewahrte er in seiner Schultasche auf, bei der er das Innenfutter an einer Stelle aufgetrennt hatte. Wenn er, noch im Halbdämmer, mit der schlafwarmen Hand nach dem Pappdeckel tastete, durchfuhr ihn der dumpf vor sich hinpochende Schmerz erneut und blieb in ihm, um den Rest seiner wachen Stunden zu begleiten.

Er nutzte die Unaufmerksamkeit der Erwachsenen, um sich zu entziehen. Weil jeder sich nur damit beschäftigte, wie alles Vertraute ringsum sich auflöste, zerbrach und verschwand, war er ganz auf sich allein gestellt. Die Scham verbot ihm, sich jemandem anzuvertrauen. Er hätte auch niemanden gewusst.

Das Schreiben war das Einzige, was ihm half, sich selbst nicht zu vernichten, nur um diesem Sturm in seinem Inneren ein Ende zu setzen – durch einen Sprung vom Dach, angesogen von der Tiefe, unten zerschellen wie ein rohes Ei, der unachtsame Weg über die Straße, obwohl er genau hörte, wie das Automobil sich näherte. Er hatte schon immer gerne vor sich hingekritzelt, aber es gehörte zu den vielen Dingen, die er gut beherrschte. Aufsätze fielen ihm leicht, er bekam rote Ohren vor Freude, wenn der Lehrer sie vor der Klasse vorlas und dabei nicht mit Lob sparte. In seiner Kameradschaft war er der Dichter, dem es zufiel, Sprüche zu reimen, Scherze, Glückwünsche. Wenn sie unter der Fahne standen und sangen, kam es schon einmal vor, dass er am Abend das schwarze Wachstuchheft aufschlug, um es Hans Baumann gleichzutun. Die Eltern ermutigten ihn dabei, zumal sie selbst Bücher liebten, besonders die Mutter. Die sah man nie ohne irgendeine Schwarte. Direkt ins Schwärmen konnte sie geraten über die fremden Welten, in die man geriet, auch wenn man nur im Sessel saß und die Augen über das Papier wandern ließ.

Sie las viel, auch Gedichte, und ging gerne ins Theater. Aber richtig verrückt war sie nach allem, was mit Spanien zu tun hatte. Sie schwärmte für den Caudillo, den Generalissimo Franco, der sein Land so hoffnungsvoll veränderte und für die Helden des Alcázar von Toledo. All ihr Wissen nahm sie aus einem kleinen hellblauen Buch, das immer auf ihrem Nachttisch lag und das sie halb auswendig konnte. ›Im Flug durch Spanien‹ von Will Vesper. »Da möchte ich mal hinfahren, das muss das Paradies auf Erden sein. Blühende Mandelbäume, der bittere Duft der Mimosen, die Macchia, die weiten rotgoldenen Apfelsinenhaine, gelbgoldnen Zitronenwälder. Alle Häuser sauber schneeweiß gekalkt in dunklen immergrünen Gärten. Alle Farben sind saftig, auch die Erde, hellgelb und rot. Und Madrid, die Stadt, die alle Gegensätze Spaniens in sich einen und zu einem gemeinsamen Wirken bringen soll, ohne sie aufzuheben, würdig, die Hauptstadt eines großen Volkes zu sein, wahrhaft königlich mit riesigen breiten Straßen, Brunnen, Denkmälern auf raumweiten Plätzen, stolzen Bauwerken aus alter, neuer und neuester Zeit. Und von den schneeüberhauchten Bergen von Guadarrama strömt jene reine, aber auch herbe Luft von Madrid, von der man sagt, dass ihr Hauch zwar keine Kerze zu löschen vermöge, aber die Seele.«

Dieses Traumspanien suchte die Mutter zu Hause heim, in Form von kleinen Päckchen, die zu allen möglichen Anlässen ankamen: Zu Mutters Geburtstag, zu Ostern, Weihnachten, aber auch Anfang Mai zum ›Tag des aufgeschlagenen Knies‹ und irgendwann im August zum ›Tag unseres ersten Kusses‹. Dann riss sie mit verlegenem Lächeln das braune Papier ab, las die beiliegenden langen Briefe, schüttelte den Kopf. »Der Gerd! Schaut, was er wieder Schönes eingepackt hat!«

Der Gerd hieß mit Nachnamen Gais. Die Mutter hatte ihn schon gekannt, als er sie in ihrem Heimatdorf auf den Fildern mit faulen Äpfeln beworfen, an den Zöpfen gezogen hatte und mit ihr auf Heuböden herumgeklettert war. Wenn sie von ihm sprach, zeigten ihre Mundwinkel leicht nach oben, obwohl sie versuchte, streng zu blicken. »Eigentlich haben wir uns nie aus den Augen verloren, einander immer Briefe geschrieben, ausgenommen die Zeit, in der der Gerd mit der Legion Condor in Spanien war, denn das war geheim. Dafür hat er mir von dort eine Mantilla geschickt.«

Die Mantilla aus Sevilla war ein schwarzer Umhang, so fein wie Tortenspitze, und sie hing bei jedem Theaterbesuch über den Schultern der Mutter. Es kamen auch eine geschnitzte Madonna, ein silbernes Armband und eine Porzellandose voll kandierter Veilchen, die aussahen wie tote violette Motten. Die Mutter naschte nicht davon, sondern schnupperte nur mit geschlossenen Augen an ihnen.

Am besten gefielen Gernot zwei Puppen mit Wachsgesichtern. Sie waren kaum größer als sein alter Stoffbär. Die Frau bezauberte ihn durch ihr offenes Lächeln, das trotz des herausfordernd erhobenen Kopfes mit dem dunklen Haarknoten anziehend wirkte, hinzu kamen die fremdartigen Kleider, ein geblümter Rock unter tiefschwarzer Schürze, die weiße Spitzenbluse mit Ausschnitt, die den schlanken Hals und den Ansatz der rosigen Wachsbrüste freilegte. Unter dem Rocksaum sahen winzige rote Schuhe mit bunten Schleifen hervor. Die goldenen Ohrgehänge reichten fast bis auf die Schultern. In der Hand hielt sie, kokett aufgefaltet, einen Fächer. Neben ihr wirkte der Mann in engen schwarzen Kniebundhosen, roter Schärpe und dem breitrandigen Hut fast langweilig, doch

Gernot betrachtete ihn ebenso gerne, auch wenn er lieber gestorben wäre, als zuzugeben, dass ihn diese Puppen faszinierten. Von dem Caballero, wie die Mutter ihn nannte, ging eine stolze Grazie aus, die nicht im Geringsten unmännlich wirkte. Er machte den Eindruck, als könnte er jederzeit ein Messer ziehen, wenn ihm jemand zu nahe kam. »Dieses Pärchen hat sich mir förmlich aufgedrängt«, las die Mutter aus dem beiliegenden Brief vom Gerd vor. »Sie standen in Madrid, in einem kleinen Laden, ich konnte nicht an ihnen vorbei.« Der Caballero und seine Señorita mussten dennoch im Vertiko zwischen den Tischtüchern und Stoffservietten verschwinden, weil der Vater »die kitschigen Staubfänger« nicht im Wohnzimmer duldete.

Vati lachte nur, wenn wieder etwas vom Gais erzählt wurde, sah dabei aber aus, als hätte er etwas Schlechtes gerochen. Er schüttelte heftig den Kopf: »Der Gais gibt nicht auf, der Windhund! Wie lange ist das jetzt her? Wäre er damals nicht so dämlich gewesen … Eine Frau wie die Mutti lässt man nicht stundenlang vergeblich im Cafe warten. Da kann es passieren, dass fremde Chemiker sie ansprechen. Und nach Spanien fahren wir, wenn der Krieg gewonnen ist!« Er packte die Mutter um die Taille, um mit ihr, ein wenig unbeholfen, aber entschlossen, um den Wohnzimmertisch zu walzen.

Die Mutter war es auch, die ihm vorlas und ihm seine ersten Bücher schenkte: Gustav Schwabs ›Sagen des klassischen Altertums‹, ›Die Biene Maja‹, ›Lederstrumpf‹, auch deutsche Heldensagen mit den schmutziggrünen, unheimlichen Bildern von Arthur Kampf. Sie schrieb sogar selbst. Daran dachte der Junge mit Gänsehaut. Jedes Jahr gab es ein neues Märchen. Er hatte sich davor gefürchtet, auch wenn er das nie eingestanden hätte, und war geradezu erleichtert gewesen, als sie an seinem zehnten Geburtstag damit aufhörte. »Jetzt bist du ein großer

Bub, da kannst du andere Sachen lesen.« Die grünen Hefte, fünf Stück insgesamt, in denen ihre Geschichten in sauberer Schreibschrift standen, hatte er ganz hinten ins Regal verbannt, damit er sie nicht mehr sehen und schlechte Träume davon bekommen konnte.

Jetzt kämpfte er gegen die graue Mappe und ihren Inhalt, indem er Lieder schrieb, Balladen, so wie sie im Lesebuch standen. Es ging ganz einfach, solange es sich reimte. Je voller das Oktavheft wurde, in das er seine verzweifelten Gesänge eintrug, desto klarer schien ihm die Zukunft. Er schrieb sie mit tief ins Papier grabendem Bleistift, versuchte sich an Stoffen, die er kannte: Siegfrieds gebeugter Rücken über der Quelle, das Zeichen im Mantel, gestickt von der dummen Kriemhild, und Hagens Speer. Seine ungelenken Verse tasteten sich durch die Geschichten seiner Kindheit, immer auf der Suche nach jemandem, der auch verraten worden war. Da gab es viele. Schließlich begann er, zuerst zaghaft, dann mit immer mehr Courage, seine eigenen Qualen zu verarbeiten, fand Bilder für seine Wut und seinen Schmerz.

Er schrieb eine Schauerballade über die Eltern im Garten beim Kirschenpflücken. Der Vater stand am Fuße der Leiter, die Mutter in einem weißen Kleid hoch oben im Geäst. Weichselkirschen färben Haut und Kleiderstoff mit ihrem dunklen Saft ein. Als Kinder hatten sie die Magie dieser Blutfarbe an Marterpfählen, in Räuberhöhlen, beim Kriegsgericht und dem Schießen der Flak wieder und wieder gebraucht. Jetzt rann der Saft an den Fingern der Mutter herab, breitete sich in Myriaden von Spritzern auf dem Rock aus, als schüttelte jemand mutwillig seinen Tuschpinsel aus, bis man nicht mehr unterscheiden konnte zwischen dem süßen Fruchtsaft und den pulsierenden Blutstrahlen aus den Wunden der Einschusslöcher.

Er holte die Mutter aus dem Kirschbaum wie eine Krähe, traf dann den Vater, der neben der Leiter zusammenknickte.

So viele Tode ließ er sie sterben: Sein Vater verhungerte in einem Lager der Alliierten, erfror, wurde totgepeitscht oder schiss sich die Gedärme aus dem Leib.

Seine Mutter wurde nach einem Bombenhagel verschüttet im Keller der Villa, in der Stadt, beim Einkauf zwischen den schwankenden Häusern, erschlagen, vergewaltigt, in Stücke gerissen, verbrannt.

Sie verschwanden in den Wäldern des Ostens, in einem Treck davongeführt und nie zurückgekehrt.

Er versah sie, die qualvoll Sterbenden, mit Eigenschaften, die sie einfach nicht entwickeln wollten, mit Reue, mit schlechtem Gewissen, er schickte ihnen entsetzliche Träume, ließ sie um Gnade betteln, die natürlich nicht gewährt wurde.

All dies ist nie geschehen.

Sie erlitten nicht einmal eine Schramme. Keinen Kilometer entfernten sie sich vom Ort ihrer Herkunft. In dem Haus in der Danneckerstraße ging nicht einmal ein Kaffeelöffel verloren, kein Fotoalbum, kein Stück Wäsche.

Es gab kein böses Wort zwischen den Eltern und ihm. Sie blieben unangetastet von allem, was um sie herum vorging. Sie benahmen sich, als betrachteten sie sämtliche Verheerungen, die Zerstörung der Stadt, die Flüchtlingsmassen, die Toten überall, den Schmutz, als Herausforderungen eines schwierigen Spiels, in dem sie sich bewähren mussten, um dann am Ende doch noch als Sieger ihre Figürchen durch das Ziel schieben zu können. Der Junge fühlte sich als Spielfigur, und in den letzten Monaten des Krieges, dem beginnenden Frühjahr 1945, begriff er, dass sie mit allem spielten, was sie in die Finger bekamen. Genauso wie sie das Spiel vom Dritten Reich mitgemacht hatten, stürzten sie sich jetzt in das Spiel von seinem Ende. Das ja hatte kommen müssen. Das hat nicht länger gutgehen können. Wir haben es ja schon immer gesagt. Sie kamen ihm vor wie Schauspieler, die ihre Kostüme in den Schrank hängten und auf einer umgebauten Bühne neue Rollen übernahmen.

Von diesem Frühjahr an unterschrieb der Junge all seine Machwerke mit ›Gert De Ruit‹, weil er wusste, wie sehr es seine Mutter ärgerte und beschämte, aus Ruit zu stammen. Zum einen, weil es nur ein Dorf war und keine Stadt, zum anderen, weil ein paar Mal Leute, unter anderem auch die Berliner, gefragt hatten, ob das in Frankreich liege? Ob sie gar französisches Blut hätte? Dabei war es nur ein dummes Kaff oben auf den Fildern, einer Ebene, auf der nichts als Krautköpfe wuchsen.

De Ruit, von Ruit. So wurde aus dem Namen eines Orts, den es nicht geben durfte, weil er fremd klang, der Name eines Jungen, der nicht sein sollte. Das passte doch zusammen. So dachte er damals, und dabei blieb es.

Nachdem er sich umgetauft hatte, begann er, ernsthaft über eine Flucht nachzudenken. Doch immer wieder wurde der Junge durch Bilder gestört, die in seinem Kopf eingeritzt schienen. Er wurde sie nicht los, und sie überschwemmten seine Wut mit süßer Tunke, bis er nicht mehr klar denken konnte.

Da gab es das Sonntagsfrühstück. Die Mutter deckte mit dem guten Geschirr ein. Es gab Kakao und warme Weckle, entweder mit Butter oder mit Gsälz von den Früchten aus dem Garten. Es gefiel ihm, den Finger in den Brötchenleib zu bohren, möglichst viel Inneres herauszupulen, schnell einen runden Batzen zu formen, diesen in die Marmelade zu stippen und zu verschlingen, während der Vater hinter der Zeitung verschwunden war und die Mutter sich leicht schmunzelnd abwandte. Aber wichtiger war der Zettel. Der Zettel stak unter seinem Teller, einmal gefaltet, schmal und aus dem hellgrünen oder verwaschenblauen Papier von Briefumschlägen geschnitten, die der Vater sorgfältig auftrennte und als Notizpapier verwendete. Seit der Junge lesen konnte, fand er an jedem Sonntagmorgen einen solchen Zettel. Er enthielt die Parole für Vaters Labor. Einmal war der Zettel, den er stets mit Ungeduld erwartete, vollständig leer. Doch als er ihn umdrehte, bemerkte er winzige Buchstaben auf der Rückseite. Erst mit Hilfe einer Lupe entzifferte er genaue Anweisungen. In bräunlichen Lettern erschien das Wort ›Hydrogenium‹.

Die Parole öffnete ihm das Labor im Keller, durch eine schwere Feuertür vom Rest des Hauses getrennt. Vom Erbe der Mutter war das gesamte Untergeschoss der Villa ausgebaut und ebenso gut ausgestattet worden wie der Arbeitsplatz des Vaters als Chefchemiker bei der Firma Geiger. Er putzte es selbst, und nur er hatte einen Schlüssel dafür.

Der Junge fühlte in Gedanken, wie seine geballte Faust gegen die Metalltür schlug. Dreimal holte er aus, spürte ihre Kälte, ihren harten Widerstand, während er dem dumpfen Klang nachlauschte. Dann wurde auf Höhe seiner Augen die Klinke heruntergedrückt, und er sah das lachende Gesicht des Vaters durch den Spalt. Gemeinsam traten sie unter das Neonlicht. Gierig sog er die stechenden Chemikaliengerüche ein, hörte das Knistern des gestärkten Kittels, während der Vater sich bückte und ihn auf den Arm nahm. Von hier oben sah er einen gläsernen Kochkolben, aus dem es rauchte, darunter die leise fauchende Flamme des Bunsenbrenners. Das bunte Periodensystem der Elemente hing zwischen den beiden vergitterten Kellerfenstern.

Im weißen Kittel war der Vater ein anderer Mensch. Es lag nicht etwa an seiner Prothese, die er hinkend nachzog, sondern an einer allgemeinen Tapsigkeit, dass er außerhalb des Labors oft an Möbel stieß, Gläser umwarf und verlegen die Fäuste in die Anzugtaschen bohrte. Im Kittel wurde er zum eleganten Zauberer. Sein Gang war leichter. Wie ein Vogel ruhte seine Hand auf der Schulter des Jungen. Sogar Vaters Stimme klang anders, heller, aufgeregter, fast wie seine eigene Kinderstimme. Der Junge bekam auch einen Kittel, dann setzte ihm der Vater eine Schutzbrille auf, die schwer auf die Nasenwurzel drückte und ihn für die nächsten Stunden mit einem roten Abdruck zeichnete. Sie ließen Kristalle wachsen, Magnesiumfackeln unter Wasser brennen, stellten Stinkbomben, Karamellbonbons und Knallfrösche her, Funkenregen aus Eisenpulver und Feuerwerk in den verschiedensten Farben.

Der Junge besaß eine ganze Galerie solcher Bilder. Alle waren sie so bunt, so herrlich anzusehen, dass sie ihm manchmal sogar Frieden schenkten, wenn er sich in ihrer Betrachtung verlor und die graue Mappe vergaß. Er saß in seinem Zimmer auf dem Bett und starrte vor sich hin, bis er weder die wollene Überdecke noch die glänzenden Metallstreben am Kopfende wahrnahm. Auch alles andere verschwamm vor seinen Augen: die Tecumseh-Bände und Zigarettenbilder-Alben, der Globus, seine Sportabzeichen und die Schulbücher auf dem modernen Schreibpult aus Ulmenholz, das er zum Übertritt aufs Karlsgymnasium bekommen hatte. Er stierte auf die blaue Tapete, in deren sparsamen geometrischen Mustern er sich versenkte, bis auch dort nur noch das auftauchte, was er sich vorstellen wollte. Etwas, das nicht so wehtat.

Er sah die Mutter, wie sie mit ihren schmalen Fingern Kamillenblüten aus einer Blechdose fischte, vorsichtig den pfeifenden Wasserkessel vom Herd nahm, dem duftenden Dampf nachsah, der aus der Kanne stieg, schnupperte und zufrieden nickte. »Das hilft gegen dein Bauchweh, mein Goldstück, du wirst sehen.« Auf seiner blauen Tasse stand Gernot, aber die Mutter rief ihn anders. Goldjunge, Goldstück, Goldkind. Mein kleiner Mann. Geri Gold. Er sah sie an seinem Bett sitzen, das helle Gesicht ganz dicht vor dem seinen, glattes braunes Haar hing ihr über Stirn und Wangen, sie rieb ihre zarte Nase an der seinen, es kitzelte. »So ein großer, so ein schöner Junge, nicht zu glauben, keiner hätte das gedacht.« Ihr Parfum stieg ihm in die Nase, ein starkes Gemisch aus Rosen und Jasmin. Der Junge spürte ihren Blick noch lange auf seinem Gesicht wie ein sanftes Brennen, als hätte er es zu lange in die Sonne gehalten. Genau wie der Vater betrachtete sie manchmal den Jungen, wenn sie glaubte, er merke es nicht.

Er sah die Mutter im Garten, wie sie ihn stumm herbeiwinkte, mit glänzenden Augen, einen Zeigefinger auf den Lippen, den anderen ausgestreckt, um die auf der sonnendurchwärmten Sandsteinmauer liegende Smaragdeidechse nicht zu vertreiben. Sie zeigte ihm, wie man Schneebeeren unter der Schuhsohle platzen ließ, horchte mit ihm auf den Morgengesang der Vögel, kannte ihre Nester, die Farben der Eier, jeden Ruf.

Der Garten war die Domäne der Mutter, ein Ort der Schönheit, der Erholung. Aber nicht nur das. Genau wie im Labor die Elemente im Zusammenspiel miteinander reagierten, dabei Hitze, Rauch und Gefahr verbreiten konnten, gab es in den Hecken und auf der Wiese Kämpfe auf Leben und Tod. Die Amsel sang nicht, sie verteidigte ihr Revier. Der Junge konnte die beiden schwarzen Vögel als zeternde, mit Schnabelhieben ineinander verkeilte Kugel über die Beete fegen sehen. Fressen und gefressen werden. Wuchern oder überwuchert werden. Die Mutter sprach häufig von dieser Bedingungslosigkeit: »Der Starke darf siegen. Du musst ihm nicht böse sein, er hat das Recht dazu. Ein Sieger ist etwas Wunderbares, besonders, wenn er es aus eigener Kraft schafft. Sieh dir das an! Wie stolz ist er, wie hässlich sein Opfer! In dieser Welt bist du der Stärkste, vergiss das nie.«

Anfang Juni kam der Anruf aus Berlin. Der Vater nickte mehrmals. »Ja, danke, dass Sie uns informieren, danke.« Seine Stimme brach. Er starrte vor sich hin, schüttelte immer wieder den Kopf, bevor er in die Küche ging.

Die Mutter weinte laut um die Heeß-Kinder und die Traudel. Sie saß zusammengesunken auf einem Hocker, das Gesicht in den Händen. An den schmutzigen Fingern liefen die Tränen herab und hinterließen helle Rinnen. Sie hatte gerade eine erdverkrustete Rübe bearbeitet. »Wie konnte sie nur? Wie konnte sie! Arme Traudel, arme Kinder!« Schluchzen beutelte sie, während der Vater hilflos hinter ihr stand, schließlich den Arm um sie legte. »Das ist der Ausweg der Verzweifelten. Es war wohl alles zu viel für sie. Sie war ja nie wirklich stark.« Dem Jungen war es vollkommen unverständlich, dass Heini, Rudi und die blonde Frau Heeß nicht mehr da sein sollten. Das hieß ja, er würde sie niemals mehr vom Charlottenburger Balkon winken sehen, niemals wieder ihre aufgeregten Stimmen mit dem lustigen Berliner Tonfall hören, in den auch ihre Mutter immer wieder zurückfiel, wenn sie ihn umarmte. Und jetzt hatte sie sich und die beiden Buben umgebracht. Vergiftet, sagte die Mutter, ihre Schwester habe eben angerufen. Mit dem gleichen Zeug, das die Goebbels ihren Kindern gegeben hat. Und keine Spur vom Walter, er sei verschollen, hieß es.

Der Junge brach im Frühsommer auf. Der Vater stand am Fuße der Leiter, prüfte mit beiden Händen ihren sicheren Stand. Sie ragte hoch in die Krone des Kirschbaums. Er sah die Mutter umrahmt vom Grün des Blattwerks, dem Dunkelrot der reifen Früchte. Ihre fliegenden Hände zupften und rupften, der Rock schwang im Wind, die Sonne schimmerte auf dem braunblonden Haar. Er hörte das dumpfe Aufprallen der Kirschen im Blecheimer, der an einer tieferen Leitersprosse am Haken hing, das halb lachende, halb ärgerliche »Heilandsack!« des Vaters, den ein paar faulige Exemplare am Kopf trafen, das helle Kichern, die Entschuldigung der Mutter.

Die Gesichter der Eltern konnte er nicht sehen. Oben auf dem Bett lag sein Brief, ein Satz nur: »Und setzet ihr nicht das Leben ein, nie wird euch das Leben gewonnen sein.«

Was danach geschah, kann ich Dir nur in groben Zügen zusammenfassen, ich habe keine Kraft mehr: Gernot Alwin Stähle, 15 Jahre alt, lebte ein Landstreicherleben, bei dem er Süddeutschland zu Fuß durchwanderte, ohne Papiere, ohne Geld, bis er kurz vor dem Schwarzwald von französischen Truppen aufgegriffen wurde. Noch auf deutschem Boden wurde er in eine französische Uniform gesteckt und überquerte auf einem Militärfahrzeug zusammen mit einem Haufen anderer junger Deutscher ungehindert die Grenze.

So begann seine Zeit in der Légion Étrangère, bei der er fünf Jahre Dienst leistete. Er wurde Franzose für vergossenes Blut, bekam einen Pass auf den Namen Gert De Ruit und ließ sich eine Tätowierung machen: die siebenflammige Granate, die Worte vom Vaterland. Ein paar Monate verbrachte er bei Paul Bowles in Tanger, dann kehrte er nach Deutschland zurück, das er sofort in Richtung Süden durchwanderte, wie eine Ameise, die ihren Bau sucht. Peinlich vermied er es, seine Heimatstadt zu besuchen, trieb sich stattdessen in der Gegend herum, arbeitete als Tagelöhner auf dem Bau, als Lesehelfer in den Weinbergen des Unterlandes, als Erntehelfer zwischen den Krautköpfen der Filderebene. Zwischendurch verkroch er sich bei einer Prostituierten in Heilbronn, versuchte sich als Stricher, Taschendieb und Kellner in billigen Kaschemmen. Dabei hörte er nie auf, zu schreiben, Gedichte und Erzählungen herumzuschicken. Seine Sachen wurden gedruckt, im ›Goldenen Tor‹, im ›Hochland‹, den ›Akzenten‹, sogar ›Sinn und Form‹ brachte zwei seiner Gedichte, und der alte Brecht wurde aufmerksam, schrieb ihm einen ermunternden Brief.

Doch sein Auftritt bei der Gruppe 47 und die Prügelei dort katapultierten De Ruit so schnell aus dem Literaturbetrieb heraus, wie er hineingekommen war. Ekel und Entsetzen nahmen zu, wenn er sah, wie nichts sich änderte, wie die Schlächter mit hocherhobenen Häuptern an den Schafen vorbeistolzierten, und er beschloss, Deutschland für immer zu verlassen.

Durch Zufall erfuhr er vom Tod des Vaters. Am Tor der Villa hing ein Schild mit fremdem Namen, und er hörte von den Nachbarn, die ihn nicht mehr erkannten, dass die Mutter nach Spanien gezogen war.

Der mutige Flieger Gais hatte sich wieder eingestellt, ein wenig verbeult, mit Narben im Gesicht und einem lahmen Arm, aber das war sie ja vom Vater her gewohnt, dass der Krieg die Männer nicht heil ließ. Alles war verkauft worden, und sie wanderten aus, ausgerechnet nach Spanien, dem Land der Orangen, der kandierten Veilchen, der tapferen Kämpfer. Die alte Garde traf sich an der Costa Blanca wieder. Dorthin begab sich auch Gert De Ruit, zunächst aus reiner Neugier.

Doch das Land und seine Menschen waren nicht so, wie es in Mutters Büchern gestanden hatte. Er machte es sich zu eigen, lernte die Sprache, entdeckte viele Ähnlichkeiten mit seiner vergifteten Heimat. So begann er dort von neuem. Er arbeitete auf Obstplantagen, in Olivenhainen, schrieb weiter und schickte seine Manuskripte nach Deutschland. Sein erster Roman, ›Rattenschlaf‹, musste im Selbstverlag erscheinen.

Es schien, als wären seit dem Eklat bei der Gruppe 47 alle Türen zugeschlagen. Einmal im Jahr besuchte De Ruit seine Mutter und den Flieger. Sie lebten in Dénia. Nie erkannten sie ihn, glaubten alles, was er ihnen vorflunkerte, hielten ihn für einen Touristen aus Heilbronn, dessen Ehefrau mit einem Torero durchgebrannt war, einen Hippie, der ihnen Muschelketten verkaufen wollte, einen französischen Studenten, der Landschaftsaufnahmen machte, und, seine liebste Rolle, für einen deutschen Juden, Fritz Erlanger, Doktor jur., auf Weltreise. Bis auf den Hippie, den die Mutter, jetzt Señora Gais, zwar bewirtete, aber nicht ins Haus lassen wollte, wurde De Ruit in allen Verkleidungen höflich aufgenommen. Es wurden ihm Apfelkuchen, Filterkaffee und lange Geschichten von zu Hause serviert, die von der Gemeinheit der Sieger und dem umso stärkeren Glanz der Geschlagenen handelten. De Ruit schrieb alles auf. Das Meiste davon kennt inzwischen die ganze Welt.

Der Hund Stromian, den er zurückgelassen hatte, war erst in Spanien wieder aufgetaucht. Er wartete eines Abends auf ihn, als er einen Spaziergang durch den Jardín Botánico machte. »Vor einem blühenden Artischockenbeet saß er, schwarz vor violett, als hätte er dort auf mich gewartet. Ich nahm ihn mit nach Hause, weil ich wusste, es hat keinen Sinn, sich vor ihm zu drücken.«

◆

De Ruit und ich lagen eng beieinander, mein Gesicht auf seiner Brust. Ich spürte seinen langsamen Herzschlag, die ruhigen Atemzüge. Seine Arme hielten mich umschlungen, die Hände lagen schlaff auf meinem Hintern, statt sich festzuklammern, wie das während des Erzählens zuweilen geschehen war. Wäre es nicht so dunkel gewesen, hätte ich gerne das Kinn in die Hand gestützt und sein Gesicht betrachtet, wie ich das manchmal tue, wenn ein Mann nach einem heftigen Liebesakt erschöpft neben mir liegt, die Augen geschlossen, die Züge völlig entspannt, vielleicht glücklich, zumindest beruhigt.

Bevor mich der Schlaf überwältigte, dachte ich noch kurz an Martin, fragte mich, wo er wohl sein mochte, und ich weiß noch, dass ich ein schlechtes Gefühl hatte.

Wir mussten eine Weile geschlafen haben, denn als wir von einem infernalischen Lärm aufschraken, war es draußen schon dämmrig. Unruhig zuckendes grelles Licht fiel durch die Dachluke, über De Ruits Lederhosenbeine und meine altmodisch bestrapsten Schenkel, die noch miteinander verschlungen waren, über das gesträubte Fell Stromians, der gegen das Getöse ankläffte. Ich hielt es zunächst für einen Traum, denn ein Brüllen kam aus dem Nichts. Es übertönte das Dröhnen, das Hundegebell, De Ruits verschlafene Frage, was denn los sei. Die Stimme drang durch das Dach, das über unseren Köpfen zu zittern schien: »Achtung, Achtung, hier spricht die Feuerwehr. Frau Kowski, sind Sie verletzt? Wir kommen Sie jetzt holen!«

Ich taumelte zum Klappfenster und öffnete es. Stromian folgte mir. Genau über dem Dach stand der Hubschrauber. Seine Scheinwerfer blendeten mich, ich kniff die Augen zusammen. Der Sturm der Rotorblätter blies mir das Haar nach hinten, und aus dem ungeheuren Geknatter kam erneut die erregte Stimme des Piloten. Als das Gefährt beidrehte, sah ich endlich auch meinen Retter, einen Feuerwehrmann; er hing an einer Art Winde, die seitlich aus dem Hubschrauber ragte, ein wenig lächerlich wie ein Kleinkind in einem Schaukelsitz, mit leuchtend gelben Gurten zwischen den Beinen und um die Taille. »Heben Sie den Arm, wenn Sie herausklettern können! Wir kommen zu Ihnen!«

De Ruit schob mich fort, bevor ich eine Bewegung machen konnte. Er wedelte mit der Hand in Richtung der Helfer, als verscheuche er ein paar Schmeißfliegen. Dann schloss er die Dachluke mit einem Knall und zog mich, die noch einen letzten Blick auf das völlig fassungslose Gesicht des über uns baumelnden Mannes werfen konnte, vom Fenster weg. Ich war so verblüfft, dass ich ihn nur anstarrte. Stromian jaulte, er sprang an De Ruit hoch, zerrte mit den Zähnen an seiner Hose. Sein Herr stieß, zum ersten Mal, seit ich die beiden zusammen sah, mit dem Fuß nach dem Tier.

»Du kannst mir glauben, manchmal hab ich ihn satt bis obenhin. Hast du dir schon mal überlegt, wie es ist, wenn du niemals allein bist? Selbst wenn es nur ein Hund ist, der nicht redet. Er lässt dir keine Ruhe, sieht dich an, mit diesen Augen, die alles wissen.« Mit der flachen Hand klopfte er sich auf den Oberschenkel, das nasse Leder klatschte leise. Sofort ließ der Hund von ihm ab und setzte sich erwartungsvoll vor ihn hin. »Stromian, hier hoch!« Wieder klopfte De Ruit, diesmal auf die Kante der Dachluke, die er plötzlich wieder geöffnet hatte. Ohne zu zögern, richtete sich der Spitz auf, legte die Vorderpfoten mit den glänzenden Krallen auf die Zinkverblendung, steckte seine Schnauze durch den Spalt hinaus. Mit seinem durchgestreckten schwarzen Leib war er fast so groß wie ich. »Ruhig, Hundle, ganz ruhig!« De Ruit war hinter das Tier getreten, das ihm mit fragenden Augen den Kopf zuwandte.

Er griff mit beiden Händen zu. Die eine zwang die schlanken Hinterläufe zusammen, die andere packte Stromians Schnauze so fest, dass er nicht zubeißen konnte. Dabei drückte er den Hund mit aller Kraft nach oben. Jämmerlich fiepend, verdrehte sich das Tier, wand sich, versuchte zu entkommen. Mit einem einzigen Ruck stemmte De Ruit den pelzigen Körper hoch, schob ihn durch die Fensteröffnung und stieß den zappelnden, jetzt kreischenden Hund aus dem Fenster. Stromian rutschte polternd über die Dachschräge, sein Aufschlag ins Wasser wurde von lautem Klatschen begleitet. De Ruit stand einen Augenblick lang reglos, dann rieb er sich die Hände, schüttelte den Kopf. »Es wird nichts nützen. Wir treffen uns bald wieder.« Ich stieß ihn zur Seite, starrte nach unten, aber es gab nichts zu sehen, nur das dunkle Wasser, dessen bewegter Oberfläche das Scheinwerferlicht des Hubschraubers eine schlierige Silberfärbung verliehen hatte. »Warum hast du das getan?«, rief ich.

De Ruit schloss das Fenster, ohne einen Blick nach draußen zu werfen. Der Feuerwehrmann an der Winde baumelte inzwischen nur noch wenige Meter über uns. De Ruit drehte sich in einer graziösen Bewegung zu mir, als wollte er mich um einen Tanz bitten. »Ich bin es, der dein Mitleid verdient, nicht diese Töle.« Er winkte lachend zu dem nervös fuchtelnden Mann hoch, dann nahm er mein Gesicht in beide Hände, küsste mich kurz auf den Mund, trat anschließend ans Fenster, öffnete es wieder, hob sich mit einem vollendeten Klimmzug aus der Luke, schwang seine langen Beine durch die Öffnung und sprang vom Dach in die dunkle Brühe, die ihn ebenso ungerührt und gründlich verschluckte wie zuvor Stromian, während der Feuerwehrmann und ich gleichzeitig aufschrien.

Mein liebster Oscar, ich bin geschafft von dieser Reise in die Vergangenheit und kann nicht mehr. Noch ein paar Sätze zum Schluss: Ich wurde in die Luft gezogen, also gerettet, kam in ein Krankenhaus und schlief dort zwölf Stunden lang. Als ich wieder aufwachte, saß ein Polizist an meinem Bett und sagte, er müsse mir eine traurige Mitteilung machen. Man riet mir, Martin nicht mehr anzusehen, aber ich habe es dennoch getan, ihn aus der Kühlschublade in der Pathologie des Krankenhauses Bad Freienwalde ziehen lassen. Er war mit dem Lieferwagen von der Straße abgekommen, nur einen Kilometer hinter seiner Kneipe, und frontal gegen eine Eiche geprallt. Ich habe ihm zwei alte spanische Münzen auf die geschlossenen Augen gelegt und seine zerschnittenen Lippen geküsst.

Glebien ist wieder zu dem geworden, was es vor hunderten von Jahren schon einmal gewesen war – ein Uferstück der Oder, sanft eingebuchtet, dunkelgrün, von Schilf und Weiden umwachsen. An schönen Sommertagen kann man die versunkenen Häuser auf dem Grund des Flusses sehen. Die Gemeinde hat sich entschieden, hier kein Bauland mehr auszuweisen, da die Flutgefahr zu groß ist. Ich bekam ein wenig Geld als Entschädigung und wohne immer noch im Bruch. De Ruit hat mir noch zweimal geschrieben. Einmal, um mir verschiedene Papiere zukommen zu lassen, als Altersvorsorge, und etwas später noch einmal, um mir von einer Frau zu erzählen, die er in Madrid kennengelernt hätte und die mir ähnlich sähe. Ich finde, er wird immer verrückter und immer besser.

Das Übersetzen ist mir geblieben. Ich denke zu viel an Martin, den ich verraten habe. Letzten Endes kann man das so sehen. Manchmal sitze ich abends am Wasser und wünsche mir, er käme mich holen, so wie Ritter Huldbrand von Undine geholt worden ist und dadurch wieder glücklich wurde. Aber immer fehlt mir der Mut. Vielleicht gelingt es mir eines Tages. Vielleicht endet der Schmerz auch irgendwann. Ich umarme Dich, pass auf Dich auf.

Deine Carmen

2. Anlage zum Bericht

Eine graue Mappe mit drei handbeschriebenen Blättern (Tinte), die starke Gebrauchsspuren aufweisen, mehrfach geklebt (Tesa, stark vergilbt) und gefaltet, Bruch an den Falzen, Beschreibstoff insgesamt ziemlich verbräunt.

Auf der Mappe ein gelbes Post-it, mit Kugelschreiber beschrieben:

Dies sind die Aufzeichnungen von Gert De Ruits Vater, Gerhard Stähle. De Ruit hat sie mir an meine neue Adresse geschickt, genau ein Jahr nach unserem Treffen, zusammen mit folgender Notiz: »Vielleicht brauchst du einmal Geld, wenn ich tot bin, mein schönes Narbenmädchen.«

1. 11. 1930
Ab heute kann es jeden Tag so weit sein. Ich beginne diese Aufzeichnungen in Begeisterung und Vorfreude. Sie sollen das Fundament für eine Familientradition bilden. Unsere frohe Erwartung will ich festhalten, auch die ersten Lebenswochen.

Ediths Leib ist sehr stark, sie kann ein Glas Wasser auf ihren Bauch stellen, wenn sie sitzt. Das Kind bewegt sich und lässt die Flüssigkeit erzittern. Wir sind überglücklich. Es sollte keine Rolle spielen, aber: Ich hoffe auf einen Buben.

3. 11. 1930
Edith ruht auf dem Sofa. Sie ist erschöpft, aber immer noch ein schöner Anblick in ihrem roten Kleid, mit dem dunkelblonden Haar, das jetzt aufgelöst herabhängt. Sie hält sich tapfer. Die Hebamme, Frau Haarer, war eben bei ihr, setzte ihr hölzernes Hörrohr an. Herzschlag und Bewegungen sind

kraftvoll und gesund. Edith hat keinerlei Beschwerden, abgesehen von den üblichen. Nichts spricht gegen eine Geburt daheim, so wie wir beide es uns wünschen, in unserem grünen Nest hier oben über der Stadt.

4. 11. 1930
Paidi-Bett, Stapel von Windeln und winzigen Kleidungsstücken, von Ediths geschickten Fingern angefertigt, die rote Zelluloidente auf der Wickelkommode, alles wartet stumm und unbenutzt. Auch wurde unser eheliches Lager mit Gummiunterlage gerüstet. Im Bad nebenan warten Pakete mit keimfreier Watte, Bettschüssel und Irrigator auf ihren Einsatz.

Dennoch ist der errechnete Tag heute vorübergegangen, ohne dass wir eine Familie geworden sind. Die Haarer mahnt zur Geduld. Das Kind tritt noch immer kräftig.

6. 11. 1930
Ein Besuch bei Dr. Lempp, Ediths Arzt. Er lächelte nur und meinte: »Was seid ihr für ungeduldige Leute!« Konnte uns beruhigen. Das Kind läge wunderbar. Wir warten weiter, und die gute Haarer schaut täglich vorbei.

7. 11. 1930
Das kleine Trödelfritzle will uns foppen. Noch immer zeigt es keine Anstalten, den Mutterleib zu verlassen. Auch seine Bewegungen haben nachgelassen, aber das mag laut der Haarer am Platzmangel liegen und treibt ihn hoffentlich bald aus seinem warmen Gehäuse.

8. 11. 1930
Nun sind bereits zehn Tage verstrichen. Auch die Hebamme und Dr. Lempp mögen nicht länger zuwarten. Sollte es mor-

gen nicht zur Geburt kommen, hat Edith ein Bett in der Klinik.

9. 11. 1930
Um 4:35 die ersten Wehen, denen sich Edith tapfer und froh entgegenstemmt, trotz aller Schmerzen glücklich, zu Hause niederkommen zu dürfen. Alles ist bereit.
17:15 Uhr
Über Stunden und Stunden hat Edith gekämpft, zerrissen und verwundet wie ein Soldat auf dem Schlachtfeld. Und wofür?

Für einen bläulichen Wurm mit Greisengesicht. Nicht mit einem kräftigen Schrei begrüßte er die Welt, gab nur ein leises Miauen von sich, und das erst, nachdem ihm die Haarer kräftig ins runzlige Hinterteil gekniffen hatte.

Ediths entsetztes Gesicht, wie sie sich aufstöhnend in die Kissen fallen lässt, das Kopfschütteln der Haarer. Sie beugt sich zum Abnabeln über das Wesen, befreit es aus der glitschigen Blase, durchtrennt die Nabelschnur.

Das dünne Winseln hinter den violetten Lippen ist kläglicher als bei einem Tier. Mich ekelt derart, ich mag es nicht berühren. Es trinkt nicht, schläft nur.

Die Haarer wiegt das Bündel wie ein Häuflein totes Fleisch. Wie die nutzlosen Glieder herabpendeln. Eine Lumpenpuppe. Leichtes Untergewicht. Es atmet regelmäßig.

Verächtlich wendet es den Kopf von der Mutterbrust ab. Fast könnte man meinen, es verachte Ediths Gesundheit und Kraft.
22:00 Uhr
Keine Änderung im Trinkverhalten. Sondert große Mengen Kindspech (Mekonium) ab, rührt sich kaum, als Edith es säubert. Sie sagt: Als wüsche man ein Stück Aas.

Ein Gefühl von Taubheit am ganzen Körper, als hätte man mich verprügelt. Zum Glück gibt es keine Großeltern, die uns jetzt die Bude einrennen wollen.

10. 11. 1930

Ein neuer schrecklicher Tag vergeht langsam.

Automatisches Anlegen alle vier Stunden. Auch Edith schafft es nicht, es außerhalb dieser Zeiten anzufassen. Eine tote Kröte auf dem Gartenweg – dies bringe ich mit meinem Sohn in Verbindung!

Edith ist eine pflichtbewusste Frau. Sie streicht die Milch aus, bedient sich einer Pumpe. Es verweigert auch den Sauger, schläft weiter.

Vermutlich schwachsinnig. Keinerlei Wahrnehmung der Umgebung. Stach es mit einer Stopfnadel in die Oberschenkel, Marmorierungen, wie Putenschenkel, schlaffe Konsistenz, keine Reaktion. Nur ein einziges, kurzes Fiepen.

11. 11. 1930

Den Tag mit vergeblichen Bemühungen verbracht. Lange im Labor, nichts gearbeitet, nur vor dem Anblick geflohen. Auch vor Ediths Weinen.

Am Abend kurzes Gespräch mit der Hebamme. Sie begann von selbst mit der Sache, die uns ebenfalls durch den Kopf ging. Zum Glück leben wir in einem Zeitalter jenseits jeder falschen Gefühlsduselei; noch vor zwanzig Jahren hat man so gut wie jede Kreatur in einem wattierten Tontopf durchgepäppelt. Frau Haarer beruhigte uns. Es sei gut, alles offen zu besprechen. Wir sollten der Natur ihren Lauf lassen. Ein Paar wie wir könne noch eine ganze Schar Kinder haben. Dies Geschöpf hier sei nur ein Probelauf. Ein Tier hätte diese Verirrung gar nicht als Nachkommenschaft anerkannt, es vielmehr gefressen, sich einverleibt zur eigenen Kräftigung und zum Schutze der übrigen.

Das Beispiel aus dem Tierreich ist einleuchtend für Edith. Ich bin Chemiker, ich weiß, wir sind Sterne, zusammengesetzt aus etwa 20 Elementen. Alles löst sich ständig auf, nimmt neue Gestalt an. Es wäre eine Gnade, dem armen Wurm ein Leben im Elend zu ersparen und uns das Päppeln einer Ballastexistenz. Wieder nahm es weder Löffel noch Brust. Mitleiderregend und grauenvoll zugleich, wie das kleine Ding sich quält, aber es scheint nicht genügend Kraft zu haben, um den Lebenskampf von sich aus zu bestehen. Wir warten jetzt ab. Es muss sich selbst helfen, von selbst trinken, ohne Pipette, ohne Löffel. Wir lassen es schweren Herzens darauf ankommen, bieten jede Stunde die Brust an, mehr nicht. Die Natur wird es regeln.

16.11.30

Meine Hand zittert so stark, dass ich kaum den Füller halten kann.

Diese Seiten hier sind seit Tagen leer geblieben. Wir haben schwere Kämpfe hinter uns, ein Wechselbad der Gefühle. Hier nur kurz das Wichtigste:

Nach unserer stummen, aber endgültigen Entscheidung saßen wir im Schlafzimmer zusammen, zwischen uns den leblosen Wurm. Erschöpft schlief Edith ein. Ich zog mich ins Herrenzimmer zurück, wollte eben etwas niederschreiben, als lautes Jammern durch das stille Haus drang. Ich dachte zuerst an ein Tier draußen, es gibt hier am Hang so viele davon, Katzen, Marder, Eichhörnchen, doch dann rief Edith in höchster Aufregung meinen Namen, ich stürzte durch den dunklen Flur und sah sie mit dem Bündel auf dem Arm. Der Wurm war es, der diese Töne von sich gab, dieses himmelhohe Geschrei! Er war rötlich angelaufen, zappelte in Ediths Armen, sie bot ihm die Brust und, oh Wunder! Er saugte zum ersten Mal, schwach zwar, aber er nahm Nahrung zu sich, die er sich selbst verschaffte, er kämpfte! Die ganze Nacht verging auf diese Weise: kurzes Ruhen, manchmal nur ein halbes Stündlein, dann grässliches Geschrei, wieder Trinken bis zur Erschöpfung, Schlaf, danach das Ganze von neuem. Ich verharrte auf den Knien vor den beiden im Bett in grenzenlosem Staunen. Irgendwann schliefen wir alle drei ein.

Auf dem Fensterbrett am nächsten Morgen keckerte laut eine Elster und riss mich aus dem Schlaf. Die Sonne stand schon glühend hinter dem Nebel. Ich erhob mich vom Boden, zerschlagen und voller Angst, beugte mich über das Bett. Zwei graugrüne Augen blitzen mir entgegen, Kulleraugen, prachtvoll und wach. Und dann ein Gebrüll, ein Geschrei! Der Vogel hinter der Fensterscheibe fliegt kreischend auf, flieht in den Garten, ich falle auf die Knie, greife in die Kissen, ein warmer kleiner lebendiger Körper, zappelnd, tretend, die Haut rosig und prall durchblutet, er kreischt in den höchsten Tönen, mir platzt fast das Trommelfell, das Herz dazu hüpft, als sprängen eiserne Ketten von ihm ab. Ein Wunder, ein richtiges Kind, kein leichenfarbenes Monstrum mehr, ein wirkliches, lebendiges Menschenwesen!

Edith ist wach, sie liegt auf der Seite und lächelt. Ihre Brüste springen aus dem offenen Nachtgewand. Sie rammt dem Bub die braune, milchtropfende Warze in den weit offenen Schnabel, schreit laut auf, als er zupackt. Ich sehe den kleinen zahnlosen Mund noch immer sich schließen, schnappen. Er saugt, der kleine Gernot saugt, und wir liegen nebeneinander unter den Strahlen der Morgensonne auf dem kalten Boden, während Ediths Milch aus der freien Brust auf mein Haar tropft, auf meinen Kopf in ihrem Schoß. Wir brauchen keinen

Gott. Wir haben uns selbst gerettet. Tapfere Tat hat ihren Lohn erhalten.

13. 11. 1930
Gernot Alwin Stähle – wir haben das Datum seiner Geburt auf jenen Tag festgelegt, an dem er sich selbst geholfen hat.

Wie Edith lächelnd sagte: Er hat sich selber das Leben geschenkt. Ich muss den großen Schiller an den Schluss setzen, als Taufspruch unseres Buben: »Und setzet ihr nicht das Leben ein, nie wird euch das Leben gewonnen sein.«

◆

Ich bemerkte den Hund erst, als es schon zu spät war. Wahrscheinlich hatte er bereits eine ganze Weile vor mir gesessen, aber mir war es nicht aufgefallen, weil ich unter den Vorbeigehenden nach der großen hageren Gestalt des Mannes Ausschau gehalten hatte, den ich erwartete. Trotz der Hitze würde er mit Hut und Mantel erscheinen, um sein Inkognito zu wahren. Ich wollte ihn zunächst von weitem mustern, um mir darüber klarzuwerden, ob ich dieses Zusammentreffen wirklich wollte, ob ich den Mut hatte, mich in Gefahr zu begeben, denn nichts anderes bedeutete diese Begegnung. Aber ich war entschlossen, meinen Verstand wiederzuerlangen, an dem ich mehr und mehr zweifelte, und dieser Mann, der sich De Ruit nannte, war der Schlüssel dazu. So stand ich im Schutz einer Säule und überblickte die Puerta del Sol in ihrer ganzen Weite.

Eine Hupe gellte über den Platz. Passanten fuhren herum, denn der Ton war laut und ausdauernd. Sofort hob der Hund den Kopf und begann zu kläffen, stieß mit seiner kalten Nase gegen mein Bein und hielt dann, ohne sich vom Gewimmel ringsum stören zu lassen, auf ein dunkles Auto zu, das vorne an der Straße zum Stehen gekommen war. Der Spitz bellte erneut und sprang wieder zurück zu mir, die so lange nichts begriff, bis einige Leute zu lachen anfingen und auf das Tier zeigten, das wieder und wieder zwischen mir und dem offenen Schlag des altmodischen schwarzen Coupés hin und her hetzte. Das Hupen hielt an. »Gehen Sie schon, Señora, sonst trifft den Hund noch der Schlag und mich auch!«, rief eine ältere Frau und presste die Hände auf ihre Ohren. Das Gelächter im Rücken, rannte ich los. Der Mann am Steuer hatte den Kragen seiner Windjacke hochgeschlagen, trug außerdem Kappe und Sonnenbrille. Seine Hand, mit der er mich gebieterisch heranwinkte, war sehnig und voller Altersflecken. Ich stolperte über meine eigenen Füße. Noch nie war ich so unsicher gewesen. Die grünen Brillengläser gaben nichts preis. »Los, steig ein!«, rief er ungeduldig. Mit einem Seufzer ließ ich mich in den brüchigen Ledersitz fallen. Der Hund sprang auf meinen Schoß, bevor ich protestieren konnte. Seine Krallen bohrten sich durch den dünnen Kleiderstoff, als das Auto anfuhr. Es schoss mit aufheulendem Motor die Straße entlang, mein Kopf wurde gegen die Rückenlehne geschleudert. Im gleichen Augenblick fühlte ich ein kaltes, feuchtes Tuch über Mund und Nase, atmete den Geruch von Alkohol und Äther, hörte die Stimme des Mannes, der auf Spanisch murmelte: »Ruhig, ganz ruhig«, sah seine Augen, die mir groß wie Teetassen vorkamen und in deren unbestimmtes Blaugrau ich starren musste, während ich langsam, als sähe ich Wasser nach, das in einen Abfluss rinnt, das Bewusstsein verlor.

Als ich wieder zu mir kam, konnte ich mich nicht bewegen, nur den Kopf drehen, denn meine Arme und Beine waren mit Wollschals an die Gitter eines schmalen Eisenbetts gefesselt. Man hatte mich sorgsam mit einem Laken zugedeckt, das knapp oberhalb meiner Brust umgeschlagen war. Mamas

Pumps standen unter einem Stuhl am anderen Ende des Zimmers, auf dem meine Sachen lagen: das hellblaue Seidenkleid, die halterlosen Strümpfe, Strickjacke und Handtasche. Außer einem Unterrock trug ich nichts mehr am Leib. Die Handtasche lag offen auf der Sitzfläche, das rote Innenfutter schimmerte. Ich konnte von meinem Lager aus erkennen, dass sie leer war.

Im Zimmer roch es nach Putzmittel, frischer Wäsche und den Blumen, die in einem alten Marmeladenglas auf dem Nachttisch neben mir steckten. Der Strauß sah aus, als hätte ihn jemand hastig in das Gefäß gestopft. Die Stängel, an deren Enden unscheinbare wachsgelbe und weiße Blüten saßen, zeigten alle in dieselbe Richtung und waren noch mit einem Bastfaden zusammengebunden. Ein süßer, altmodischer Duft entströmte dem Strauß, und ich fühlte mich auf einmal beruhigt. Natürlich hatte ich Bilder im Kopf, die jeder kennt – die Scream Queen gefesselt, das Bettzeug blutdurchtränkt, der Schlitzer, Ripper, Kannibale mit der Maske über ihr, bereit, seine Pranken in ihren dampfenden Eingeweiden zu vergraben. ›Von der Front komm ich, jeden Feind schlacht ich, Tod und Blut hab ich gesehn, drum lasst mich nicht länger hier draußen stehn.‹ Gert De Ruit hatte mich erwischt.

Komischerweise saßen die Fesseln an meinen Gelenken so locker, dass ich mich nach einigem Geruckel selbst befreien und im Zimmer umherspazieren konnte. Freesien hießen die Blumen auf dem Nachttisch, und meine Mutter hatte sie am liebsten gehabt, weil sie so intensiv dufteten. »Du wirst mich nicht abmetzeln, wenn dir Blancas Lieblingsblumen dabei zuschauen«, murmelte ich.

Außer dem Bett und zwei Stühlen war das Zimmer leer. Vom Fenster aus konnte ich in einen quadratischen Innenhof mit Wäscheleinen sehen, genau wie in der Calle de San Pedro.

Ich zählte vier Stockwerke. Mir gegenüber saß eine Familie mit zwei kleinen Jungen am Tisch. Es gab gebratenen Fisch. Alle aßen hungrig, tunkten ihre Brotstücke in die Soße und unterhielten sich. Der ältere der beiden Jungen bemerkte mich, denn ich hatte mich weit aus dem Fenster gelehnt. Er lachte begeistert, riss den Arm hoch und winkte heftig. »Anita, hallo, Anita!«, schrie er, sprang auf und warf dabei sein Saftglas um. Seine Eltern hatten mich jetzt auch entdeckt. Sie schüttelten ärgerlich die Köpfe, der Vater riss ein Stück Küchenrolle ab und wischte den verschütteten Saft auf, während die Mutter das Kind vom Fenster wegschob, die Arme in die Hüften stemmte und durch den stillen Hof rief: »Anita, wie oft habe ich Ihnen schon gesagt, dass ich es nicht leiden kann, wenn Sie halbnackt am Fenster stehen! Ich will nicht, dass meine Jungs Sie so sehen! Sagen Sie Ihrem Alten, er soll Ihnen einen anständigen Morgenrock kaufen, dafür muss es doch reichen!« Sie knallte das Fenster zu, bevor ich etwas erwidern konnte. Mir wäre ohnehin keine Antwort eingefallen.

Wieso nannten sie mich Anita? Woher kannten sie mich? War denn die ganze Welt verrückt geworden? Dass nicht nur mein Handy, sondern auch alle meine Unterlagen und die beiden Puppen aus der Handtasche verschwunden waren, machte mich unsicher und wütend. Rasch zog ich mich an, warf die Fesseln aus dem Fenster und begann, gegen die Tür zu treten. »Lass mich raus, du Irrer, ich will hier raus! Gib mir meine Sachen zurück oder ich schlage hier alles kurz und klein!« Ich nahm das Glas mit den Freesien und schmiss es gegen die Wand. Es klirrte gewaltig, der Schlüssel wurde außen herumgedreht, herein kamen Herr und Hund. Beide sahen müde und verstört aus. Gert De Ruit, wer sonst, trug jetzt eine Lesebrille und war barfuß. »Was machst du denn für ein Theater?«, fragte er. »Du weckst ja alle Nachbarn auf!

Und um die Blumen ist es schade. Sie sind schwer zu kriegen, weil sie völlig aus der Mode sind.« Der schwarze Spitz rieb seinen Kopf an meinem Bein. Ich bückte mich und begann, ihn hinter den Ohren zu kraulen. Sofort legte er sich auf den Rücken, wälzte sich wohlig und bot mir seinen Bauch mit dem flauschigen Unterfell dar. Ich zauste ihn ein Weilchen, bis der Mann mir eine Hand auf die Schulter legte. »Es ist unfair, das Vieh so zu verwöhnen und mich völlig links liegen zu lassen. Du hast ein bisschen geschlafen, ich wollte nicht, dass er dich stört, deshalb habe ich abgeschlossen.« Ich hatte keine Ahnung, wovon er sprach, aber ich ließ zu, dass er den Arm um mich legte und mich in ein anderes Zimmer führte.

Hier war alles voller Bücher, Papiere und Zeitungen. Es sah so ähnlich aus wie in Papas Büro, war aber viel größer. Auf dem Schreibtisch stand eine monströse Schreibmaschine, die auch Miss Moneypenny in einem der alten James-Bond-Filme hätte gehören können. »Möchtest du ein Glas Wein? Käse? Schinken?«, fragte er mich. Auf einem Tisch vor dem alten Ledersofa standen Tapas und eine Karaffe mit Rotwein. »Danke, gern«, krächzte ich. Was sollte ich tun? Ich trank mein Glas in einem Zug aus und merkte sofort, wie mir der Alkohol zu Kopf stieg. Hastig stopfte ich ein paar Stückchen Käse und mehrere Schinkenscheiben hinterher, nicht nur weil ich Hunger hatte, sondern auch, weil ich Zeit schinden wollte. Der Überfall hatte mich aus dem Konzept gebracht. Ich hatte mir unsere erste Begegnung anders ausgemalt, aber De Ruit war nicht bereit, sich an meine Pläne zu halten.

Vor meinem inneren Auge stand er bereits zehn Minuten vor der verabredeten Zeit unter der Uhr und hielt nervös nach mir Ausschau. Ich postierte mich gut versteckt genau gegenüber. Unruhig trat er von einem Fuß auf den anderen, beschirmte die Augen mit der Hand gegen die tief stehende Sonne, versuchte, unter all den Vorbeiströmenden Blancas elegante Erscheinung auszumachen, streckte zwischendurch ruckartig das Handgelenk vor, um auf seine Uhr zu sehen. Er überragte die anderen Wartenden allesamt. Sein Kopf mit dem scharfen Profil drehte sich unaufhörlich von links nach rechts, bis er schließlich, wie von einem unsichtbaren Faden hochgerissen, eine stramme Haltung annahm und ein Lachen seine Züge erhellte. Der Grund war ich, die vor ihm stand und ihn anblickte. Ich hätte ihm die dunkle Brille abgenommen, mit der Hand über seine Augen, die Stirn, das stoppelige Kinn gestreichelt. Sein wildes, unruhiges Gesicht hätte sich in meine Hand geschmiegt, die Lider geschlossen, die Lippen leicht geöffnet und völlig entspannt, als könnte er jeden Moment einschlafen. Blanca, die Erlöserin. An seinem Arm wäre ich zu seiner Wohnung geschritten, wo er mich hätte küssen wollen. Wie viel Küsse sollte ich zulassen? Einen, mehrere? Was, wenn er mir gefiel, so wie er damals dieser Carmen gefallen hatte? Er jedenfalls fände Seligkeit in meinen Armen. Doch ein so alter Mann, das konnte auch grässlich und abstoßend sein. Jedenfalls war ich zu allem bereit gewesen, um von diesem geheimnisvollen De Ruit zu bekommen, was ich mir wünschte. Geld gegen Wissen, so wie es diese Carmen geplant hatte, um ihrem geliebten Oscar zu helfen. Geld für die Bank, damit Ángel und ich weiter ein Dach über dem Kopf hatten. Und Antworten auf meine Fragen. Ich wollte wissen, ob all das stimmte, was auf den herausgerissenen Seiten und in Carmens Brief stand. Aber ohne meine Unterlagen fühlte ich mich wie eine Betrügerin. Ich wollte ihm das ganze Zeug vorlegen, so wie ein Ermittler vor Gericht seine Indizien präsentiert: das Foto von Mamas Nachttisch, auf dem De Ruit und sein Hund im Hintergrund deutlich zu erkennen waren, den Schlüsselanhänger aus Silber, das handgeschriebene Märchen und seine Übersetzung, die er bestimmt auf der Schreibmaschine da hinten getippt hatte und mit der er auch all die Seiten produziert hatte, die zuunterst in meiner Mappe lagen, zusammengetackert mit Papas Heftmaschine.

Nachdem ich heute Mittag Carmens Brief an meinen Vater zu Ende gelesen hatte, holte ich mir den neuen Roman von De Ruit aus meinem Zimmer, ›Das fließende Licht‹. Ich blätterte wild darin herum, ohne wirklich etwas wahrzunehmen. Auch seine anderen Bücher hatte ich mitgebracht, einen mächtigen Stapel. Es war nicht schwer, meine Mutter darin wiederzufinden, wenn man es erst einmal begriffen hatte. Ständig tauchte sie als Paquita und Corazón, Elvira und Inez auf. Er beschrieb die Narben in ihrer Kniekehle, die Art, wie sie lachte, sich das Haar mit einer Hand zurückstrich und das Kinn beim Gehen hochreckte. Sie dufteten nach ihrem Parfum, trugen Kleider, die den ihren glichen bis auf den letzten Perlmuttknopf. Sie sprachen wie Blanca, und immer waren sie verheiratet, aber nicht bereit, ihre Männer zu verlassen. Manchmal wurden sie vergewaltigt oder ermordet, doch meistens lebten sie und bewahrten den Helden vor allem Bösen. Auf die weitere Handlung oder die Sprache, für die De Ruit so gepriesen wurde, achtete ich nicht.

Es war ziemlich anstrengend, all diese Seiten, auf denen meine Mutter erwähnt wurde, aus den Büchern zu reißen. Ich tackerte die Blätter zusammen, drückte den Metallhebel herunter, als triebe ich die kleinen Klammern in lebendiges Fleisch. Ganz zum Schluss riss ich die Geschichte von der Orange, dem alten Weib im Garten und meinen Dénia-Traum aus dem Exemplar von ›Das fließende Licht‹. In dem rasch wachsenden, bald daumendicken Stapel hastig herausgetrennter Blätter steckten Mama und ich. Ich fühlte mich bestohlen und verraten. Er hatte auch mich aufs Papier gebannt als ein »mageres, jammerndes Gör mit dünnen schwarzen Locken, das dem herrlichen Weib, aus dessen Leib es gekrochen war, so gar nicht ähnlich sah und das mit einer Vehemenz an der Geliebten klebte, als ahnte es, dass diese ihm nicht mehr allein gehörte.«

Aus all den Einzelteilen, die ich in dieser Nacht zusammenklaubte, die ich hastig und wie im Fieber überflog, konnte ich keinen Trost gewinnen, ebenso wenig wie aus dem scheußlichen Märchen, das ich natürlich wiedererkannte. Auch jenes deutsche Buch, seine angefangene Übersetzung und Vaters Brief an Carmen, den sie wohl wegen seiner Feigheit nie bekommen hatte, waren nichts als bedrucktes und beschriebenes Papier. Sie erzählten von Dingen, die ich gar nicht wissen wollte. Aber ich musste diesen Mann treffen, um mir selbst zu beweisen: Ich war Ana María Madrugada und nicht nur ein Geschöpf aus dem Hirn eines verrückten Schreiberlings.

Aber nun saß er neben mir, servierte mir Tapas und Wein. Die Sachen waren sehr gut, viel ausgesuchter als das, was meine Mutter zu Hause auf den Tisch brachte. Nur das schwere schwarze Brot schmeckte mir nicht. An der Tüte erkannte ich, dass es aus dem gleichen Laden stammte, in dem Ángel früher gern eingekauft hatte, einer teuren Bäckerei in Salamanca.

»Wo sind die Unterlagen aus meiner Handtasche?«, fragte ich mit vollem Mund und klopfte mit der harten Brotrinde auf die Tischplatte. Dabei versuchte ich, möglichst angriffslustig zu wirken. Er sollte auf keinen Fall merken, wie unsicher ich mich fühlte. Der Hund kam näher, er legte seine Schnauze auf meine Schuhspitze, sah aber immer wieder bittend zu mir auf. Schließlich gab ich das Geklopfe auf. Der Mann hatte sich neben mir auf dem Sofa niedergelassen. »Meinst du dein Telefon? Das habe ich aus der Tasche genommen. Du warst so kaputt, und ich dachte, du müsstest ein paar Stunden schlafen, ohne ständig von irgendwelchem Geklingel geweckt zu werden. Es liegt in der Küche, ich hole es dir.« Er stand auf und verließ das Zimmer. Sobald er draußen war, schoss ich hoch, rannte zum Schreibtisch und versuchte zu lesen, was auf dem in der Maschine eingespannten Bogen stand, aber es war Deutsch und ich konnte es nicht verstehen. An der Wand neben dem Fenster klebten alle möglichen Bilder: Zeitungsausschnitte, Zeichnungen, Fotos, ich erkannte Robert Capas berühmtes Bild aus dem Bürgerkrieg, ich sah Läden, Kirchen und Bauwerke meiner Stadt, Schnappschüsse von Frauen, Kindern, alten Männern, doch meine Mutter entdeckte ich nirgends. Nervös drehte ich an ihrem Ehering, spürte den kühlen, verschlungenen Goldstrang um meinen Finger. Auf dem Flur hörte ich De Ruits Schritte und warf mich schnell aufs Sofa, wo ich nach der Karaffe griff und mein Glas erneut füllte. Er musterte mich mit hochgezogenen Brauen. »Es ist noch nie vorgekommen, dass ein so schönes und junges Mädchen sich in meine Bude verirrt. Auch nicht, dass sie damit droht, alles kurz und klein zu schlagen. Hier ist dein Telefon.« Er reichte es mir und warf mir einen bewundernden Blick zu. Ich wurde rot. Schnell sah ich auf das Display, damit er meine Verlegenheit nicht bemerkte. Es gab neue Nachrichten, eine von der Gruppe, und zwei von David:

> Wir treffen uns am Abend auf Sol, es gibt eine kleine Aktion. Zieh dein T-Shirt an.

> Anita, geh nicht weg.

> Anita ich liebe dich, und ich brauche dich.

Dazwischen hatte sich Laura gemeldet:

> Was ist mit dir und David los? Er sieht total verstört aus und trinkt ein Bier nach dem anderen.

Eigentlich hätte ich gerne sofort damit begonnen, Antworten zu schreiben, doch ich zwang mich, den Mann neben mir erneut streng anzusehen: »Wo sind meine Sachen? Ich hatte eine dicke schwarze Mappe voller Papiere dabei. Und zwei Puppen, sehr wertvolle Künstlerpuppen in teuren Kostümen.« Ich blickte ihm herausfordernd in die Augen. »Diese Papiere könnten für Sie außerordentlich wichtig sein.« Er strich mir sanft über das Haar. »Papier gibt es hier genug. Da kommt es auf das eine oder andere sicher nicht an. Der Wein ist ziemlich stark. Du solltest ihn nicht so schnell trinken. In deiner Handtasche waren keine Unterlagen. Auch keine Puppen. Nur dieses Handy. Ein bisschen Musik?« Ohne meine Antwort abzuwarten, erhob er sich, ging auf die dunkle Bücherwand zu und zog eine Schallplatte aus dem Regal. Es knisterte, als er sie aus ihrer Hülle nahm, mit einem Kratzen setzte der Tonarm auf, dann erklang eine traurige Männerstimme. »Oh, bitte, nicht die Winterreise!«, stöhnte ich. »Wie schön, du kennst das Stück. Respekt.« Ich fand ihn unverschämt, sagte aber nichts und nahm mir das letzte Stück Schinken.

Kauend fragte ich erneut nach meinen Papieren, aber er schüttelte nur den Kopf und wiederholte, die Handtasche sei leer gewesen bis auf Lippenstift und Puderdose, dazu das ständig klingelnde Telefon. Der Mann zeigte auf den leeren Teller. »Du scheinst völlig ausgehungert zu sein. Wann hast du zum letzten Mal etwas gegessen? Ich habe noch Kekse und Obst.« Ich wunderte mich immer mehr. Das ganze Verhalten, dieses kavaliersmäßige Bedienen und Süßholzraspeln passte überhaupt nicht zu meinem Bild von diesem Typen und erst recht nicht zu dem brutalen Überfall, durch den ich in seine Wohnung gekommen war. »Ich möchte jetzt sofort meine Sachen wiederhaben!«, rief ich ihm hinterher, aber er war schon in der Küche verschwunden.

Es brachte nichts, dass ich währenddessen erneut das Zimmer durchsuchte. Unter dem Sofa lagen Staubflocken und eingetrocknete Apfelreste, in der zweiten Reihe des Bücherregals standen weitere Bücher. In den Schreibtischschubladen fand ich stapelweise deutsche und spanische Pornomagazine und zu Bündeln geschnürte Briefe, leider wieder auf Deutsch. Neben der Schreibmaschine stand ein überquellender Aschenbecher.

De Ruit kam mit einem Teller voller Turrón zurück, säuberlich in kleine Dreiecke geschnitten. Die halbierten Mandeln glotzen wie blinde Augen aus der hellen Konfektmasse. Daneben lag eine Orange. Der obere Teil der Schale war wie eine Kappe abgenommen, der Rest blattförmig zurechtgeschnitten, abgezogen und so um die Frucht drapiert, dass die leuchtende, von allen weißen Fädchen befreite Orange wie eine kugelige Blüte darauf ruhte. »Jetzt lassen wir die Blume aufblühen«, sagte er und schob den Zeigefinger in die Mitte der Frucht, fächerte sie in einzelne Schnitze auf, hielt mir sein Werk kurz unter die Nase, riss ein Blütenblatt aus und steckte es mir in den Mund. Als der saure Saft zwischen meinen Zähnen triefte, spürte ich auf einmal eine ungeheure Erleichterung, so groß, dass mir für einen Augenblick der Atem stockte, ich nicht mehr aufrecht sitzen konnte und schwer gegen De Ruits Schulter kippte. Er konnte gerade noch den Teller abstellen.

Nachdenklich betrachtete er mich. »Ich fürchte, du hättest keinen Wein trinken sollen. Das war zu viel für dich. Was regt dich bloß so auf? Ich glaube, du solltest dich noch einmal hinlegen.« Er hob mich mühelos hoch, trug mich durch den Flur und stieß mit dem Fuß die Tür zu einem weiteren Zimmer auf.

Es war ein schäbiger Raum, in den, durch einen staubigen Vorhang gedämpft, graurosa Licht einfiel. An der Wand über dem Doppelbett hing der Druck eines Stilllebens von Zurbarán. Aus dem angrenzenden Bad, dessen Tür offenstand, roch es nach Chlor und Ausguss.

Bei alledem kam es mir so vor, als sähe ich von oben auf uns beide herab. De Ruit hatte mich wieder auf die Füße gestellt, und wir schauten einander an.

Über dem Bett lag eine rosa Überdecke, die wie eine Speckscheibe glänzte. De Ruit lächelte, nahm seine Brille ab, deutete eine kleine Verbeugung an, bevor er begann, sich langsam und umständlich auszuziehen. Dabei pfiff er eine Melodie. Ich erkannte das Lied sofort, denn meine Mutter hatte es oft gesummt, wenn sie aufräumte oder bügelte. Noch im Nachhinein war ich empört darüber, wie lange sie dieses Lied bereits auf den Lippen gehabt hatte. Es kann natürlich auch Zufall gewesen sein. Der Mann legte jedes Kleidungsstück sorgfältig über eine samtbezogene Bank am Fußende des Bettes. Ich sah ihm eine Weile zu. Erst als er sich leise ächzend auf der Matratze niederließ, um sich seine Schuhe aufzubinden, fing auch ich an, mein Kleid aufzuknöpfen. Ich machte es genau wie er und bemühte mich, ihn in der Sorgfalt, mit der er die Kleidungsstücke weglegte, noch zu übertreffen, so dass er viel früher fertig war als ich und mir in Unterhosen gegenüberstand, während ich Mutters Uhr abnahm und auf den Nachttisch legte. Nur den Ehering behielt ich an.

Ich weiß, dass meine Mutter eine schöne Frau war, aber ich kannte ihren Körper, seit ich sie am Samstag entkleidet hatte.

Ich fragte mich, was ihr Liebhaber wohl sagen würde, wenn ich mich auszog. Da war meine Tätowierung, ein Schwarm dunkelgrüner Sterne, die von der Hüfte bis zur Scham herunterreichen. Ich habe kleine Brüste und kein Haar am Körper.

Doch der alte Mann zwinkerte mir nur kurz zu, als er an mir heruntersah und sagte: »Du wirst mit jedem Tag schöner, mein Sternenlicht.«

Erneut sah ich uns aus einiger Höhe: ein älteres Paar in einem geschmacklos eingerichteten Schlafzimmer. Die beiden standen nebeneinander vor diesem unsäglichen Bettüberwurf, den der Mann etwas ungeschickt zurückschlug. Die Frau half ihm. Gemeinsam rollten sie die Decke zusammen, unter der das weiße Bettzeug zum Vorschein kam. Er reichte ihr den Arm, und sie stiegen gemeinsam in das Doppelbett, so wie man in ein Auto oder ein Zugabteil steigt. Ich sah ihnen weiter zu, verfolgte ihre Küsse, ihre Umarmungen, lauschte ihren Rufen und ihrem Gewisper.

Ich habe keine Ahnung, wie meine Mutter Liebe machte. Über solche Dinge sprachen wir nicht. Ich hätte sie auch nie um Rat gebeten.

Lange betrachtete ich die beiden und fand sie ein wenig langweilig. Sie taten nichts Besonderes, nichts wirklich Obszönes oder Ausgefallenes. Außerdem bewegten sie sich die ganze Zeit unter den Laken, ich konnte nur ihre Gesichter sehen. Sie lächelten einander an, sobald sie die Augen aufschlugen, sie verschränkten die Hände ineinander und flüsterten sich etwas zu. Der Chlorgeruch verschwand allmählich, und der ganze Raum begann nach ihnen zu riechen.

Ich schlief im Arm des Mannes ein. Als ich erwachte, fand ich mich an der Bettkante wieder, und weil ich pinkeln musste, rollte ich mich vollends heraus und ging ins Bad. Im Spiegel sah ich mein Gesicht, umhangen von einer aufgelösten Frisur, der Dutt zerrupft, der Schönheitsfleck verschmiert, der Lippenstift abgerieben. Mein Mund hatte etwas Wundes, Babyhaftes, am Kinn war ich aufgeschürft von den Bartstoppeln.

Ein langer Schleimfaden lief an meinem Oberschenkel entlang. Ich wischte ihn weg und sah ihn mir an, bevor ich das Papiertuch ins Klo warf. Das Zeug war nicht milchig, sondern kristallklar und zäh, und ich fragte mich, ob De Ruit vielleicht gar nicht mehr konnte. Es hatte sich vorhin doch ganz anders angefühlt.

Plötzlich wurde ich wütend auf mich selbst, auf diesen Typen, der eine alberne Komödie aufgeführt hatte, nur um die Tochter seiner Geliebten zu vögeln, auf meine Mutter, auf meinen Vater, der immer nur gelesen und alles übersehen hatte. Mit der billigen weißen Seife auf dem Waschbeckenrand wusch ich mir das Gesicht, bis es rot und nass und ausschließlich mein eigenes Gesicht war, kämmte mir das Haar glatt und ging, eingewickelt in ein Badetuch, ins Zimmer zurück, mit dem festen Vorsatz, dem alten Lügner meine Meinung zu sagen und ihn damit zu konfrontieren, dass ich alles über ihn wusste, dass er nicht mehr länger den großen Unbekannten spielen konnte und mir sofort meine Beweismittel zurückgeben musste.

Aber De Ruit war verschwunden; die Tagesdecke lag ordentlich über dem Bett, der Stuhl war leer, das Fenster gekippt, es roch plötzlich nach Kaffee und Bratfett. Unter der Bank am Fußende standen Mutters Pumps, einer davon umgekippt, auch ihr Kleid und die Strümpfe, genauso ordentlich, wie ich sie dort abgelegt hatte.

Ich bekam Angst. Nackt lief ich durch die leere Wohnung, aber es war niemand da. Auch der Hund war fort. Der Teller mit der halbgegessenen Orange und dem Konfekt stand noch auf dem Tisch. Überall lagen Glasscherben und Freesien, im

Bad waren Wasserspritzer auf dem Boden, und ich hatte den Eindruck, hier schon einmal gewesen zu sein.

Wo ich auch suchte, die Unterlagen waren nicht zu finden. Der Mann musste sie mitgenommen haben. Was sollte ich jetzt tun? Schließlich wären sie mein einziges Druckmittel gewesen, meine Lebensversicherung. Hektisch lief ich hin und her. Dann hielt ich es nicht mehr aus, zog mich schnell an, griff nach Handtasche und Telefon, warf im Flur noch einen abschließenden Blick in den Spiegel, aber ich erkannte mich selbst nicht mehr. Aus dem gerahmten Glas sah mich eine Fremde an, ihre Augen waren groß und erschrocken. Das Einzige, was mich beruhigte, war das Vertiko, das hinter der Frau im Spiegel zu sehen war. In der Mitte saßen zwei kleine Puppen, ein Herr und eine Dame. Sie waren halb in Seidenpapier eingewickelt und lächelten verschwörerisch. Ohne lange zu überlegen, packte ich die beiden in meine Handtasche und stürzte davon.

◆

Über den Gemüsebeeten im hinteren Teil des Jardín Botánico lagen breite Baumschatten. Es war heiß, aber nicht unangenehm. Die Artischocken standen in voller Blüte, hellvioletter Flaum wucherte über den graugrünen Zacken der Kelchblätter. Überall in den Beeten waren Schilder in die Erde gespießt, die davor warnten, das Obst und Gemüse zu verzehren, da es mit Giften behandelt werde. Die Erdbeerbeete sahen trotzdem ziemlich geplündert aus. Als ich auf meine Armbanduhr schaute, staunte ich, dass es erst sechs war.

In den Nutzgarten verirrten sich selten Spaziergänger, die meisten blieben bei den Rosen und den Springbrunnen im mittleren Teil des Parks hängen. Ich setzte mich auf eine Bank, stellte die Handtasche behutsam ab und öffnete sie. Das Seidenpapier raschelte. Ich hob das erste Päckchen heraus. Es fühlte sich so leicht an, dass ich einen Augenblick fürchtete, es sei gar nichts darin, aber dann bemerkte ich einen winzigen, weißbestrumpften Fuß, der aus der Verpackung hervorlugte und wusste, dass alles in Ordnung war. Vorsichtig wickelte ich das Papier auseinander. Selbst im blattverschatteten Zwielicht glühten die roten Bollen auf dem Strohhut wie exotische Beeren, die grüne Taftschürze schillerte.

Jetzt näherte sich eine junge Frau, die einen Kinderwagen mit tief heruntergezogenem Verdeck vor sich herschob. Darunter sahen nur ein Paar blasse Beinchen und winzige Füße mit in Speck versunkenen Knöcheln hervor. Die Frau angelte eine Wasserflasche aus dem Netz am Kinderwagen, schraubte sie auf und trank. Ich hörte das Plastik knacken und ihre gierigen Schlucke, dann war sie verschwunden. Erst als ich den kleinen Herrn auswickelte, der mich mit den Augen meines Vaters musterte, bemerkte ich das Mädchen. Sie bemühte sich, nicht zu auffällig zu mir herüberzuschauen, und setzte einen Fuß hinter den anderen, um genau in der schmalen Spur zu balancieren, die die Räder des Kinderwagens im weißen Sand des Weges hinterlassen hatten. Immer wieder sah sie auf die beiden Puppen, die jetzt in all ihrer Pracht neben mir auf der Bank saßen. Mein Handy piepte und zeigte mir eine neue Nachricht von David an, aber ich las sie nicht und schaltete das Telefon aus.

Von der Wohnung in den Jardín Botánico war es nicht weit gewesen, aber erst, als ich durch das schmiedeeiserne Tor ging und den Kopf unter den riesigen Kronen der Kastanien am Eingang neigte, dachte ich wieder daran, dass meine Eltern hier gerne spazieren gegangen waren, als sie noch lebten. Auch am Samstagmorgen waren sie hier gewesen. Mein Vater zog meine Mutter immer damit auf, dass sie die Pflanzen und Bäume nicht auseinanderhalten konnte. Ángel hingegen hatte es fertiggebracht, im Laufe seiner Schulzeit nahezu jedes Gewächs hier mit Namen zu kennen. Bald würde mein Bruder wieder bei mir sein. Der Gedanke tröstete mich, auch wenn ich nicht wusste, was ich ihm über Papa und Mama erzählen sollte.

Das kleine Mädchen hatte sich mir inzwischen so weit genähert, dass ich den abgesplitterten rosa Lack auf ihren Fingernägeln erkennen konnte. Ihre großen braunen Augen saugten sich förmlich an den Puppen fest. Als ich sie anblickte, blinzelte sie verlegen und drehte den Kopf weg. »Gefallen dir meine Puppen?« Sie scharrte mit dem Fuß auf dem Weg, dass es staubte. Ich hustete künstlich, sie hörte sofort auf und lachte. »Sie heißen Blanca und Oscar. Kannst du dir das merken?« Sie nickte eifrig. »Sag mir mal ihre Namen!« »Blanca und Oscar«, wiederholte das Kind. »Sie sind sehr alt. Ich habe sie schon mein ganzes Leben lang. Aber jetzt bin ich erwachsen und brauche sie nicht mehr. Würdest du dich um sie kümmern?«

Das Kindergesicht verzog sich in ungläubigem Staunen. Ich nickte, griff nach den beiden und hielt sie dem Mädchen hin. »Ich schenke sie dir. Aber du musst mir versprechen, gut auf sie aufzupassen.« Zwei kleine Hände packten hastig, aber vorsichtig zu. Die Kleine drückte die Puppen an sich, als fürchtete sie, ich könnte ihr dieses unverhoffte Geschenk wieder wegnehmen. Mit seligem Ausdruck schmiegte sie die Wange an den wohlfrisierten Kopf meines Vaters. Ihr Zeigefinger streichelte Mamas Strohhut. »Ich habe zu Hause einen Wagen, darin kann ich sie spazieren fahren, und ein Bettchen, da können sie drin schlafen. Sie sind viel schöner als meine anderen Puppen!« Ich lächelte. »Das freut mich sehr. Hast du manchmal schlechte Träume?« »Rosa!«, rief eine Frauenstimme. »Rosa, wo bleibst du denn?« Erschrocken fuhr das Kind zusammen. »Mama ruft mich.« Ich beugte mich vor, umfasste die bloße Schulter, über die ein hellblauer Spaghettiträger lief. »Träumst du schlecht?« Sie runzelte die Stirn, wich einen Schritt zurück. »Ja, manchmal schon.« Die Stimme der Mutter kam näher. Das Kind wandte sich von mir ab, die Puppen fest an die Brust gepresst. »Hör zu. Du setzt die beiden auf dein Kopfkissen, dann hören die bösen Träume auf. Wie heißen deine neuen Puppen?« Meine Frage war nur noch ein heiseres Flüstern. »Blanca und Oscar«, murmelte die Kleine, entzog sich meinem Griff mit einer heftigen Drehung und rannte davon. Dabei folgte sie wieder den Spurrillen des Kinderwagens. Kurz bevor sie um die Ecke bog, wandte sie sich noch einmal zu mir um und rief halblaut: »Danke!«

Ich erhob mich schnell, warf das Papier in den Abfalleimer und eilte zum Ausgang. Vor dem Park tobte der Feierabendverkehr. Die Sonne stand tief. Es roch nach Auspuff, vertrockneten Platanenblättern und Zigarettenrauch. Auf meinem Display leuchtete Davids Nachricht:

> Ana María, ich habe alles so gemeint, wie ich es geschrieben habe. Sehe ich dich nachher auf Sol?

Ich flocht meine Finger ineinander, während ich über eine Antwort nachdachte. Der Ring meiner Mutter drückte. Vorsichtig zog ich ihn ab und verstaute ihn in meinem Geldbeutel. Danach schrieb ich zurück:

> Ich komme.

Unterwegs kaufte ich mir eine Dose San Miguel und ein Bocadillo mit Kalamares, das ich im Laufen herunterschlang.

Die Puerta del Sol war voller Menschen. Autos hupten, ich übersah den ganzen Platz, die Springbrunnen, den Bären, der sich am Erdbeerbaum emporreckt, das Wahrzeichen meiner Stadt. Niemand konnte mir je erklären, was ein Erdbeerbaum ist. La Plaga stand vor dem mallorquinischen Geschäft. Sie trugen ihre Protest-Shirts und waren nicht allein. Laura hatte eine Menge Marea-verde-Leute zusammengetrommelt. Die Ecke leuchtete grün. Als sie mich sahen, rissen sie die Arme hoch und winkten. Ich rannte ihnen entgegen. Mein Herz klopfte.

NF 266 / 1 / 01.19

Joanna Bator
– Sandberg. Roman. Übersetzt von Esther Kinsky. st 4404. 492 Seiten
– Wolkenfern. Roman. Übersetzt von Esther Kinsky. st 4574. 499 Seiten

Jurek Becker
– Bronsteins Kinder. Roman. st 1517. 302 Seiten
– Jakob der Lügner. Roman. st 774. 288 Seiten

Louis Begley
– Lügen in Zeiten des Krieges. Roman. Übersetzt von Christa Krüger. st 2546. 223 Seiten. Großdruck: st 4092. 310 Seiten
– Ehrensachen. Roman. Übersetzt von Christa Krüger. st 3998. 444 Seiten
– Schmidts Einsicht. Roman. Übersetzt von Christa Krüger. st 4415. 415 Seiten

Thomas Bernhard
– Alte Meister. Komödie. st 1553. 310 Seiten
– Auslöschung. Ein Zerfall. st 1563. 651 Seiten
– Heldenplatz. st 2474. 176 Seiten
– Holzfällen. Eine Erregung. st 1523. 336 Seiten
– Städtebeschimpfungen. Herausgegeben von Raimund Fellinger. st 4074. 178 Seiten

Peter Bichsel
– Kindergeschichten. st 2642. 86 Seiten
– Über Gott und die Welt. Schriften zur Religion. Herausgegeben von Andreas Mauz. st 4154. 288 Seiten

Lily Brett
– Lola Bensky. Roman. Übersetzt von Brigitte Heinrich. st 4470. 302 Seiten

NF 266 / 2 / 01.19

- Chuzpe. Roman. Übersetzt von Melanie Walz. st 3922. 334 Seiten

Jaume Cabré
- Die Stimmen des Flusses. Roman. Übersetzt von Kirsten Brandt. st 4049. 666 Seiten

Truman Capote
- Die Grasharfe. Roman. Übersetzt von Annemarie Seidel und Friedrich Podszus. st 1796. 208 Seiten

Paul Celan
- Die Gedichte. Kommentierte Gesamtausgabe in einem Band. Herausgegeben und kommentiert von Barbara Wiedemann. st 3665. 1000 Seiten

Marguerite Duras
- Der Liebhaber. Übersetzt von Ilma Rakusa. st 4507. 143 Seiten

Hans Magnus Enzensberger
- Herrn Zetts Betrachtungen, oder Brosamen, die er fallen ließ, aufgelesen von seinen Zuhörern. st 4553. 226 Seiten
- Hammerstein oder Der Eigensinn. Eine deutsche Geschichte. st 4095. 378 Seiten
- Versuche über den Unfrieden. st 4626. 183 Seiten
- Gedichte 1950-2020. st 5013. 250 Seiten

Laura Esquivel
- Bittersüße Schokolade. Roman. Übersetzt von Petra Strien. st 2391 und it 4030. 278 Seiten

Elena Ferrante
- Meine geniale Freundin. Übersetzt von Karin Krieger. Roman. st 4930. 488 Seiten

NF 266 / 3 / 01.19

– Die Geschichte eines neuen Namens. Übersetzt von Karin Krieger. Roman. st 4952. 704 Seiten
– Die Geschichte der getrennten Wege. Übersetzt von Karin Krieger. Roman. st 4953. 640 Seiten

Candice Fox
– Hades. Thriller. Übersetzt von Anke Caroline Burger. Herausgegeben von Thomas Wörtche. st 4838. 341 Seiten
– Eden. Thriller. Übersetzt von Anke Caroline Burger. Herausgegeben von Thomas Wörtche. st 4861. 473 Seiten
– Fall. Thriller. Übersetzt von Anke Caroline Burger. Herausgegeben von Thomas Wörtche. st 4927. 470 Seiten

Philippe Grimbert
– Ein Geheimnis. Roman. Übersetzt von Holger Fock und Sabine Müller. st 3920. 154 Seiten

Peter Handke
– Immer noch Sturm. st 4323. 165 Seiten
– Mein Jahr in der Niemandsbucht. Ein Märchen aus den neuen Zeiten. st 3887. 628 Seiten
– Die morawische Nacht. Erzählung. st 4108. 560 Seiten
– Wunschloses Unglück. Erzählung. st 3287. 96 Seiten

Marie Hermanson
– Der Mann unter der Treppe. Roman. Übersetzt von Regine Elsässer. st 3875. 269 Seiten
– Muschelstrand. Roman. Übersetzt von Regine Elsässer. st 3390. 304 Seiten

Hermann Hesse
– Der Steppenwolf. Roman. st 175. 288 Seiten
– Siddhartha. Eine indische Dichtung. st 182. 128 Seiten
– Narziß und Goldmund. Erzählung. st 274. 320 Seiten

NF 266 / 4 / 01.19

- Mit der Reife wird man immer jünger. Betrachtungen und Gedichte über das Alter. st 3551. 192 Seiten

Reginald Hill

- Rache verjährt nicht. Roman. Übersetzt von Ulrike Wasel und Klaus Timmermann. st 4473. 683 Seiten

Uwe Johnson

- Jahrestage. Aus dem Leben von Gesine Cresspahl. 4 Bände. st 4455. 2150 Seiten

James Joyce

- Ulysses. Roman. Übersetzt von Hans Wollschläger. st 3816. 987 Seiten

Daniel Kehlmann

- Ich und Kaminski. Roman. st 3653. 174 Seiten

Sibylle Lewitscharoff

- Apostoloff. Roman. st 4180. 248 Seiten
- Blumenberg. Roman. st 4399. 220 Seiten
- Montgomery. Roman. st 4321. 346 Seiten

Nicolas Mahler

- Alice in Sussex. Frei nach Lewis Carroll und H.C. Artmann. Graphic Novel. st 4386. 143 Seiten
- Thomas Bernhard: Alte Meister. Komödie. Gezeichnet von Mahler. Graphic Novel. st 4579. 158 Seiten
- Der Mann ohne Eigenschaften. Nach Robert Musil. Graphic Novel. st 4483. 156 Seiten

Andreas Maier

- Das Haus. Roman. st 4416. 165 Seiten
- Onkel J. Heimatkunde. st 4261. 132 Seiten
- Bullau. Versuch über Natur. st 3947. 127 Seiten

NF 266 / 5 / 01.19

– Wäldchestag. Roman. st 3381. 315 Seiten
– Das Zimmer. Roman. st 4303. 203 Seiten

Adrian McKinty
– Der katholische Bulle. Roman. Übersetzt von Peter Torberg. st 4523. 384 Seiten

Robert Menasse
– Die Hauptstadt. Roman. st 4920. 459 Seiten
– Die Vertreibung aus der Hölle. st 4863. 729 Seiten

Patrick Modiano
– Eine Jugend. Roman. Übersetzt von Peter Handke. st 4615. 187 Seiten
– Die Gasse der dunklen Läden. Roman. Übersetzt von Gerhard Heller. st 4617. 160 Seiten
– Villa Triste. Roman. Übersetzt von Walter Schürenberg. st 4616. 142 Seiten

Cees Nooteboom
– Allerseelen. Roman. Übersetzt von Helga van Beuningen. st 3163. 440 Seiten
– Briefe an Poseidon. Übersetzt von Helga van Beuningen. st 4494. 224 Seiten
– Schiffstagebuch. Ein Buch von fernen Reisen. Übersetzt von Helga van Beuningen. st 4362. 283 Seiten

Amos Oz
– Eine Geschichte von Liebe und Finsternis. Roman. Übersetzt von Ruth Achlama. st 3788 und st 3968. 828 Seiten
– Judas. Roman. Übersetzt von Mirjam Pressler. st 4670. 331 Seiten
– Unter Freunden. Übersetzt von Mirjam Pressler. st 4509. 215 Seiten

NF 266 / 6 / 01.19

Andreas Pflüger
- Endgültig. Thriller. st 4770. 458 Seiten
- Niemals. Thriller. st 4940. 475 Seiten

Marcel Proust
- Auf der Suche nach der verlorenen Zeit. 3 Bände in Kassette. Übersetzt von Eva Rechel-Mertens. st 4830. 5200 Seiten

Ralf Rothmann
- Der Gott jenes Sommers. Roman. st 4959. 260 Seiten
- Im Frühling sterben. Roman. st 4680. 233 Seiten

Judith Schalansky
- Atlas der abgelegenen Inseln. Fünfzig Inseln, auf denen ich nie war und niemals sein werde. st 5002. 240 Seiten
- Blau steht dir nicht. Matrosenroman. st 4284. 139 Seiten
- Der Hals der Giraffe. Bildungsroman. st 4388. 222 Seiten

Andrzej Stasiuk
- Die Welt hinter Dukla. Roman. Übersetzt von Olaf Kühl. st 3391. 176 Seiten
- Hinter der Blechwand. Roman. Übersetzt von Renate Schmidgall. st 4405. 349 Seiten

Uwe Tellkamp
- Der Eisvogel. Roman. st 4161. 318 Seiten
- Der Turm. Geschichte aus einem versunkenen Land. Roman. st 4160. 976 Seiten

Hans-Ulrich Treichel
- Der Verlorene. Erzählung. st 3061. 176 Seiten

NF 266 / 7 / 01.19

Rose Tremain

- Der unausweichliche Tag. Roman. Übersetzt von Christel Dormagen. st 4403. 334 Seiten

Mario Vargas Llosa

- Das böse Mädchen. Roman. Übersetzt von Elke Wehr. st 3932. 395 Seiten
- Ein diskreter Held. Roman. Übersetzt von Thomas Brovot. st 4545. 380 Seiten

Martin Walser

- Ein fliehendes Pferd. Novelle. st 600. 160 Seiten

Don Winslow

- Die Sprache des Feuers. Übersetzt von Chris Hirte. st 4525. 418 Seiten
- Kings of Cool. Roman. Übersetzt von Conny Lösch. st 4488. 349 Seiten
- Tage der Toten. Kriminalroman. Übersetzt von Chris Hirte. st 4340. 689 Seiten

NF 266 / 8 / 01.19